Heidi Hohner
Einer links, einer rechts, einen fallen lassen

PIPER

Zu diesem Buch

Heidi Hanssen ist seit vier Jahren Single, hat ihr Jurastudium kurz vor dem Abschluss abgebrochen und sehr, sehr feine Haare. Von derartigen Nebensächlichkeiten lässt sie sich aber nicht aus der Fassung bringen: Das Volumenproblem versteckt Heidi unter coolen Strickmützen, ihr schwuler Freund Josef ist besser als gar keine männliche Begleitung, und in Berlin wartet ein vielversprechender Job auf sie. Sie soll das neue Gesicht des Berliner Musiksenders M1 werden. Zu dumm nur, dass sie dort einem alten Bekannten wiederbegegnet, den sie nicht gerade in angenehmer Erinnerung hat. Das Leben ist eben hart, aber ungerecht. Doch dann entdeckt Heidi das Stricken neu und sieht die schillernde Welt des Musik-TV und die Männer ganz allgemein plötzlich mit völlig anderen Augen …

Heidi Hohner musste als Chefredakteurin von MTV feststellen, dass Stars, Glamour und 70-Stunden-Wochen auf Dauer nicht selig machen. Sie kehrte reumütig in die oberbayerische Heimat zurück, fing noch einmal ganz von vorne an und lebt inzwischen mit ihrem Mann und drei kleinen Söhnen auf der Fraueninsel im Chiemsee.

Besuchen Sie die Autorin auf Facebook: Heidi Hohner – die Autorinnenseite.

Heid Hohner

Einer links, einer rechts, einen fallen lassen

Roman

Piper München Zürich

Mehr über unsere Autoren und Bücher:
www.piper.de

Von Heidi Hohner liegen bei Piper vor:

Einer links, einer rechts, einen fallen lassen
Kein Sex ist auch kein Vergnügen
Zipfelklatscher
Betthupferl

Für Vroni

MIX
Papier aus verantwortungsvollen Quellen
FSC® C083411

Ungekürzte Taschenbuchausgabe
Juni 2010 (TB 25804)
Mai 2014
© 2010 Piper Verlag GmbH, München
Umschlaggestaltung: Cornelia Niere, München
Umschlagmotiv: Ilona Happen
Satz: Kösel, Krugzell
Gesetzt aus der Sabon LT
Papier: Munken Print von Arctic Paper Munkedals AB, Schweden
Druck und Bindung: CPI books GmbH, Leck
Printed in Germany ISBN 978-3-492-30491-7

1

»680 Euro für diesen Fetzen? Das ist nicht euer Ernst!«

Ich stand in einem grünen Cocktailkleid auf dem Sandsteinboden des Princess, eigentlich Josefs Haus- und Hofladen, und hoffte inständig, dass meine Hello-Kitty-Socken in dieser Nobel-Boutique nicht zu sehr auffielen. Was ich nicht gewusst hatte: Die Preise hier spielten nicht in meiner Liga. Und woher sollte ich auch? Seit der Store-Eröffnung vor einem Jahr hatte ich im Princess nur in der Secondhand-Ecke gejagt, der elegant-schummrige Raum mit den Cocktail- und Abendkleidern war mir herzlich egal gewesen. Bis heute.

»Ist ja auch ein Diane-von-Furstenberg-Kleid«, sagte Jenny. Unsere Blicke trafen sich im Spiegel. Sie selbst trug einen schwarzbunten Flickenpulli, der zwar alles andere als nach Pimky aussah, aber gut zu meiner Mütze gepasst hätte. Hatte sie sicher zum Einkaufspreis bekommen, das Princess war schließlich ihr Laden.

Ich befühlte Jennys Oberteil, das mein Trachtenanzug tragender Vater »Pferdedecke« geschimpft hätte. »Das Kleid ist schon toll, aber deinen Pulli finde ich so richtig gut. Hast du den im Laden?«

»Nein, das ist ein Einzelstück von einem Berliner Designkollektiv, ganz neu. An denen bin ich gerade noch dran.«

Musste Jenny ausgerechnet jetzt Berlin erwähnen? Dort würde ich mir sehr bald tragbare Klamotten aus erster Hand besorgen! Aber jetzt musste hier in München ein teurer Fummel her, der zu mir passte und trotzdem gesellschaftsfähig war. Und zwar nicht »Ich gehe mit meinem besten Freund Josef feiern«-gesellschaftsfähig, sondern so richtig gesellschaftsfähig. High-Society-tauglich. Und das mir!

Josef, der selbst auf Streifzug durch Jennys Laden war, warf mir einen aufmunternden Blick zu und stemmte die Hände in die Hüften. »Von Furstenberg? Schatzi, das passt doch wie die Faust aufs Auge. Ein adeliges Kleid für eine adelige Hochzeit. Und solche Fetzen haben eben ihren Preis.«

Josef wollte mich unbedingt angemessen gekleidet auf diese doofe Hochzeit schleppen. Und ich hatte mich dazu überreden lassen. Schließlich war er mein Lebensgefährte: Mitbewohner, mit denen man auch sonst jede freie Minute verbringt, kann man schon mal Lebensgefährten nennen. Und Josef stand auf Männer. Wie ich auch.

Zusammen waren wir ein super Team. Beide lebten wir von der Hand in den Mund. Na ja, wenn man sich Josefs ungesunde Hobbys so ansah, manchmal auch von der Hand in die Nase. Aber das waren nur vereinzelte Ausrutscher, sagte er, und mich interessierte die ganze Sache mit dem weißen Pulver ohnehin nicht. Um mich in Schwung zu bringen, reichte eine Handvoll Volumenshampoo und ein Glas Prosecco auf Eis.

Und außerdem war Josef meine beste Freundin. Deswegen teilten wir auch unsere Anziehsachen. Also, eigentlich nur Oberteile. Josefs Jeans waren mir immer ein wenig zu eng und zu lang, in seinen Slim-Fits sah die Silhouette meiner Beine aus wie eine umgedrehte Birne im Schlafrock. Josef hingegen lief begeistert in meinen alten AC/DC-T-Shirts herum. Er sah gut aus darin. Umgekehrt funktionierte der Tausch nicht ganz so reibungslos. Nicht weil mir Josefs teure Fashion-Hemdchen nicht passten (ich hatte sehr viel weniger Ober- als Unterweite), sondern weil ich immer alles vollsaute. Vor allem farbige Flüssigkeiten und zähe Saucen fanden mich genauso unwiderstehlich wie ich sie, darunter mein Lieblings-Gewürzketchup, das pastellfarbene Heidelbeerjoghurt aus dem Halbliterbecher oder das indische Curry aus dem Palast der Winde, meinem Lieblings-Take-away. Und das waren nur drei Beispiele. Nach einem Abendessen bei uns am WG-Tisch war ich nicht weniger vollgesaut als nach einer Abendschicht im Café Wenzel. Ich hatte Josef zu meiner Verteidigung einmal erzählt, dass bei uns zu Hause sehr strenge Tischsitten geherrscht hätten und die Fleckenkatastrophen absolut nicht an meiner Kinderstube liegen konnten. Seitdem war Josef der festen

Überzeugung, mein Hang, einem Kleidungsstück innerhalb kürzester Zeit in Form von Vanilleeisflecken, Balsamico-Spritzern oder Tintenklecksen meinen Stempel zu verpassen, wäre eine unbewusste Abwehrreaktion gegen meine Erziehung. »Wenigstens kann ich bei deinem schnarchigen Liebesleben sicher sein, dass da Zahnpasta und nicht Sperma auf meinem neuen Pulli gelandet ist«, hatte Josef einmal anklagend über die weißlichen Spritzer auf seinem superkuscheligen Marc-Jacobs-Sweatshirt gesagt. »Das ist meines Erachtens ein Ausbruchsversuch deines unterdrückten Klein-Mädchen-Egos.« Hatte er sicher in der Marie Claire aufgeschnappt.

Dass er mich hier im Princess zu diesem Luxus-Cocktailkleid überreden wollte, wunderte mich umso mehr. Hatte er vergessen, wie ich damit umgehen würde? Aber Josef musste eine Mission erfüllen: er war Wolfgangs Trauzeuge und wollte von mir auf diese Hochzeit kutschiert werden.

Vor drei Monaten hatte unser betagter WG-AB eine aufgeregte Nachricht von Wolfgang ausgespuckt: »Josef! Ich muss dir was erzählen! Ich habe eine neue Freundin! Sie heißt Cecilia und ist schwanger!«

Ich hatte unbeteiligt die Schultern gezuckt, als Josef die leiernde Kassette wieder und wieder zurückspulte und außer sich gewesen war.

»Wer ist sie? Warum kenne ich diese Cecilia nicht? Wieso hat Wolfgang sie mir nicht vorgestellt?«

Ich hatte seine Aufregung nicht verstanden. Wolfgang war der umtriebigste von Josefs Freunden, einer der wenigen Heteros unter ihnen und bisher eine anstrengende Angelegenheit für jede Lebensabschnittsgefährtin.

»Ist doch schön, dass Wolfgang eine Frau kennengelernt hat, mit der er mehr anfangen kann, als mit ihr und seinen Jetset-Kumpels einen Wasabi-Mojito zu schlürfen, und sie dann gelangweilt fallen zu lassen, oder?«, warf ich ein.

Josef schüttelte den Kopf: »Weißt du, dass Wolfgang gerade mit seinem Vater übereingekommen ist, die Sportläden weiterzuführen, die seit Generationen zur Familie gehören?«

»Aber das passt doch wunderbar!«, jubelte ich. »Auf dem

Weg zu einem gediegeneren Lebenswandel kann so ein reicher Unternehmersohn doch ruhig Vater werden, oder? Ein Kind verhilft dem Herrn Krantz junior sicher zu mehr Contenance. Der Name Cecilia klingt zwar ganz schön hochgestochen, aber offensichtlich hat sie mehr Potenzial als Wolfgangs Ex-Hasen. Entspann dich einfach! Der ist frisch verliebt und schwanger – der meldet sich schon, wenn er wieder Land sieht!«

So weit so gut. Josefs Versuche, Einzelheiten zu erfahren, waren auf diversen Mailboxen versandet, und ich hatte mit der Angelegenheit so viel zu tun wie ein RTL-Exklusiv-Reporter mit der Tagesschau. Aber dann steckte im Juni im WG-Briefkasten Josef Will/Heidi Hanssen ein Büttenumschlag. Es war eine Einladung, schwer und hochwertig. Sie bestand aus einem kleinen Stapel feinstem cremefarbenen Papiers, und auf den einzelnen Bögen war mit Tusche handgeschrieben:

Wolfgang und Cecilia

stand dick auf der ersten Karte. Josef las die zweite laut vor:

Marie Freifrau von Schönfleck,
Konstantin Hohenthan zu Fürstenwald
Fürst und Fürstin Hohenthan zu Fürstenwald
bitten
Herrn Josef Will
zur standesamtlichen Trauung
unserer Tochter,
Prinzessin Cecilia von Hohenthan zu Fürstenwald,
mit
Herrn Wolfgang Krantz.

Ich hatte vorsorglich mein Speziglas vom Küchentisch auf das Fensterbrett neben den sterbenden Basilikum gestellt, um das edle Bütten nicht zu gefährden.

»Das glaube ich nicht!«, entfuhr es Josef. »Prinzessin Cecilia von Hohenthan zu Fürstenwald? Ich wusste gar nicht, dass es solche Leute überhaupt noch gibt! Ich dachte, der Hochadel ist eine Erfindung von ›Bild der Frau‹? Aber Chapeau mit O, Wolfgang! Dass er uns das nicht gleich erzählt hat?«

»Wolfgang hat dich sicher nicht früher eingeweiht, weil er Angst hatte, du würdest dich über den Adelskram lustig machen. Vor einem Jahr hätte er sich über so einen Hakenschlag des Schicksals selbst das Maul zerrissen. Aber jetzt drängt ja die Zeit, und da muss schleunigst der Deckel drauf gemacht werden, standesamtlich. Eine Prinzessin kann selbstverständlich nicht hochschwanger vor einen Altar treten!« Das gesellschaftliche Kalkül hinter diesem Bund fürs Leben war nicht schwer zu durchschauen.

Lange war Josef um die Einladung, die an unserem Kühlschrank pinnte, herumgeschlichen. Unter anderem deshalb, weil er für diese Hochzeit eine Begleitung brauchte. Und zwar nicht einen der schwulen Straßenkater, die er immer im New York und im Tigerclub auflas. Nicht weil er nicht dazu stehen konnte, lieber mit Jungs unter einer Decke zu stecken. Nein, er brauchte jemanden mit einem Auto: mich. Ich konnte außerdem mit Messer und Gabel essen, ich betrank mich praktisch nie, und ich hatte keinen Hang zu Drogen. Und ich würde ihn nicht daran hindern, in der Hochzeitsgesellschaft nach hochadeligen Katern zu fahnden. Ich jedoch war froh, dass die Einladung Josef galt und nicht mir.

»Niemals! Ich sage dir, was ich am 30. August mache: Umzugskisten auspacken und danach spazieren gehen – und zwar in Berlin!«

Josef war mein Ortswechsel natürlich egal, denn im Gegensatz zu mir hatte er es ja geschafft! Er war mit siebzehn aus seinem Dorf abgehauen und Visagist geworden, hatte als Puderschlampe die weite Welt gesehen und ständig Jobs auf Mallorca oder in Köln, Düsseldorf und Berlin gehabt. Und ich? Okay, ich war immerhin die paar Kilometer von Unteröd nach München gezogen, aber was war schon München? Doch auch nur ein großes Dorf! Josef hatte mich schließlich für Berlin begeistert!

»Und dann werde ich mir erst mal Zeit nehmen und die Stadt kennenlernen, bevor ich gleich wieder zurück nach München hetze!«, erklärte ich selbstbewusst.

Für diese Entscheidung hatte der weit gereiste Herr »Ich

habe Paris Hilton ungeschminkt gesehen«-Will kein Verständnis. Bei einem unserer abendlichen Sushi-und-Leberkässemmel-Zwei-Gänge-Menüs funkelte er mich an: »Als müsstest du dich ein ganzes Wochenende erst mal akklimatisieren, so ein Quatsch! Klein Heidi in der großen Stadt! Hast du etwa Angst?! Du bist doch keine Oma, die sich schon drei Tage vor der Kaffeefahrt an der Bushaltestelle anstellt! Du gehst mit mir auf diese Hochzeit, fährst erst am Sonntag nach Berlin, und am Montag fängst du an zu arbeiten. Basta. Du kannst mir ruhig den Gefallen tun und für mich deinen Umzug um ein paar Tage nach hinten verschieben. Weil du ohne mich nämlich gar nicht nach Berlin ziehen würdest!«

Das stimmte. Und ich hatte Angst. Und ich war Josef einen Gefallen schuldig.

Ich wischte mir verlegen die Sojasaucenspritzer vom Flanell-Pyjama (ich hatte den kleinen Plastikfisch mit der dunkelbraunen Flüssigkeit verkehrt herum gehalten) und gab klein bei. Josef hatte mir immer von Berlin erzählt. Viel erzählt. Auch an diesem Abend war er gerade vom Flughafen gekommen, bepackt mit zwei Plastiktüten voll Take-away, den Alutrolley mit seinem Handwerkszeug in der anderen Hand. Seine Augen leuchteten, als er mir meinen Autoschlüssel zurückgab.

»Wenn du in Berlin nachts Hunger hast, bekommst du immer – verstehst du, *immer* – etwas zu essen. Oder du denkst dir, was ist das für ein abgefuckter Hinterhof – und zwei Wochen später eröffnet dort eine schicke Galerie und stellt Jim Avignon aus. Kein Star interessiert sich mehr für Köln oder München oder irgendein anderes Kaff, denn in Berlin passiert immer und überall alles – und zwar rasend schnell.« Josef hatte zum Küchenfenster hinausgedeutet. »Und dort herrscht nicht dieser spießige Einheitslook wie hier! Du kannst deinen Fetisch mit dir herumtragen oder der letzte Mohikaner sein, jeder findet in Berlin seine Nische, und am liebsten wäre ich immer dort und würde sofort wieder hinfahren – Moment! Gib mir den Schlüssel wieder! Ich *muss* sofort weg!«

Er schoss an mir vorbei aus der Haustür und rief mir aus dem Treppenhaus zu: »Dieses Problem mit den Politessen würde es in Berlin auch nicht geben!«

Ich hatte einen Gurkenschnitz aus einem Kappa Maki gepult, ihn durch die Stäbe des quadratmetergroßen Meerschweinchenkäfigs in unserer Küchenecke gefummelt und Josef in Gedanken recht gegeben. Egal, ob es die Aussicht auf ungestörtes Parken in der zweiten Reihe oder 24 Stunden Currywurst waren, ich war schon lange mit dem Berlin-Virus infiziert. Zumal der Job als A&R-Juniormanager bei Uniworld, einem großen internationalen Musiklabel, ziemlich vielversprechend klang. A&R klang englisch ausgesprochen und genuschelt ungeheuer wichtig. Künstlermarketing. Den Job hatte mir Josef besorgt.

»Weißt du, in Berlin läuft nichts über Bewerbungen, sondern alles über Konnis«, connections also, und zwar seine, hatte mir Josef damals erklärt. Er kannte den deutschen Vertriebschef der Uniworld, Kuszinsky, und genau der hatte mich nach einem fünfminütigen Gespräch eingestellt.

»Warum glaubst du, dass du die Richtige für uns bist?«, hatte Kuszinsky mich gefragt. Darauf hatte ich gewartet, ich war schließlich nicht doof, und hatte ihm ein Zeugnis aus dem Café Wenzel vorgelegt.

»Wenn ich mit diesen feiernden Komastudenten fertigwerde, dann kann ich auch Künstler betreuen.«

Der Vertriebschef hatte gelacht, bis ihm das Hemd noch einen Knopf weiter aufsprang, und zack! Schon war Heidi Hanssen auf dem Weg nach Berlin und bald an der Seite der Stars. Und der orangewuschlige Herr Hansi Hinterseer und der semmelblonde Eminem, Josefs Rosettenmeerschweinchen, würden mit mir kommen. Allerdings erst nach Wolfgangs Hochzeit.

»Heidi, da steht förmlich dein Name drauf!«

Der Herr mit den besagten Konnis stand jetzt im Princess neben mir und schob meinen BH-Träger unter die grüne Chiffonrüsche, die das hauchzarte Kleidchen auf der Schulter hielt.

»Das Teil steht dir fantastisch! Und den BH kannst du dir eigentlich sparen, dir rutscht ständig der Träger runter, weil er ohnehin nichts zu tun hat.«

Klar, Josef hatte gut reden. Nicht weil bei ihm die Abwesenheit eines Busens zur Hardware gehörte, sondern weil dieses Outfit auch ohne Unterwäsche eine sauteure Sache werden würde. Ich rechnete in Gedanken: 680 Euro allein das Kleid, und wenn ich mir die silbernen Stöckelschuhe so ansah, die passend zum Kleidchen dort in der Ecke lauerten, kam ich mit einem Tausender aus der Nummer raus. Verdammt – wozu eigentlich so ein Riesenaufwand für eine Hochzeit, auf der ich nicht einmal persönlich eingeladen war?

»Aber die Hochzeit ist doch nur standesamtlich!«, wagte ich einen Versuch.

»Schatz, was bei solchen Herrschaften standesamtlich heißt, das ist woanders die ganz große Gala.«

Josef hatte sehr konkrete Vorstellungen und vor allem Schiss, dass ich ihn blamieren würde. Auf meiner letzten Hochzeit (bei der ich Gast war, natürlich nicht meine eigene!) war ich im Secondhand-Dirndl aufgetaucht. Josef wusste das, er hatte mir schließlich widerwillig den falschen Zopf um den Kopf gelegt. Meine eigenen schulterlangen Fusselhaare hatten nämlich nicht die Substanz für alpenländisches Flechtwerk.

Ich zögerte: »Die ganz große Gala? Meinst du wirklich?«

»Natürlich, Schatzi. Pass auf, wir visualisieren das mal. Stell dir das Titelblatt der BUNTEN vor. Schlagzeile: ›Traumhochzeit: Die Prinzessin und der Sportgraf‹. Und auf dem Foto: Du in der ersten Reihe der Gäste. Hast du's? Ja? Und was hast du an?«

Ich ließ mich auf Josefs Experiment ein, den Trick mit dem inneren Fernseher hatte er garantiert auf seinem letzten »Schminken für die Seele«-Seminar auf Gomera gelernt. Ich kniff die Augen zusammen, um das Outfit in meiner Vision zu erkennen. Und ja, es war leider dieses knallgrüne Chiffon-Fähnchen, das sich ausgesprochen kleidsam von den faden Beige- und Rosétönen der restlichen Gesellschaft abhob. Mist. Ich kehrte geschlagen in die Umkleidekabine zurück, zog den Vorhang zu und setzte mich auf den Flokati-Puff.

»Bis zur Hochzeit habe ich noch zwei Schichten im Café Wenzel«, rechnete ich laut. »Und wenn ich noch Platz habe, kann ich meine Autofahrt nach Berlin in der Mitfahrzentrale anbieten. Da kommt schon was rum, aber nicht viel. Fünfhundert Euro maximal!« Ich steckte den Kopf aus dem schweren Vorhang. »Josef, das klappt nicht. Das ist einfach unverhältnismäßig. Ich zieh doch so was nie wieder an. Ich muss schließlich noch die Maklercourtage für die Wohnung in Berlin auf die Seite legen – oder soll ich für immer bei deinen Freunden wohnen?«

Und dann brachte ich das für Josef sicher schlagende Argument: »Zum Friseur muss ich auch noch. Ich kann doch als beste Freundin eines Visagisten nicht aussehen wie das Mädel vom Land, wenn ich nach Berlin Mitte ziehe!«

Josef seufzte zustimmend, warf einen raschen Blick über die Schulter zu Jenny und drängte sich zu mir in die Umkleidekabine. Hinter dem geschlossenen Vorhang faltete er ein kleines Bündel auseinander.

»Hier. Für dich«, sagte er und drückte mir zwei lila Scheine in die Hand. »Das ist für dein Outfit – Jenny gibt dir sicher Prozente, für Freidrinks im Wenzel macht die doch alles.« Zwei weitere Scheine tauchten dort auf, wo die ersten herkamen. »Und das hier ist für den Makler. Und damit…«, er zückte noch zwei Scheine, »kaufst du dir in Berlin ein anständiges Bett! Du musst endlich deinen Single-Futon wegwerfen, sonst kann das ja nichts werden mit den Jungs!«

Ich starrte Josef an. »Das glaub ich jetzt nicht. Das sind dreitausend Euro!«

Der versuchte die restlichen Geldscheine wieder in die vordere Tasche seiner hautengen Röhrenhose zu zwängen.

»Und warum trägst du so viel Geld einfach mit dir rum?«

»Frag jetzt nicht, nimm. Das passt schon. Gib es mir einfach irgendwann wieder.«

Ich war noch immer nicht begeistert. »Was soll das? Spielen wir hier Pretty Woman, in der männlichen Hauptrolle Richard Queer?«

»Hachgott, Heidi, jetzt stell dich nicht so an! Ist doch nur Geld!« Josef rollte die Augen. »Ich kann es auch wieder einstecken!«

Ich hielt kurz die Luft an. So ein Kleid war ein tolles Symbol für meinen neuen Lebensabschnitt. Wie sollte ich denn einen Robbie Williams auf den Echo begleiten – im Secondhand-

Dirndl? Ich atmete ein ergebenes »Okay« aus und schob den Vorhang samt Josef beiseite, um Jenny mitzuteilen, dass ich das Kleid nehmen würde.

»Sag ihr, sie soll dir auch die silbernen Peeptoes dazu einpacken!«, rief Josef mir hinterher.

Ich blieb stehen und drehte mich zu ihm um.

»Peeptoes?«

»Herrgott, die Schuhe, die du vorhin so gierig angeglotzt hast! Peeptoes sind Pumps, bei denen man durch ein Loch den großen Zeh sehen kann! Bin ich denn der Einzige, der in unserem Haushalt die Instyle liest? Und übrigens: Glaub ja nicht, dass du auf der Hochzeit eine deiner Mützen aufsetzen kannst!«

»Aber meine Haare!«

»Nichts da! Schlimm genug, dass ich heute Morgen vor lauter Baskenmützen, Wintermützen, Häkelmützen, Sonstwas-Mützen schon wieder mein neues Ed Hardy-Cap nicht gefunden habe ...«

Josef hatte leider recht. Ich hatte da in der Tat einen Spleen.

»... aber auf einer solchen Hochzeit trägt man höchstens Hut, und das auch nur in der Kirche«, fuhr er fort.

Aber er kannte doch mein Problem: »Mensch, Josef! Andere Frauen machen sich einfach einen Pferdeschwanz, wenn sie einen Bad-hair-Day haben, doch ich habe davon zu viele.« Eigentlich war jeder zweite Tag bei mir ein Bad-hair-Day, ich hatte auch schon mal eine ganze Bad-hair-Week. Und an solchen Tagen setzte ich mir eine von meinen zweiundvierzig Mützen auf und zupfte mir ein Paar Strähnen an der Seite raus, damit man sehen konnte, dass ich trotzdem Haare hatte. Heute trug ich eine schwarze H&M-Mütze mit Patentmuster, wie ich sie in einer von Josefs Style-Zeitschriften bei Madonna gesehen hatte. Sie hatte gut damit ausgesehen, mit einem Pappbecher in der Hand und einer großen schwarzen Sonnenbrille. Doch Josefs Statement machte mich wirklich fertig.

»Nicht mal was Schickes? Vielleicht eine Mütze mit Glitzer, passend zu den Schuhen?«

»Na klar! Und vielleicht auch noch selbst gestrickt! Warum hängst du dir nicht gleich ein Transparent um – ich bin die Heidi und ich bin gerade von der Alm getrieben worden!«

Jenny verzog zwar keine Miene, als ich mit zwei 500-Euro-Scheinen zahlte. Kein Wunder. Irgendwie kam ich mir verdammt unseriös vor bei der ganzen Nummer. Ich versuchte, ihr nicht in die Augen zu sehen, und fixierte lieber den stumm geschalteten Fernseher hinter dem Kassentisch. Auf dem Musiksender M-EINS war ein unfassbar dünnes Mädchen mit einem Turm aus roten Haaren und schwer tätowierten Armen zu sehen, das kokett in die Kamera lächelte. Nicht schlecht, dass jetzt auch hier schon M-EINS statt MTV lief. Den Sender gab es doch noch gar nicht so lange. Kriegten wir zu Hause zwar nicht rein, aber mittlerweile guckte ich M-EINS immer während der stillen Nachmittagsstunden auf dem Flatscreen im Café Wenzel und nachts zum Babysitten.

Die Rothaarige schwebte jetzt eine Showtreppe zu zwei auf bunten Würfeln sitzenden ungekämmten Jungs herunter. Waren das nicht The Superbrothers? Eine verboten coole »The«-Band, wie ich sie auch bald betreuen würde! Die kleine M-EINS-Hexe steckte in sehr kurzen Jeansshorts und in genau den Peepdingern, die Jenny mir gerade in eine überdimensionale Papiertüte steckte. Mit einem Unterschied: Die tätowierte VJane hatte dafür sicher nichts blechen müssen.

»Brauchst du den Schuhkarton?«

»Nein.«

Aber einen Job, bei dem mir diese Schuhe umsonst hinterhergeworfen wurden.

2

»Warum hast du die 4 und ich die 64?«

Ich nahm meine Sonnenbrille ab, um auf das große Poster auf der Staffelei zu starren. Über den Miniaturtischen standen Nummern, die mit der Namensliste daneben korrespondierten. Die Sitzordnung.

»Wir sind Kilometer voneinander entfernt!«, rief ich entsetzt. »Wieso sitze ich nicht neben dir?!«

Josef scharrte mit seinen auf Hochglanz polierten Buda-pestern über die toskanischen Fliesen im Eingangsbereich des Gutshofes. Vor einer halben Stunde waren wir noch zusammen auf einen Feldweg eingebogen, um uns auf den letzten Metern in Schale zu werfen. Als ich mir zwischen Mohnblumen und Hafer Volumenfix in den herausgewachsenen Stufenschnitt geknetet und mein federleichtes grünes Kleid aus der Schutz-hülle befreit hatte, konnte ich mich noch richtig freuen. Wow, hatte ich gedacht, den schwülen Duft der Rapsfelder in der Nase, ich gehe als kleine bürgerliche Wurst auf ein gesellschaft-liches Großereignis, und das an der Seite meines besten Freun-des, der auch eine kleine bürgerliche Wurst ist!

Weshalb mir nichts passieren konnte. Hatte ich gedacht.

Ich checkte meine Nachbarnummern 63 und 65. Den Namen links von mir kannte ich. Von dem Etikett des Bieres, das mein Vater immer so gern trank, nur dass hier »Gräfin Henriette von und zu« statt »Urtyp« davorstand. Und der Name rechts von mir war ein ellenlanger französisch-deutscher Rattenschwanz: Graf Henri-Marie-Jean-Baptiste von Labrimal zu Mondstetten.

Josef hatte ein sichtbar schlechtes Gewissen. »Stimmt, die 64 ist jetzt nicht direkt neben mir. Aber ich als Trauzeuge muss natürlich neben Wolfgang sitzen. Und auf Gala-Banketten ist es ganz gern mal so, dass die Partner getrennt werden bei der Sitz-ordnung. Gibt der Konversation mehr Pfeffer.«

Pfeffer. Soso. Ich kippte die rosa perlende Flüssigkeit in der Champagnerflöte hinunter, die mir der befrackte junge Mann vom Edelcaterer am Eingangstor überreicht hatte. Das half. Josef konnte nichts dafür, und wozu die Aufregung, ich war ein großes Mädchen!

»Macht nichts. Ich bin im Café Wenzel mit ganz anderen Leuten fertiggeworden. Ich beiß mich da schon durch.«

Ich setzte meine Sonnenbrille wieder auf, griff mir mit durch-gedrücktem Kreuz das dritte Glas und machte mich selbststän-dig. Draußen im Hof war inzwischen die Hölle los.

»Ist das nicht *wonderful*?!«

Eine alte Dame im rosa Chanelkostüm und mit graulila Haa-ren krallte sich an meinem Oberarm fest, als der Oldtimer mit dem Brautpaar vorfuhr. Das schöne alte Cabrio war knallgrün, genau die Farbe meines Kleides. Ich verkniff mir die Bemerkung, aber natürlich hätte ich viel besser hineingepasst als Cecilia, die als Braut in einem hübschen, aber legeren rosa Schwangerschaftskleidchen ausstieg.

»Cillie!« Eine junge Frau, sportliche Figur, lockerer Pferdeschwanz, fussliger hellblauer Kaschmirpulli und Jeans, löste sich aus der Menge vor dem Gutshaus, um Cecilia zu umarmen. Ich sah noch mal hin. Sie trug tatsächlich Jeans und Pulli?

»Wer ist das?«, fragte ich die Chanel-Oma, die mich wahrscheinlich nur deshalb so mir nichts dir nichts adoptiert hatte, um auf den Pflastersteinen ihren Oberschenkelhals nicht zu gefährden. Sie hauchte mir ihren ätherischen Atem ins Ohr: »Isabel from Ehrenbörg. The Witness.«

War das Melissengeist, oder bekam man von diesem Champagner wirklich so eine Fahne?

»Lovely, isn't she?«

Witness? Zeugin? Die zweite Trauzeugin neben Josef war *die* Isabel von Ehrenburg? Das war eine Fürstin? Das Mädel sah eher aus, als hätte sie in der Scheune gerade gekifft!

»And may I ask who you are?« Das Englisch der alten Dame war makellos. Sicher alter englischer Landadel. Ich tat mein Bestes: »I am ... I am with the ...«

Mann, wie nannte man gleich noch mal den männlichen Trauzeugen auf Englisch? Auch Witness? Ich blickte mich suchend um. Josef stand schräg hinter mir. Ich zupfte ihn am Ärmel.

»Trauzeuge? Best Man!«, half er mir aus.

»I am with the Best Man!«, antwortete ich der Lady.

»Oh I see,« sagte sie, musterte Josef und mich eisern lächelnd von oben bis unten und blickte prüfend auf die Spitze meines Schals. »From Brussels?«

Die langen Fransen glitten ihr durch die altersfleckigen Finger, als ich ihr vorsichtig den spinnwebigen Stoff entzog. Auf gar keinen Fall würde ich zugeben, dass diese Stola aus dem Fundus meiner Mutter stammte und wahrscheinlich von irgendeiner Großtante selbst geklöppelt worden war. Allerdings: Wozu die Scham? Wenn ich so in die Menge blickte, war das altbackene Chanelkostüm der Lady noch die glamouröseste unter den Roben. War dieser Clan verarmt? Nur diesen goldbestickten Mantel dort drüben kannte ich aus dem Louis-Vuitton-Schaufenster in der Maximilianstraße, hier getragen von einer brünetten Walküre mit großer Nase. Sicher eine Habsburgerin.

»And who is she?«, lenkte ich die Aufmerksamkeit diskret auf die Louis-Vuitton-Dame.

»Oh dear …« Die Lady stockte und vollendete flüsternd in plötzlich akzentfreiem Deutsch: »Ihr gehört das Auto, verstehen Sie?«

Die Autohausbesitzerin, die den Oldtimer zur Verfügung gestellt hatte, war die Einzige in richtig teurem Fummel? Hatte der Rest der Gesellschaft es einfach nicht nötig? Adel verpflichtete hier anscheinend nur dazu, für eine standesamtliche Trauung den Pleitegeier nicht mehr als nötig heraufzubeschwören. Soweit ich wusste, hatte die Hochzeit auch nicht die Familie der Braut, sondern der bürgerliche Skischuhclan der Krantz' ausgerichtet.

Die alte Dame löste ihren Griff und stakste auf ihrem schwarzen Gehstock davon, um die Trauzeugin zu begrüßen. Ich blickte ihr nach. Der taillenlose Rumpf saß auf dünnen Beinchen, eine Figur, wie sie eigentlich nur greise Amerikanerinnen nach jahrzehntelangem Abführmittel-Missbrauch bekamen. Isabel von Ehrenburg reichte ihr schon von Weitem eine ausgestreckte Hand, sank dann trotz ihres höchst legeren Outfits zu einem vollendeten Knicks zusammen, Donnerwetter. Aber meine Hoffnung, endlich Zeugin eines echten Hofzeremoniells zu werden, verpuffte, denn als Isabel aus ihrer vollendeten Demutshaltung wieder aufgestanden war, brach sie in schallendes Gelächter aus und versetzte der alten Dame einen solchen Schubs an der Schulter, dass deren Gehstock sich zentimetertief in eine Fuge zwischen den Basaltsteinen bohrte. Ich sah mich um, Verbündete suchend, mit denen ich meine frisch gebildete Meinung über Nachwuchsadelige teilen konnte, aber Josef war gerade dabei, auf der Rückbank des Oldtimers Platz zu nehmen. Der Aufbruch zum Standesamt! Ich lief ihm hinterher, so schnell ich in meinen silbernen Schuhen konnte – ich hätte mir ein paar Ersatz-Flip-Flops für Notfälle einpacken sollen.

»Nehmt mich mit!«

Er und Wolfgang sahen sich an. Josef räusperte sich.

»Tut mir leid, ich glaube, das geht nicht. Der Wagen ist eigentlich nur für das Brautpaar und die Trauzeugen.«

Aber Cecilia drehte sich vom Beifahrersitz um.

»Quatsch, macht euch nicht so breit, Jungs! Wir müssen nur noch an Isabel denken, und Wolfgang hat hier vorne Platz. Dass das Brautpaar hinten sitzen muss, ist doch Schnee von gestern. Und außerdem habe ich hier mehr Bein- und Bauchfreiheit!« Sie verrenkte sich trotz Babykugel, um mir eine angenehm kühle Hand über die Rückenlehne zu reichen. »Ich bin Cillie! Schönes Kleid! Viel zu edel für uns, heute ist doch nur der Vorgeschmack auf die ganz große Party nächstes Jahr.«

Ich stieg ein, stieß Josef in die Seite – »Siehste! Spießtucke!« – und bedankte mich artig bei Cillie.

»Ich bin Heidi. Herzlichen Glückwunsch übrigens.«

»Danke! Und weißt du was, Heidi, zieh das Kleid einfach nächstes Jahr noch mal an. Merkt doch keiner hier. Nächstes Frühjahr ist der Kleine dann ein halbes Jahr, und Wolfgang und ich feiern am 1. Mai noch mal richtig Hochzeit, Schloss, weißes Kleid, Kirche, der ganze Kram.«

Eine unglaublich entspannte Person, diese Cecilia! Da hatte Wolfgang mal richtig Glück gehabt! Selbst wenn ich mich gegen diese Veranstaltung hier gespreizt hatte wie Eminem und Herr Hansi Hinterseer, wenn sie zum Tierarzt mussten, irgendwie freute mich Cillies Einladung zu Hochzeit Nummer zwei.

»Und jetzt muss ich wieder nach vorne schauen, sonst wird mir schlecht«, lachte die Braut.

Als der Oldtimer startete und der livrierte Chauffeur uns durch die Spalier stehende Hochzeitsgesellschaft die große Auffahrt Richtung Kolbermoor hinausbrachte, fand ich den Tag eigentlich plötzlich gar nicht mehr so schlecht. Der Himmel vibrierte im tiefsten Postkartenblau wie so oft im Spätsommer, und ich würde zum ersten Mal in meinem Leben nicht zum Oktoberfest in der Stadt sein. Ich ließ mir die Haare vom Fahrtwind zausen und sah mir Cillie und Wolfgang, die auf dem breiten roten Beifahrersitz aneinander lehnten, versonnen von hinten an. In Cecilias Haare waren einfach ein paar Maßliebchen gesteckt, dicke Strähnen fielen ihr aus den Klammern auf die Schultern. Sie sah so unbekümmert aus, als wäre sie das Blumenmädchen und nicht die Braut. Und Wolfgang, der seinen Arm um ihre Schulter gelegt hatte, hatte ich den ganzen Tag noch nicht am Handy gesehen.

Ein schönes Paar.

Nicht, dass ich einsam gewesen wäre – und eifersüchtig schon gleich gar nicht. Ich wollte definitiv keinen Junior-Chef als Freund. Wann würde der sich mit mir an die Isar legen? Und ich wollte auch keinen der Jura-Spacken, die das erste Semester noch ganz cool mit Vans und Karohemden aufkreuzten, um von Kurs zu Kurs immer mehr zu Anzugtragenden Korinthenkackern zu mutieren. »Ich muss noch mal schnell in die Kanzlei« – damit war mein Vater von fast jedem Mittag- oder Abendessen aufgestanden, und diesen Spruch wollte ich nicht am Morgen danach auf einem Zettel auf meinem Kopfkissen lesen.

Plötzlich traf mich etwas im Gesicht und am Scheitel. Ich wischte mir die Wange ab und schaute erstaunt auf die weißgrauen Schlieren auf meiner Hand. Dass das nicht Regen war, was an diesem strahlend blauen Sommertag meine Wange gestreift hatte, merkte ich erst daran, dass Josef mit den Worten »Vogelscheiße! Ist ja klar, dass die dich trifft!« ein Stück von mir abrückte. Cillie drehte sich um und lachte schallend.

Aber schon wedelte Josef ein Tempo auseinander, er war mehr als ausgerüstet, denn wenn er für einen Romy-Schneider-Film zwei Päckchen Taschentücher brauchte, wie viel dann erst für diese Realromanze? Ich versuchte mich nicht zu bewegen, um ihn an meiner Backe und an meinem Kleid herumrubbeln zu lassen.

Wäre schon mal wieder toll, ein Freund. Josef hatte ja wenigstens noch ständig Sex, für ihn war das Nachtleben ein Gemischtwarenladen, und er nahm sich, was er brauchte. Und er erzählte mir am Morgen danach immer schön, welche Herren er am Wühltisch oder als Designerstück ergattert hatte. Ich hingegen, ich war so promisk wie ein Schwanenpaar auf dem Kleinhesseloher See. Ohne Hummeln im Bauch ging bei mir gar nichts. Und Hummeln waren in meinem Universum eine vom Aussterben bedrohte Spezies. Okay, Schmetterlinge hätten es zur Not auch getan. Aber kein Flattern weit und breit.

Aber vielleicht war das auch gut so. Eine Liebesgeschichte hätte mich wahrscheinlich nur daran gehindert, erst einmal selbst nach Berlin zu flattern. Und hier in der Provinz zu versauern – das durfte mir auf gar keinen Fall passieren. Ich konnte sie einfach nicht mehr sehen, diese trügerische Wald- und Wiesenidylle, barocke Zwiebeltürme, zwischen Hügeln auftauchende malerische Dorfkirchen, monströse rote Geranienwolken zwischen grünen Fensterläden – und München als darüber herrschendes Puppenstubenhausen. Das konnte es für mich doch nicht schon gewesen sein.

Wolfgang strich seiner Braut eine der Haarsträhnen hinters Ohr und zeigte auf den Raubvogel, der über einem Kornfeld die Kolonne der hupenden Autos auf dem Weg zum »Bund der Ehe« eskortierte. Dass ich es geschafft hatte, das grüne Kleid zwei Stunden lang unversehrt zu lassen, hatte diesem Mäusebussard wohl nicht in den Kram gepasst! Cillie befahl mir, mir sofort etwas zu wünschen, und griff sich vor Lachen an den Kopf, ohne darauf zu achten, dass das ihrer Frisur komplett den Garaus machte. Dann ließ sie sich von Wolfgang drücken und über den Babybauch streichen.

Ich wischte mir eine Träne von der Wange, bevor Josef sie sehen konnte. Wenn jemand wie Wolfgang, dem Josef noch bis vor wenigen Wochen komplette Bindungsunfähigkeit unterstellt hatte, so schnell so glücklich werden konnte, vielleicht bestand dann für mich auch noch Hoffnung. Und jetzt wünschte ich mir erst einmal, dass ich nicht mehr so verdammt aufgeregt sein würde wegen Berlin.

Die standesamtliche Hochzeit verlief ohne Zwischenfälle. Ich hielt mich beim Eintreten eisern an der Seite Josefs und der Brautleute und schaffte es sogar mit in den winzigen Büroraum, während die große Traube draußen stand und wartete. Der Bürgermeister, ein riesiger rotgesichtiger Schrank von einem

Mann, vollzog die Trauung und schwitzte dabei so stark, dass die Schweißperlen über seine Backen in den buschigen Schnurrbart rollten. Das Brautpaar sagte »Ja« und küsste sich, es wurde gelacht, geheult, Hände geschüttelt, posiert, fotografiert, noch mehr Champagner ausgeschenkt, zurückgefahren, und dann trennten sich Josefs und meine Wege beim Bankett. Schade, dass ich mich nun nicht mehr weiter mit der kugelrunden Cillie unterhalten konnte. Ich stakste unsicher zu meinem Platz am anderen Ende der riesigen Remise, die zu einem Festsaal umdekoriert worden war, vier Gläser Champagner ohne Frühstück im Blut. Das Kärtchen mit der Nummer 64 steckte in einem Sträußchen aus Wicken und Löwenmäulchen. Ich zog mir den schweren Stuhl selbst vom Tisch weg und setzte mich. Der Kerl mit dem Bandwurmnamen war noch nicht da. Aber links von meinem Platz lehnte ein schwarzer Gehstock am Tisch, und ich hörte eine brüchige Stimme rufen:

»A Sherry instead of that Bellini would definitely be more appropriate!«

Oje. Die Chanel-Oma war die Biergräfin Henriette von Beustl...

Mein rechter Platz war immer noch leer, als mir eine endlose Stunde später einer der Livrierten den Amuse-Gueule-Teller wegnahm, ein anderer eine Maronenschaumsuppe mit Krebsen servierte und ein dritter das Rotweinglas auffüllte. Eigentlich trank man meiner Meinung nach zu Fisch Weißwein. Oder hatten die deftigen Maronen beim Rennen um den Wein gewonnen? Aber ich konnte niemanden dazu befragen. Die Biergräfin sprach kein Wort mehr mit mir, nachdem ich ihr nach dem zweiten Bellini auf Englisch zu erzählen versucht hatte, dass mein Vater sein eiskaltes Beustl-Bier am liebsten aus der Flasche trank und in der Lage war, diese Flasche mit allem zu öffnen, was härter war als ein Haushaltsgummi. So war das eben auf dem Land. Ich blickte sehnsüchtig quer durch den Saal zu Josef. Er hatte den Kopf in den Nacken gelegt und lachte. Cillie hielt sich die gestärkte Serviette vor das Gesicht, ihre Schultern samt Babybauch vibrierten. Wehen? Nein. Sie schüttelte sich vor Lachen. Die pferdeschwänzige Jungfürstin neben ihr lächelte zufrieden – offensichtlich hatte sie gerade einen Superwitz gelandet. Und ich saß hier und mopste mich zu Tode.

»Excusez.«

Eine verhangene Figur schob mein Glas ein Stück weiter zu mir hinüber und setzte sich. Mein Tischherr. Ich war inzwischen stocksauer. Und ziemlich betrunken. Konnte hier mal einer Konversation auf Deutsch machen? Je höher mein Alkoholpegel, umso sprachbegabter war ich normalerweise. Aber gegen diese steife Oxfordnummer hatte ich keine Chance. Und jetzt auch noch Französisch. Das hatte ich in der neunten Klasse abgelegt und seitdem nicht vermisst.

»Na, auch schon da?«, schoss ich zurück und tat mein Bestes, mir den Typen nur aus den Augenwinkeln anzusehen. Viel sah man von ihm sowieso nicht. Ray-Ban-Sonnenbrille im Gesicht, dunkelblonde, ins Gesicht fallende Haare, weißes Hemd zum dunkelgrauen Anzug und darüber ein dicker schwarzer Pashmina. Wie affig. War der Kerl gerade erst von einer Lungenentzündung genesen, oder warum vermummte er sich so?

»Wo kommen Sie denn her?«, fragte ich unverblümt.

Der Herr Graf lehnte sich zu mir, aber nur, um dem Kellner Platz zu machen, der ihm servil den Tafelspitz servierte, und richtete sich danach wieder auf.

»Genf«, antwortete er knapp. Immerhin auf Deutsch, aber ohne mich anzusehen. Pause.

Ja, und ich? Was war mit der Gegenfrage? Wo kam ich her? Aus München, einer bezaubernden Stadt mit vielen freundlichen Menschen! Und wo ging ich hin? Nach Berlin, in die Stadt der Toleranz! Aber Henri-Marie-Jean-Baptiste von Blablabla zu Tralala schwieg und kaute. Mann, war mir langweilig! Ich stieß den Stuhl zurück, wieder niemand, der mir half, ihn zurückzuschieben, Misjö war zu sehr mit seinem Tellerfleisch beschäftigt, und jetzt beugte er sich doch tatsächlich weit nach vorne, um einer Frau in königsblau gebatikter Seidentunika auf der anderen Tischseite etwas zuzuraunen.

So ein Stoffel! Hatte sich mir noch nicht einmal vorgestellt und quatschte stattdessen andere Weiber zu! Aber was sollte den auch an mir interessieren? Ich hörte ihn schon sagen: »Wie schön für Sie, sicher Klassik?«, wenn ich ihm von meiner angehenden Karriere in der Musikbranche erzählte. Ich würde mich wahrscheinlich besser amüsieren, wenn ich das Auto einfach zurück auf den Feldweg fahren würde, Türen auf, Major Tom in die Anlage, die nackten Füße auf die Hutablage und Lautstärke auf Anschlag. So wie früher auf dem Parkplatz vor dem Titanic in Steinhöring.

Ich legte den verrutschten Schal um meine Schultern und sah überall Gesichter, die sich zueinander beugten, lachten, hörte das Klirren anstoßender Gläser. Und fühlte mich unglaublich alleine.

Rotwein, und sei es ein 20 Jahre alter Chateau Schlagmichtot, war nicht unbedingt ein Getränk, das meine Laune stabilisierte, den vertrug ich normalerweise nicht mal abends. Wenn ich jetzt anfange zu flennen, dann ist das sicher ein Riesen-Fauxpas, schluckte ich in Gedanken meinen Unmut herunter. Besser noch was Aufheiterndes besorgen. Meine Absätze knickten zwischen den Fugen der großen alten Basaltsteine um, als ich mich auf den Weg zu den zwei Tischchen am Hoftor machte. Doch die standen verlassen da, umhüllt von weißem Leinen wie die Mini-Installation eines Christo-Schülers. Hätte ich mir auch denken können, dass niemand mehr mit Begrüßungschampagner auf mich wartete, wenn die Sause schon seit fünf Stunden auf Höchsttouren lief. Nur die Staffelei mit der Tischordnung stand da noch brav herum. Ich checkte den Platz gegenüber meinem Tischherrn. Und war noch empörter. Der gleiche Labrimal-Bandwurmname: sicher seine Frau! Waren also doch nicht alle Partner getrennt platziert worden!

Die Küche war nicht schwer zu finden. Ich reihte mich auf der Suche nach einem Drink einfach in die Ameisenstraße der Kellner ein, die von der Tafel zurück unterwegs waren, und landete unentdeckt im Souterrain, wo sich die Befrackten sammelten wie eine Herde schwarzer Ziegenböcke.

»Sag mal«, duzte ich einfach den Nächstbesten, »weißt du, wo ich noch ein Glas Champagner bekommen kann?«

Der Kellner blickte einigermaßen gehetzt auf die zwei beschlagenen Flaschen Wasser in seinen Händen, die sicher von so gutgelaunten, glücklichen Gästen wie der schwangeren Cecilia erwartet wurden, und stammelte: »Oh, verzeihen Sie vielmals, ich, ich …«

Wahrscheinlich überlegte er fieberhaft, was ihm in der Hotelfachschule über die Unberechenbarkeit betrunkener bürgerlicher Mädchen auf gehobenen Gesellschaften erzählt worden war, und suchte nach einer diplomatischen Antwort, um mich loszuwerden. Und jetzt rammte mir auch noch jemand einen Teller ins Kreuz. Ich fuhr herum – und kam nicht dazu, mich zu beschweren.

»Heidi! Du hier?«

Einer der Kellner, die dichten dunklen Haare gleichmäßig auf zwei Zentimeter geschoren, die Krawatte lässig ins weiße Hemd gesteckt, schichtete ohne Hektik verklebte Teller auf den linken Arm, um mich mit dem rechten zu umarmen.

»Felix! Ich habe ehrlich gesagt keine Ahnung, was ich hier mache!«

War eigentlich nicht so abwegig, jemanden wie Felix, mit dem ich viele Nachtschichten im Café Wenzel geteilt hatte, untertags bei einem Caterer zu treffen. Aus den Augenwinkeln sah ich, wie sich sein Kollege davonmachte, um das Wasser an seinen Bestimmungsort zu bringen.

»Mir ist so langweilig! Und ich vertrage keinen Rotwein! Und kein Mensch bringt mir etwas Vernünftiges zu trinken!«, beklagte ich mich. Mein Bedürfnis nach einem netten Gegenüber war so groß, dass ich Felix am Frackärmel packte: »Hast du ein bisschen Zeit? Kannst du uns nicht einen Champagner besorgen?«

Ich gab meiner Stimme einen sehr dringenden Unterton und dachte an Josef, der sich offensichtlich fürstlich amüsierte da oben, aber keinen echten Kerl wie Felix um sich hatte – der hatte nicht einmal seinen X-Tage-Bart für diese Nobel-Nummer hier abrasiert. Er sah trotz seiner Uniform ein bisschen so aus, als hätte er vor ein paar Jahren noch zu den Jungs gehört, die vor der Münchner Staatsoper mit ihren Skateboards auf dem Geländer der Freitreppe Funken schlugen. Josef hätte er jedenfalls gefallen, der stand insgeheim auf so sehnige Kraftpakete. Aber war Felix überhaupt schwul? Richtig viel geredet

hatten wir jedenfalls noch nie. Ich kannte ihn nur als den wort-
kargen Barkeeper, der auch in Stoßzeiten stumm, aber blitzschnell Bestellungen ausführte und mir im Café Wenzel Abend
für Abend Bier und Cocktails auf das Tablett gepackt hatte.
Und heute versorgte er mit durchgedrücktem Kreuz und abge-
winkelten Ellenbogen elitäre Stoffel wie meinen Tischnachbarn
mit teuren kleinen Portionen. Aber immerhin war er genug
Lausbub, um für eine verzweifelte Kollegin aus der Rolle des
blasierten Kellners zu fallen. Hätte ich gar nicht erwartet. Denn
Felix grinste mich an: »Logisch habe ich Zeit. Warte kurz, ich
bringe die Sachen in die Küche, und du gehst inzwischen raus
in den Garten. Ich komm dann nach, zwischen dem Fleisch und
dem Dessert sind jetzt sowieso erst einmal die Reden dran.«
    Er deutete auf eine Holztür am Ende des Souterrain-Ganges.
Ich konnte mich nicht erinnern, Felix schon einmal so viel am
Stück reden gehört zu haben. Und die kleine Lücke zwischen
seinen Schneidezähnen war mir noch nie so ins Auge gesprungen wie jetzt, als sein Grinsen noch breiter wurde:
    »Und ich bring uns was mit.«
    Die Holztür öffnete sich und gab den Blick frei auf die Rück-
seite des Hofes und die Remise, weiß gekalkt mit einem Funda-
ment aus dicken grauen Schiefersteinen. Ich zog meine Schuhe
aus, nahm sie an den Absätzen in die Hand und ging die fünf
Stufen vom Souterrain barfuß hinauf in den Garten – gut, dass
ich mich mit der freien Hand an einem kleinen schmiedeeiser-
nen Geländer festhalten konnte – und plumpste auf eine Bank
an der Hauswand, eingerahmt von Birnenspalier und Efeu. Ein
Traum. Ich schloss die Augen und legte den Kopf zurück, die
Welt fuhr darin Karussell. Hier fühlte ich mich besser, viel besser. Stille. Nur ein paar Vögel und dann ganz entfernt die
Stimme von Herrn Krantz, der zu Beginn seiner Rede alle
Adelstitel der Familie aufzählte, in die sein Sohn gerade eingeheiratet hatte. Ich hatte vorher noch nie jemanden allen Ernstes
das Wort »Durchlaucht« in den Mund nehmen hören. Ob es in
Berlin auch solche Partys gab? Wimmelte es da nicht noch von
enteigneten ostpreußischen Gutsherren und Landgrafen, die
ihre Schlösser in der Uckermark betrauerten und jetzt Karriere
in Politik und Immobilien machten? Ob die wenigstens bessere

26

Umgangsformen hatten? Ich hatte jedenfalls erst einmal genug von Herrschaften, die sich weigerten, Konversation mit mir zu machen. Da hielt ich mich lieber ans Personal. Blödsinnsidee, dieser Ausflug in eine Welt, in die ich nicht hineingehörte.

»Servus. Da bin ich. Ich hab gesagt, ich muss was aus dem Kühlwagen holen. Gut schaust aus!«

Felix war jetzt ohne den Frack, hatte sich eine bordeaux-farbene Schürze umgebunden und die weißen Hemdsärmel so weit hochgekrempelt, dass ich die Muskeln an seinen Oberarmen sehen konnte. Er sah ganz anders aus als in seiner weiten Jeans und den alten Simpsons-T-Shirts, die er im Café Wenzel immer trug.

Er setzte sich zu mir. Wir schwiegen vor uns hin und hörten Wolfgangs Vater zu, der salbungsvoll das Glück beschwor, das seiner Kaufmannsfamilie mit dieser Hochzeit widerfuhr, und sich dabei um Kopf und Kragen redete. Ein angenehmes Schweigen, nicht diese belastende Stille vorhin am Tisch, bei der ich das eigene Blut im Kopf rauschen gehört hatte. Felix holte eine Damastserviette aus der Schürzentasche und klappte sie auf. Darin lag eine selbst gedrehte Kippe.

»Willst du?«

Ich kniff die Augen zusammen, wunderte mich kurz über den selbst gerollten Pappfilter und dachte: Komische Zigarette. Und sagte: »Au ja.«

»Einen Shot?«

Ich hatte keine Ahnung, was ein Shot war, und wünschte mir insgeheim Josef herbei. Der kannte sich aus in solchen Dingen. Aber weil Felix keinen Champagner dabeihatte, der mir wohl einfach nicht vergönnt war, sagte ich noch einmal: »Au ja.«

Ein Feuerzeug klickte. Und als Felix einen Zug nahm und dann sein Gesicht zu meinem beugte, dachte ich noch: Küssen? Au ja! Und öffnete automatisch die Lippen.

Als der Rauch, den Felix mir direkt in den Mund geblasen hatte, kurze Zeit später nicht mehr aus meiner Nase kam und ich aufhörte zu husten, spürte ich, wie sich meine Mundwinkel zu einem breiten Grinsen auseinanderzogen. Ich wollte Felix sagen, dass es mit ihm lustiger war als mit jedem von denen da drinnen, aber mein Mund formte keine Wörter mehr, sondern grinste einfach weiter. Ich beugte mich vor, um meine Füße zu betrachten, denn sie fühlten sich plötzlich an, als hätte sie jemand mit warmem Öl übergossen und am Boden festgeschraubt. Und dann übergab ich mich auf meine Schuhe, die ich vor der Bank abgestellt hatte.

»Hoppla! Alles okay?«, fragte Felix. »Willst du dich hinlegen?«

»Au ja«, gelang es mir trotz der Watte in meinem Mund zu flüstern, und ich spürte, wie Felix meine Beine hochnahm und auf die Bank legte.

3

Zähe vierundzwanzig Stunden später waren Herr Hansi Hinterseer, Eminem, mein Laptop und ich die Einzigen, die noch nicht in meinen alten hellblauen Volvo-Kombi verfrachtet worden waren. Ich entsorgte die Pizzakartons und die zwei leeren Augustinerflaschen, mit denen ich den Helmut von nebenan bestochen hatte, mir beim Einladen zu helfen, in einen Plastiksack, grüner Punkt hin oder her. Josef wäre bei dieser Müllsünde sicher an die Decke gegangen, aber er hatte sich den ganzen Tag nicht aus seinem Zimmer bequemt. Toller Freund.

Ich kniete mich auf den Boden, fuhr den Computer ein letztes Mal hoch und klickte den ersten Eintrag auf der Lesezeichenleiste. Auf seiner MySpace-Seite hatte Josef 517 Freunde. Sicher mehr, als mir in meinem weiteren Leben Menschen begegnen würden, wenn ich mich nicht bald auf den Weg in die Großstadt machte. Ich checkte als letzte Tat noch schnell Josefs MySpace-Kalender. Hier vermerkte er akribisch, wann er wo arbeiten würde, um immer einen der 517 Freunde für ein reales Date parat zu haben. 15.9. Düsseldorf, 2.10. Paris, 4.10. Frankfurt. Schade, nach Berlin würde ihn wohl so schnell nichts führen.

Ich schrieb Josef eine Nachricht: »Also, ich bin dann mal weg!«

Ein Fenster poppte plötzlich auf.

»FELIX möchte dein Freund werden.«

Dass der sich traute, mich bei MySpace ausfindig zu machen! Schließlich war er für meinen desolaten Zustand heute verantwortlich. Viel Klamotten hatte es zwar nicht zu packen gegeben, ein paar Girlie-T-Shirts, hauptsächlich schwarz, ein paar Kapuzenpullis und die Glanzstücke meiner Garderobe: zwei Männer-Armeehosen in Khakigrün aus dem US-Shop in der Schwabinger Schellingstraße und zwei in Schwarz aus dem Carhartt-Laden. Untenrum war ich modisch nicht besonders flexibel. Experimente machte ich nur mit Kopfbedeckungen. Die hatten eine extra Reisetasche bekommen, ein altes Leinending mit der Aufschrift »Optik Grandauer Rosenheim«: Pudelmützen, Beanies, Basken, gekauft und selbst gestrickt, in Zopfmustern oder Zwei-rechts-zwei-links, über Jahre gesammelt, wie die grüne Pudelmütze mit der Wildpark-Poing-Aufschrift oder die rote Skimütze von den Olympischen Winterspielen 1988 in Calgary. Mützen, Mützen, Mützen, wichtig war mir nur eines: sie mussten mindestens eine Nummer zu groß sein, damit sie nicht saßen wie eine Badekappe. Ich schlug sie lieber am Hinterkopf ein bisschen ein und konnte damit sogar die Illusion einer darunter verborgenen Haarfülle erzeugen. Und Mützen mussten vor allem eines sein: schön weich und keine Eintagsfliegen. Und das Material musste stimmen. Bei Stoffen und Wolle war ich nämlich zickig. Mit einem fussligen Polyestermopp auf dem Kopf wäre ich nie auf die Straße gegangen.

Ich klickte Felix Anfrage weg, dafür hatte ich jetzt wirklich keine Zeit, massierte meine kalten Zehen, die warmen Socken waren schon im Koffer und somit im Auto, und starrte müde auf den Bildschirm. Ich musste gähnen. Aufgeregt war ich nicht mehr. Nur noch verkatert. Vielleicht sollte ich mir die Bachblüten, die ich den Meerschweinchen gegen den Reisestress ins Trinkwasser geträufelt hatte, selbst mal gönnen?

»Die Heidi ist wohl allergisch auf Meeresfrüchte«, hatte Felix auf der Hochzeit vorgegeben und so getan, als hätte er mich halbtot auf der Bank gefunden. Nachdem er mich durch den Festsaal in eines der Gästezimmer getragen hatte, badete ich in Übelkeit und Selbstmitleid, bis Josef mich nach Hause brachte. Schweigend, weil wegen mir seine Einführung in die Welt der Von und Zus ein jähes Ende gefunden hatte. Daran war eindeutig Felix schuld, der mich quasi zum Kiffen gezwungen hatte! Und das mir, die ich Drogen für ein Werk des Teufels hielt!

Dass Felix sich auch noch meine teuren Schuhe unter den Nagel gerissen hatte, war wirklich fies. Gut, sie waren von oben bis unten vollgekotzt, und wahrscheinlich hätte ich sie ohnehin entsorgt, aber da ging es ums Prinzip! Das Packen meiner Habseligkeiten für Berlin war also um ein Paar Schuhe leichter geworden, aber immer noch kein Spaß gewesen: Mordskater und hundsmiserable Stimmung. Ein Tierheim der schlechten Laune. Fehlte noch, dass ich jetzt sentimental werden würde. Aber so deutlich hatte zwischen Josef und mir erst einmal Funkstille geherrscht: gleich nachdem wir uns vor drei Jahren kennengelernt hatten. Nach dem ersten Examen hatte ich damals dringend Tapetenwechsel gebraucht und war im Algarve-Super-Club für Alleinreisende gelandet, mein erster und einziger Versuch, einer Single-Urlaubsveranstaltung beizuwohnen. Ich hatte gedacht, mit einem unverfänglichen Beachvolleyball-Spielchen am ersten Clubnachmittag könne man nichts falsch machen. Aber dieser vorlaute Schwule und ich waren uns sofort in die Quere gekommen. Ich zog den Laptop noch einmal zu mir und schrieb Josef eine weitere Nachricht: »Weißt du noch, an der Algarve? Kannst du dich erinnern, was das Erste war, was du je zu mir gesagt hast? Nämlich, dass mein Hintern so dick wie meine Haare dünn wären? Und alles nur wegen diesem Xavier!«

Josef und ich hatten nämlich nach einem heißen Nachmittag voll Animation und kalten Getränken gemeint, uns definitiv in Xavier, den schwarzgelockten Volleyballtrainer, verliebt zu haben – der lecker durchtrainierte Portugiese konnte sich jedoch nicht zwischen uns entscheiden. Er hatte sich zwar nach einem Tag Bedenkzeit gönnerhaft bereiterklärt, es mit uns beiden gleichzeitig oder nacheinander zu versuchen, *all inclusive* eben. Aber da hatten Josef und ich bereits zwei Flaschen Vinho Verde geleert, festgestellt, dass wir beide Sex and the City doof und Gilmore Girls toll fanden, und mit unserem Gegacker den größtmöglichen Missmut der verzweifelt nach Fickfleisch Ausschau haltenden Pauschalkollegen auf uns gezogen. Und dann hatten wir beschlossen, niemanden, vor allem niemanden mit Minipli, einen Keil zwischen uns treiben und Xavier andere als unsere Weltmeere erobern zu lassen. Josef hatte ihm den Stinkefinger gezeigt, und wir machten uns einen schönen Abend: er sich mit Manni aus Wuppertal und ich mir mit Johnny Depp auf Kabel eins. Und ich hatte zwar wieder nur mit mir selbst Sex, aber Josef als Freund gewonnen.

Ich legte den Computer auf den Boden und streckte meine eingeschlafenen Zehen. So klappte das nicht mit der Versöhnung. Digitale Kommunikation war ja schön und gut, aber nicht mit jemandem, der im Zimmer nebenan einen Film mit Romy Schneider und Horst Buchholz schaute. Und zwar so laut, dass der sonst so freche Eminem sich hinter dem fast doppelt so großen Herrn Hansi Hinterseer verkrochen hatte.

Die alten Dielen vor Josefs Zimmer knacksten unter meinen Füßen, die Garderobe sah irgendwie verwaist aus ohne meinen Mützenberg. Schön war es schon gewesen, mein Zimmer am südlichen Ende der Klenzestraße, ganz nah am Fluss, im Bermudadreieck der Kneipen Jessas, Maria und Josef. Aber für den Preis der paar Quadratmeter würde ich mir in Berlin nicht nur ein Zimmer, sondern bald eine ganze Wohnung leisten können. Und Josef hatte anscheinend kein Problem, die drei Zimmer selbst zu übernehmen. Ich klopfte an seine Tür.

Durch die Tür hörte ich Romy sagen: »Meine Cousine hat tatsächlich einen Marokkaner geheiratet. Aber er war kein Großgrundbesitzer, sondern ein armer Landarbeiter.« In fünf Minuten würde die Arme sterben. War nicht das erste Mal, dass Josef »Monpti« guckte.

Ich klopfte lauter. »Hallo, Josef?«

Die Tür ging auf.

»Hm?«

Ich räusperte mich. »Also, ciao dann.«

»Fährst du?«

31

»Ja.«

»Na, dann gute Fahrt.«

»Danke.«

Josef sah mich nicht einmal an. So konnte ich nicht los, wer wusste, wie lange wir uns nicht sehen würden! Ich machte noch einen Versuch.

»Du, Josef?«

»Hm?«

»Danke noch mal, dass ich bei Karl und Paulchen wohnen kann.«

»*Karlchen* und *Paul*. Bring das ja nicht durcheinander.«

»Alles klar. Und Josef?«

»Hm?«

»Sorry noch mal wegen der Hochzeit. Erst lädt mich Cillie explizit für nächstes Jahr ein, und dann so was. War echt nett von ihr und uncool von mir. Hat Wolfgang nach meinem Abgang noch mal was gesagt?«

»Na ja, der kann es natürlich nicht leiden, wenn man ihm die Schau stiehlt. Und das ist dir dicke gelungen, als dieses Tier von einem Kellner mit dir über der Schulter durch den Saal gelaufen ist. Der Kerl hatte diesen Surfer-Sex-Appeal, arbeitet der nicht auch im Wenzel? Aber Cillie hat Wolfgang beruhigt, die sieht das wohl nicht so eng. Und der Graf hat sich kaputtgelacht. Meinte, das hätte er irgendwie kommen sehen, du hättest schon während des Essens gewaltig einen im Tee gehabt.«

»Welcher Graf?«

»Na, dein Tischnachbar.«

»Dieser schnöselige Vollschwachmat!«

»Also, ich hätte mich gern mit ihm unterhalten. Sah gar nicht schlecht aus. Wie so einige. Aber ich musste die Party verlassen. Weil Madame angeblich keine Krebse verträgt. Übrigens genau die gleichen, die du dir vor zwei Wochen beim IKEA-Sommerfest auf den Teller geladen hast!«

»Josef, es tut mir leid! Aber es war draußen so nett mit Felix, und ich fühlte mich drinnen so fehl am Platz.« Allmählich war ich es leid, mir leidzutun. Und vor allem zu Kreuze zu kriechen. »Und tu nicht so, als wärst du noch nie auf allen vieren nach Hause gekommen! Ich hatte doch keine Ahnung, was ein Shot ist. Hättest du mir ruhig mal erzählen können. Dass du mich überhaupt so ahnungslos nach Berlin ziehen lässt!«

Josef musste grinsen. Immerhin. »Ahnungslos schon. Learning by doing. Warum hast du eigentlich so eine Aversion gegen alles, was zu viel Spaß machen könnte? Du Hascherl kannst doch unmöglich schon so viele schlechte Trips hinter dir haben.«

Darauf ging ich nicht ein, ich wollte nicht über etwas reden, das ich lange genug verdrängt hatte. Nicht nachbohren, Josef, bitte nicht, dachte ich. Doch Josef erwartete offensichtlich gar keine Antwort. Stattdessen trat er einen Schritt vor und schaute mir auf den herausgewachsenen Haaransatz.

»Aber mal ganz was anderes: Mit dieser Abwesenheit einer Frisur kannst du eigentlich nicht los.«

Er griff mir in die fliegenden Haarspitzen.

»Ich dachte, du wolltest da noch was machen?«

»Ja, aber das schaffe ich nicht mehr, ich muss doch noch bei meinen Eltern vorbei. Und morgen ist schon der erste Arbeitstag.«

»Ok.«

»Wie – ok?«

»Ja, komm rein, setz dich, ich mach das! Mit feinen Haaren kenne ich mich aus.«

Er schob sich an mir vorbei, um seinen Trolley aus der Küche zu holen, und drehte sich noch einmal zu mir:

»Kennst du eigentlich die Geschichte, als ich noch jeden Auftrag annehmen musste, und auf dieses Fest im Studentenheim gebucht worden war? Es hieß, ich soll auch ein altmodisches Rasiermesser mitbringen, und ich dachte erst, was wird das denn für ein makabrer Scheiß? Und dann waren da Die Alten Bräute und spielten ein Fan-Konzert, weil einer von den Studis das bei einem Wettbewerb gewonnen hatte?«

Ich seufzte. Ja, Josef hatte die Geschichte schon mal erzählt. Nicht nur einmal. Aber weil er mein bester Freund und wahnsinnig stolz darauf war, dem Sänger von Deutschlands ältester Punkband mal die Haare gemacht zu haben, tat ich ahnungslos.

»Nein, wirklich? Die Alten Bräute, echt, und dann?«

»Du weißt ja, wer der Kopf der Band ist, Der Junge Werther.

Also der Werther war natürlich auch da, und das Konzert war übrigens wirklich voll geil, heiß und wahnsinnig laut – in so einer Art Hobbyraum. Ein Wunder, dass nicht der komplette Helene-Mayer-Ring eingestürzt ist. Der Werther also, der hat mich gefragt, ob ich ihn nicht rasieren kann, also richtig mit Messer rasieren wie ein Barbier, denn einer der Studis hatte so einen alten Frisierstuhl da stehen. Der sammelte das Zeug, verrückt, diese Fans. Und ich habe gesagt ›Logo‹, und dann durfte ich der kompletten Band an die Bartstoppel. Wahnsinn, wenn man bedenkt, dass ich ein richtig Fremder für die war, und dann lassen die dich mit so einem scharfen Ding an ihren Kehlen rumfummeln…!«

Ich verlagerte mein Gewicht auf den anderen Fuß. Das war noch nicht der Höhepunkt der Geschichte, und ich kannte meinen Einsatz:

»Wow. Und den Werther hast du auch rasiert? Da waren die Mädels aber sicher ganz schön eifersüchtig!«

»Ha, von wegen nur rasiert! Also ich seife ihn ein und ziehe den Schaum dann ab, ganz vorsichtig wie bei einem Baby, und kann natürlich auch seine Haare aus der Nähe sehen, und ich sage zu ihm, da musst du mal was machen, die sind schon ganz dünn und flusig und völlig fertig vom vielen Selbstblondieren. Ich bin Make-up Artist, kein Friseur, aber so viel sehe ich auch noch. Ihr Punks seid schon komisch, sage ich zu ihm, auch wenn ihr zu Geld und Ruhm gekommen seid, ihr kümmert euch einfach nicht vernünftig um eure Haare. Ganz schön frech eigentlich, ich meine, jeder weiß, dass Die Alten Bräute ganz gerne mal was zertrümmern, wenn sich die Leute nicht so benehmen, wie sie sich das vorstellen, und nüchtern war sowieso keiner mehr von uns, aber Der Junge Werther war zahm wie ein Kätzchen, und dann habe ich ihm einen Haarschnitt verpasst, als hätte ich nichts anderes gelernt, und ihm den Ansatz gefärbt. Er hat mich zum Abschied umarmt und gesagt, er fühle sich wie zwanzig, und so sah er auch aus…«

Und endlich verschwand Josef in der Küche, um sein Handwerkszeug zu holen. Aus seinem alten Chefsessel aus Wirtschaftswunderzeiten quoll links die Füllung aus dem braunen Kunstleder. »Monpti« lief noch immer. Ich setzte mich vorsich-

34

tig in den Sessel und schnappte mir die aufgeschlagene Bel'Ami, die auf der Couch lag. Eine schwule Berliner Stadtzeitung war immer noch besser als Horst Buchholz in Schwarzweiß. Ich schlug das Cover mit dem halbnackten Jüngling, der eher griechisch-römisch als berlinerisch-preußisch aussah, zurück. Das lila Pulver, das Josef nun neben mir in einer Müslischale anzurühren begann, stach mir in die Nase. Ich versuchte, durch den Mund zu atmen, schlimm genug, dass mir diese Pampe gleich auf dem Kopf brennen würde. Das Wasser aus Josefs Sprühflasche nebelte auf die Seite drei.

»Mist, jetzt wellt sich das Papier.«

»Macht nichts, die Kolumne habe ich schon gelesen.«

Ich strich die Seite glatt und las die Überschrift: »Labers In & Autsch Liste im August« stand dort und darunter:

Lieber Flughafen Tegel, jeden Februar hast du mich im endlosen Berliner Winter eingesaugt und in Malle wieder ausgespuckt. In deinen Gates fühle ich mich immer wie in einem Hamsterrad, das sich dreht und dreht und dabei den Klingelton von »Ab in den Süden« spielt. Und du bist so schön real: Der einzige Unterschied zwischen deinen Gängen und dem Straßenbild von Marzahn ist, dass die männliche Pauschalreiseklientel keine Bierflasche in der Hand hat, sondern den Griff eines roten Einheitstrolleys.

Ich neigte den Kopf nach vorne, um Josef an meine Nackenhaare zu lassen, und las weiter.

Und die Tussen dazu haben eine Gesichtsfarbe, als kämen sie aus acht Wochen Urlaub in einer Hühnerbraterei, tragen ihre besten weißen Jogginghosen, extra knapp am Arsch, und schleppen im Beautycase die Airbrush- und Polierausstattung für ihre pink-silbernen Nailtattoos mit. All das werden sie mir jetzt nehmen: auch die dreißig Meter langen Schlangen an den Abfertigungsschaltern und die Reisekäfige mit den Kampfhunden, die die zwei Meter Durchgang zwischen dem einzigen Schnellrestaurant und dem Stand mit den Kreditkartenwerbern blockieren. Lieber TXL, du bist wie ein Kiez für mich, schade dass es dich nicht mehr lange geben wird. Ich werde dich vermissen!

Ich gluckste. »Uh, das ist aber bissig.«

»Ja, das ist eine geile Kolumne, Henri von Laber schreibt das, dieser Popliterat. Keine Ahnung, ob das einer von uns ist, aber dem ist nichts heilig.«

»Henri von Laber« sagte mir etwas, aber nicht viel. »Affenstall« hieß das grellfarbene Taschenbuch von ihm, das mir Josef mal unter die Nase gehalten hatte, aber ich hatte es nicht zu Ende gelesen. Die umfangreichen Beschreibungen durchaus exotischer Sexpraktiken des Helden, eines Prominentenchauffeurs, hatten mich zu sehr abgelenkt von meinen Repetitor-Skripten und mich mein sexloses Dasein noch langweiliger empfinden lassen. Das war einfach nicht zusammengegangen, Sex in den Po auf der einen Seite und die Fortsetzungsfeststellungsklage im Verwaltungsrecht auf der anderen.

Ich guckte noch mal in die Berlin-Kolumne. »Und, hat er recht damit?«

»Na ja, Berlin ist schon anders. Wirst ja sehen. Aber jetzt hoch mit dem Kinn, sonst wird das heute nix mehr.«

Ich wischte die gekappten Haarsträhnen mit dem Fuß beiseite. Sie waren sicher zwanzig Zentimeter lang.

»Keine Sorge«, sagte Josef und drehte den Stuhl, um besser auf den Fernseher blicken zu können, »ich weiß was ich tue. Der Werther damals hatte das gleiche Volumenproblem, meint man gar nicht, so ein harter Typ und dann so seidige Babyhaare…«

4

Es war Indian Summer, der neue Euphemismus der Tagesthemen für diesen klimakatastrophalen Altweibersommer, und die Straße von Birnbach nach Oberöd war gesprenkelt von grünstacheligen und braun glänzenden Kastanien, die unter den Reifen wegsprangen, als mein alter Volvo im Schritttempo die Abzweigung nach Unteröd hinauffröhrte. Ich fädelte das Schiff von einem Auto vorsichtig durch das Gartentor, vollgestopft, wie der Kombi war, konnte ich nur noch durch das linke Seitenfenster und die Windschutzscheibe etwas sehen. Ich stieg aus. Es war wie immer. Blühende Heckenrosen, die Nachbars-Tigerkatze reglos in der Wiese, Sägegeräusche vom Bauernhof schräg unten am Hang. Zu Hause.

Meine Mutter kam aus der Richtung der zwei großen Apfelbäume. Die Falten ihres Leinenrocks sprangen über ihren Hüften noch mehr auf als sonst. Stand ihr. Wie eine Babuschka, dachte ich.

»Magst was essen«, fragte sie, nachdem sie mich begrüßt hatte, »der Weber hat uns Marillen geschenkt?«

»Ach nein, passt schon.« Ich ging neben ihr zur Terrasse, wo auf dem runden Holztisch schon Tassen und Teller standen. »Ich wollte eigentlich nur die Ski und zwei Koffer bei euch abladen und gleich weiterfahren, ich bin spät dran.« Dann sah ich den großen Teller mit den Aprikosenstrudelstücken, der Teig hauchdünn, das Orange der Früchte durchzogen von cremefarbenen Topfenstreifen, und zögerte.

Meine Mutter lachte und holte Holunderlimo und Kaffee aus der Küche.

Nachdem ich die Kuchengabel mit dem Holzgriff beiseitegelegt und das dritte Stück abgelehnt hatte, sah ich mich um. Der Garten mit seinen Hortensienhecken war Mamas ganzer Stolz, und mein Vater hatte die Terrasse selbst erweitert, sodass man von dort das ganze grüne Tal mit den grauweißen Bergspitzen dahinter überblicken konnte. In der rechten Ecke der Terrasse stapelten sich Blumentöpfe und Untersetzer ordentlich übereinander.

Meine Mutter zupfte an ihrem Rocksaum. »Und, wann kommst du wieder? Und wo wohnst du denn überhaupt?«

Ich wusste, dass es ihr nicht recht war mit Berlin. Zu vage war ihre Vorstellung von dem Leben, das mich dort erwartete.

»Ich bleibe die ersten Wochen bei Freunden von Josef, und zum ersten Oktober suche ich mir dann was Eigenes. In Berlin gibt es mehr billige Wohnungen als irgendwo sonst, das klappt bestimmt!«, machte ich ihr und mir Mut. »Außerdem habe ich ja schon einen festen Job, da kann mir gar nichts passieren.«

Mama war nicht überzeugt. »Ich weiß nicht. Mir kommt es so vor, als wärst du erst vorgestern zum Studieren nach München gezogen. Und dann schaffst du das erste Staatsexamen, und dein Vater freut sich schon, dass seine Kanzlei Bestand haben wird in der Familie, und plötzlich interessiert dich das alles nicht mehr. Und jetzt ist es plötzlich irgendein Job in Berlin. Ich weiß nicht einmal, ob du da vernünftig verdienst, Mausl!«

Dem Mausl lag der Strudel auf einmal sehr schwer im Magen. Wenn meine Mutter mich so nannte, war nicht mit ihr zu diskutieren. Sie legte ihre von der Gartenarbeit rissige Hand auf meine.

»Und wenn es wegen der zu teuren Wohnungen in München ist: Du kannst jederzeit bei uns wohnen! Bring doch erst einmal die eine Sache zu Ende, bevor du die andere anfängst! Von hier aus ist es gar nicht so weit nach München, wie du immer tust – und auch dein Vater würde sich freuen, wenn du mehr Interesse zeigen würdest für die Kanzlei!«

Ich seufzte und wusste plötzlich wieder, warum ich nicht öfter als nötig bei meinen Eltern vorbeischaute.

Da war sie wieder, die alte Jura-Geschichte. Ich konnte mich immer noch genau an jenen strahlend-sonnigen Tag erinnern, als ich in der Bibliothek für Rechtswissenschaften saß und versuchte, mich mit meinen Juragenossinnen zu identifizieren. Dabei hatte ich festgestellt, dass mich diese Paukerei wortwörtlich krank machte: Mich plagte ein dauerhafter Nies- und Juckreiz, der immer stärker wurde, je länger ich mich in der Bibliothek aufhielt. Und der sofort zurückkehrte, als ich mich mit GG, BGB, STVG an Josefs Küchentisch verzogen hatte. Ich identifizierte die Symptome als eindeutige Jura-Allergie. Die Bibliothek war damit für mich gestorben und sogar die Uni selbst. Auch wenn ich damit die lange Ahnenreihe der Juristen in der Familie meines Vaters rüde unterbrach ...

»Mama, das ist einfach nicht meine Welt! Bin ich vielleicht eine dieser spitznasigen Brillenträgerinnen, die ihr Leben über Büchern verbringen? Eine Woche nach dem ersten Examen sitzen die bereits wieder an ihrem Stammplatz in der Bibliothek, und das Verrückteste, das sie in ihrem Leben machen, ist, unter den Büchertischen heimlich Balisto zu essen! Und ich bin definitiv keine Perlenpaula, du weißt schon, diese Stiefel-über-Jeans- und Perlen-in-den-Ohren-Studentinnen, die alle sechzig Minuten aus der Bibliothek rennen, um sich die Lippen nachzuziehen und die Parkuhr ihrer Mini Cooper zu füttern! Soll ich werden wie die und mit fünfunddreißig anfangen, Brigitte Woman zu lesen und mir heimlich Baileys in den Kaffee zu kippen? Mama, ich weiß zwar nicht, was ich bin, aber das jedenfalls nicht. Und ich habe genug wertvolle Lebenszeit verschwendet und etwas gepaukt, was mich eigentlich nicht interessiert! Jura ist mir einfach egal! Ich spüre nichts, wenn ich Tag für Tag in dieser Bibliothek herumsitze, einfach nichts, dieses Paragraphengereite lässt mich innerlich komplett kalt!«

Ich schnappte nach Luft. So lange hatte das Mausl noch nie um seine Position gekämpft. »Jetzt fahre ich erst einmal nach Berlin. Ich weiß schon, was ich tue.«

Meiner Mutter gingen langsam die Argumente aus. Sie musste noch weiter in der Vergangenheit kramen.

»Das hast du damals auch gesagt, als du dir alle Haare und Wimpern abgeschnitten hast!«

»Mama, da war ich fünf! Und du weißt genau, dass ich das nur gemacht habe, weil ich gehört hatte, wie du zu Tante Anni gesagt hast, dass die Haare an den Beinen viel dicker und länger nachwachsen, wenn man sie rasiert. Und da hatte ich eben gedacht, dass das auch für andere Haare gilt!«

»Ein Jahr lang konnten wir keine Familienfotos nach Ostfriesland schicken, weil alle gedacht hätten, du wärst todkrank!«

Das stimmte allerdings. Anstatt zu sprießen wie frisch gedüngte Primeln, waren meine Kopfhaare unverschämterweise sehr zögerlich und meine Wimpern erst einmal gar nicht nachgewachsen…

Ich unterdrückte ein Aufstoßen. Streit mit meiner Mutter schlug mir immer sofort auf den Magen, ich musste dringend das Thema wechseln.

»Wo ist Papa?«

Meine Mutter gab auf. Sie schob ihren Stuhl zurück, um den

Teller mit dem Kuchen vor den Wespen zu retten und dem Gespräch ein Ende zu machen. »In der Kanzlei.«

»Am Sonntag?«

»Ja, seit der Sache mit dem Windrad ist er ganz außer sich.«

»Mit welchem Windrad?«

»Der Nachbar will hier auf den Berg einen Windgenerator aufstellen, und dein Vater versucht, etwas dagegen zu unternehmen. Aber das interessiert dich ja sowieso nicht.«

»Aber...« Sie ließ mich nicht ausreden. »Deine Ski kannst du in den Schuppen stellen, du weißt ja, wie du reinkommst. Und was hast du eigentlich schon wieder mit deinen Haaren gemacht? Du hast so ein hübsches Gesicht, aber immer musst du dich irgendwie verunstalten!«

Ich sah zu, dass ich in den Schuppen kam. Gott, war ich froh, im Gegensatz zu meinem Vater ein Leben außerhalb dörflicher Nachbarschaftsstreitigkeiten gewählt zu haben. Klebrige Spinnweben blieben an meinen Wangen hängen, während sich meine Augen an das Halbdunkel gewöhnten. Die Sonne schien durch die Lücken der Bretterwand auf den großen Hackstock und die Holzstapel und schnitt den Staub darauf in goldene Scheiben. Hinter Schubkarren und Schlitten standen unsere Ski aufgereiht, von 80 Zentimeter Höhe bis zu den Slalomskiern, die ich jetzt in der Hand hielt. Eigentlich war das die schönste Zeit gewesen, diese Winter, in denen mein Vater und ich jeden Morgen aus dem Küchenfenster geschaut hatten, ob und wie viel es geschneit hatte. »Pulverschnee! Kaiserwetter!« hatte es dann manchmal geheißen, und wenn Wochenende war, konnte uns nichts aufhalten. Und an Schultagen hatte er manchmal mittags die Kanzlei zugemacht und mit unseren Skiern in der Hand vor der Schule auf mich gewartet.

Heute ging das nicht mehr. Inzwischen war die Kanzlei zu wichtig und die Tochter, die sie nicht übernehmen würde, zu fremd. Oder warum hatte ich gerade mit meiner Mutter allein Kaffee getrunken? Sicher nicht nur wegen eines dummen Windrades, sondern weil mein Vater Berlin für eine Schnapsidee hielt, genauso wie meine Wohngemeinschaft mit diesem »verrückten Hund«, wie er Josef nannte. Die Tatsache, dass ich als

Erstes bei einem Schwulenpaar am Prenzlauer Berg unterkommen würde, war sicher eine Information, auf die mein Vater gut verzichten konnte.

Die Kirchturmuhr von Oberöd schlug, und wie immer zählte ich mit. Vier. Ich musste dringend los. Etwas zu schnell drehte ich mich um, und mein Knie prallte schmerzhaft gegen eine Kiste. Hier war sie also gelandet, meine Plattensammlung. Groß war sie nicht, hatte aber alles zu bieten, was man auf dem Dorf so hören musste, wenn man zu den Schwarzgekleideten zählen wollte. The Cure, Depeche Mode, Patti Smith. Und weil Die Ärzte und Die toten Hosen in Unteröd nicht so angesagt waren, hatte ich mir die heimlich gekauft. Und als Kompromiss, weil ich mich nicht zwischen dem Campino- oder Bela B-Lager entscheiden hatte können: die ersten beiden Alben der Alten Bräute. Josef hätte seine Freude daran gehabt, wenn er jetzt sehen hätte können, wie ich mit dem Unterarm das Cover mit dem Jungen Werther polierte. Und dahinter steckte meine allerallererste Platte, mit vier meiner Mutter aus dem Kreuz geleiert – Harry Belafonte. Und meine zweite: Richard Clayderman. Ich entschuldigte mich in Gedanken und in aller Form bei den beiden vernachlässigten Herren, die mich durch ihre Weichzeichner beleidigt anblickten, und war froh, dass mein Kleinkindgeschmack sich im Laufe der Jahre ausgewachsen hatte. Ich würde meine Platten nachholen, sobald ich endlich eine eigene Wohnung und Regale hatte. Schließlich war ich auf dem besten Weg, hinter den Kulissen des Showbiz Fuß zu fassen. Und zwar in Berlin, in der Stadt von Wir sind Helden, den Beatsteaks, den Ärzten, David Bowie und, ähm, auch von Sido und Bushido. Das ganz dicke B eben.

Der Verlust der Ski und Skischuhe hatte nicht wirklich Platz im Auto freigemacht, der Futon drückte immer noch von hinten auf meine Kopfstütze. Hoffentlich hatten meine Gastgeber in Berlin einen richtig großen Keller. Ich schob den Fahrersitz ein Stück weiter vor, und das Alufolienpaket mit dem lauwarmen Strudel von Mama (»In fünf Stunden bist froh, dass du was dabeihast«) neben den Meerschweinchenkäfig in den Beifahrer-Fußraum. Nicht, dass meine Mutter viel Erfahrung mit der Versorgungslage auf der A9 hatte ... Ich drückte sie, dankte ihr und ließ beim Losfahren das Fenster herunter, um ihr zuzuwinken.

Den dunkelblauen Benz sah ich erst von unten kommen, als seine Schnauze direkt vor mir auftauchte. Ich stieg auf die Bremse, schlug mir den Ellbogen am Autorahmen an und erntete empörtes Fiepen aus dem Fußraum.

»Obacht geben, länger leben! Deinen Arm brauchst ja noch.«

Dass mein Vater nicht von hier war, hörte man ihm nicht im Mindesten an. Er war ausgestiegen und reichte mir ein Päckchen aus Zeitungspapier durch das Fenster.

»Schau, für dich. Damit die Leute in Berlin gleich wissen, wer du bist.«

Ich wickelte das Geschenk aus. Eine kleine Holztafel mit meinem Namen. Selbst gemacht.

»Danke.«

Ich strich über die Oberfläche. Das Türschild war samtig glatt poliert.

»Und jetzt sieh zu, dass du loskommst, es wird ja nicht früher«, murmelte mein Vater ohne zu lächeln und ging zurück zu seinem Auto, um den Weg freizumachen. Ich löste lediglich die Kupplung, um den Volvo ohne zu starten bergab rollen zu lassen. Mein Vater schätzte es immer sehr, wenn man Sprit sparte.

5

Die hat ja eine Frisur wie ein Schäferhund, dachte ich, als ich die schwarz-gelb gefärbten Haare des Mädchens sah, auf das ich vor der Glastür wartete. Mein erster Arbeitstag.

»Ich bin Doreen«, sagte sie und übersah meine ausgestreckte Hand. »Wir gehen gleich mal zu HR.«

Ich unterdrückte den Impuls, mir die Nase zuzuhalten, um

dem intensiven Geruch nach Achselschweiß zu entgehen, den Doreen mitbrachte, und fragte stattdessen: »Eitsch Ar?«

»Human Resources. Die Personalabteilung.«

Doreen winkte mich mit einer Bewegung ihres scheckigen Kopfes durch die Glastür, die sie für mich aufgehalten hatte, überholte mich mit zwei schnellen Schritten und ging vor mir den Gang hinunter. In ihren flachen Ballerinas erinnerte mich ihr Gang an John Wayne. Außerdem hatte sie O-Beine, die in pink-schwarz gestreiften Leggings steckten, und trug einen weißen Tüllrock. Ich wandte den Blick von Doreen ab. Rechts und links von mir hingen an den Backsteinwänden Plakate und silberne und goldene CDs, ordentlich gerahmt.

THE SUPERBROTHERS' WORLD TOUR stand da. Und CARLOS X, NEW ALBUM OUT NOW. Hochkarätige, internationale Stars, die nur darauf warteten, von mir in Weiß belederten Lounges unterwürfigen Pressedamen entgegengeführt zu werden. Meinetwegen konnte Doreen ruhig zickig sein. Sie war schließlich nur die Assistentin des Vertriebschefs und nicht meine neue beste Freundin.

Als wir an einer bunt beschmierten Glastür vorbeigingen, blieb ich stehen, atemlos. »Was ist das?«, brach ich neugierig das Schweigen. Der Raum hinter der bunt beschmierten Glastür sah aus wie das Plastikkugelparadies eines schwedischen Gemischtmöbelladens.

»Die Kita!«, kam eine knappe Antwort über die Schulter. Diesmal musste ich nicht nachfragen. Die Abkürzung Kita verstand ich. Beim Weitergehen bemerkte ich ein Knäuel aus circa zehn tobenden Gören und grinste in mich hinein. Da waren sicher zwei, drei Rockstar-Kinder darunter, die den hausinternen Promoterinnen, wie ich seit heute eine war, backstage in den Ofen geschoben worden waren. Und genau die kassierten von Lenny oder Robbie oder Mick Millionen für eine Verschwiegenheitserklärung und begaben sich nur des schönen Scheins wegen noch immer ins Büro. Eine interessante Perspektive.

Ich beeilte mich, Doreen einzuholen, die Wege bei Uniworld waren endlos. Kein Wunder, dass sie so schwitzte. Und als wir nach gefühlten fünf Kilometern zusammen in einer Chromhalle vor einem Aufzug landeten, schenkte sie mir ein überraschendes Grinsen. Ich checkte unauffällig mein Spiegelbild und mir wurde klar, warum. Josefs Versuch, mir einen Victoria Beckham-Bob zu verpassen, war grandios gescheitert, ganz zu schweigen von dem leichten Grünstich, den meine Haare nach dem Färben hatten. Der struppige und zu kurz geschnittene Pagenkopf ließ mich neben Doreen wie eine verklemmte Nachrichtensprecherin aus den Siebzigern aussehen. Schließlich unterschieden mich von Posh Spice nicht nur Budget, Himmelfahrtsnase und Intelligenzquotient, sondern auch mindestens fünfzehn Kilo. Doreen hatte eher das Format von Posh. Wo man bei meiner neuen Kollegin die flache Erhebung eines kaum erwähnenswerten Hinterns sah, fanden sich bei mir zwei ordentliche Kugeln, die immerhin davon ablenkten, dass auf der Vorderseite über dem Bund meiner Hose eine weitere Ausbuchtung war. Das würde sich in Berlin hoffentlich von selbst erledigen. Mamas Marillenstrudel war fürs Erste unerreichbar.

Wo andere Aufzüge »Pling« machten oder ganz die Klappe hielten und einfach nur sanft ihre Türen aufgleiten ließen, gab der Uniworld-Lift ein lautstarkes »RADDABBABBADUMM« von sich. Der Tüftler, dem eingefallen war, dieses Schlagzeugsolo in das System zu fummeln, war sicher befördert worden. Und dann genauso verlegen vor der Personalchefin gestanden wie jetzt ich. Dass Personalabteilungsleiter überall gleich aussehen müssen, sogar die einer schicken Plattenfirma. Nämlich blass, fad und wahnsinnig langweilig? Wie war die korrekte Anrede für die Blusenträgerin mir gegenüber? Siezen? Duzen? Ich reichte ihr erst einmal brav die Hand und versuchte, meine Nervosität zu verbergen.

»Ich bin die Heidi. Guten Tag.«

Frau Mösinger streckte mir ohne aufzustehen ihre fleischige Hand entgegen.

»Guten Tag. Adelheid, nicht wahr?«

»Ja, eigentlich schon, aber so nennt mich niemand.«

»Oh. Das hätten Sie unbedingt vorher erwähnen sollen.« Sie runzelte die Stirn und blickte an meinem Gesicht hinunter auf meinen Bauch. Ich unterdrückte den Impuls, mein schwarzes Kapuzensweatshirt auf Zahnpastaflecken zu kontrollieren.

»Sie sollten in Ihrem Account unbedingt den Namen als Usernamen benutzen, unter dem Sie alle kennen. Sie werden ja hauptsächlich mit Outlook kommunizieren.«

Ich starrte sie an. »Ach ja?«

Sie streckte mir wortlos ein Blatt entgegen, auf dem »Personalbogen« stand.

Adelheid Hanssen
Personalnummer: 1754
E-Mail: adelheid.hanssen@*uniworld*.de.

Alles klar. Wie sollte einer der Uniworld-Superstars mir per Mail mitteilen, dass der Tag mit mir eine Wonne gewesen war und er sich gerne mit einem Essen im Borchardt revanchieren wollte? Mit Adelheid würde ich mich ihm sicher nicht vorstellen – und deshalb würde seine E-Mail auch nie bei mir ankommen.

»Ich verstehe, aber das kann man doch sicher ändern? Oder so einrichten, dass auch E-Mails ankommen, die an Heidi Punkt Hanssen geschrieben werden?«

Das fand die HR-Chefin nicht lustig. »Wir sind ein Unternehmen mit über 300 Mitarbeitern. Wenn da jeder seinen Namen ändern wollte, hätten wir viel zu tun. Zum Glück haben wir Ihre Visitenkarten noch nicht in Auftrag gegeben. Mit welchem Vornamen sind Sie denn in Berlin gemeldet?«

»Ich bin noch gar nicht gemeldet, ich suche gerade eine eigene Wohnung.«

Frau Mösingers Gesichtsausdruck war inzwischen fast angeekelt. »Aber irgendwo müssen Sie ja wohnen. Sie wissen, dass Sie die Pflicht haben, innerhalb einer Woche zum Bürgeramt zu gehen? Auch wenn Sie keine eigene Wohnung haben? Gut. Und geben Sie dort dann an, dass Sie Heidi heißen oder Adelheid?!«

Frau Mösinger war not amused. Ich auch nicht. Eine derartige Bürokratie – bei einem Plattenlabel?

Doreen hatte sich wohl irgendwann aus dem Staub gemacht

und war weder zu sehen noch zu riechen. Gerne hätte ich jetzt mit jemandem einen Blick gewechselt und die Augen nach oben verdreht. Aber Frau Mösinger war noch nicht fertig.

»Was ist das eigentlich für ein Dialekt, den Sie sprechen? Und wo kommen Sie her? Schweiz? Österreich?«

Gleich würde sie fragen, ob mich der Geißenpeter nach Berlin begleitet hatte und ob er eine korrekte Aufenthaltsgenehmigung hatte.

»Nein, ich komme aus Süddeutschland. Und wenn Sie es genau wissen wollen: Meine Mutter ist vom Tegernsee und eine geborene Moser, mein Vater stammt aus Ostfriesland, und aufgewachsen bin ich im bayrischen Unteröd.«

Die ohne Vorwarnung aufschwingende Zimmertür brachte etwas Bewegung in die dicke Luft. Doreen war zurück.

»Ich will ja nicht stören, aber Herr Kuszinsky ist da und hätte um 10.30 Uhr Zeit für ein Meeting, sein Schedule ist ansonsten total tight heute, da sollten wir mal zackig los!«

Das Antlitz der Mösinger hellte sich schlagartig auf. »Ach, Herr Kuszinsky hat Sie eingestellt?«, wendete sie sich an mich. »Dann lassen Sie ihn mal besser nicht warten, nicht wahr. Und das mit der E-Mail-Adresse und den Visitenkarten, das besprechen wir einfach so bald wie möglich, gell?«

Weiß der Teufel, warum die Alte plötzlich so freundlich war. Vielleicht meinte sie es auch nur nett? Ich wurde schon paranoid in diesen fremden Gefilden. Ich nickte ihr zu und machte mich mit Doreen zusammen auf den Weg.

In seinem Glaskastenbüro im 4. Stock kam mir Kuszinsky um einiges älter vor als im Dämmerlicht der Lobby des Cortina, in der wir uns vor zwei Monaten getroffen hatten. Also nicht wirklich älter. Irgendwie – fertiger. Unter seinen Augen waren Säcke, die auch ein Josef nicht hätte kaschieren können. Unter seinem rosa Hemd zeichnete sich das ab, was die Gala vor Kurzem in dem Artikel »Männertitten – die neue Herausforderung für Schönheitschirurgen« beschrieben hatte. Dieser von einem Ralph-Lauren-Logo verzierte Beweis, dass die Schwerkraft auch vor Männerfleisch nicht haltmachte, war eingerahmt von zwei großen Schweißflecken. Übermäßige Transpiration gehörte hier wohl zum Firmenethos.

»Mensch, das Fräulein Hanssen hat es nach Berlin geschafft.«
Seine Hand war schlaff und feuchtkalt. »Setz dich doch, wie ist
dein erster Tag bisher?«

Ich holte Luft, um nicht ganz ehrlich »Wirklich toll!« zu
sagen, aber Kuszinsky redete einfach weiter und steckte sich
dabei eine John Player Special an.

»Ich habe auf dich gewartet. Es gibt viel zu tun. Schon heute
Nachmittag.«

So hatte ich mir das vorgestellt! Wo wartete die Limousine?
Für wen sollte ich wie viel Champagner auf welches Zimmer
im Adlon liefern lassen? Oder am besten gleich selbst hinbrin-
gen?

»Hast du das schon auf YouTube gesehen?« Kuszinsky
beugte sich nach vorne, um mir die bunte Papphülle einer CD
zuzuschieben. Die Glasplatte seines Schreibtisches schnitt ihm
dabei ordentlich in den Bauch. Ich schaute neugierig auf das
Cover. »Pussi, der kleine Tintenfisch« stand darauf.

Ich schüttelte den Kopf. Nein, das kannte ich nicht. Sollte ich
etwa?

Kuszinsky zog die Tastatur seines PCs zu sich und klickte,
wartete, klickte wieder, grunzte dann zufrieden und winkte
mich mit einer knappen Handbewegung neben sich. Ich beugte
mich über seine Schulter und hielt kurz die Luft an. Kuszinsky
roch nicht unbedingt wie ein gepflegter Medienmanager, sondern wie der Regal-Auffüller eines Supermarkts in Neuperlach:
streng nach Schweiß und zu viel Männer-Deo.

Aber was ich auf dem Bildschirm sah, passte auch nicht besser in meine Vorstellungen: in einem YouTube-Rahmen standen drei Faschingsgestalten knietief in einem Kinderplanschbe-
cken und wippten mit den Knien. »Pli-pla-platsch – wir machen
alle Quatsch. One-two-three – come and be with me!« rappte
die mittlere Figur, ein mannshoher Tintenfisch in einem wab-
beligen Schaumstoffkostüm mit acht ausladenden Fangarmen.
Die Stimme, von der man nicht sagen konnte, ob sie von einem
Mädchen oder Jungen stammte, kam aus einem riesigen Kopf
mit aufgenähten Glupschaugen. »Unsere Welt ist blau und
nass, das macht uns allen Riesenspaß … one-two-three – come
and be with me!« stimmten jetzt die im Takt wippenden Was-

sertropfen mit ein. Denn rechts und links vom Tintenfisch standen zwei hellblaue Kugeln mit Zipfelmützen, aus denen unten nackte Beine schauten, Jungsbeine, soweit ich das auf dem krisseligen Video beurteilen konnte.

»Unsere, nein – meine Neuentdeckung! Damit wird uns der Transfer von einem Web-zwo-null-Geheimtipp in die ganz große Liga gelingen! Wenn wir Pussi richtig vermarkten, ist das eine Goldgrube!«

Kuszinsky startete den Song erneut, aber ich hatte schon genug gesehen. Dafür war ich nach Berlin gezogen? Für einen Schnappi-Remake? Da betreute ich ja noch lieber die Aßlinger Dorfschwalben! Mein Protest ging unter, bevor ich ihn überhaupt formulieren konnte. Denn Kuszinsky hatte sehr plötzlich das Interesse an dem unscharfen Stream verloren und die Fernbedienung seines Superflach-und-superbreit-Fernsehers in die Hand genommen, um ihn lauter zu machen.

Ich folgte seinem Blick und erkannte das bunte M-EINS-Studio. Wieder die hübsche Hexe, wieder in Begleitung, diesmal einer jungen Dame in zu engem roten Polohemd und einem schwarzen Pudel auf dem Kopf. Amy Winehouse. Die Hexe saß neben Amy Winehouse? Warum durfte nicht ich sie betreuen?

An Kuszinskys Gesicht konnte ich ablesen, dass er aus irgendeinem Grund nicht erfreut war.

»Amy ist bei der Konkurrenz, nämlich Universal«, knurrte er. »Und jetzt sitzt sie gerade bei Loreley in der Livesendung am Nachmittag. Dabei ist die Winehouse doch Schnee von gestern! Ich verstehe nicht, warum sie der auf M-EINS so eine Riesenplattform geben. Wir bei Uniworld zahlen uns dumm und dämlich und übernehmen jedes Mal mindestens die Hälfte der Produktionskosten, wenn wir unsere Künstler platzieren, und dann setzt M-EINS sich diese drogensüchtige Hupfdohle ins Studio, die sicher keinen Cent mitgebracht hat. Genau hier will ich Pussi sehen – und zwar noch diese Woche! Am liebsten würde ich sofort rübergehen und bei der alten Kohn-Zwilling auf den Tisch hauen!«

Ich vergaß den Pussi-Albtraum kurz und fragte: »Wie – einfach in die Sendung reinplatzen? Und wieso rüber? Das M-EINS-Studio ist doch in Köln ...«

Keine gute Idee. Kuszinsky wandte sich mir stirnrunzelnd zu. »Heidi, du bist jetzt in Berlin und nicht mehr auf dem Land. Und dass ich dir sagen muss, dass M-EINS erstens in Hamburg ausgestrahlt wurde, zweitens vor zwei Jahren nach Berlin umgezogen ist und drittens nun hier auf dem Gelände sitzt, spricht nicht für dich.«

Kuszinsky passte es offensichtlich gut, ein Ventil für seine in den Keller gesackte Laune gefunden zu haben. Ich versuchte die Fassung zu wahren. Medienstandorte waren eben bisher nicht mein Fachgebiet gewesen. Dafür konnte ich mit meinem Wissen über Urheberrecht glänzen und die rechtlichen Grundlagen der MP3-Piraterie und Downloadwirtschaft erläutern. Außerdem war das hier mein verdammter erster Tag! Sagte ich aber natürlich nicht laut, sondern drehte das Pussi-Cover in der Hand hin und her. Kuszinsky war sowieso noch nicht fertig.

»Nun, nebenan und bei MTV wird dein Hauptarbeitsplatz sein! Als Promoter hilfst du den Redakteuren, die Nummer eins von morgen zu entdecken. Unseren Kraken hier zum Beispiel. Ganz großes nationales Thema. Und lass dich nicht von irgendwelchen Hippness-Argumenten abschrecken. Tokio Hotel war anfangs auch nicht cool – und jetzt ist die Band ganz vorne mit dabei und kriegt Awards hinterhergeschmissen. Dranbleiben, Heidi, einfach immer dranbleiben!«

Dranbleiben? An diesem Kinderthema? War nicht die Rede von internationalen Superstars gewesen? Mussten ja nicht gleich Depeche Mode oder Robbie Williams sein. Aber was war mit Carlos X? Oder mit The Superbrothers? Kuszinsky ließ mir keine Chance nachzufragen.

»Also, du weißt Bescheid. Doreen erklärt dir alles Weitere. Wir stecken in unsere Arbeit einiges rein, so viel muss dir klar sein, da ist richtig viel Geld im Spiel. Heute Abend hast du also mindestens drei Pressetermine – das muss auch kurzfristig noch drin sein – und morgen dann beim Tagesspiegel, bei Radio Energy und natürlich bei Loreley-Live. Die Künstler liegen uns sehr am Herzen und dir hiermit auch.«

Künstler? Irgendwo in diesem Disneyland-Abklatsch hatten sich Künstler versteckt?

Doreen wartete vor dem Büro auf mich und warf mir einen

prüfenden Blick von der Seite zu, als sie mir eine schwarz glänzende Uniworld-Mappe reichte:

»Hier haste einen Folder, da stehen alle Nummern drin für heute Nachmittag, die Band muss um acht auf der Bühne stehen, ist jetzt noch im Hotel. Taxi habe ich dir gerufen. Hier ist ein Firmenhandy. Immer anlassen. Tschüssi.«

Ich sah auf die Mappe in meinen Händen. Meine Finger hatten darauf sofort schweißnasse Abdrücke hinterlassen. Wenigstens was die Schweißproduktion betraf, war ich schon Teil des Teams.

Doreen drehte sich noch einmal zu mir um: »Ach, und was ich dir noch sagen wollte: geile Farbe. Ich hatte auch mal grüne Haare. Ist aber schon was her.«

Das Taxi mit seinem ausgeleierten Automatikgetriebe schlingerte Vollgas auf die sechsspurige Straße vor dem Berliner Rathaus. Mein leerer Magen schlingerte mit, während ich die erste Nummer aus dem Folder wählte.

»M-EINS, Doku, Live & Artists, der Jörg. Hallooo?«

Shit, die waren schon beim ersten Klingeln drangegangen. Völlig seekrank versuchte ich meiner Stimme einen begeisterten Klang zu geben und erwiderte: »Hi. Die Heidi hier von Uniworld. Ich habe ein klasse Thema für euch, wenn ihr spontan seid, könnt ihr heute Nachmittag als die Ersten vorne mit dabei sein.«

»Die wer?«, kam die knappe Antwort.

»Heidi. Von Uniworld. Ich könnte in einer Stunde bei euch sein mit einer ganz spannenden Geschichte. Hat es so noch nie gegeben.«

Nach fünf Minuten wusste ich wieder, warum ich keine Marketingmaus geworden war: Schon beim Völkerball in der dritten Klasse, als der Kneitinger Erwin mich wegen mangelnder Wurffähigkeiten nicht in der Mannschaft haben wollte, war ich nicht in der Lage gewesen, ihm überzeugend zu erklären, dass es ja nicht nur ums Werfen, sondern auch ums Ausweichen ging. Und nun erklärte mir der M-EINS-Jörg eher mitleidig als unfreundlich, dass Pussi zu jung sei für die Target Group, die Bookings für Loreley-Live für die nächsten zwei

Wochen abgeschlossen seien und man höchstens nach einem vielversprechenden Chart-Entry noch einmal reden könnte. Jörg würde das Thema dann mal mit zur Resi (nein, keine Bedienung im Dirndl, sondern die Abkürzung für Redaktionssitzung!) nehmen. Ich legte auf mit einem Scheißgefühl – ich hatte mich viel zu leicht abwimmeln lassen.

Tagesspiegel Kulturredaktion, Holger Speck stand als Nächstes an. Ich hob den Blick von der Kontaktliste, die Doreen in die Uniworld-Mappe gesteckt hatte, von der kleinen Schrift wurde mir noch übler. Ich blickte aus dem Fenster: Rechts zog eine Kuppel vorbei, Fluss auf beiden Seiten, sicher die Museumsinsel. Die akkurate Grünanlage auf der Uferseite sah wahnsinnig modern aus neben dem schwarzbraun gealterten Mauerwerk. Die Bäume darauf wirkten mager und frisch gepflanzt. Irgendwie schüchtern. Als hätten sie den Job nicht gewollt.

Der Tagesspiegel also. Im Geiste sah ich – zwischen MOMA-Programm und der Kritik einer neuen Bertolt-Brecht-Inszenierung – die Schlagzeile *»Publikum lacht über Plüsch-Witz mit acht Armen«* schon vor mir. Und ich hörte Kuszinsky sagen: »Drei Pressetermine, das muss auch kurzfristig noch drin sein!« Ich faltete den Zettel zusammen, kurbelte das Fenster herunter und rief nicht den Tagesspiegel an, sondern Josef. Ich brauchte dringend Frischluft und Hilfe.

6

»Dreimal Pommes Schranke, zweimal weiße Curry und zweimal rot«, leierte ich die Bestellung so herunter, wie die Band sie mir vorgesagt hatte. Ich hatte einen Bärenhunger, mein erster Arbeitstag war lang gewesen und aus irgendeinem Grund immer noch nicht vorbei.

»Und vier Becks, bitte.« Ich drehte mich zu den Jungs um. »Ihr dürft doch schon Bier, oder?«

Berlin hatte zwei Riesenvorteile, so viel hatte ich heute schon kapiert. Erstens: Hier scherte sich niemand um nix. Und zweitens: Josef hatte recht gehabt, es hatte immer etwas auf. Und deshalb konnte ich nachts um halb zwei in Begleitung einer hellblauen Plüschkrake, die ihren Kopf unter dem Arm trug, und zwei als Luftblasen verkleideten Bandmitgliedern bei Curry 26 auf der Straße herumstehen, ohne auch nur von irgendjemandem schräg angeguckt zu werden.

Irgendwie war dann doch alles ganz gut gelaufen. Die Jungs waren wirklich nett, und nur Elmar, der das Oktopuskostüm trug, hatte seine Mutter dabeigehabt. Die hatte sich aber von meinen Babysitterqualitäten beeindrucken lassen (ich hatte beim Roomservice Burger für alle bestellt) und nach dem ersten Pressetermin mit Radio Froschkönig ihre Gucci-Tasche an der goldenen Trense gepackt, einen Piccolo aus der Minibar geext und war mit den Worten »Ich guck mal zur Friedrichstraße« verschwunden. Von dieser Shoppingtour war sie bis kurz vor Konzertbeginn nicht zurückgekehrt, was auch ganz okay war, denn der zweite, mir von Josef und meinen neuen Mitbewohnern Karlchen und Paul vermittelte Pressetermin hatte ziemlich lange gedauert – und der Fotograf hätte sicher ungern eine hysterische Mutter im Nacken gehabt. Aber jetzt war Feierabend.

Von einem richtigen Konzert hatte bei Pussi keine Rede sein können. Schließlich bestand das komplette Repertoire der Unterwasserhelden aus ihrem »PliPlaPlatsch«-Song, Ende Gelände. Aber den hatten sie wacker durchgezogen, als Vorband der Vorband der *Bob der Baumeister*-Show. Das Publikum bestand aus einer undefinierbaren Masse erstaunlich gleich aussehender Mütter mit erstaunlich gleich aussehenden Söhnen, die einigermaßen wohlwollend kollektive Schlürfgeräusche mit ihren XXL-Limobechern machten. Ich hatte neben Elmars Mutter hinter der Bühne auf die Band gewartet und gehofft, dass die Pressepartner meiner Einladung *doch nicht* gefolgt waren und jetzt *nicht* in der ersten Reihe standen. Wenn die dieses Publikum zu sehen bekämen, dann würde ich das Thema nie in eine Über-Zehnjährige-Zielgruppe bugsieren können.

Ich hatte zumindest niemanden entdeckt, den ich kannte.

Und als dann der rappende Tintenfisch Elmar Koppke zu seiner Mutter sagte »der Gig war so geil, da können wir doch der Heidi noch Berlin zeigen«, hatte sie leicht angesäuselt die Brut an mich abgegeben. Nur leider ohne die Kostüme mitzunehmen. Und so stand ich jetzt in Kreuzberg und aß die erste Berliner Currywurst meines neuen Lebens. So viel zu meinem exklusiven Künstlerkontakt in chilligen Backstagelounges. Das war ja klar gewesen. Heidi, das Hascherl vom Land, und ihre provinziellen Spinnereien.

Ich bestellte noch ein Bier und versuchte mir einzureden, dass ein Hauch von Glamour in der Luft lag, nur weil einen Stehtisch weiter ein Mann, der aussah wie Ben Becker, Currywurst mit den Fingern aß. Elmar hatte seinen Kollegen aus dem Showbiz wahrscheinlich gar nicht erkannt. Er hatte andere Sorgen.

»Gehen wir noch ins Weekend?«

»Was ist denn das Weekend?«, fragte ich.

»Ein Club.«

»Du willst in einen Club? Mit vierzehn?« Ich war fassungslos.

»Na klar. Ich geh montags immer hin. Da ist der Marco an der Tür, das ist der große Bruder von Kevin, der sitzt neben mir in der Schule.«

»Ich glaube, das geht nicht, Elmar. Was machen wir denn mit den Kostümen? Und mit deiner Mutter?«

Schulterzucken.

»Mutti? Für die ist das okay. Hauptsache wir erzählen jedem, was wir machen. Promotion, sagt sie immer, Promotion ist das Wichtigste. Und diese Scheiße hier …«, Elmar stieß mit seiner Turnschuhspitze an den Tintenfischkopf, der am Bein des Stehtisches lehnte, »… die nehmen wir mit.«

»Ich sag ihr doch mal lieber Bescheid!«

Aber Frau Koppke ging nicht ans Telefon. Na gut, dachte ich, bevor die Jungs mit der angesoffenen Alten im Hotel rumhängen, weil die Plattenfirma das Zimmer schließlich für vierundzwanzig Stunden bezahlt hat, kann ich genauso gut auf sie aufpassen …

»Zum Weekend«, informierte ich den Taxifahrer im Großraumgefährt. In ein anderes Taxi hätten die Fangarme nicht reingepasst.

»Alexanderplatz«, ergänzte Elmar.

Die Fahrt durch die immer noch hellwache Stadt dauerte keine zwanzig Minuten. Ich bildete mir ein, die Hitze des von der Spätsommersonne aufgeladenen Betons durch die Taxiwände hindurch zu spüren. Endlich war ich in einer Stadt, einer richtigen Großstadt, und vor allem der Alexanderplatz atmete nachts eine Atmosphäre, die die Schwingungsgeräte jedes Heilpraktikers zu Staub zerfallen ließ.

Wir hielten vor dem Eingang. Türsteher Marco kam mir irgendwie bekannt vor. Genau! So einer stand in der Gala immer hinter Britney, Beyoncé und Jessica. Schrankgroß. Ein echt großer Schrank. Wie der alte Bauernschrank, in dem meine Mutter ihr gutes Geschirr stapelte. Oder wie der Garderobenschrank, den mein Vater in seiner Freizeit gebaut hatte, als mein kleiner Bruder Michi auf die Welt kam, und er meinte: »Wir brauchen Platz. Zwei Kinder, da muss man die Sachen wegsperren können.« Michi. Der hätte sich mit den Jungs von Pussi gut verstanden...

Ich stieg aus und öffnete der Band die Schiebetür. Doch plötzlich war ich mir meiner Sache nicht mehr sicher: Wollte ich wirklich mit drei Jugendlichen in absurden Kostümen mitten in der Nacht einen Club in Berlin Mitte betreten? Das klang absolut nicht nach dem Beginn einer Karriere, sondern nach dem unausweichlichen Ende!

»Bleibt sitzen«, rief ich. »Ich hab es mir anders überlegt. Abfahrt. Ihr geht besser ins Bett. Ich bin für euch verantwortlich und kann unmöglich um diese Zeit mit euch in die Disco!«

»Was ist'n jetzt los?«, fragte eine der Luftblasen. »Was soll denn die Scheiße jetzt? Ist ja krass, du hast uns voll gelinkt, erst versprichste uns was, und dann sind wir voll gearscht, weil wir dir geglaubt haben. Mann, bist echt ne blöde Tussi.«

Den Kleineren der zwei Wassertropfen hatte ich bisher für ein stilles Wässerchen gehalten. Und mich geirrt. Der war richtig sauer. Hatte auch recht. Welcher auch noch so wohlerzogene Jugendliche ertrug zwei entgegengesetzte Ansagen von einem Erwachsenen innerhalb von zehn Minuten? Ich blickte zu Elmar und sah, wie er blitzschnell seine Hand wieder im Fangarm versteckte. Täuschte ich mich, oder hatte mir die kleine Wurst gerade den Mittelfinger gezeigt? Elmar sah mich unschuldig an und zuckte mit den Schultern, sodass der komplette Tintenfischkörper wabbelte. Natürlich tat er mir leid: Landete mit seinen Kumpels aus dem Weißenberger Schwimmverein einen Gag auf YouTube und wurde plötzlich zum Zugpferd einer Kampagne, an die Kuszinsky sich zu klammern schien wie ein Ertrinkender an eine dümpelnde Boje.

Und dann machte ich einen pädagogisch sehr unklugen Move: Ich gab nach.

»Okay. Ein Getränk, und zwar ohne Alk, klar?«

»Geht doch«, lachte Elmar. In der rüden Antwort schwang kein bisschen Dankbarkeit mit. Die drei stiegen aus, ich bezahlte den Taxifahrer und eilte hinter ihnen her. Ein mattes »Hi« zu Marco, der tatsächlich keine Miene verzog, und die dicken Schaumstoffkörper drückten sich in den funzeligen Gang vor dem Aufzug.

»Wir fahren einzeln. Sonst passen wir da nicht rein.«

Elmar schien schon richtig Routine mit den Kostümen zu haben. Die sahen im Übrigen nach dem Auftritt nicht mehr ganz so taufrisch aus. Ob man die einfach in die Reinigung geben konnte? In Berlin war das sicher kein Problem: »Guten Tag, ich habe hier mal dieses Oktopuskostüm, bitte Express, dass muss heute Abend wieder fertig sein!« – »Aber immer doch, Fräuleinchen. Hübsche Strickjacke hammse da. Wollense die nich für umme auch gleich mitgeben?«

Zehn Minuten später hielt der quietschende Ostlift zum vierten Mal und sperrte seine nach kaltem Rauch stinkende Schnauze auf, bereit, mich zu den Jungs zu bringen. Drinnen: von ausgedrückten Kippen pockennarbiges Melamin, aber kein einziger Spiegel. Ich fummelte blind an meiner Tube Lipgloss herum. Mein erster Tag im Einsatz dauerte jetzt schon sechzehn Stunden und hatte zumindest bei mir keinen Kostümwechsel beinhaltet, aber mich dafür um einige Illusionen erleichtert. Was hatte ich mir eigentlich gedacht? Die Welt liegt mir zu Füßen, und ich steh drauf? Gott sei Dank würde die Cola mit der Band

55

meine letzte Amtshandlung für heute sein. Der Aufzug hielt, als hätte er Schluckauf, ich kniff meine müden Augen kurz zusammen, blinzelte, und betrat: den Club.

Ich sah erst einmal nichts. Gar nichts. Dann Nebel, Rauch, dampfender Schweiß, in Fetzen geschnitten von Lichtern, die nicht hell machten, sondern nur schwindlig. Und ich hörte auch nichts, denn Hören war nicht das, was die Musik mit mir machte. Sie nahm meinen Kopf und packte ihn einfach ganz. Und von da aus nahm sie auch gleich meinen Körper mit. Das war, worauf ich gewartet hatte. Das war Berlin. Ich war stocksteif wie ein schüchternes Kind, das mitten in einem neuen Sandkasten steht und schaut, einfach nur schaut.

Obwohl heute Montag war, feierten die Menschen hier, als ob es kein Morgen gäbe. Mitten unter der Woche. Hatten die keine Jobs? Mussten die nicht an die Uni? Ich fühlte mich plötzlich sehr winzig und drängte mich auf meinen Allerweltsturnschuhen langsam durch tanzende Glitzermädchen. Lange Ponyfrisuren, glatte seidige Haare über blassen Schultern. Die Männer standen an Säulen und tranken, gestikulierten lässig. Alle schienen sich zu kennen. Und ich war die Einzige, die hier ihrem Broterwerb nachging. Bis auf die Barleute und den DJ. Sein Podest stand links hinten, die Mädchendichte war dort noch höher als auf der Tanzfläche. In einem engen weißen Herrenhemd stand er da, über die Plattenteller gebeugt, als würde er einen am Boden liegenden Boxer auszählen, das Hemd im Schwarzlicht leuchtend wie ein Aquarium.

Und als er kurz hochblickte und auf die tanzenden Köpfe schaute, sah ich, dass ich ihn kannte. Cillies und Wolfgangs Hochzeit? Mein Tischnachbar? Henri-Marie-Jean-Baptiste von Labrimal zu Mondstetten? Der öde Schnösel! Das konnte nicht wahr sein! Ich ging weiter, bis ich direkt vor dem DJ-Pult stand und suchte Blickkontakt. Und tatsächlich: Er nickte und hob die Hand in meine Richtung, als hätte er mich erkannt, wie ich da mit offenem Mund und glanzlosem Outfit stand. Ich kannte den DJ! Aber wollte ich das überhaupt? Nachdem nicht nur seine gräflichen Manieren, sondern auch mein Abgang eher unterdurchschnittlich gepunktet hatten? Gut, aber das musste ich Elmar und seinen Kumpels nicht erzählen. Den Mann hinter dem Plattenteller zu kennen und noch vor drei Tagen neben ihm auf einem Bankett gesessen zu haben, würde mir vor den Dreien sicher mehr Respekt verschaffen, als es meine Laisserfaire-Aktion vorher getan hatte.

»Vier Cola«, plärrte ich in Richtung Theke, erzielte dabei aber keinerlei Reaktion. Ich stellte nur fest, dass die Band jedenfalls nicht an der Bar auf mich wartete. Ich blickte mich suchend um. Da, aus dem toten Winkel zwischen Bar und dem Gang zu den Klos, ragten die hellblauen Fangarme mit den aufgemalten rosalila Saugnäpfen nach vorne, als würden sie sich flehend zur Tanzfläche hinstrecken. Doch das Kostüm war leer, von Elmar keine Spur. Daneben lagen die Wassertropfenkostüme, die ohne ihren menschlichen Kern aussahen wie riesige, leiernde Hüllen. Hilflos starrte ich auf den leblosen Schaumstoffberg.

Meine Schützlinge waren weg. Keine Spur von ihnen, weder auf den Toiletten, noch auf der Tanzfläche, und das Handy von Elmars Mutter verhöhnte mich mit einem »nicht erreichbar«. Mir blieb nur übrig, mich um die Kostüme zu kümmern. Meine Arme waren zu kurz, um die Masse an Schaumstoff zu umfassen, weshalb ich mir einen Tropfen rechts und einen Tropfen links unter die Achseln klemmte und den Oktopus nur mit den Fingerspitzen zu fassen bekam. Ich schleifte rückwärts gehend alles hinter mir her, mir vor Anstrengung auf die Unterlippe beißend.

»Na, geht's wieder besser?«, hörte ich jemanden zu mir sagen. Als ich aufsah, erblickte ich den Graf, der zwei kleine Gläser in der Hand hatte und direkt neben mir stand. Seinen Plattenteller hatte er wohl auf Autopilot gestellt. Ich ließ den Krakenarm dankbar los, als ein Mädchen mit sehr dünnen, wild tätowierten Armen und einem Turban aus roten Haarsträhnen dem Grafen das zweite Glas aus der Hand nahm und sagte: »Henrischatz! Bei mir ist alles Disco, mein neuer Drama-Coach ist wirklich toll. Danke für den Tipp!«

Ich kannte auch sie. Loreley, die Fernseh-Hexe.

Ob man in dem Clublicht erkennen konnte, dass ich knallrot angelaufen war? Egal, ich senkte den Kopf, der Graf interessierte sich sowieso nicht für mich, sondern für sie, ich musste ja auch zu dämlich aussehen. Ich griff mir wieder die Kostüme, schob mich rückwärts Richtung Treppenhaus, nur raus hier, und wartete unten endlose Minuten auf ein Taxi, das bereit war für mich und meine Fracht. Ich war so müde. Die Betonwand, an die ich mich erschöpft lehnte, war tapeziert mit Weekend-Plakaten, mein Blick fiel auf das schrille Motiv direkt neben mir: ein riesiger weißer Hase hatte in King-Kong-Manier eine Bikinifrau in der Pfote. »Montag, 1.9.: Henri von Laber, Tanzen statt Lesen« stand darauf.

Meine heißen Ohren hörten erst auf zu brennen, als ich in Karlchens und Pauls Gästezimmer mit Kötteln und Körnerfutter hantierte. Freudiges Gegurre trotz der späten Stunde. Wenigstens meinen Schweinchen schien die neue Umgebung gut zu bekommen, Eminem hatte nicht nur an Selbstbewusstsein, sondern auch an Gewicht gewonnen und Herrn Hansi Hinterseer an Umfang eingeholt, seine Pfoten mit den zarten Krallen steckten in seinem kugelrunden Leib wie quietschrosa Zahnstocher. Ich war froh, die beiden adoptiert zu haben. Eigentlich hatte ich befürchtet, dass Josef sich die Nager nur angeschafft hatte, weil er bei seiner sexuellen Orientierung Rosettenmeerschweinchen als Haustier naheliegend fand. Und als er von Accessoires wie Nippeltränken und Salzlecksteinen erfahren hatte, hatte er überhaupt nicht mehr widerstehen können. Aber weil Josef sich sicher war, ohne mich die beiden Herrschaften nicht liebevoll versorgen zu können (»Ich bin zu viel auf Achse, du bist einfach ein ruhigerer Typ als ich«), hatte jetzt ich Hansi und Em an der Backe. Aber das war schon in Ordnung.

Und als ich mich endlich auf der Gästematratze ausstreckte und an die Decke starrte, fragte ich mich, wie viele Identitäten als Graf, Schriftsteller und DJ ein einzelner Mann haben konnte und wozu die zentimeterdicken Haken in der Zimmerdecke gut waren. Und schlief ein.

7

»Jetzt bei Tageslicht sehe ich, was du meinst!«

Als hätte Josef mir die Haare bei Nacht geschnitten! Trotzdem hatte ich mich gefreut, als am nächsten Morgen um halb acht ein Schlüssel in der Tür umgedreht wurde und ausgerechnet Josef in der Küche stand.

»Ich kann da natürlich noch mal ran, ich habe die Schere im Auto, vielleicht sollten wir da einfach an den Seiten noch was weg ... «

Das war mir entschieden zu riskant.

»Lass uns lieber mit Karlchen und Paul frühstücken, dann kann ich euch von gestern erzählen«, fiel ich Josef ins Wort und klappte den Laptop auf dem Küchentisch zu. Die YouTube-Besuche bei Pussi waren seit gestern um 400 gestiegen. Von 4200 auf 4600. War das viel? Ich hatte keine Ahnung.

Josef setzte sich zu mir und legte seinen Autoschlüssel neben ein Frühstücksbrettchen mit einer alten Straßenlaterne drauf. Warum man morgens von Brettchen und nicht von Tellerchen essen sollte, hatte ich noch nie verstanden, und dass man auf diese Brettchen auch noch Fotografien aus der Stadt, in der man sowieso wohnte, druckte und viel Geld dafür zahlte, verstand ich noch weniger. Aber wenn Berlin in zweihundert Jahren fertig renoviert sein würde, wären die Dinger wahrscheinlich mal viel Geld wert.

Karlchen und Paul schienen außerdem beim Frühstücken keine Kosten und Mühen zu scheuen, um eine intakte Öko-Familie zu simulieren. Kein Zucker, kein Nutella, dafür Demeter-Cornflakes, Karotten-Mandel-Wichtelcreme, und war das tatsächlich Tofu-Teewurst auf meinem Amaranthbrot?

»Josef, so früh am Morgen – so eine Überraschung!« Der eher vollschlanke Paul war als Letzter aufgestanden und kam gerade aus dem Schlafzimmer – nun versuchte er vergeblich, die Küchentür ganz zu öffnen. Die Kostüme, deren katastrophaler Zustand im Morgenlicht genauso erbarmungslos zutage trat wie der meiner Frisur, waren dahinter zwischen Altpapier und Altglas eingeklemmt. Beim Versuch, sie im Gang einfach an einen Kleiderhaken zu hängen, war mir gestern Nacht die silberne Art-déco-Garderobe entgegengekommen. War wohl unzureichend verdübelt gewesen. Paul quetschte sich durch, verlor kein böses Wort, nicht einmal zur deinstallierten Garderobe. Meine Gastgeber waren wirklich bezaubernd. Paul zurrte den Gürtel seines weißen Bademantels mit der »Marriot«-Aufschrift enger und griff sich zwei der Croissants aus der Lecker-Bäcker-Tüte.

»Hast du die mitgebracht, Seppi? Die gibt's bei uns nämlich normalerweise nicht.«

Er sagte Seppi zu Josef? Wie süß. Hatte irgendwie etwas Väterliches. War auch ein gutes Stück älter, der Paul. Josef hatte mir nie erzählt, woher er dieses gastfreundliche Schwulenpaar kannte, Karlchen und Paul waren einfach irgendwann in seinen Erzählungen aufgetaucht und geblieben. Paul wischte sich die fettigen Blätterteigbrösel aus dem Mundwinkel.

»Hab doch gewusst, es würde sich lohnen, wenn du einen Schlüssel zu unserer Wohnung hast.«

Nach diesem kleinen Seitenhieb auf Karlchens Ökodiktatur wischte er sich zufrieden mit der Serviette über das Doppelkinn und fragte Josef mit vollem Mund: »Seppi, du weißt, du bist jederzeit willkommen, aber ich dachte, du hast kein Booking in Berlin die nächste Zeit? Von dir weiß man doch sonst immer alles?«

Josef zuckte die Schultern. »Ja, das war ganz unverhofft, ist nur so ein Katalog-Job, kannst du mir mal den Bärlauch-Ricotta rübergeben?«

»Und da tauchst du mit so einer CO2-Schleuder auf?«

»Du meinst den *Cayenne?*«

Josef nahm den Autoschlüssel mit dem Porsche-Logo vom Küchentisch und steckte ihn in die Innentasche des gekonnt zerschlissenen Parkas, auf dem er saß. Dolce & Gabbana stand auf dem schwarzen Aufnäher. Wann hatte er denn den gekauft? Sollte ich mir mal dringend ausleihen!

»Das ist nur ein Mietwagen, die bei Hertz haben mich upgegradet, weil die kleineren Wägen alle weg waren, die waren wirklich nett in Tegel heute Morgen, und außerdem ist das ein Hybrid, kann man nichts dagegen sagen.«

»Und was ist das für ein Katalog-Job, Seppi? Ich dachte, du bist dir zu gut für Otto oder Quelle?«, fragte Paul. Er beobachtete Josef, der mit der Messerspitze kleine Muster in sein Frischkäsebrot drückte. Hatte meine Mutter auch immer bei Michis Pausenbroten gemacht, weil sie glaubte, dass er sie dann lieber aß. Gegessen hatte trotzdem ich sie, und zwar immer schon vor der großen Pause. Im Gegensatz zu mir hatte Michi nie großen Appetit gehabt, auch bevor seine Migräne so stark wurde …

Josef schob das Brettchen von sich weg und begutachtete nun seine Fingernägel. »Das darf ich nicht sagen, ist so eine Onlinegeschichte, wird demnächst gelauncht, ganz exklusiv, und sie zahlen ganz gut.«

Ich sah von einer meiner schwulen Herrenbekanntschaften zur anderen und nahm einen Schluck vom heißen Fairtrade-Milchkaffee, in den ich heimlich den Inhalt eines der rosa Starbucks-Süßstofftütchen gestreut hatte, die ich immer mit mir herumtrug. Mein Schlürfen hing überlaut im Raum, niemand sprach.

»Vielen Dank übrigens für die Pressekontakte von Radio Froschkönig und Bel'Ami,« sagte ich, um das Schweigen zu durchbrechen, aber erntete keinerlei Reaktion. Vielleicht mal was Persönliches fragen? »Und, Josef, kürzlich was abgeschleppt?«

Nichts, nur ein Kopfschütteln mit umwölkter Stirn. Ich wandte mich direkt an Karlchen, der mir in seiner Das-perfekte-Dinner-Schürze gegenübersaß und bisher noch gar nichts gesagt hatte. »Sag mal, wie habt ihr euch eigentlich alle kennengelernt?«

Straßenbahn fahren ist eine tolle Methode, um eine Stadt zu erkunden. Man fährt tunnelfrei und bekommt von einer Dame mit elektronischer Stimme immer nett gesagt, wo man sich gerade befindet. Dachte ich jedenfalls, ausgehend von meinen Erfahrungen mit der Münchner Straßenbahn, und hatte mich deshalb gegen ein Berliner Taxi entschieden. Denn irgendwie war ich mir mit den Spesen nicht so sicher, mein eigenes Auto war noch vollgestopft bis auf einen Koffer und den Meerschweinchenkäfig, und außerdem wurde mir in der Straßenbahn wenigstens nicht wieder schlecht. Aber auf den harten blauen Polstern war mir wider Erwarten trotzdem mulmig. Ich versuchte, einen Punkt am Horizont zu fixieren, aber Horizont war hier in Ostberlin ein Fremdwort, gerade befanden sich die Plattenbauten am Platz der Vereinten Nationen im Weg. Sie hatten tolle geometrische Muster, die sie aber auch nicht schöner machten.

Gott, war ich schlecht gelaunt! Ich hatte doch nicht etwa Heimweh, schon am zweiten Arbeitstag? Aber wonach? Nach dem Münchner Hang zu folkloristischer Besserwisserei, aus dem heraus die Tram manchmal mit gelbschwarzen Girlanden und weißblauen Fähnchen herumfuhr? Oder nach den von Berufs wegen grantigen Schaffnern, die mit der Durchsage: »Handy weg, Sakrament!« eine Vollbremsung hinlegten, wenn sie jemanden beim Telefonieren ertappten? Nur in Bayern konnte ein einzelner Teenager, der zu viel klaute, es über Wochen hinweg auf das Titelblatt der Bild und der Abendzeitung schaffen. Was Berlin dazu sagen würde? Junge, mach rüber zu uns, da fällste nicht weiter auf? Oder war ich einfach nur froh, dass ich mit der Straßenbahn mindestens eine halbe Stunde länger brauchen würde, bevor ich wieder an Kuszinskys Schreibtisch stehen musste?

»Guten Morgen, meine Damen und Herren, ich bitte für eine Sekunde um Ihre geschätzte Aufmerksamkeit, ich verkaufe hier den Straßenfeger.«

Die ältere Frau riss mich aus meinen Träumen und hielt mir eine Zeitung hin. Ich nahm die wenigen Blätter, erkannte dabei aus der Nähe, dass die Verkäuferin trotz ihrer Zahnlücken noch keine 25 war, kramte in meiner Jackentasche, bitte, hier ein Euro, danke, einen schönen Tag noch. Höflich waren sie ja, die jungen Leute hier. Allerdings war ich die Einzige, die der verjunkten Person etwas abgekauft hatte. Der Rest drehte sofort den Kopf weg und stierte aus dem Fenster, als hätten sie den Alex noch nie gesehen. Ich betrachtete die stoppeligen Nackenwülste des kurz geschorenen Herrn in der Bomberjacke vor mir. Schön war er ja nicht gerade, der preußische Standard-Mann. Und sozial engagiert auch nicht. Obwohl – vorne im Abteil blieb die Straßenfegerin ein zweites Mal stehen, aber es war eine Frau, die sich nach vorne beugte, um in ihrer knallgelben Riesentasche nach Kleingeld zu suchen. Sie hob den Blick, und als unsere Augen sich trafen, lächelte sie. Nett sah sie aus, ein nicht mehr ganz junges Madonnen-Gesicht mit einer spitzen Nase. Simpel mittelgescheitelte, glänzend braune Haare. Ich wiederum hatte nach Josefs »Nein, ich kann dich nicht mitnehmen – Uniworld ist gar nicht meine Richtung« die Kostüme hinter der Küchentür liegen lassen, und das, was von meiner Frisur noch übrig war, unter einer lila Strickmütze mit Silbernieten versteckt. Sie war das Ergebnis des Wartens auf meine Examensnoten gewesen. Stricken beruhigte meine Nerven. Sollte ich dringend mal wieder machen.

»HA-CKE-SCHER-MARKT«, sagte die digitale Lady überdeutlich. Die Frau mit der gelben Tasche stand auf – ihr Trenchcoat sah gut aus, sehr businesslike – und stellte sich auf den Ausstieg neben mir. Sie schaute von oben nochmals zu mir.

»Schicke Mütze.«

Ich lächelte zurück. Sollte ich sagen »danke, selbst gestrickt?« Das war entschieden zu persönlich, wenn nicht sogar uncool, deshalb nickte ich nur und blickte verlegen auf die »HARTZ 4 ist hart zu dir«-Schlagzeile des Straßenfegers, während sie ausstieg.

Ich sprang erst auf, als die Aussteigeplattform wie ein Tablett nach oben fuhr. Aufwachen! Hackescher Markt! Dienstagmorgen! *Uniworld!* Ich warf mich gegen die zugestiegenen Fahrgäste und schaffte es, in der letzten Sekunde von der Plattform zu springen. Aber meine Mütze nicht. Ich sah sie an der Popelineschulter eines verdutzten Rentners hängen, stand machtlos vor der sich schließenden Tür und griff mir auf den Kopf, von

63

dem die grünblonden Flusen elektrisch aufgeladen zu Berge standen.

»KRUZIFIX!«, fluchte ich laut.

»Lass mal, die kriegen wir!«

Ich sah die gelbe Tasche wippend hinter der surrenden Straßenbahn hersprinten, winkend, »Halt! Stopp!« schreiend. Was machte die Frau da? Mir helfen? Als die Schienen die nächste Straße kreuzten, musste sie stehen bleiben und kam zurück, lachend, sich die braunen Strähnen aus dem Gesicht streichend.

»So ein Arsch«, rief sie mir entgegen, »hätte ruhig noch mal anhalten können!«

»War ja nur eine Mütze«, winkte ich ab, doch die Hilfsbereite bemerkte meinen traurigen Blick, als sie so atemlos vor mir stand, und fasste mich am Arm.

»Geht es dir gut?«

Ich nickte. Aber als sie sich zum Gehen wenden wollte, legte ich nach. Diese gutgelaunte Person durfte nach den missratenen ersten vierundzwanzig Stunden meines Karriere-Starts hier in Berlin nicht einfach wieder verschwinden!

»Bis auf dass … also ich … ich bin neu in Berlin.«

»Ja, das hört man, du klingst ja ganz charmant! Ich bin Claudia! Woher kommst du?«

Wie sie diesen verflixten Dialekt hatte wahrnehmen können, war mir ein Rätsel. Aber ich hatte keine Lust, mich zu verstellen, und sie sah so nett aus, dass der Kloß in meinem Hals plötzlich komplett verschwand.

»… und bin erst seit vorgestern hier, aber habe schon so viel erlebt, dass es mir vorkommt, als würde ich seit Jahren hier leben. Erst heute Morgen hat mein bester Freund, der Josef, mir erzählt, dass er mal in eine Sauna nach Charlottenburg gegangen ist, wegen Sex! Und den hat er dann auch gehabt mit einem netten jungen Mann, den er dort kennengelernt hat. Und während sie vögeln, lutscht ihm im Separé plötzlich ein Dritter am großen Zeh und will mitmachen, und stell' dir vor, heute sind der Zehenlutscher und Josefs Sexpartner zusammen und Josef ist immer noch mit ihnen befreundet. Und ich wohne bei ihnen, nämlich in der Kastanienallee. Und gestern war ich im Weekend, und da war plötzlich die Band weg – was heißt Band, kann man überhaupt Band zu diesen Kindern sagen? –, jedenfalls hätte ich auf sie aufpassen müssen und hoffe jetzt, dass sie nicht in irgendeiner Sauna gelandet sind, und außerdem kenne ich noch niemanden hier, tut mir leid, dass ich dich so zuquatsche, aber ich bin gerade wirklich ein bisschen durcheinander ... Kennst du denn einen guten Friseur?«

Claudia fummelte schon wieder in ihrer Tasche und holte einen passenden gelben Knirps und eine Karte heraus. Warum biss sie sich dabei auf die Lippen? Grinste sie etwa?

»Ist schon okay. In diesen Schwulensaunen passieren ja angeblich die erstaunlichsten Dinge!«

Sie hielt mir die Visitenkarte hin:

»Ich suche immer nach Leuten, die einen Special Twist haben, und du bist ja ein ganz lustiger Typ, mit deiner Mütze und deinem Puppengesicht! Ruf an, wenn du Zeit hast, und mit deinen Haaren gehst du am besten in den Ponyhof. Ich muss jetzt los, nimm den Schirm, wenn du keine Mütze mehr hast, es fängt an zu regnen!«

Fort war sie, in die Richtung, in die ich auch musste, aber ich stand noch da und starrte auf die knallorange Karte. »Claudia Helmig, VJ Affairs und Casting« stand darauf – und daneben mit einer schwarzen Stromgitarre verziert das M-EINS-Logo.

»Latte?«

Ich zuckte zusammen. Doreen, die mich mit hängenden Schultern vor Kuszinskys leerem Büro stehen sah, drückte mir einen braunweißen Pappbecher in die Hand. Aus dem Schnabeltassenloch quoll weißer Schaum wie bei einer überdosierten Waschmaschinenfüllung.

»Der Olle kommt öfter mal was später. Haste was Wichtiges?«

Wie lange hatte ich so dagestanden? Ich war froh, dass Kuszinsky noch nicht da war, um von mir Rechenschaft zu verlangen über die Verletzung meiner Aufsichtspflichten gegenüber Pussi. Aber ich hatte auch keinen Plan, was jetzt zu tun sei. Dankbar nahm ich Doreen den Kaffee aus der Hand mit den schwarz lackierten, abgeknibbelten Fingernägeln.

»Danke! Hat sich denn die Koppke heute schon gemeldet? Ich erreiche sie nicht, und ich weiß nicht, was mit den Jungs ist!«

Doreen lachte und meinte: »Sind sie dir ausgebüxt, die kleinen Pestbeulen? Da mach dir mal nichts draus, das sind wir gewohnt. Wetten, dass die heute ganz normal in der Schule waren und die alte Schnapsdrossel gar nicht gemerkt hat, dass du ihre Blagen nicht zum Sandmännchen nach Hause gebracht hast? Für die ist doch nur wichtig, dass Elmar und seine Kumpels irgendwo in der Presse auftauchen. Haste da was hingekriegt?«

Ich starrte auf den Fernseher, in dem Madonna in einer sehr unvorteilhaften hautfarbenen Corsage über parkende Autos flickflackte, und nickte. »Ja, aber M-EINS hat nicht geklappt.«

Ich ließ mich von Doreen beruhigen, dass die zwei von mir arrangierten Pressetermine besser seien als nichts. Dann fasste mich meine neue Kollegin am Arm und meinte, wir sollten doch einfach unsere Mittagspause vorverlegen, sie hätte ohnehin nichts gefrühstückt, und Kuszinsky würde sicher nicht vor dem frühen Nachmittag aufschlagen. Nachdem Doreen das Telefon umgestellt hatte, ging ich mit ihr ins Freie. Ich atmete auf, als ich in der langsam den weiten Hinterhof vor Uniworld aufheizenden Sommersonne stand, ein verheißungsvolles Stück blauen Himmel über mir. Das Café Knaller, in das wir gingen, befand sich zwei schattige Höfe weiter, öffnete gerade und gefiel mir. Grasbüschel wuchsen zwischen den noch kühlen Pflastersteinen, aber weil draußen die Tische noch nicht aufgebaut waren, gingen wir ins Lokal und setzten uns auf die gepolsterte Fensterbank – direkt vor dem großen offenen Fenster. Der rothaarige Kellner, der unsere Bestellung aufnahm, lächelte uns an, er kannte meine Kollegin.

»Hellu, me lofs«, begrüßte er uns mit einem dicken irischen Akzent.

Doreen bestellte Frühstück für uns beide. Ich ließ sie machen und beobachtete sie verstohlen. Sie streckte unbefangen die Arme über den Kopf, streckte sich wie eine bunte Katze und verbreitete dabei ihren Raubtiergeruch. Die weiße Innenseite ihrer Oberarme ließ ihre unrasierten Achselhaare noch schwärzer aussehen. Die Sache mit der üppigen Körperbehaarung kannte ich leider. Und zwar ausschließlich unten rum. Wahrscheinlich hatten sich meine Gene bei der Gestaltung meiner Schamhaare so verausgabt, dass es für den Kopf nicht mehr gereicht hatte. Ich drehte mich zur Seite, das Frühstück kam, getrocknete Tomaten, Mortadella, Parmesan, riesige Glasbecher mit schwarzem Kaffee.

Doreen gähnte noch einmal ausgiebig, schaute mir dann ins Gesicht und fragte: »Und, wann hattest du das letzte Mal Sex, so richtig Orang-Utan-mäßig? Oder auch einfach nur Sex?«

Ich hustete in meinen Chilibagel und antwortete mit tränenden Augen und wider besseres Wissen:

»Weiß nicht. Lange her.«

Klar wusste ich das. Es war vier Jahre und drei Monate her, seit aus dem Versöhnungssex mit Erwin nur Sex, aber keine Versöhnung mehr geworden war. Aber ich hatte schon lange nicht mehr darüber geredet, noch nicht mal mit Josef. Eigentlich noch nie so richtig.

Ich steckte mir die Ruccola-Deko in den Mund und mümmelte eine Gegenfrage – das erwartete Doreen jetzt sicher von mir: »Und du?«

Sie schnaubte und leckte sich den Milchschaum von der dunkel beflaumten Oberlippe. Dieses Mädchen hatte eindeutig eine Spur männliche Hormone zu viel.

»Manchmal denke ich daran, deshalb zur Therapie zu gehen. Ich habe es nämlich schon so lange nicht mehr gemacht, dass es mir überhaupt nicht mehr fehlt. Hab schon gar keinen Bock mehr darauf.«

»Du meinst, gar nicht mehr? Du hast auch keine Lust mehr auf ... auf ... du machst auch nicht mehr ...«

Ich rang nach Worten. Was sollte ich sagen? Onanieren? Masturbieren? Selbermachen? Den kleinen Mann im Boot einmal um den See jagen? Aber Doreen blieb völlig gelassen.

»Ach so, wichsen, na klar, das schon! Da geh ich manchmal

67

so ab, dass ich mir dann noch mehr denke, dass ich Hilfe brauche. Aber richtiger Sex, puh … Da geht's dir sicher genauso, hab ich gleich gesehen, dass du auch schon lang nicht mehr gebumst hast.«

Vielen Dank auch. Ich wollte gar nicht wissen, woran diese Göre das erkannt haben wollte, und begann mit meiner Verteidigung: »Na ja, oft wird Sex ja auch wirklich überbewertet, und nur um des Vögelns willen brauche ich das nicht. Ich bin einfach kein Typ für schnelle Geschichten, da muss ich jemanden schon richtig mögen. Und richtig mögen tu ich eigentlich seit Langem nur den Josef, und der ist schwul und so was wie meine beste Freundin. Mit Josef kann ich lachen und streiten, der ist immer für mich da, mit dem habe ich die letzten drei Jahre zusammengewohnt. Wir waren wie ein altes Ehepaar, weißt du, man zickt sich an und weiß aber immer, was man aneinander hat. Mit Frauen-Freundinnen und Männer-Männern habe ich eigentlich schon lange kein Glück mehr gehabt.«

Das stimmte, aber war mir nie so bewusst geworden wie jetzt. Außer zu Josef gab es tatsächlich keine nennenswerten Freundschaften in meinem Leben. Und Männer sowieso nicht.

Doreen nickte verständnisvoll und tippte mit dem Zeigefinger in dem Bröselberg herum, den ich während meines Beziehungs-Monologs aus einer Scheibe Toast gekrümelt hatte: »Ich verstehe mich mit den Jungs aus meiner Band auch viel besser als mit den ganzen doofen Weibern, die da draußen unterwegs sind. Alles Schlampen außer Mutti. Aber die Band, das sind mehr so Kumpels, mit denen würde ich nie ins Bett steigen.«

Ich horchte auf. »Du hast eine Band?«

»Klar hab ich eine Band. Delirosa. Ich und drei Jungs. Lukas, Gustav und Ratte. Musst mal kommen, wenn wir spielen. Jeden letzten Montag im Monat treten wir im Roses auf.«

Ich staunte. Das interessierte mich brennend! Und rückte das blöde Sexthema außerdem ein bisschen in den Hintergrund. Bei dieser Doreen konnte man nie wissen, was sie als Nächstes fragen würde. Vielleicht, ob ich einen Lieblingsvibrator hatte (nö!) und wann ich das erste Mal … (mit sechzehn! Spätzünderin war ich keine, ich hatte nur Probleme mit der Kontinuität).

»Du hast eine Band und machst gleichzeitig diesen Bürojob? Weiß Kuszinsky denn davon?«

»Klar, der Olle weiß das, der lässt sich oft genug bei Gigs von uns volllaufen, aber da geht natürlich nichts mit singen und so. Uniworld ist ein Major Label, die geben sich mit so kleinen Kröten wie uns doch gar nicht ab.«

»Aber Pussi ist doch auch nicht gerade Mainstream?«

»Ach, Schnecke, natürlich ist das Mainstream! Diese MySpace-Hits sind doch der neue Schlager! Und Pussi ist der ganz große Traum vom Ollen. Der will einfach den Anschluss schaffen an diesen ganzen virtuellen Quatsch und checkt nicht, dass man die Sachen aus dem Internet nicht immer in die Realität umsetzen kann. Soll er ruhig machen er wird schon sehen, was er davon hat. Aber was wir machen, ist real, weißte. Delirosa, das ist dreckig, das ist laut, das ist geil. Mir doch egal, ob wir in die Hitparade kommen, Hauptsache, bei uns fliegen die Flaschen. Dafür stell ich mich tagsüber auch ins Büro. Ist mir immer noch lieber als das, was du machen musst. Als Promoter bist du doch immer gearscht. Die bei M-EINS und bei MTV, weißte, die beim Musikfernsehen, die haben den Hammer in der Hand. Und du als A&R musst immer mit dem Schwanz wedeln, auch beim hinterletzten Thema, und scheißfreundlich sein. Du fährst denen ein fettes Promo-Paket nach dem anderen rüber und lädst sie ein auf Showcases und Konzerte, und die saufen dir deinen Schampus weg und regen sich auf, wenn sie nicht Business-Class fliegen dürfen zum VIP-Konzert. Und dann servieren sie dich eiskalt ab und sagen, das Thema ist zwar todschick, aber hat keine Relevanz in der Zielgruppe und aus MTV und die da drüben haben die Uniworld komplett in der Hand.«

»Wo ist denn ›drüben‹?«

»Genau da.«

Doreen zeigte einfach zum Fenster hinaus. Ich folgte ihrem Zeigefinger und starrte auf das dem Café gegenüberliegende Haus mit der bröckelnden Fassade und der aufgesprühten Schrift. »Die Mauer muss wieder ~~her weg~~ her« stand da in krakeligen Großbuchstaben über Mauerwerk und blinde Fenster gesprüht. Ich war verblüfft. So eine Abbruchbude war schon sehr Understatement.

»Da ist DER neue deutsche Musiksender?«

»Nö, dahinter, zwei Höfe weiter. Komma mit.«

Doreen winkte den Iren herbei, »das übernimmt der Olle, der unterschreibt mir alles, solltest mal *seine* Spesenabrechnungen sehen«, und führte mich an der Hand aus dem Café Knaller. Der zweite Hof hatte einen feuchten Torbogen, durch den wir gingen, ein paar Sekunden in Urindunst gefangen. Und dann standen wir plötzlich in warmem Licht. Ich musste die Augen zusammenkneifen, der Effekt war umwerfend. Ein mutiger Architekt hatte den kompletten Block der abbruchreifen Backsteinhäuser entkernt – und hinter der schäbigen Vorderseite verbarg sich ein Palast aus gelben Ziegeln, Stahl und reflektierendem Glas. Davor wiegte sich ein in Kupferrinnen angelegter Bambushain, den der Fallwind des Innenhofs zum Flüstern brachte. Ich blinzelte, nirgendwo war Schatten, und trotzdem gab es keine direkte Sonne. Neben der Glaspyramide des Daches mussten unsichtbare Spiegel aufgestellt sein, um das Sonnenlicht diskret in alle Ecken des Karrees zu lenken. Zwischen den Basaltsteinen, die zu den nackten Betonsäulen des Eingangs führten, waren Gitarren aus Messing eingelassen, davor in Beton gegossene Handabdrücke wie in LA. Ein »Walk of Rock'n'Roll«, wo ich ihn noch vor zwei Minuten am wenigsten vermutet hätte.

Wow. Das war also das M-EINS-Hauptquartier. Nach kleinem Piratensender sah das nicht gerade aus. Und irgendwo in diesem Gewächshaus der Jugendkultur saß die nette Frau mit der gelben Tasche, deren Visitenkarte sich in meiner Hosentasche befand.

»Mein kleiner Italiener, wir fahren nach Napoli«, plärrte es neben mir in die Stille. Doreens Handy. Ich trat einen Schritt zur Seite, um sie in Ruhe telefonieren zu lassen. Ein paar Kids in langen, dünnen Cardigans über sehr engen Röhrenhosen waren inzwischen ebenfalls in den Innenhof gekommen, reckten wie ich bewundernd die Köpfe an der Fassade entlang und hielten sich an Africola-Flaschen und den Griffen ihrer Einkaufstüten fest. Sie redeten kehlig in einer fremden Sprache. Was war das, Schwedisch? Finnisch? Offensichtlich war hier in Mitte die Zuflucht für alle, die zu cool waren, um am Vormittagsprogramm ihrer Klassenfahrt teilzunehmen.

»Der Olle kommt heute nicht rein, du musst nicht auf ihn warten.« Doreen war wieder neben mich getreten und legte mir die Hand auf die Schulter.

»Dein Account ist sowieso noch nicht eingerichtet, die Mösinger lässt sich mal wieder Zeit, kannst dich heute also einfach locker machen. Ich geh zurück ins Büro, wir sehn uns dann morgen.« Und weg war sie, meine neue Freundin.

9

Freier Nachmittag? Na, von mir aus ...

Die Sonne wärmte mir den mützenlosen Scheitel, die Wolken von heute Morgen hatten rübergemacht. Ausgerechnet jetzt konnte mir jeder auf die missratene Frisur gucken. Auch die drei Frauen und zwei Männer, die aus der M-EINS-Tür getreten waren und sich rauchend in die Liegestühle vor dem Grünzeug platziert hatten. Sie sahen wahnsinnig gut aus, stilvoll ungepflegt und scheißcool. Bei jedem, auch den Mädels, saß der Hosenbund so tief, dass man ihre Unterbuchsen sehen konnte – pludrige Shorts bei den Jungs, breiter bunter Gummibund bei den Frauen. Verstohlen zerrte ich meine schwarze Carhartt-Hose ein paar Zentimeter nach unten, was nur den Effekt hatte, dass die Schwarten an meiner Hüfte über den Bund quollen wie Eiskugeln über die Waffel. So lässig wie die M-EINS-Damen würde ich meine Hüftknochen nie zur Schau stellen können. Aber immerhin waren Kopfbedeckungen hier nicht das Allerletzte: Drei der fünf trugen tief in die Stirn gezogene Caps. Ich traute mich nicht näher ran, um die Gesichter darunter aus der Nähe zu inspizieren. Irgendwie fühlte ich mich wie die doofe Touristin, die die M-EINS-Fassade

beglotzte, bevor sie sich schon vormittags in einer der Touri-
fallen um die Ecke eine grüne Berliner Weiße bestellen würde,
weil sie mal so richtig die Sau rauslassen wollte hier am Nabel
der Welt.

Aber schon bald würde ich, Heidi Hanssen, hier mit einem
Superstar unter dem Arm einlaufen und herzlich willkommen
geheißen werden. Das war nur eine Frage der Zeit: Wenn ich
Pussi groß rausgebracht hatte, würde Kuszinsky mich sicher
mit der Betreuung eines A-Artists adeln. Am besten, ich checkte
zu Hause mal, wie sich die Sache mit den Downloads unserer
PliPlaPlatscher entwickelt hatte. Wer war denn im Moment
überhaupt auf der Eins der deutschen Singlecharts? Wie lange
war denn Schnappi damals in den Top Ten gewesen? Und wer
würde heute Nachmittag bei Loreley-Live zu Gast sein? Ich
wandte mich ab, es war höchste Zeit, meine Hausaufgaben zu
machen, anstatt hier wie bestellt und nicht abgeholt herumzu-
hängen. Ich würde Doreen beweisen, dass sie keinen Grund
hatte, mich zu bemitleiden. Einen größeren Gegensatz zum
eichenen Mobiliar in der Kanzlei meines Vaters konnte ich mir
nicht vorstellen, und deshalb würde ich diesen Glaspalast hier
erobern, und Pussi würde mein Ticket sein.

Von der 13er Tram sah ich an der Weinmeister Straße nur noch
die Rücklichter und war zu ungeduldig, um auf die nächste
Straßenbahn zu warten. Stattdessen tat ich, was ich schon
hatte machen wollen, bevor Josef mich auf diese Katastrophen-
gala von Wolfgang und Cillie geschleppt hatte: in Berlin spazieren gehen. Konnte ja nicht so weit sein, von den Hackeschen
Höfen zur Kastanienallee 21. Ich wandte mich nach Norden,
die Alte Schönhauser hoch, die Sonne im Rücken. Und endlich
entdeckte ich, was einen echten Berliner Kiez und meine neue
Wahlheimat ausmachte: verwitterte Biertrinker, dem Pflaster
trotzende Bäume, bluebetoothte Hemdträger, unzählige schlon-
zige Mamas mit ihren Gören. Ich zählte pro Block mindestens
zehn missmutige Schwangere, die an den Fußgängerampeln die
Hände ins Kreuz stemmten. Ich sah leinenlose Köter jeder Cou-
leur, Hauptsache groß, und ihre unzähligen in der Sonne vor
sich hinschmelzenden Haufen. Ich ging vorbei an orange möb-

lierten Seventies-Bars für die Zugezogenen, abgefuckten Kneipen ohne Namen für die Eingeborenen, schicken Lounges für die Touristen, Cafés für die Mamas und Papas, vorbei an duftenden Thais und Indern, Angeber-Italienern und zweifelhaften Dönerbuden mit fetttriefenden Pressfleisch-Ungetümen.

Und es gab tolle Outfits in fast jedem Schaufenster.

Ich blieb vor allen stehen, die buntes Schneiderzeug ausstellten. Hier war überall Design-Alarm, aber ohne großes Gewese. Das war mir irgendwie sympathisch, vielleicht konnte ich mich hier endlich mal von meiner T-Shirt-Cargohosen-Uniform trennen? Und mir auch mal andere Schuhe kaufen? Nach einer Stunde Pflastertreten brannten meine Füße nämlich in den fußbettfreien Chucks. In der Zeit, in der ich in München die halbe Stadt durchlaufen konnte, kam ich in Berlin gerade mal von einem Viertel ins nächste.

Im Gewusel der Straßen um den Zionskirchplatz erkannte ich die Kastanienallee nur am Straßenschild, nicht an den Kastanien (wo waren die eigentlich?). Ich öffnete die flyergespickte Tür des kleinen Bioladens vor Karlchens und Pauls Haus, um den Meerschweinchen für den Nachmittag Äpfel und Salat zu kaufen. Und weil ich mich zwischen Litschi und Holunder nicht entscheiden konnte, kaufte ich mir einfach von jeder Sorte Öko-Limo eine Flasche. Spezi war hier garantiert nicht angesagt. Die dicke Verkäuferin tippte mit viel Schwung in die alte Registrierkasse – war das wirklich tätowiertes Gemüse auf ihren Oberarmen? Tatsächlich, ich konnte ganz deutlich Fenchelknollen und Auberginen auf ihrem blassen Fleisch erkennen. Das nannte ich mal Identifikation mit der Branche! Ich drückte die Ladentür mit dem Rücken auf, die Hände voller Flaschen und einer Packpapiertüte, aus der Karottengrün wedelte, sagte zum Abschied laut »Servus« und schob dann ein verlegenes »Tschüs« nach. Die Gemüsefrau lachte und erwiderte in breitem Schwäbisch: »Tschüsle, auf bald.« Und griff unter den Ladentisch, um mir eine »I love Prenzlberg«-Stofftasche mit Kartoffeldruck zu schenken. Das fand ich saunett. Und weil das Laufen durch die Sommerstadt mich irgendwie ganz Banane gemacht hatte, ging ich auch noch in den kleinen Eckladen nebenan und kaufte mir bei einem sich ständig verbeugenden Turbanträger eine Familienpackung Erdnussflips und eine Kleine-Mädchen-Flasche Smirnoff. Für Biolimo à la Berlin.

Trotz des handgeschriebenen Schilds »Tor immer zu! Pissen im Hausgang verboten!« stand die schwarze abgeschlagene Holztür der Nummer 21 offen, und ich schnaufte das Treppenhaus vier Etagen hoch bis zur gedrechselten Eingangstür meiner Gastgeber. Die Leinentasche schlug mir gegen die Kniekehlen, als ich meine hinteren, vorderen und seitlichen Hosentaschen nach meinem Hausschlüssel durchsuchte. Mist, den musste ich heute Morgen vergessen haben. Ich klingelte und leckte mir mit der Zunge den Schweiß von der Oberlippe – wie freute ich mich jetzt auf ein paar Stunden nur für mich in der kühlen Wohnung. Es dauerte, bis ich patschende Schritte hörte, barfuß auf Dielen, und Paul öffnete. Er atmete mindestens genauso schwer wie ich und trug zum Bademantel von heute Morgen schwarze Gummihandschuhe bis zum Ellenbogen. Ich sah die Schweißperlen auf seiner blanken Glatze und dachte, »Mann, der hat beim Abwasch wohl gerade alles gegeben«, entschuldigte mich für die Störung und drückte mich an ihm vorbei Richtung Gästezimmer.

»Ist Josef schon zurück?«, fragte ich nebenbei, mehr um höflich Konversation zu machen, denn Josef hatte es heute Morgen am Ende sehr eilig gehabt, zu seinem Job zu kommen.

»Nee, aber wenn du schon da bist, komm doch mit in die Küche, wir müssen mal mit dir reden!«

Was war los? Hatte ich aus Versehen Paulchen statt Paul gesagt? Waren es die Kostüme? Klar, die Pussi-Kostüme mussten weg! Oder war es das große Nutellaglas mit dem Löffel drin, das neben meiner Matratze stand und das Karlchen vielleicht in seinem ökologischen Gleichgewicht gestört hatte?

»Ist was mit Eminem? Oder Herrn Hansi Hinterseer? Den Meerschweinchen?«, fragte ich besorgt und folgte ihm in die Küche, hinter mir ein aus dem Nichts aufgetauchtes Karlchen, der sich auf den Stuhl mir gegenüber setzte und mir tief in die Augen blickte.

»Nein, es geht um Josef, wir machen uns Sorgen! Und du kennst ihn doch am besten!«

Mein Josef? Ich griff mir automatisch in die verschwitzten Haare, und Karlchen nickte und kommentierte meine Geste: »Siehste, genau darum geht es. So etwas wie deine Frisur wäre Josef doch früher nie passiert! So schlimm sieht es natürlich nicht aus«, ruderte er zurück, als er meinen Gesichtsausdruck bemerkte, »aber Josef war einfach immer ein Perfektionist. Doch in letzter Zeit...«

Karlchen machte eine Pause, ihm ging irgendwie die Luft aus.

Paul mischte sich ein, um auf den Punkt zu kommen: »Wir wissen, dass er bei seinen alten Auftraggebern Jobs verloren hat. Sandra Maischberger zum Beispiel, die ließ ihn immer für die Sendung einfliegen. Iris Berben hat ihn geliebt, weil er ihre asymmetrischen Augen einfach wegschminken konnte, und deswegen hat ihn ihr Sohn Oliver ganz oft für seine Filmproduktionen gebucht. Aber seit ein paar Monaten baut unser Josef nur Mist, klebt der Berben die falschen Wimpern nur am linken Auge an, so verschoben sah die noch nie aus! Lässt bei der Maischberger 'nen Lockenwickler im Haar, versenkt auf dem Echo die Puderquaste im Dekolleté von der Makatsch und merkt nicht mal, dass er ihr schwarzes Kleid damit ruiniert – lauter Kram, der Josef früher nie passiert wäre. Dann taucht er plötzlich immer wieder unangemeldet in Berlin auf, heute mit diesem ominösen Online-Projekt, und dann auch noch diese Karre!«

»Aber das war doch nur ein Mietauto«, nahm ich ihn in Schutz.

»Woher willst du das so genau wissen? Ich sage nur, dass Josef, der nie wusste, wovon er seinen nächsten Drink im Cookies zahlen soll, und der uns immer angeschnorrt hat, damit er bei seinen Aufrissen den dicken Max markieren konnte, plötzlich total sorglos in den teuersten Klamotten herumrennt, ohne damit anzugeben, für wie viel und wo er sie gekauft hat. Früher hat er uns doch immer jeden neuen Fummel unter die Nase gehalten, die eitle Trine!«

Paulchen tippte sich mit dem linken Zeigefinger an den Nasenflügel und legte seine fleischige Rechte auf meine: »Wir machen uns einfach Sorgen, dass er da noch irgendwo Geld herbekommt. Mit einem ganz anderen Business. In Berlin einkaufen – in München verkaufen, verstehst du?«

Nö. Ich verstand nicht. Was wollten die zwei Tucken eigentlich von mir? Vorsichtig entzog ich Paul meine Hand. »Josef verdient eben gut. Und besser zu viel Arbeit als zu wenig. War eben viel los in der letzten Zeit!«

»Aber wozu braucht er dann ein zweites Handy? Fehlt noch, dass er mit einem Beeper herumläuft wie die kolumbianische Post aus Neukölln!«

Allmählich verstand ich. Und war jetzt richtig empört.

»So ein Schmarrn!«, fuhr ich hoch und verbesserte mich: »Äh, so ein Quatsch!« Ich sah kopfschüttelnd von einem zum anderen. »Ich dachte, Josef ist euer Freund? Und da glaubt ihr, er fängt an zu dealen? Dazu wäre er nie in der Lage!«

Ich war empört, musste aber aufpassen. Wenn ich jetzt richtig loslegte, hatte ich es mir wahrscheinlich erst einmal mit meinen Obdachgebern verdorben. Und Doreen wohnte sicher nicht so, dass ich da heute Nachmittag mit einem Meerschweinchenkäfig und einer Flasche Smirnoff vor der Tür stehen wollte. Mehr Leute kannte ich noch nicht in Berlin. Außer diesem mysteriösen Schriftsteller, und das wäre sicher kein match made in heaven. Ob der unter »Henri von Laber« im Telefonbuch stand? Oder unter Popliterat im Branchenbuch? Sollte ich mal checken. Oder auch nicht.

Reiß dich zusammen, ermahnte ich mich also, Karlchen und Paul machten sich doch einfach nur Sorgen.

Oder war da auch ein kleines bisschen Sensationsgier dabei? Offensichtlich hatten die beiden nicht genug zu tun. Hingen gelangweilt in ihrer Wohnung rum und warteten, bis Lolitus, die Schwulenkneipe, die ihnen gehörte, aufmachte, während Josef seit den frühen Morgenstunden arbeitete? Das kam davon, wenn man keine vernünftigen Hobbys hatte.

»Ich verstehe euch schon, aber bis auf meine verhunzten Haare ist mir an Josef wirklich nichts aufgefallen.«

Schon gar kein zweites Handy. Allerdings war mein Interesse an Mobilfunk-Gimmicks auch so gering, dass es mir wahrscheinlich auch entgangen wäre, wenn Josef plötzlich mit einem 12 000-Euro-Swarowski-Modell telefoniert hätte.

»Für mich war er immer da. Er hat mir den Job bei Uniworld besorgt, hat mich bei euch einquartiert und mir immer aus der Patsche geholfen. Klar, auch mal finanziell.«

Den Geldregen im Princess band ich ihnen jetzt besser nicht auf die Nase. Ich musste die Pferde ja nicht noch scheuer machen.

»Klar, Josef hat immer gern gefeiert. Aber mit Kokain handeln? Nö. Ich würde euch schon sagen, wenn ich den Eindruck hätte, da würde etwas nicht stimmen.« Dann klappte ich demonstrativ meinen Laptop auf. »Und jetzt muss ich mal dringend ins Internet, wenn es euch nichts ausmacht, ich habe mir für heute echt viel vorgenommen.«

Das Windows-Dingdong meines Rechners beendete die Konversation. Nachdem Karlchen und Paul aus der Küche gerauscht waren, ignorierte ich die Felix-Freund-Anfrage erneut, aber Doreen und ihre Band passten gut in mein MySpace-Profil. Und als es Zeit wurde für Loreley-Live, mischte ich mir eine »Vodkanade« und wusch ein paar Möhren ab, um vor dem Fernseher im Gästezimmer mit Herrn Hansi Hinterseer und dem neuerdings so moppeligen Eminem endlich unsere Ankunft in Berlin zu feiern.

10

Am nächsten Morgen um halb neun wusste ich wieder, warum Vodka noch nie das Getränk meiner Wahl gewesen war. Zu stark waren Jever und Tegernseer Hell in meinen Genen verankert, und zu hell schien die Sonne. Ich musste auf dem Weg zur Straßenbahn einen Schlenker zu meinem Volvo gehen, um meine Sonnenbrille zu holen. Die gute Nachricht: Mein Auto war noch da. Die schlechte Nachricht: sonst nichts mehr. Der Futon mit den Rotweinflecken, das fünfzehn Jahre alte Blaupunktradio, meine Bücherkisten – weg. Wegidiweg. Futsch. Geklaut. Willkommen in Berlin.

Erst auf den dritten Blick bemerkte ich, dass das Schiebedach zerschlagen und auf diesem Wege alles sauber entwendet war. Selber schuld. Hätte ich mein Hab und Gut brav nach oben gebracht und nicht nur die Tasche mit den Mützen und den Meerschweinchenkäfig, wäre diese Katastrophe nie passiert. Und was jetzt?

»Hallo, ihr habt die Nummer von Josef gewählt, aber ihr könnt mich mal wann anders erreichen.«

Pieps, aus, keine Mailbox. Was war denn mit dem los? Es dauerte jedoch keine drei Sekunden, dann klingelte der Rückruf. Ich hob sofort ab, erleichtert. Aber es war nicht Josef. Es war Kuszinsky, seine Stimme rau und schwer von Schlaf oder Alkohol. Oder vor Wut.

»Heidi? Egal, wo du bist, in einer Viertelstunde bist du hier.«

Als ich zwanzig Minuten später völlig außer Atem aus dem Aufzug trat, wirkte das Uniworld-Büro noch komplett leer. Aber nur auf den ersten Blick. Oder den ersten Atemzug, denn die Anwesenheit von Frau Koppke bemerkte ich als Erstes am Geruch. Dieses stechend süße Parfum ging eindeutig von Elmars Mutter aus, dem Duft hatte sicher eine Merchandise-Powersellerin wie J-Lo oder Kylie einen schwülstigen Namen gegeben. Und dann hörte ich auch das dünne Klackern von Riemchensandalen aus der Richtung, in die eine bedauernd die Schultern hebende Doreen zeigte. Kuszinsky stand da, schwer an einen Tisch mit schräger Leuchtplatte gelehnt, neben Frau Koppke, die mit kleinen hektischen Schritten vor ihm auf und ab raste, die rosa-türkisen Zipfel ihres Kleides wirbelten dabei hin und her wie kleine Flämmchen. Und als sie mich sah und sofort anklagend loslegte, erinnerte sie mich sehr an Désirée Nick. Leider. Ich hasste Désirée Nick.

»Da ist sie! Einen Stricher wollte sie aus meinem Jungen machen, einen Stricher!«

Als Daniel Radcliffe zum Superstar avancierte, war er etwa so alt wie Elmar Koppke. Und die Fotos, die ihn dann nach dem vierten Harry Potter an einen Schimmel geschmiegt zeigten, waren zum feuchten Traum schlechthin geworden – sie hatten ihn vom Kind zum Mann gemacht. Wäre eine solche Fotostrecke mit Pussi nicht *die* Gelegenheit gewesen, ihren Sohn Elmar aus dem MySpace-Sumpf herauszuheben und zu einem erwachsenen Künstler zu machen? Als der Bel'Ami-Redakteur Elmar-das-Früchtchen-Koppke vorgestern im Hotelzimmer abgelichtet hatte, mit nacktem Oberkörper, lasziv die Fangarme seines Pussi-Kostüms umschlingend, hatte der Teenager das absolut professionell absolviert und auch nicht auf die »Ey Alter, bist du schwul oder was«-Zwischenrufe seiner Bandkollegen geachtet. Ein Naturtalent, der kleine Racker ...

Die Kontaktabzüge, die jetzt auf dem beleuchteten Tisch klemmten, zeigten eben dieses Naturtalent. War mir beim Shooting im Hotelzimmer gar nicht aufgefallen, dass der schlaksige Jungenkörper mit der chronisch schlechten Haltung über einen solchen Body verfügte. Der vierzehnjährige Elmar sah auf den Bildern um Jahre älter aus, da hatte ein zuvorkommender Bel'Ami-Grafiker wohl noch ein wenig nachgeholfen. Und wie hießen noch gleich diese Muskeln, die sich wie ein sexy V über die Hüften von gut trainierten Unterbuchsenmodels spannten (trainierte Hüften waren ja nun wirklich nicht mein Spezialgebiet)? Äbs? Läbs? Auf Elmars Foto waren sie jedenfalls nicht zu übersehen. Sein nackter Oberkörper mit den als Boa um die Schultern gelegten Fangarmen hatte außerdem einen leichten Goldschimmer, als hätte er sich vor dem Shooting mit Babyöl eingerieben (hatte er nicht), und von der Jungens-Unterhose mit den Totenköpfen und Piratenflaggen, die er im Hotelzimmer noch angehabt hatte, war nichts mehr zu sehen. Stattdessen war am unteren Bildrand ein Anflug von gestutzter Schambehaarung, die automatisch ein Gefühl des Bedauerns auslöste, dass dieses Foto kein Centerfold war und man Elmars Unterleib samt Schniedel nicht einfach aufklappen konnte. Ich war begeistert.

»Ist doch ein toller Photoshop-Job, oder?«, bemerkte ich erfreut.

Die Koppke sah das anders.

»Eine Sauerei ist das! Mein armer kleiner Junge!«

Ehrlich gesagt, hatte ich Frau Koppke solcher Mutterinstinkte nicht für fähig gehalten.

»Aber Frau Koppke, das ist doch eine prima Porno … ähm, Entschuldigung, *Promo* natürlich!«

Meine Versuche, Frau Koppke bei ihrem hysterischen Hin- und Herstöckeln fest und selbstbewusst in die Augen zu sehen, waren erfolglos. Sie machte mich ganz kirre – konnte sie nicht einfach mal stehenbleiben?

»Die Bel'Ami ist ein seriöses Stadtmagazin mit einer überwiegend männlichen Klientel, genau in der Zielgruppe, in der Pussi Fuß fassen soll!« Puh, langsam kam ich in Fahrt. »Man darf die Wirkung einer solchen geschickt platzierten Story nicht unterschätzen. Ich erinnere nur an die erotischen Fotos von Daniel Radcliffe, die ihn in ein ganz anderes, erwachsenes Segment …«

»Hah, sie gibt es selbst zu! *Erotische Fotos!*«

Alles klar. Frau Koppke geruhten nicht mit mir, sondern nur über mich zu sprechen. Konnte Kuszinsky nicht endlich auch einmal etwas zu der ganzen Angelegenheit sagen? Ich suchte seine noch kleinen Augen unter den schweren Lidern, machte selbst große Glupscher, flehend. In seinen massigen Vertriebschef-Körper kam tatsächlich Leben, er löste sich mit einem Ruck vom Sichttisch, als hätte er bis jetzt nur vor sich hingedöst, schüttelte den Kopf, und während sich rechts und links an uns die ersten Uniworld-Mitarbeiter vorbeidrängten, ein verstohlenes »Guten Morgen« nickend, legte er mir eine schwere, feuchte Pranke auf die Schulter und sagte:

»Evelyn hat recht. Tut mir echt leid, Heidi, aber du bist gefeuert.«

11

Porno, Promo, wo war gleich noch mal der Unterschied?

Mein zusammengesunkenes Spiegelbild zuckte die Schultern und wischte mit einem Zipfel des rabenschwarzen Friseurumhangs an der dramatisch verschmierten Wimperntusche. Wurde nur noch schlimmer. Passte aber irgendwie zu dem futuristischen Iro aus Alufolie, der mir auf dem Scheitel wippte. Ich war ein heulender Alien-Panda.

Aber dann schob sich der nette Frisör vom Ponyhof (»Tachchen, ich bin Rasputin«) mit einem Glas Rotkäppchensekt von der Seite in mein Spiegelbild und verwandelte mich mit einem Abschminktuch zurück zu Heidi. Und interpretierte meine Endzeitlaune auf seine Art.

»Lass mal den Kopf nicht hängen. Andere Mütter haben auch nette Söhne, die gut ficken! Trink das mal, und dann mach ich dir eine Kopfmassage. Danach bist du so entspannt, da kann dir keiner mehr was.«

Rasputin öffnete eines der Alupakete mit der Nadel seines Stielkamms.

»Aber ein Momentchen musst du noch warten. Muss ja schließlich richtig rausgezogen werden, die alte Farbe! Tut's denn schon weh? Ja? Dann sind wir auf einem guten Weg!«

Aber das Feuer auf meiner Kopfhaut war nichts gegen das, was darunter tobte. Aus der Traum. Innerhalb von 48 Stunden mal so richtig alles an die Wand gefahren. Chapeau, Frau Hanssen! Ich hatte die Schnauze voll von mir selbst. Ich winkte Rasputin herbei.

»Darf man hier rauchen? Und hast du eine Zigarette für mich?« Und dann stand ich da, auf einem Friedrichshainer Bürgersteig, mit meinem silbernen Kopfschmuck, die erste Kippe seit meiner Abifeier in der Hand, und versuchte meine Gedanken zu ordnen.

Zurück nach Hause? Zurück an die Uni? No way. Arbeitsamt? Nach zwei Tagen festem Job hatte ich sicher richtig viel Anspruch auf ALG 1. Kellnern? Auch eine Möglichkeit. Aber irgendwie auch kein Fortschritt. Den Volvo verticken? Hm. Das Auto hatte ich mit neunzehn einem Neffen von Ottfried Fischer abgekauft. Es jetzt mit kaputtem Schiebedach einfach an einen Gebrauchtwagen-Hai abzuschieben, wäre für mich Verrat gewesen.

»... ihr könnt mich mal wann anders erreichen.«

Josefs Ansage konnte ich nicht mehr ertragen. War der denn Tag und Nacht an seinem ominösen Set? Egal, ob mit Notdurft, Heavy Petting oder Smokey Eyes bei Jessica Schwarz beschäftigt, Herr Will war eigentlich in Notfällen immer erreichbar. Nur heute nicht – und gestern auch nicht. Kruzifix.

Ich inhalierte den letzten Zug meiner Nichtraucherkippe, der mir in den Kopf stieg wie ein Heliumballon, verwarf den Gedanken, mich bei meiner Mutter auszuweinen, und ging lieber zu meinem Friseurstuhl zurück.

»Schöner Hinterkopf!«

Sie waren weg. Meine Haare waren hinten bis auf wenige Millimeter praktisch alle weg.

»Wie Agyness Deyn. Sagenhaft.«

Rasputin, der neue Haarschneider meines Vertrauens, verrenkte sich zur Rundumbesichtigung seines Werks und war zufrieden mit dem Ergebnis. Ich auch. Ich hatte endlich eine richtige Frisur.

Dann fegte Rasputin das grünliche Häuflein auf dem Boden mit einer einzigen Wischbewegung auf eine Kehrschaufel. Trotz des kurzen Schnitts war nur eine einzige Besenladung angefallen, nichts, dem man nachweinen musste. Ich guckte noch mal in den kleinen Handspiegel in meiner Hand und schielte auf mein Profil. Meine Ohren lagen frei, eigentlich hatte ich ganz hübsche Ohren, klein, eng anliegend, Donnerwetter. Und mein Hals war viel schlanker und länger, als ich je vermutet hätte.

»Pixie Cut. Topaktuell. Das ist eine richtige Typveränderung, biste happy?« Rasputin zupfte noch mal an den platinblonden Strähnen. »Und jetzt zeigste der Dumpfbacke, die dich zum Heulen gebracht hat, dass du was Besseres verdient hast. Das Leben ist sehr wohl ein Ponyhof! Man muss sich nur das Pferdchen nehmen, das man will!«

Er konnte kaum an sich halten, so stolz war er auf diese Referenz zu seinem Laden, und knallte mir prustend eine aufmunternde Rechte auf die Schulter.

»Auf in den Kampf, Mädel!«

Rasputin hatte zwar keine Ahnung, aber trotzdem verdammt recht. Auch wenn ich mich eigentlich eher selbst zum Heulen gebracht hatte. Ich kippte, dankbar für diesen Arschtritt, mein zweites Glas Rotkäppchen und zahlte die Schwindel erregende Summe von 95 Euro. Rasputin war schließlich Chef-Stylist. Ein verranztes Interieur und angelaufene Spiegel spiegelten nicht zwangsläufig niedrige Preise wider. Das war eben Berliner Schick! Ich beschloss, die Quittung beizeiten Josef unter die Nase zu halten, damit er sich daran beteiligte, schließlich war er ja an meinem Frisuren-GAU schuld gewesen, gab Rasputin dann in einem Anflug von Großkotzigkeit einen Zehner Trinkgeld und betrat: mein neues Leben.

Draußen spürte ich den leichten Wind, der hier immer irgendwie wehte, und blickte nach oben zum Berliner Himmel. Er wirkte wie eine Milchglasscheibe, so... unblau. Dennoch musste ich die Augen zusammenkneifen, meine Sonnenbrille vermisste ich von meinen geklauten Habseligkeiten am meisten. Am Ende der Straße wuselten Menschen um Marktstände herum, dort würde es sicher Billig-Brillen geben. Stattdessen ging ich über das geflickte Kopfsteinpflaster zu dem schnieken Brillenladen gegenüber. Wenn schon Josef nicht erreichbar war, um meinen neuen Look zu perfektionieren, musste ich das eben selbst in die Hand nehmen. Ich legte die Stirn ans Schaufenster und schirmte meine Augen mit den Händen ab. Das Modell »Fussballergattin« vorne rechts musste sofort her zu meiner neuen Frisur! Ohne mit der Wimper zu zucken, gab ich weitere 215 Euro für eine Brille mit schwarzen Gläsern und Schildpatt-Rahmen aus. Jetzt hatte ich zwar auch nichts mehr anzuziehen, aber dafür stand Tom Ford auf den Brillenbügeln. Toll, wie viel Zeit zum Geldausgeben man als Arbeitslose so hatte!

Keine Minute später setzte ich die riesige Brille vor meine noch verquollenen Augen und prüfte das Ergebnis in der spiegelnden Scheibe. Und dann zog die junge Frau im Fenster, die zumindest bis zur Taille nun Mia Farrow verdammt ähnlich sah, eine orange Visitenkarte aus ihrer Hosentasche, strich sie mit zitternder Hand glatt und wählte die M-EINS-Nummer, Durchwahl Claudia Helmig, VJ-Affairs und Casting.

12

Die Dame in der Maske war ein ätherisches Wesen mit Puder-quaste in der Hand, das in einem bodenlangen durchsichtigen Kleid mit kleinen goldenen Schellen an den Ärmeln steckte und mich mit einem gehauchten »Hi, ich bin Fé« begrüßt hatte. Sie fuhr mit den Fingerspitzen in eine Dose und zwirbelte ein paar Haarspitzen in mein Gesicht. Sie nickte, ihre Glöckchen klimperten dazu ihr leises Klingelingeling.

»Mehr muss man da nicht machen, wie bei Agyness Deyn, wirklich ein Top-Schnitt.«

»Lieber Top-Schnitt als Topf-Schnitt«, kalauerte ich nervös, »hättest mich mal vor zwei Wochen sehen sollen, bevor ich beim Friseur war.«

Leider war mein neuer Haarschnitt der einzige Teil meines Körpers, auf den ich stolz war. Da waren zum Beispiel meine Hände, die wie immer, wenn ich aufgeregt war, dunkellila Flecken hatten. Und deren Innenflächen mal wieder klatschnass waren, was garantiert nicht am schwülen Spätsommerklima lag, denn hier im Keller des M-EINS-Studios war alles schön runtergekühlt. Und dann waren da noch die Blicke der drei anderen Castingkandidaten, vor allem der beiden Mädels, die hinter mir auf dem knallroten Sofa saßen und deren Blicke ich in meinem Nacken und auf meinem Hintern spürte wie die neuen Powerröhren eines Turbo-Bräuners. Würde mich auch nicht wundern, wenn das rechts sitzende Mädel mit dem lidstrichbetonten Kleopatra-Look und der erdfarbenen Gesichtshaut nicht auch tatsächlich in einem Bräunungsparadies arbeiten würde. Die andere Kandidatin war ein groß gewachsener, x-beiniger Rauschgoldengel in einem strassbesetzten rosa T-Shirt mit der verheißungsvollen Aufschrift: »I Make You Feel Like A Rockstar«.

»Die hat ja nen Pürzel wie die Maischberger! Oder ist das Brigitte Nielsen nach ner Brustverkleinerung?«, hatten sich meine Konkurrentinnen gerade sehr hörbar über den zwischen ihnen sitzenden Asiaten hinweg zugeflüstert. Ich zerpflückte meinen linken Daumennagel mit den Vorderzähnen. Ob ich auch so enden würde wie Brigitte? Als Deko-Gast bei »Die dollsten Weltrekorde aller Zeiten« und als Alki in Celebrity Rehab? Immerhin hatte der Dritte im Bunde, der feingliedrige Japaner und der einzige junge Mann unter uns, auf diese Sprüche nicht reagiert. Konnte er auch gar nicht, seine Ohren unter den langen, schwarzen Haaren waren von weißen Kopfhörern verstöpselt, sein Blick nach innen gekehrt. Der hörte bestimmt gerade irgendeine wahnsinnig angesagte Musik und kannte sich in der Electroszene aus wie in seiner Westentasche. Während ich, ein seit fast zehn Jahren offensichtlich ohne Auswirkung auf meine geistige Reife volljähriger Bauerntrampel, keine Ahnung hatte, warum ich mich auf das fragwürdige Experiment eines Moderatoren-Castings fürs Musikfernsehen einließ.

Ich besaß ja nicht einmal einen iPod shuffle! Während Fé mir mit einem Pinsel, groß wie ein Gamsbart, die Stirn mattierte, schloss ich die Augen und rekapitulierte die Biographien und Skandälchen, die ich mir in den vergangenen zwei Wochen meiner Arbeitslosigkeit auf Doreens Rat hin angelesen hatte. SPEX, Q, Intro, BUNTE, Gala, Instyle. War ja nicht so, dass ich für den heutigen Tag nicht vorbereitet war: Ich kannte den Alkoholpegel, auf dem sich Pete und Amy gerade eingependelt hatten, ich konnte »Mercy« von Duffy mitsingen, und ich wusste, warum Platten nicht mehr wie früher am Montag, sondern inzwischen am Freitag erschienen. Ich hatte mir alle Dating-Shows, Karaoke-Peinlichkeiten und Jackass-Kopien auf M-EINS reingezogen, die man gesehen haben musste oder eben nicht. Mein Kopf war gepimpt mit unnützem Wissen. Ich kannte den Sorgerechtsstatus von Britney und das Gewicht von Robbie Williams. Ich hatte Stunden vor bunten Webseiten verbracht und brav jeden Newsletter gelesen, aber den Unterschied zwischen MTV und M-EINS als nicht besonders groß empfunden. Was bei MTV »Powerplay« hieß, war hier »Dauerplay«, großkotzig und international waren die einen, deutscher, lustiger und mit mehr Musik die anderen. Ich mochte die Babyshambles ganz gern, genauso wie Keane und Razorlight, David Bowie und Patti Smith, fand Coldplay jedoch sterbenslangweilig und konnte mir absolut keinen Namen von DSDS oder einer anderen Castingkatastrophe merken.

Der stabile September-Dauerregen war mir sehr gelegen gekommen, denn ich hatte noch nie so viel Zeit vor der Glotze verbracht wie die letzten vierzehn Tage. Ich feuerte nicht einmal mit Josef die Klumschen Topmodels an, weil mich schon die erste Folge in eine tiefe figürliche Depression gestürzt hatte. Und darüber hinaus litt Frau Klum meiner Meinung nach an genau der Stil- und Modelegasthenie, die Josef gerne mir andichtete.

Ich war ohne Fernseher aufgewachsen, weil meine naturverbundenen Erziehungsberechtigten Bewegung an der frischen Luft wichtiger fanden. Deshalb war ich schon immer blöd danebengestanden, wenn es (in chronologischer Reihenfolge) um Plumperquatsch, Wetten dass, GZSZ, Big Brother und MTV Dismissed ging.

Und jetzt saß ich hier wie ein Vegetarier vor einem Schweinsbraten. Jede andere hätte sich gefreut über diese Wahnsinns-Chance. Aber ich war mir gerade nicht mehr so sicher. Logisch, VJane, das war ein Traumjob. Aber für mich? Ich hatte mich darauf gefreut, hinter den Kulissen die Strippen ziehen zu können. Warum musste ich nun unbedingt nach vorne drängeln? Da gab es andere, die hatten da Jahre darauf hingearbeitet.

»Ick habe schon uffm Kinderjeburtstag immer so jetan, als wär ick die Schalotte Rotsch«, tauschten Kleopatra und der Rauschgoldengel hinter mir ihre Qualifikationen aus. Eben.

Ich rieb meine Hände verstohlen an meinen Oberschenkeln, sie hinterließen auf meiner dunklen Hose noch dunklere Striemen. In einer Stunde war ich mit Doreen verabredet, zum Mittagessen im Knaller, das hatte sich in den letzten zwei Wochen so etabliert. Aber erst einmal musste ich hier durch. Mich bewerben für den Traumjob aller Extrovertierten unter dreißig. Als erste von vier Kandidaten.

»Mehr nehmen wir heute nicht dran, das Studio ist nur für den Vormittag gebucht, Qualität statt Quantität!«, hatte die

Casting-Claudia gezwitschert, als sie in ihren schicken braunen Stiefeln wie ein Wirbelwind zum M-EINS-Eingang gefegt war, um aus ihrer unergründlichen gelben Tasche einen Besucherausweis zu fischen und ihn mir an den alten Bundeswehrparka zu heften. Der schwere grüne Drillich war zwar viel zu heiß für Mitte September, aber der Parka war ein ganz besonderes Erbstück und mein Talisman für heute.

Meine Garderobe war seit der Autoknackerei noch reduzierter und hatte an Farbigkeit weiter eingebüßt. Ganz besonders schmerzte mich der Verlust meiner zwei Khakihosen, wie schön bequem waren sie gewesen, der am Hintern über die Jahre herrlich weich gesessene Stoff hatte mich mit keinem Zwicken meine Kleidergröße spüren lassen. Jedes andere Mädchen hätte sich gefreut über diese perfekte Ausrede, in einem Rutsch eine komplette Ersatz-Ausstattung zu ershoppen, ein Rausch wäre das gewesen für jede Geschlechtsgenossin. Ich jedoch hasste die Umkleidekabinen in den Läden, in denen ich mir momentan etwas leisten konnte. Auch der Tageslichtschalter bei H&M half nicht über den Schock hinweg, bei einem harmlosen Frontalblick in den Spiegel durch ausgetüftelte Blickwinkel ungewarnt mit dem Anblick der eigenen Kehrseite konfrontiert zu werden.

»Du machst viel Sport, hm?«, hatte Claudia sehr höflich gefragt, als ich mich in der Studio-Umkleide aus meiner geliebten Armeehose pellen musste. Ein Techniker hatte mir mit dem Kommentar »Schwarz im Studio – das geht gar nicht, das frisst uns mindestens eine Blende« mein einzig verbliebenes Lieblingsoutfit vermiest. Ich hatte allerdings auch die vierte M-EINS-Jeans nicht über meine Oberschenkel gebracht, woraufhin die frustrierte Stylistin Connie mit einem »Ich versteh das nicht, in der Taille hat sie eine 29, aber an den Beinen …« wieder im Fundus verschwunden und nicht wieder aufgetaucht war.

»Ich war früher oft Ski fahren«, hatte ich Claudia leise geantwortet und nachträglich jeden Meter Abfahrtslauf mit anschließendem Hüttenschmaus verflucht.

Mit einem »Nimm wenigstens hohe Schuhe, das streckt« hatte ich meine eigene Hose anbehalten dürfen, die Säume in

schmale Stiefelchen gestopft. Und wenn ich dem kleinen Sound-
gnom mit der verkehrt aufgesetzten Baseballkappe und dem
Walkie-Talkie in der Hand glauben konnte, der mir gerade am
Ausschnitt rumgefummelt und ein Kästchen in die hintere
Hosentasche gestopft hatte, sollte ich in fünf Minuten ins Stu-
dio.

Himmel, war mir schlecht.

»Also, am besten stellst du dich erst einmal vor und erzählst
uns ein bisschen was von dir.«

Claudia, die Frau, die für M-EINS neue Moderatoren entdeckte, saß auf einem der bunten Sitzwürfel, die an den Studio-
rand geschoben worden waren und hinter denen ich mich lieber versteckt hätte, anstatt hier auf dem Präsentierteller zu
stehen.

»Grüß Gott, ich bin die Heidi«, schallte meine Stimme von
der Studiodecke auf mich herunter. Himmel, klang ich so? Und
hatte ich wirklich »Grüß Gott« gesagt, im Casting-Studio eines
Berliner Musiksenders?

»Moment, wir haben Probleme mit der Intercom«, sagte
jemand genauso laut zurück, und ich hielt inne. »Und bitte!«,
sagte der Gnom.

Ich wippte auf meinen geliehenen Stiefeln, nahm die Hände
wie von Claudia instruiert aus den Hosentaschen und grinste in
die Kamera.

»Also, noch mal hallo, ich bin die Heidi, und ich bin nicht
von hier. Und eigentlich passt meine Kleidergröße nicht wirklich ins Musikfernsehen.«

Der Soundgnom grinste. Selbstkritik waren die hier wohl
nicht gewohnt. Claudia nickte ungerührt. »Ok. Und jetzt
moderierst du einfach ein Video deiner Wahl an.«

Ich redete weiter in die auf ein Radgestell aufgebockte
Kamera hinein.

»Aber wenn ich etwas an meiner Figur ändern wollte, dann
würde ich mir sicher keine Corsage kaufen. Keine, wie sie
Madonna in ›Candy‹ trägt. Weil die Corsage mit ihrem Körper
das macht, was die Spritzen mit ihrem Gesicht anstellen. Seht
mal ganz genau hin. Madonna, bitteschön.«

War das lustig? Nein. Das war nicht lustig. Und was absolut nicht lustig war, war das Handy, dessen Klingelton jetzt durchs Studio hallte.

»Das gibt'n Kasten Bier! Handy im Studio gibt'n Kasten Bier!«, johlte der Gnom, der wie alle anderen in die Runde blickte, um den Übeltäter auszumachen. Das konnte ich mir sparen – klar, dass das mein Handy war, wer außer mir war nicht in der Lage, sein Telefon lautlos zu stellen?

»Ist hier jetzt mal Ruhe im Studio?!«, rumpelte eine hallende Durchsage durch den hellgrau gestrichenen Keller. Tom, der Regisseur, hatte wohl jetzt schon genug an diesem Morgen.

Ich zog den bimmelnden Knochen aus meiner Hosentasche – »Josef« blinkte das Display mir entgegen (nach so langer Abwesenheit ausgerechnet jetzt?) – und drückte auf Stumm. Das rote Licht an der Kamera war noch an. Flucht nach vorne war hier wohl das Beste. Ich stockte. Ausgerechnet jetzt war meine Festplatte komplett gelöscht, weg alles Wissen über Kabala-Wasser, Scientology, Promi-Anorexie? Alles, was ich vor meinem inneren Auge sah, war eine gigantische Plüschkrake und meine kleinen Haustiere. Ich hielt dem Kameramann mein Telefon direkt vor die Linse.

»Da muss dringend ein schicker Klingelton drauf. Der ›PliPlaPlatsch‹-Song von Pussi gehört zu meinen Favoriten. Darum gehen wir jetzt erst einmal in die Werbung, da ist die Auswahl groß genug. Und danach verrate ich euch, wie es dazu kommen konnte, dass Eminem von Hansi Hinterseer schwanger wurde.«

Als ich mir nach dieser geschichtsträchtigen Ansage die Wasserflasche griff (»Moderatorenwasser ohne Kohlensäure« hatte Claudia mit einem Augenzwinkern gesagt und mit einem Edding »Heidi« auf das Etikett geschrieben), merkte ich, wie sehr meine Hand zitterte. Als ich vorher mein Telefon in die Kamera gehalten hatte, hatte sie null gewackelt. Es funktionierte. Es funktionierte tatsächlich! Ich konnte das! Meine Angst, dass ich mir vor dem kompletten Produktionsteam einfach in die Hose pinkeln würde, war einer anderen Aufregung gewichen, die ich so noch nie gespürt hatte. Was war das?

89

Panik jedenfalls nicht. Das war nicht nackte Angst, das war Lampenfieber!

So etwas hatte ich mit sechzehn das letzte Mal gefühlt! Damals hatte Erwin in seiner kurzen Dorfpunk-Phase, in der ich mich so unsterblich in ihn verliebt hatte, »Fack« auf unsere Kirchenmauer gesprüht, und ich musste Schmiere stehen. Ich war wahnsinnig aufgeregt gewesen, weil mein Vater oder der Dorfpfarrer jederzeit um die Ecke biegen hätten können. Und weil Erwin angekündigt hatte, als Belohnung fürs Schmierestehen mit mir gehen zu wollen. Und zwar richtig. Und ich mir nicht sicher war, was das für ihn im Klartext bedeutete, *richtig* miteinander gehen. Noch am selben Abend war es dann passiert zwischen Erwin und mir. Er hatte jedoch seine sehr spitzen, schwarzrot karierten Punkerschuhe anbehalten, der Verlust hätte wohl sonst das Ende seiner Männlichkeit bedeutet. Wie fragil die war, davon verstand ich damals noch nichts, sonst hätte ich mich von ihm wahrscheinlich erst gar nicht flachlegen lassen. Auf seinen abknickenden Schuhspitzen balancierend und die Hose zwischen den Knien, hatte Erwin sich nur mit eingeschränkter Bewegungsfreiheit auf mich legen können. Dabei konnte er kaum eine Hand entbehren, um mich von meiner schwarzen Militärhose (ja, die trug ich damals schon!) zu befreien. Kein Wunder, dass wir bei dieser Aktion aus dem Bett fielen. Dieser Ruck hatte Erwin leise erschauern lassen. Ich konnte mich gerade noch rechtzeitig von ihm wegstoßen, worauf er mit einem »Au Scheiße« fieberhaft seinen rechten Schuh abzuwischen begann. Mit meinem Ziggy Stardust-Sweatshirt! Mit Anfang zwanzig hatte der Erwin dann in eine Rosenheimer Terrarienhandlung eingeheiratet und fristete seitdem ein weißbierlastiges Leben zwischen Leguanen, Vogelspinnen und seiner Frau Carmen, einem früh verblühten Gruftimädchen.

»Alle auf Position!«

Ging's denn jetzt noch weiter? Meine Hände waren jedenfalls nicht mehr so schwitzig wie bei der ersten Moderation. »Positiver Stress macht schön«, sagte Josef immer. Und was mir in den Ohren sauste, das war nicht das pubertäre Lampenfieber eines hormongebeutelten Teenagers. Sondern ein richtig

90

erwachsenes Moderatoren-Lampenfieber. Nicht zu vergleichen mit dem schlotternden Elend meiner Fahrprüfung, bei der ich auf dem Innenhof der Post von Oberöd Wenden in 23 Zügen vorgeführt hatte. Oder mit meiner Angst vor dem ersten Examen, bei dem ich schriftlich brilliert und mündlich vor einer Jury muffiger Amtsrichter eher mau gepunktet hatte.

Ich gurgelte die Flasche leer und setzte mich auf den gelben Kubus, den mir der Soundgnom auf die Bühne geschoben hatte.

» Wir gehen jetzt mal in die Interview-Situation! «

Claudia hatte diese Durchsage gemacht, mit einem Pokerface, aus dem ich nichts, aber auch gar nichts herauslesen konnte. War das nur mein Adrenalin, das mich plötzlich so euphorisch machte? Ungerührt setzte sie sich neben mich und sagte: » Hi, also ich bin jetzt einfach mal Robbie Williams. «

Hoppla, darauf war ich nicht gefasst gewesen. Jetzt musste schnell eine Einstiegsfrage her. Aber was wollte man von einem Künstler wissen, der schon alles gefragt worden war? Wann gehst du wieder ins Studio? Könntest du dich in den Arsch beißen, dass Guy Chambers deine Lieder nicht mehr schreibt? Alles langweilig.

Und dann tauchte Doreen vor meinem inneren Auge auf, und ich wusste, was ich zu fragen hatte:

» Robbie, when was the last time you had sex like an orangutan? «

Gut Wetter bei den Kollegen konnte nie schaden, auch wenn ich das Studio-Casting schon hinter mir hatte. Deshalb war ich froh, als ich im Flur des ersten Stockes eine vermüllte Kaffeeküche entdeckte. Sechs Tassen würde ich brauchen: Da waren die drei Castingkollegen Kleopatra, Rockstargirlie und der Indianer, und dann noch die Visagistin Fé, Casting-Claudi und Regie-Tom, von dem ich bisher nur die Stimme kannte. Die Kaffeemaschine röchelte, als läge sie in den letzten Zügen. Auch wenn die Plörre hier laut Etikett schick als » Schwarz-Stark-Gut – der Bürokaffeeservice der Extraklasse « tituliert wurde. Der Extraklasse. Eine Formulierung, die in der M-EINS-Umgebung an sich schon beleidigend altbacken war. Ich umklammerte die sechs Henkel mit der schwappenden braunen Brühe und lief zurück ins Studio. Am Wochenende waren die M-EINS-Gänge völlig ausgestorben. So gern ich ein bisschen spioniert hätte – die tonnenschweren Sicherheitstüren hätten mir auch unter der Woche den Weg versperrt.

Ich schlich wie auf Eiern die Treppe runter, der Kaffee platschte mir auf die Stiefelchen, Mist. Vor der Studiotür standen Claudia und ein dicker Mann in Leinen und Jesuslatschen und klopften die Asche ihrer Kippen ab.

»Bin mal gespannt, was Kozilla zu Heidi sagt.«

Ich hatte den Treppenabsatz erreicht und blieb hinter ihnen stehen.

»Wer ist Kozilla? Und tauscht jemand eine Zigarette gegen Kaffee?«

Die beiden drehten sich überrascht zu mir um. Der Dicke, der aussah wie der große Bruder des Studiognoms, streckte mir die Hand entgegen und wand sich ein bisschen vor Verlegenheit:

»Also ich bin erst einmal Tom, der Regisseur. Kozilla, also das ist, weißt du ...« Aber dann zuckte er die Schultern: »Ach was, das Casting ist doch gut gelaufen, warum sollst du das nicht wissen. Kozilla nennen wir unsere Programmchefin, Uta Kohn-Zwilling.«

Er nahm mir vorsichtig eine Tasse aus der linken Hand.

»Du hast offenbar dem ganzen Team Kaffee mitgebracht – sogar den anderen Kandidaten? Hab ich ja noch nie gesehen. Ist echt nett von dir. Ich kann dir aber gleich sagen, dass die den nicht trinken werden. Die haben Angst, dass du ihnen was hineingetan hast.«

»Wie, was hineingetan?«

Claudia lachte zustimmend und öffnete ihre Zigarettenschachtel, um mir eine Kippe anbieten zu können. Das Rauchen schien langsam wieder eine Angewohnheit von mir zu werden. Aber rauchten in Berlin nicht einfach alle?

»Na, Dulcolax oder irgendwas anderes, wovon man sofort einen Spitzendurchmarsch kriegt. Ist alles schon passiert. Aber hast du noch ein bisschen Zeit? Ich wollte gleich noch mal mit dir reden.«

»Meinetwegen«, lächelte ich cool. »Eigentlich bin ich zum Mittagessen verabredet, aber wenn es sein muss, kann ich das auch auf morgen schieben.«

13

Das Knaller war tags darauf brechend voll mit Frühstückern: verliebte Pärchen mit zerrauften Haaren, vom Wochenend-Hangover gezeichnete Jungs und entnervte Mütter. Je mehr von ihnen hereindrängten, umso langsamer schienen sich die Angestellten in den schwarzen Schürzen zu bewegen. Ich riss der Bedienung meinen Becher mit dem Latte Macchiato fast aus der Hand. Vor Begeisterung. Und weil ich einen trinkbaren Kaffee brauchte.

»Der Regisseur hat gesagt, das Casting ist gut gelaufen!«, rief ich begeistert. »Und das mir! Stellt euch das mal vor, wenn das klappt! Andere träumen ihr ganzes Leben davon! Ich wäre schon glücklich gewesen, wenn ich für Kuszinsky weiter hätte Fangarme schleppen dürfen. Wahrscheinlich wache ich gleich auf, und alles ist vorbei!«

Doreen und Josef rührten empathisch, aber schweigend in ihren Cappuccinotassen.

»Die zwei anderen Mädels sind raus, dabei war der Rauschgoldengel viel hübscher als ich! Nur der Japaner, Finn heißt der, ist auch eine Runde weiter, der spielt schon in irgendeiner Soap mit, ist also Profi. Aber die Claudia sagt, meine Geschichten waren am lustigsten, und das mit meinen Meerschweinchen hätte das Zeug zur Kolumne. Dass Eminem von Herrn Hansi Hinterseer vier total behaarte Babys bekommen hat, wäre einfach irre komisch, ich soll das doch einfach mal filmen zu Hause und den Onlinern von M-EINS geben, die könnten da einen Spaßblog machen, und für YouTube wär das auch was.«

Ich wedelte mit der Kameratasche der MiniDV.

»Und wenn ich das gemacht habe, also ich meine das Filmchen mit den Meerschweinchen, dann macht die Claudia aus allem ein Show-Dings.«

»Ein Reel. Showreel heißt das«, half mir Josef. War ich froh, dass der mal wieder Zeit für mich hatte. Auch wenn er seltsam leidenschaftslos auf meinen neuen Haarschnitt reagiert hatte. War zwar cool, keine Eifersuchtsattacke ausgelöst zu haben, aber sein einsilbiger Kommentar von wegen »Nette Frisur« war mir dann doch zu wenig Anteilnahme gewesen. Ich nickte.

»Genau. Und dieses Demo-Dings zeigt sie dann Kozilla, das ist der Spitzname für die M-EINS-Chefin. Das kann dann aber dauern mit einer Entscheidung. Auch mal drei Wochen. Oder drei Monate.«

Ich trank den Kaffee in einem Zug aus, bis ich mir den Milchschaum von der Nase wischen musste, und winkte mit dem leeren Glas Richtung Bar, quer über die unberührten Frühstücksteller meiner Freunde.

»Aber ehrlich gesagt, hab ich doch überhaupt keine Chance! Und auch gar keine Ahnung von dem ganzen Fernsehkram! Gerade hatte ich mich ansatzweise an die Vorstellung gewöhnt, A&R zu werden. Vielleicht sollte ich lieber hier im Café fragen, ob die Unterstützung brauchen? Karlchen und Paul wollen ja auch ihre Untermiete haben.«

Josef tupfte mit der Serviette eine Milchschaumflocke weg, die sich bei meinem Wedeln auf seinem rosa Helmut-Lang-Hemd niedergelassen hatte.

»Hab ich schon erledigt, als ich gehört habe, dass du bei Uniworld rausgeflogen bist. Telefonische Überweisung. Gib's mir einfach irgendwann wieder.«

Wow. Hatte irgendjemand noch einen besten Freund, der so vorausschauend dachte? Ich sah von Josef zu Doreen und zurück. Alle beide sahen nicht besonders selig aus.

»Wie geht's euch denn eigentlich? Warum bist du so braun, Josef? Wusste gar nicht, dass wieder eine Produktion auf Malle anstand? Hast du zu viel gearbeitet?«

Denn unter seinen Augen zeichneten sich leichte, aber nicht zu ignorierende Augenringe ab. Aber Josef sah mich nicht an.

»Nein, bei mir ist alles wie immer, die Bräune verdanke ich nur den letzten Sonnenstrahlen an der Isar. Mir geht es gut.«

Aber dann sah Josef mir zum ersten Mal richtig ins Gesicht. Und zwar sehr genau. Er kam noch ein Stück näher und zog kritisch die Brauen zusammen. Aus der Nähe sah er noch müder aus, da halfen auch kein Touche Éclat und kein fröhliches rosa Hemd. Josef befeuchtete die Spitze seines Zeigefingers mit Spucke, wie meine Mutter, wenn sie uns Kindern Zahnpasta hatte wegwischen wollen, und fuhr mir damit unter der rechten Braue entlang.

»Was hast du denn da hingekleistert? Silberner Highlighter ist doch total Neunziger, das geht gar nicht!«

Na endlich. Es gab ihn noch, den alten Josef!

Ich ließ ihn gewähren, ignorierte seine leichte Fahne und lachte: »Lieber die Spucke eines guten Freundes im Gesicht als seine Kotze auf den Füßen.«

Die Erinnerung an meinen Kellnerkollegen Felix bekam Josef jetzt hoffentlich nicht in den falschen Hals. Aber der hatte gar nicht zugehört, sondern war in seinem Element und hatte inzwischen das kleine goldene Notizbuch aufgeklappt, das er immer bei sich trug.

»Ich schreibe dir auf, was du dir zu deinen neuen kurzen Haaren an Make-up besorgen musst. Bei dem Weißblond und den dunklen Augen gehst du am besten auf einen Mac-Puder, Peach C3 und ein frisches Kirschrot, kann dir sicher die Pudermaus bei M-EINS billiger besorgen, die schminken auch mit MAC, das weiß ich – und wer weiß, wann ich wieder in der Stadt bin! Und lass dir kein Silber mehr andrehen! Auch nicht im Studio! Und zu den Interviews gehst du lieber nude, glossig und frisch, verstehste, also da nimmst du am besten Strawberry Nr. 2, und ein leichtes Peachy-Rouge, aber nur ganz sacht hier am Wangenknochen...«

Doreen hatte Josefs Monolog und ihre Beziehungen zum irischen Kellner genutzt, um sich ein Frühstücksbierchen zu beschaffen und leise in sich hineinzuschütten. Aber jetzt war sie dran.

»Und, was gibt es bei dir Neues«, fragte ich lächelnd.

Sie gab sich nicht einmal Mühe, ein Rülpsen zu unterdrücken, und stöhnte: »Ging ganz schön lange, der Gig gestern.

Und Uniworld ätzt mich total an. Sei froh, dass du da raus bist, bei uns ist voll dicke Luft.«

Sie schob sich die langen Ärmel ihres schwarzweiß gestreiften T-Shirts nach oben wie ein Kerl (das war einer der großen Unterschiede zwischen mir und Doreen – ich zog mir lange Ärmel immer über die Hände wie ein kleines Mädchen) und zuckte die Achseln.

»Die Pussi-Geschichte hat Kuszinsky das Genick gebrochen. Der hat da viel zu viel Budget reingepumpt, ohne dass ein Mensch für die Single oder den Download zahlen wollte. Nun ist es vorbei, Pussi bleibt auf YouTube und wird im Klingelton-Abo verramscht. Und der Olle ist draußen. Schon hart irgendwie. Kuszinsky sagt zwar, er hatte ohnehin die Schnauze voll, aber man munkelt, dass da ein bisschen nachgeholfen wurde. Heute ist sein letzter Tag, ich muss gleich wieder rüber.«

Ich stellte mir Kuszinsky vor, wie er die Glastür eines Büros zum letzten Mal hinter sich zuzog und einer feixenden Frau Mösinger seinen Schlüssel aushändigte. Ich verspürte fast so etwas wie Mitleid, schließlich war er es gewesen, der mir hier in der großen Stadt meinen ersten Job angeboten hatte.

»Der Arme, der hat doch seinen Job gelebt und geliebt, oder? Was will Kuszinsky denn jetzt machen?«

»Och, da mach dir mal keinen Kopf, der fällt schon auf die Füße. Der Olle will sich selbstständig machen, hat mir nur noch nicht verraten, womit. Ich arbeite wahrscheinlich für seinen Nachfolger, wenn es einen geben wird, die Uniworld ist doch auf krassem Sparkurs wie alle großen Labels. Ab morgen habe ich erst einmal zwei Wochen frei. Mann, bin ich froh, dass wir zurzeit mit Delirosa so viel auftreten, sonst würde ich echt versauern. Habt ihr denn heute Abend Zeit? Wir spielen wieder im Roses! Ab 22 Uhr!«

Und als ich gerade antworten wollte, dass mir das eigentlich zu spät sei, weil ich mich eigentlich mal von der ganzen Casting-Aufregung erholen musste, piepte mein Handy, und ich las: »Hatte Meeting UTA. Kannst du zu M-ONE kommen? Beste Grüße Claudia.«

Ich schaute auf das Display und hatte plötzlich das Gefühl,

dass ich nicht mehr zu fragen brauchte, ob es im Knaller einen Job für mich gab.

Die Atmosphäre um das M-EINS-Gebäude war heute im Vergleich zu den letzten beiden Malen völlig verwandelt. Die knisternden Bambussträucher des Innenhofes wurden respektlos zur Seite geknickt von Metallkisten in allen Größen, und es herrschte ein Trubel, als würden die vielen Männer in schwarzen Blousons mit der weißen Aufschrift Berlin Equipment einen Bananenfrachter beladen wollen.

Claudia stand an eine der Glasscheiben im Eingangsbereich gelehnt und rauchte. Als sie mich sah, schoss sie auf mich zu und rief ohne Begrüßung: »Die Uta hat dein Band schon gesehen! Wir brauchen gar kein Showreel mehr! Sie will mehr von dir sehen!« – und schob mich nach drinnen, obwohl ich gar keine Zeit hatte, diese Info irgendwie zu verdauen. Zack, Besucherausweis, die Treppe hoch, Sicherheitsschleuse eins, Beep, Klack, Treppe weiter hoch, Sicherheitsschleuse zwei, Beep, Klack, bis wir an einem Großraumbürotisch standen, der völlig mit Papieren und blauen Tapes bedeckt war und hinter dem mir ein vielleicht 30-Jähriger zur Begrüßung zunickte: »Tag. Jörg.«

Redakteur Jörg sah eindeutig cool und wichtig aus. Er gehörte sicher zu den absichtlich Ungepflegten, die ich noch vor ein paar Tagen von Weitem bestaunt hatte. Baggy, heraushängendes Boxershort-Gepluder, fleckiges Take-That-Shirt mit einem Riesenloch unter der rechten Achsel und eine vergammelte Truckerkappe.

»Heidi«, sagte ich genauso knapp zurück. Und verkniff mir zu sagen: »Ich glaube, wir haben mal telefoniert, als ich dir Pucci als die Entdeckung des Jahrhunderts verkaufen wollte. «

Die Zeiten hatten sich rasant geändert.

»Ja, also«, ergriff Claudia die Initiative, »wollen wir mal in den kleinen Konfi gehen?«

Der kleine Konfi war ein in die Mitte der Etage gepflanzter sauerstoffarmer Kasten aus Glas und hellem Bambusholz. Ich setzte mich an die Längsseite des ovalen Tisches, erwartungsvoll, Rücken zur Wand, Augen zur Tür. Über dem mannshohen, milchigen Sichtschutz eilten wippende Haarbüschel und Käppis vorbei. Und es sah hier eindeutig nach kreativer Arbeit aus: Auf dem Tisch standen benutzte Tassen mit abgebrochenen Henkeln, darunter olympische Ringe aus Kaffeerändern, die sie auf der Glasplatte hinterlassen hatten. Auf dem Boden fand sich eine Armee angebrochener Mineralwasserflaschen – in die roten Schraubverschlüsse hatten Teetrinker ihre nassen Beutel und Raucher ihre Zigarettenstummel gepresst (die Rauchen-verboten-Schilder an den Wänden nutzten hier offensichtlich nicht viel). Ich nickte, als Claudia mir wieder ihre Schachtel hinhielt – jetzt war es zwei Uhr nachmittags, da konnte schon mal eine geraucht werden – und wartete darauf, was passieren würde.

Jörg setzte sich mir gegenüber, drückte an seinem großen quadratischen Handy herum (ich hatte ja noch keine Ahnung, was ein BlackBerry war), warf es vor sich auf den Tisch und grantelte: »Schon wieder ein Meeting, man sollte meinen, das M in M-EINS steht für Meeting und nicht für Music.«

Was war denn mit dem los? Was sollte ich jetzt tun, mich entschuldigen? Wofür? Claudia half.

»Also Heidi, toll, dass du so kurzfristig kommen konntest, wir haben hier nämlich eine fantastische Nachricht für dich. Dass Uta dein Castingband gesehen hat und lachen musste, habe ich dir schon erzählt, aber ich weiß nicht, ob dir klar ist, was das bedeutet? Ich erzähle dir nur mal kurz, wie das Prozedere hier sonst so ist.«

Das war eine fantastische Nachricht, in der Tat. Auch wenn ich das jetzt schon dreimal gesagt bekommen hatte. Und warum zog dieser Jörg so eine Fresse? Claudia sprach weiter: »Normalerweise wird man erst gecastet, so wie du am Sonntag. Dann gibt es ein Meeting mit Uta und den wichtigsten Redakteuren, und wenn man diesem Gremium gefällt, dann darf er oder sie auch eine Probesendung machen. Dann wird wieder gemeetet und die Probesendung besprochen. Und dann wird diskutiert, ob man jemanden auch mal on air nehmen will. Das ist ein Prozess, der sich über drei bis vier Monate hinziehen kann.«

Claudia blies den Rauch ihrer Zigarette direkt in Richtung des kleinen Rauchdetektors in der Mitte der Zimmerdecke.

»Bei dir haben wir nun das Casting abgeschlossen ... «

»Und Kozilla hat das Casting-Tape schon gesehen und mich gut gefunden!«, fiel ich ihr übermütig ins Wort.

Dass ich den Kampfnamen der obersten Chefin kannte, war Claudia vor dem Redakteur offensichtlich unangenehm. Sie warf ihre Haare zurück und sah mich strafend an. »Du meinst natürlich Uta!«

»Klar! Also, die Uta hat das Band gesehen und mich gut gefunden! Heißt das, ich kann nun für euch Probe arbeiten?«

Jetzt mischte sich Jörg ein. »Ja, aber normalerweise da, wo du keinen Schaden anrichten kannst. Das heißt, du darfst mal eine Stunde Musik moderieren. Sollte das auf Sendung gehen, dann nachts oder online. Um Mitternacht kann man quotenmäßig nicht viel kaputt machen. Aber mit dir haben wir etwas anderes vor ... «

Er verstummte. Blickwechsel Jörg-Claudia.

»Stimmt, es ist nämlich so ... «, griff Claudia den Faden auf, »... dass wir schon ein Interview für dich haben. Uta hat zwar noch nichts konkret dazu gesagt, denn es kam gerade erst über GER rein ... «

Moment.

»Ich soll schon gleich ein richtiges Interview führen? Mit wem denn?«, rief ich entsetzt.

»Mit Werther von den Alten Bräuten«, erwiderte Claudia gelassen.

»Ihr meint *den Jungen Werther*?«

»Ja, aber wir können dich wie gesagt noch nicht fix buchen, weil Uta noch nicht ihr Okay gegeben hat.«

Mir schwirrte der Kopf. Wie konnte es sein, dass zwei erwachsene Menschen aus der Medienbranche es nicht schafften, Informationen so zu bündeln, dass ich endlich mal wusste, woran ich war?

»Und ihr könnt das nicht ohne sie entscheiden.«

»Genau.«

»Und wenn sie sich nicht für mich entscheidet?«

»Dann platzt das Interview. Aber ein Interview mit dem Jungen Werther darf man nicht platzen lassen.«

Das war kein kaltes Wasser, in das ich hier geworfen wurde, das war eine Wanne mit Scheißeiswürfeln. Und aus der wäre ich zu gern wieder gekrochen, um mich mit einer schönen Vodkanade zu Hause aufzuwärmen.

»Kann das nicht jemand anders machen? Was ist denn mit der Loreley? Oder mit Finn, der hat das Casting doch auch geschafft?«

Jörg warf mir einen finsteren Blick zu.

»Haben wir natürlich drüber nachgedacht. Aber Loreley fällt aus, die dreht gerade in Köln für eine Kinokomödie, die ihr Vater produziert.«

»Wieso, wer ist denn ihr Vater?«

»Das weißt du nicht? Jochen Senners? Deutschlands größter Komödienproduzent?«

Hoppla.

»Und Finn?«

»Finn geht nicht, Werther mag keine Jungs, die ihn interviewen, die bringen ihn aus dem Konzept. Als Martha vom Label eure Castingbänder gesehen hat, meinte sie auch, dass du die bessere Wahl bist.«

»Wer ist denn nun Martha?«

»Martha ist die Chefin von GER, Goethes Erben Rocken. Die Plattenfirma der Alten Bräute.«

»Und die hat mein Casting-Band gesehen?«

Claudia lächelte gutgelaunt: »Klar! Und sie mochte dich!«

Aber ich war noch nicht fertig.

»Ihr lasst doch sicher nicht die Plattenfirma entscheiden, wer den Künstler interviewt?«

Jörg nahm das Baseballcap ab, um sich den Schädel zu kratzen. Eine Geruchswolke aus Haarfett und Talg breitete sich aus, und ich sah ein, warum er das Ding sofort wieder aufsetzte: Jörg hatte einfach nicht mehr viele Haare. Klar, dass er seine Geheimratsecken unter Mützen verbarg. Vielleicht fielen seine Haare aber auch aus, weil keine Luft mehr an sie kam?

Jörg räusperte sich.

100

»Na ja, kommt ganz auf den Künstler an. Superstars wie Robbie und Madonna dürfen sich den Interviewpartner schon mal aussuchen. Und der Werther, der meistverkaufte deutsche Punkrocker, ist genauso schwierig. Wir haben mit den Alten Bräuten noch viel vor, zum Beispiel nächstes Jahr eine große Live-Übertragung. Insofern…«

»Und sonst gibt es keine einzige Redakteurin in eurer ganzen Riesenredaktion?«

»Keine, die Zeit hat. Die Redaktion fährt heute Abend geschlossen zum Hurricane«, erklärte Jörg.

»Hurricane?«

»Na, das Abschlussfestival dieses Sommers. M-EINS covert immer zwei große Festivals. Und zwar das Rockkäppchen im Schwarzwald am Anfang der Saison: drei Tage, achtzigtausend Zuschauer, über fünfzig Bands, am letzten Tag Live-Übertragung. Und dann eben das Hurricane, nicht ganz so groß, aber Stress genug. Die meisten M-EINSler sind schon am Freitag los. Und sobald das Equipment draußen im Truck ist, steigt der Rest in den Bus.«

Dann sah Jörg auf sein Handy.

»Und auch ich bin quasi schon weg. Da kann keiner noch ein Interview einschieben.«

Ich verstand.

»Alles klar. Und der Werther tritt nicht auch zufällig auf dem Hurricane mit den Alten Bräuten auf?«

»Nein, die bringen in zwei Wochen ihre neue Platte raus, Festivals spielen die erst nächstes Jahr wieder. Metallica ist dieses Jahr Headliner.«

Aha. Ich suchte nach einer neuen Alternative.

»Und das Interview verschieben?«

Jetzt waren beide unisono fassungslos.

»Verschieben? Den Jungen Werther? Damit GEK bei MTV anruft und den Sänger dort platziert?«

Schon gut, schon gut. Offensichtlich hatten die großen Künstler immer die Hosen an, auch bei M-EINS. Und ich bekam die Chance, da mitzuspielen. Okay!

Ich unterdrückte meine aufsteigende Panik, Angst vor der eigenen Courage konnte ich jetzt nicht brauchen. »Immer nach vorne schauen«, hatte mein Vater bei richtig steilen Hängen immer gesagt. Aber wo war denn vorne?

»Und was genau soll ich jetzt tun?«

»Halt dich einfach standby, und wir hoffen, dass wir in der nächsten Stunde noch von Uta hören. Auf den Wecker gehen dürfen wir ihr damit auf keinen Fall.« Offenbar traute sich niemand an Kozilla heran, auch nicht die muntere Claudia.

Jörg griff sich sein Handy und stand auf. »Geh einfach mal davon aus, dass es klappt, auch wenn es in der allerletzten Minute passiert. Als Nächstes bekommst du deine Interviewfragen von mir. Wir haben den Richie als Kameramann geblockt, der war mal Redakteur bei uns. Und Martha vom Label ist auch vor Ort, das klappt schon. Aber ich muss jetzt wirklich los, Heidi – du kriegst dann einfach einen Call von mir.«

Und schon griff Jörg nach der Türklinke. Für ihn war das Meeting offensichtlich vorbei. Aber für die halbfertige Juristin in mir nicht.

»Und was ist ... also was ist mit dem Geld? Was zahlt ihr mir denn? Ich hab doch gar keinen Vertrag?«

Jörg drehte sich noch mal zu mir um. »Du meinst, du willst etwas dafür? Also, zahlen können wir dir da erst einmal nichts. Musst du schon verstehen, ist ja auch eine Riesenchance für dich. Wir bauen dich hier auf, das ist nicht mit Geld aufzuwiegen.«

Claudia warf ihm einen nervösen Blick zu und legte ihre Hand auf meine.

»Woanders hättest du nie diese Gelegenheit! Wir haben deinen Special Twist erkannt, aber daran musst du natürlich noch mächtig arbeiten. Und wir geben dir die Chance dazu. Du darfst nicht vergessen: Wir investieren hier auch nicht zu knapp. Allein das Kamerateam für heute Abend kostet zweitausend, die haben wir auf der Uhr, auch wenn das Interview nicht stattfinden sollte. Und wenn alles gut läuft, dann bist du beim nächsten Mal auf jeden Fall mit zweihundert Euro dabei.«

Ich gab mir einen Ruck. Und sagte:

»Gut. Ich mach das.«

14

»Der Junge Werther? Hat der nicht letztens ein Interview für das SZ-Magazin abgebrochen?«

Allmählich hatte ich mich daran gewöhnt, mit Doreen statt mit Josef heiße Neuigkeiten am Handy auszutauschen. Er war nie ans Telefon zu bekommen, und das Angenehme an Doreen war, dass sie offensichtlich nie die Nerven verlor.

»Du fährst also um sieben mit dem Kamerateam ins Adlon? Alles klar. Ich setze dich für später im Roses trotzdem auf die Gästeliste, kann ja sein, dass die ganze Chose schnell vorbei ist.«

Ich murmelte ein Danke mit vollem Mund, legte auf und wischte mir die Sauce des interviewfreundlichen Döners (»Ohne Zwiebeln, bitte!«) aus den Mundwinkeln. Schließlich hatte ich außer dem Kaffee im Knaller heute noch nichts in den Magen bekommen und würgte den Bissen halb gekaut hinunter, um den MAC an den Hackeschen Höfen nicht mit vollem Mund betreten zu müssen. Zehn Minuten später verließ ich das Schminkeparadies wieder mit einer kleinen Tüte voller schwarzer Schächtelchen und um fast zweihundert Euro ärmer. Dafür hatte ich alles gekauft, was Josef mir auf die Liste geschrieben hatte. Und sah zu, dass ich unter die Linden und ins Adlon kam, um mir auf dem noblen Gästeklo im Foyer noch rechtzeitig die Haare zu zausen und die Nase zu mattieren.

Wie immer überkam mich nach dem Wimperntuschen ein unerträglicher Niesreiz. Danach sah ich aus wie ein Clown mit einem schwarzen Strahlenkranz unter den Augen. Ich zupfte reichlich gestresst ein letztes Kleenex aus der silbernen Box auf dem Schminktisch und nickte dann aber meinem Spiegelbild zu. Ich trug ein dunkles ausgewaschenes Puffärmel-T-Shirt zur

Armyhose, ich hatte ja heute Morgen keine Ahnung gehabt, was der Tag bringen würde. Aber mit dem neuen Haarschnitt sah das irgendwie ziemlich rockig aus.

»Passt!«

Ich begrüßte im Foyer zackig die zwei Jungs mit dem Stativ und den drei großen Reisetaschen, als hätte ich noch nie etwas anderes gemacht (»Hallo, Heidi, M-EINS!«, »Richie, Kamera!«, »Louis, Ton!«), ließ mich und mein Team (*mein* Team, wie das klang!) von einem Hotelpagen, der das Equipment auf einem goldenen Trolley vor sich herschob, vor die Brandenburger-Tor-Deluxe-Suite bringen und stand dann auf dem wattig dicken Teppichboden herum.

»Die Fragen, bitte!«

Eine Frau in engem Playboy-T-Shirt war trotz ihrer Highheels völlig lautlos hinter mich getreten. Martha? Ich fuhr herum und stieß gegen sie. Als ich ihre Hand schütteln wollte, zog sie sie zurück, Nettigkeiten austauschen war nicht das, was sie wollte. Stattdessen langte sie nach den zwei Blättern, die ich in meiner linken Hand hielt.

»Der Künstler will die Fragen vorher natürlich sehen!«

Meine Fragen aus der Hand geben? Eigentlich hatte ich gehofft, sie noch einmal durchlesen zu können! Ich sah Richie an, aber der hob die Schultern, Widerstand war wohl zwecklos. Ich legte ihr achselzuckend Jörgs Ausdruck in die Hand und folgte ihr und ihrem Ledermini in die Suite.

»Ihr könnt ja inzwischen Licht setzen, der Künstler ist im Zimmer nebenan, in fünfzehn Minuten geht's los.«

Richie und Louis verfielen augenblicklich in aufgeregtes Möbelrücken, verständigten sich in kurzen gemurmelten Sätzen. Es wurden Taschen ausgepackt, Hebel um- und Bänder eingelegt, Scheinwerfer aufgeklappt, schöne bunte Folien mit Wäscheklammern daran befestigt (»Gib mir die Magenta noch mal rüber, damit es nicht zu grell wird! Wir müssen hier ganz schön draufballern, der trägt bestimmt auch Schwarz!«).

Ich hatte nichts zu tun, außer als Lichtdummy abwechselnd in zwei auberginefarbenen Ledersesseln zu sitzen, und trank eines der Cola-light-Fläschchen, die auf dem hochglänzenden Sideboard standen. Eigentlich konnte mir gar nichts passieren.

Hatte Josef nicht immer gesagt, ich könne so gut zuhören? Und hatte ich mir nicht raffinierte Kreuzverhörtechniken abgeschaut bei Ally McBeal und The Devil's Advocat? Ich ließ den Blick schweifen durch die teuren Räumlichkeiten. Alles makellos. Obwohl – die Tagesdecke des Kingsize-Bettes sah aus, als hätte sich einer mächtig darauf herumgewälzt, auf dem Nachttisch lag ein aufgeschlagenes Buch mit einer Lupe darauf, wie mein Vater sie für fieseliges Kleingedrucktes in der Kanzlei liegen hatte. Ich verrenkte den Arm, um einen Blick auf den Einband werfen zu können. Harry Potter. Deutschlands wüstester Punkrocker las Harry Potter mit der Lupe?

Und während ich nachdachte, was ich davon hielt, und Richie bat, die Kamera doch auch mal kurz auf das Buch zu halten, ging die Tür auf, und ein hageres Männlein betrat das Zimmer, eskortiert von der es um zwei Köpfe überragenden Martha. Der Junge Werther war so klein wie ich! Oder fast noch kleiner! In dem dicken schwarzen Ledersakko wirkte er extrem zerbrechlich, in den schwarzweißen Zebrahosen, eng wie Leggings, zeichneten sich seine Knie wie Kartoffeln ab.

Es ging los.

Aber wie sollte ich ihn ansprechen? Herr Werther? Herr Junger Werther?

Ganz sicher nicht. Denn mein Gegenüber war zwar mächtig braun gebrannt, aber jung sah der wirklich nicht mehr aus. Bis auf die Frisur. Er war offensichtlich dem Schnitt treu geblieben, den Josef ihm damals verpasst hatte, blond und strubbelig, meiner Frisur nicht unähnlich, aber sie wirkte an diesem Punk-Rumpelstilzchen seltsam teenagerhaft und hätte besser zu Jimmy Blue oder einem anderen Ochsenknecht gepasst.

Ich vermied also eine direkte Anrede. Stammelte nur ein: »Hallo, wie geht's?« und brachte mit einem viel zu starken Schütteln der gebräunten Künstlerhand das Sammelsurium aus Silberreifen, Lederbändern und Kupferspangen, das der Herr Werther am rechten Arm gesammelt hatte, kräftig durcheinander. Und sprang verlegen zur Seite, als ich merkte, dass ich immer noch den Künstler-Sessel blockierte, der auf Marthas Geheiß für das Interview extra soft eingeleuchtet worden war. Dass ich dabei einen auf einem sehr dünnen Stativ stehenden

Scheinwerfer kräftig zum Wackeln brachte, war nicht so schlimm.

Schlimmer war, was ich auf den zwei Blatt Papier entdeckte, die Martha mir wieder in die Hand gedrückt hatte. Dort, wo Jörg dreißig Fragen notiert hatte, waren die Zeilen mit dickem schwarzen Edding gestrichen worden. Da war nichts mehr zu erkennen. Die Casting-Claudia und der Redaktions-Jörg hatten mir doch versprochen, ich würde hier aufgebaut werden? Im Moment fühlte ich mich eher mit einem Sack Zement und einem Haufen Ziegelsteine allein gelassen!

»Aber …«, stöhnte ich.

»Alle zu persönlich!«, funkelte Martha, die mir allmählich so richtig auf die Nerven ging. Der Werther vermied meinen schockierten Blick, schmiegte sich in die Krümmung seines Sessels und wippte unbeteiligt mit der Fußspitze seines schwarzweißen Pythonstiefels. Zum Glück entdeckte ich zwischen den geschwärzten Passagen die ein oder andere nicht zensierte Frage.

Ich atmete tief Richtung Beckenboden, Josefs Pilates-Phase sei Dank, und begann das Interview ohne Einleitung direkt mit der Frage Nummer zweiundzwanzig:

»Nach dem Bandscheibenvorfall von Heini vor einem Jahr habt ihr euch ja einen neuen Bassisten gesucht. Brake.« Ich sprach das Brake englisch aus, wie die Bremse. »Wie seid ihr denn auf den gestoßen?«

»Bra-ke, der heißt Bra-ke! Das wird deutsch ausgesprochen und steht für ›brachialer Kerl‹!«, zischte die Labelfrau.

Scheiße. Auch das noch. Ich musste einen anderen Weg einschlagen.

Im Geiste blätterte ich das gelbe Reclamheft aus der zwölften Klasse durch und zitierte, was mir von zwei Jahren Deutsch Leistungskurs in Erinnerung geblieben war:

»Es ist ein eintönig Ding um das Menschengeschlecht. Die meisten verbringen den größten Teil ihrer Zeit, um zu arbeiten, und das letzte bisschen, was ihnen an Freiheit bleibt, ängstigt sie so, dass sie alle Mittel aufsuchen, um es los zu werden.«

Werther hob den Kopf und sah mich mit seinen kajalumrahmten Augen an. Endlich eine Reaktion!

»Werther, wie sehr kannst du dich mit diesem Zitat aus ›Die Leiden des jungen Werther‹ identifizieren?«

Es kam keine Antwort, hoffentlich dachte Werther nicht, ich wollte ihm etwas Böses. Ich redete weiter, um den Blickkontakt nicht abbrechen zu lassen:

»Hast du denn deine Lotte schon gefunden?«

Aber die Labelfrau unterbrach. »Keine privaten Fragen! Und die Freundin des Sängers heißt Olga, nicht Lotte – so weit solltest du dich auskennen, wenn du schon so dreist fragst.«

Goethe hatte die jedenfalls nicht gelesen.

Ich legte meine Aufzeichnungen endgültig zur Seite. Mir schwammen hier die Felle davon. Was würde denn Doreen an meiner Stelle fragen? Am besten erst einmal was Schlechtes über die Konkurrenz sagen.

»Sag mal, Werther, im Showbiz wird doch jeder mal fett. Bela B, Grönemeyer, Robbie Williams, die schieben doch alle inzwischen eine ganz schöne Kugel vor sich her.«

Ich versuchte, meiner Stimme einen entspannten *wir sitzen alle ganz locker um meinen Küchentisch herum und trinken Bier*-Ton zu geben. Und machte noch einen Versuch.

»Aber du siehst immer noch fantastisch aus, so sehnig wie Iggy Pop oder Mick Jagger. Könnt ihr Jungs einem Mädchen mit einem dicken Po nicht mal euer Geheimnis verraten?«

War das auch zu privat? Offensichtlich nicht, denn endlich begann der Werther zu sprechen.

»Glaub ja nicht, dass das von selbst geht«, murmelte er kaum hörbar.

Trotz der leisen Antwort hatte ich das Gefühl, neben einem Lautsprecher zu sitzen. Denn auf einmal war der ganze Raum voll mit der Präsenz dieses Mannes. Seine Stimme war unglaublich tief, ein Rätsel, wie sie in diesem hageren Körper überhaupt so viel Resonanz finden konnte. Wow.

»Kein Bier. Nie. Keine Pizza, keine Pasta, kein Brot. Kein weißes Mehl, kein Zucker. Nichts Süßes. Auch kein Honig oder Bananen. Und Fleisch nur Bio wegen der Hormone.«

Mein Döner von vorhin drehte sich schockiert in meinem Magen um. Eigentlich hatte ich eher eine Ausführung über die Diätwirkung ungestreckten Heroins erwartet. Aber Der Junge

Werther war mit seiner Ernährungsphilosophie noch nicht fertig:

»Und einmal im Jahr eine Darmsanierung.«

»Darmsanierung?«

Das war mehr, als ich wissen wollte. Offensichtlich auch die Labelfrau, denn die warf einen Blick auf ihren BlackBerry und verließ den Raum, ohne mich noch einmal zu gängeln. Das war ein gutes Zeichen, oder? Es lief! Es lief so gut, dass der Werther sein Hemd hochschob und mir seinen komplett fettfaltenfreien Bauch präsentierte, auf dem eine barbusige Jungfrau Maria tätowiert war.

»Ja, genau, Darmsanierung mit Bakterien, die aus meiner eigenen Kacke hergestellt werden. Ich scheiße dann immer in ein Röhrchen, ungefähr so groß«, er zeigte auf eine Krawattennadel mit schwarzer Perle, die sein seidenes Halstuch, schwarz mit weißen Totenköpfen, am Platz hielt, »und schicke das dann mit der Luftpost nach L. A. in die CCC, die Clean-Colon-Clinic. Und mein Arzt dort bastelt mir daraus eine Substanz, die reibt man sich zwei Monate in die Ellenbogenbeuge, und gut isses.«

Hätte doch lieber mal auf das Händeschütteln verzichten sollen vorhin.

»Ist das nicht schwer, so zu leben? Macht deine Lebensgefährtin diese Diät mit?«

»Nein. Aber wir verbringen sowieso nicht viele Mahlzeiten gemeinsam.«

Erneutes Schweigen. Aber irgendetwas war trotzdem zwischen uns aufgeweicht, einmal hatte der Werther sogar lächelnd eine Zahnreihe entblößt, perlmuttschimmernd und gleichmäßig. Das war sicher nicht billig gewesen.

Ich rutschte ganz nach vorne auf die Sesselkante und fragte, um die lockere Atmosphäre von vorher wieder zu beschwören: »Weißt du, was lustig ist? Mein bester Freund, Josef Will, ein Visagist, hat dich mal mit dem Barbiermesser rasiert und dir die Haare gemacht. Vor sicher zehn Jahren, bei einem Fan-Konzert …«

»Den Namen habe ich noch nie gehört!«, fiel er mir ins Wort. »Kann mich nicht daran erinnern!«

Die Antwort kam irgendwie zu schnell. Ich versuchte, in seinem Gesicht zu forschen, seine Augen waren traurig, was war denn jetzt los? Ich hatte zuerst die Freundin erwähnt. Und dann ein Fan-Konzert ... Hm.

Ich rutschte noch näher und stellte eine sehr private Frage: »Sag mal, Werther, bist du manchmal einsam?«

Und wartete auf das Donnerwetter. Würde er die Labelfrau hereinrufen, oder würde er mich selbst rauswerfen? Doch Werther sagte nichts, senkte nur den Kopf, und da sah ich ein leises Nicken. Die gebeugten Schultern zuckten unter dem schwarzen Lederblazer, ja, das war es, was ich brauchte, Wahnsinn, ich guckte zu Richie, der klinkte die Kamera so leise wie möglich aus dem Stativ aus und nahm sie auf die Schulter. Er war nur noch eine Armlänge vom Jungen Werther entfernt, als die Tränen begannen, über dessen Gesicht zu rollen und im Stoff der Zebrahose versickerten.

15

Zwei Stunden später vibrierte im Roses nicht nur die Luft, sondern auch meine rechte Pobacke. Bwwwwwww. Pause. Und vibrierte noch einmal. Ich schob mich vom Barhocker und durchsuchte Josefs D&G-Jacke, die ich ziemlich plattgesessen hatte, nach seinem Handy. Meine Hände zitterten immer noch von der Adrenalin-Woge, die mich nach dem Interview überschwemmt hatte. Nicht, dass ich irgendjemandem schon davon hätte erzählen können: Doreen raste auf der Bühne herum wie ein Derwisch, lautstark deutsche Unflätigkeiten mit englischen Flüchen mischend, und Josef war mal wieder verschwunden, ohne seine Jacke mitzunehmen. Bwwwwww-www. Ich suchte weiter und förderte sein Handy und einen Porscheschlüssel zutage. Hatte Josef schon wieder diesen Angeber-Mietwagen?

»Telefon!«, rief ich. War Josef draußen, eine rauchen? Ich verließ das Roses, das blinkende Ding über den Kopf haltend. Da stand er, mein bester Freund, rot angeleuchtet von der

109

Pufflaterne, die rechts neben dem Haupteingang hing. Und telefonierte. Mit einem anderen Handy. Er hatte also tatsächlich zwei davon. Josef war so vertieft, dass er mich nicht bemerkte, den Kopf Richtung Wand gedreht, mit der Hand seinen Mund abschirmend, als wäre das, was er zu sagen hatte, ein großes, großes Geheimnis. Ich sah ihm zu, lange, eine Minute, zwei. Und trat dann zurück in den Club, in dem es inzwischen Kondensschweiß von den Rohren regnete, und steckte ihm das inzwischen verstummte Telefon wieder in die Tasche. Ich hatte schließlich was zu feiern. Und als Delirosa wieder anfingen zu schrammeln wie die Weltmeister und Doreen wie ein rasender Kobold sang, schrie, kreischte, stürzte ich mich in die Menge und sprang mit dem Rest des Publikums in die Höhe. Es war gelaufen! Ich war gut gewesen! Ich hatte den Werther geknackt!

»Traumjob, Traumjob, Traumjob«, wummerte es im Takt in meinem Kopf. Um mich herum johlten die Leute. Zugabe! Doreen legte sich ein rotes Handtuch um die Schultern und setzte sich an den hölzernen Bühnenrand, einen Joint rauchend, die Hände ihrer Fans abklatschend. Sie sah erschöpft aus und glücklich. Wie geil, wenn man wie sie wusste, was man wollte, auch wenn es einem nicht die großen Millionen bescheren würde. Und so, wie es aussah, hatte ich auch endlich meinen Platz gefunden. Was man als Moderator wohl verdiente? Ich hatte mal wieder beschissen verhandelt, typisch, aber ein neues Schiebedach für den Volvo sollte früher oder später wohl drin sein, oder? Ich drehte den Kopf, um Josef zuzuwinken, aber sein Hocker war immer noch leer. Und bevor ich jetzt endlich mal anfing, mich richtig über die M-EINS Geschichte zu freuen, musste ich noch etwas herausfinden.

Ich öffnete die Tür zum Hinterausgang und wartete draußen, bis die SMS der Telefonauskunft angekommen war. Dann wählte ich eine Nummer.

»Hertz 24 Stunden Service, Berlin Tegel«, sagte eine Frauenstimme, und auf meine Frage hin sagte sie: »Nein, das tut mir leid, wir vermieten keinen Cayenne Hybrid. Weder wir noch jemand unserer Kollegen in ganz Deutschland.«

»War das Konzert so beschissen, oder warum stehst du wie versteinert vor der Tür? Ist dir schlecht?«

Der Typ mit dem dunkelbraunen, halb offenen Hemd und dem glänzend schwarzen Anzug mit breiten weißen Nadelstreifen passte so gar nicht zur Roses-Meute, die um mich herum verschwitzt und abgerockt Kippen und leere Bierflaschen ins Gebüsch kickte. Kein Wunder, es war Kuszinsky.

»Wenigstens hat die Bar noch auf. Lass uns doch einen trinken!«

Mit dem Ollen hatte ich jetzt am allerwenigsten gerechnet. Aber er tat, als wäre nie etwas zwischen uns gewesen, und da Doreen und ihre Jungs nirgendwo zu sehen waren und Josef sich in Luft aufgelöst hatte, trottete ich hinter Kuszinskys Aftershave-Wolke her, um mich von ihm auf einen Wodka Tonic einladen zu lassen. Und als ich stammelte, dass es mir leidtäte wegen der schlechten Neuigkeiten bei Uniworld, nahm er ohne zu tippen das Wechselgeld auf seinen Zweihunderter, knüllte Münzen und Scheine in seine Hosentasche und sagte: »Bei der Uniworld haben wir doch beide nur unser Talent verschwendet!« Er klimperte mit seiner Hosentaschenhand ein bisschen in seinem Schritt herum und grinste mich dann an: »Ich höre, du bist bei M-EINS eingeladen worden?«

Ich überspielte meine Überraschung mit einem sehr großen Schluck. Wieso war der jetzt eingeweiht, hatte Doreen ihre Berliner Schnauze nicht halten können? Ich nickte ein wenig geschmeichelt: »Ja, ist ganz gut gelaufen.«

»Und, schon was gemacht?«

»Ja, heute erstes Interview. Mit dem Jungen Werther.«

»On Camera?«

»Jaja, ich bin auch gefilmt worden!«

Ich freute mich schon auf das Gesicht von Jörg und Claudia, wenn die meine Leistung zu Gesicht bekämen. Damit würde ich sicher den Sprung in die ganz große Liga der Interviewer schaffen. Anne Will, Charlotte Roche, Beckmann, die konnten sich alle mal warm anziehen.

»Na, das ging dann wirklich fix, die Kohn-Zwilling ist ja sonst nicht für ihre spontanen Entscheidungen berühmt. Wie sieht denn dein Vertrag aus? Ich hoffe, du bist da heute mindestens mit 'nem Tausender nach Hause gegangen?«

»Wie, mit 'nem Tausender? Für das Interview?« Mein Mund war auf einmal sehr trocken.

Kuszinsky lächelte und kniff dabei seltsam die Lippen aufeinander. So ähnlich sah mein Vater aus, wenn er jemandem richtig beschissene Neuigkeiten überbringen musste. »Versteh' schon, Kleine. Die haben dir was erzählt, von wegen ist in letzter Minute reingekommen, und kann keiner sonst machen, und du sollst froh sein um die Chance. Denn eigentlich bist du noch ne Null, und niemand sonst würde dich buchen. Und du hast keine Zeit, dich noch mit irgendjemandem um deine Gage zu streiten, sondern musst dich standby halten, bis es losgeht. Und weil sie dir so einen Riesengefallen tun, ist es am besten, du kaufst dir auch noch deine Schminke selber. Mann, Mann, Mann, die bei M-EINS ändern sich nie.«

Ich zog den Reißverschluss meines Bundeswehrparkas zu und sah an Kuszinsky vorbei zur offenen Tür, die inzwischen alle Zuschauer in die kühl gewordene Nacht entlassen hatte. Es zog wie Sau. Und ich dachte: Sauber. Der Sommer ist vorbei. Und du bist mal wieder richtig in was reingerasselt.

Der Olle prostete mir zu. »Jetzt lass mal den Kopf nicht hängen, die sind eben mit allen Wassern gewaschen. Oder meinst du, die wollten dir nur einen Riesengefallen tun? Du musst dich einfach das nächste Mal besser verkaufen.«

Ich und etwas verkaufen? Das hatte ja schon bei Pussi richtig scheiße funktioniert. Und jetzt auch noch mich selbst anpreisen?

Hallo, ich bin die Heidi, ich bin eine Unschuld vom Land mit großer Klappe. Ich habe in meinem Leben eigentlich weder etwas erreicht noch zu Ende gebracht. Aber ich bin lustig und unkompliziert, kann reden wie ein Wasserfall, und ich habe sogar den Werther geknackt, die harte Nuss. Und wenn ich mich anstrenge, merkt man mir kaum an, dass ich aus Oberbayern komme und Österreich auch nicht weit weg war. Ich habe ganz viele Platten bei meinen Eltern im Schuppen und stand früher auf Punk und Hans Söllner und jetzt mehr so auf alles, was schön kracht. Und wenn ich es mache wie der

Werther und kein Bier mehr trinke und keinen Weizen mehr esse und nix Süßes, dann wird man auch irgendwann meinen Hintern und meine Oberschenkel filmen können. Und deswegen bin ich genau die richtige Moderatorin für euch, und ihr gebt mir diesen Traumjob, und im Gegenzug lass ich mich von euch total abzocken und ausbeuten. Könnt ihr mich trotzdem groß rausbringen?

»Weißt du, was du jetzt brauchst, Kindchen«, fragte Kuszinsky und nahm mir das leere Glas aus der Hand, bevor ich es noch zerdrückte, »du brauchst einen Manager. Hier ist meine neue Handynummer.«

16

»Mensch, Frau Hanssen, herzlichen Glückwunsch, Ihre kleene Familie ist komplett jesund. Machense sich ma keen Vorwurf, dat Ihnen da wat entjangen is, die Männekens können ihre Eierchen im Körper vastecken, dat keen Mensch sagen kann, ob det jetzt n'Macker oder ne Tussi ist.«

Die Tiersprechstundenhilfe im hellblauen Kittel reichte mir nacheinander die Vierlinge in die linke Hand, während ich in der rechten meine Mini-DV hielt. Mama Eminem ging währenddessen in ihrem Reisekäfig buchstäblich die Wände hoch. Und ich hatte immer gedacht, er hätte einfach nur sehr kleine Hoden – und keine Eierstöcke. Ich wandte die Kamera ab von der stolzen Mutter und richtete sie auf den fingerhutgroßen Popstarnachwuchs.

»Und das ist normal, dass die schon so viele Haare haben? Müssten die nicht nackt sein?«

»Ne, allet wunderbar, det is bei Meerschweinen so. Und wenn sie nich noch mehr haben wollen, müssense die zügig trennen. Und hier hammsese wieder, die kleen Dinger. Entwurmt, jeimpft, tutto kompletto.«

Na Gott sei Dank.

Unten in der Danziger Straße saß Josef mit laufendem Motor

in seinem ominösen Cayenne, direkt aus einem 50-Cent-Clip entsprungen und auf die Berliner Stadtautobahn abgebogen. Keine Ahnung, wo er die Nacht verbracht hatte und ob er sie überhaupt irgendwo verbracht hatte. Bei Karlchen und Paul jedenfalls nicht. Aber immerhin war er heute Morgen aufgetaucht, um mich wie versprochen zum Tierarzt zu fahren, auch wenn wir beide auf dem Weg hierher nicht viel geredet hatten. Aber den schlunzigen Josef in diesem Schiff von Auto sitzen zu sehen, war wie bei einem Callsender das Bild mit dem Fehler drin zu entdecken. Irgendetwas passte nicht, das war einfach zu sehr Blingbling.

Ich lud die Käfige in den Kofferraum und linste auf das Kennzeichen: UM, zwei Buchstaben, die mir nichts sagten ... Wo war das?

Dann zog ich mich die gefühlten zwei Meter bis zum cremeledernen Beifahrersitz hoch, und ohne zusätzliches Gas rollte der Wagen geschmeidig Richtung Kastanienallee. Das Gästezimmer von Karlchen und Paul war mir ein richtiges Zuhause geworden, wie hätte ich bei dem Trubel auch nach etwas anderem suchen sollen? Die beiden hatten selbst den Nager-Nachwuchs nicht kritisiert, unsere Wege kreuzten sich kaum, und ich war froh, nicht noch einmal zu Josefs angeblichem Doppelleben befragt worden zu sein. Das würde sich sicher alles in Wohlgefallen auflösen, ich musste meine Fragen einfach nur mit ihm klären. Am besten: jetzt.

Wenn wir das nächste Mal bei Rot halten, rede ich mit ihm, dachte ich mir. Aber Josef musste bei keiner der fünf Kreuzungen, über die wir fuhren, bremsen, nicht einmal Ecke Danziger, wir hatten eine seltene grüne Welle am Prenzlauer Berg erwischt. Dann würden wir eben in der Wohnung und in Ruhe reden. Ich änderte meinen Plan und machte stattdessen einen Smalltalkversuch, schließlich war Josef bei meinen sich überschlagenden Neuigkeiten um einiges hinterher. Ich hatte fest damit gerechnet, dass er bersten würde vor Neugier, aber ich erntete keinerlei Reaktion. Nicht einmal die Erwähnung des Jungen Werther klickte bei ihm. Im Gegenteil. Josef drehte sogar seinen Kopf von mir weg und sah interessiert nach links aus dem Fahrerfenster, als wäre er mit den Leuten in der 13er Straßenbahn befreundet und nicht mit mir. Der stand eindeutig neben sich. Ich hielt eingeschnappt den Mund. Dann eben nicht.

In der Kastanienallee reichte ich Josef Meerschweinchenmutter und -kinder. Herr Hansi Hinterseer, der kleine potente Meer-Eber, war zu Hause geblieben und bewohnte zur Zeit einen separaten Käfig. Der war nicht ganz nach Hansis Geschmack, aber Vater und Kinder tat man bei Meerschweinchen am besten nicht zusammen, hatte ich auf dem Nagetier-Blog »mehrmeerschwein.org« gelesen. Hieß es eigentlich »auf dem Blog« oder »in dem Blog«? Musste ich unbedingt herausfinden, falls ich das mal bei einer Moderation brauchen würde.

Josef wollte ich auf jeden Fall nicht fragen, denn der ranzte mich gerade über die Schulter an: »Pass bloß auf, dass da kein Streu rausfällt, der Kofferraum muss sauber bleiben!«

Und das von Josef, der mir immer so sorglos meinen Volvo zugemüllt hatte. Irgendwie machte mich dieser Spruch ganz schön traurig.

Ich ließ dem homosexuellen jungen Mann, der mir auf einmal so fremd geworden war, an der Treppe den Vortritt, dabei fiel mir sein magerer Hintern, der sich vier Stufen vor mir die Treppe hocharbeitete, erst so richtig auf. Mann, hatte der abgenommen. War das nicht die gleiche Hose, die er im Princess getragen hatte, als er mir dieses fantastische Kleid ausgegeben hatte?

Karlchen und Paul waren gerade aufgestanden nach ihrer Nachtschicht im Lolitus und rochen beide nach einem Hauch von Schnaps und morgenfrischer Minze. Sie hielten uns die Haustür auf, damit ich die Brut in mein Zimmer zurückpacken konnte.

Ich stellte noch einmal die Kamera an und filmte, wie die vier Meerferkelchen an Eminems Brust lagen, wirklich süß, und schaute dann, dass ich in die Küche kam. Vielleicht konnte ich eines von Karlchens Bio-Butterbroten abstauben, auch wenn mir ein Stapel Ahornsirup-Waffeln vom Café Knaller lieber gewesen wäre. Aber vorher gab ich noch schnell das Kennzeichen »UM« bei Google ein.

Ich hörte die drei schon streiten, als ich im Gang die Zimmertür hinter mir zuzog.

»Koks? Ihr seid ja nicht mehr ganz sauber!«, schrie Josef, und ich hörte Paul genauso laut antworten:

»Aber woher hast du plötzlich so viel Asche? Wieso hast du immer zwei Handys dabei? Und was ist das für eine Scheißkarre, mit der du in letzter Zeit immer rumkutschierst?«

Josefs Stimme überschlug sich: »Ich habe doch gesagt, der ist von Sixt, und den zahlt die Produktion!«

Und dann trat ich in die Küche und tat etwas sehr Bescheuertes. Als wäre Josef nicht mein bester Freund und obwohl ich das mit ihm allein hatte klären wollen, baute ich mich in der Küche auf und sagte Josef naseweis ins Gesicht: »Nein, der ist nicht von Sixt, und auch nicht von Hertz, wie du letztes Mal behauptet hast. Diesen Hybrid kann sich ohnehin keine Produktion leisten, und eine Autovermietung auch nicht. Und wo ist außerdem dieses Uckermark?«

Josef stand jetzt in der Mitte der Küche und riss entsetzt die Augen auf, als hätten wir ihn nacheinander geohrfeigt.

»Das passt ja gut zusammen, die Uckermark ist direkt nach Polen rüber, wahrscheinlich hole ich da den Stoff. Vielleicht ist es auch kein Koks, vielleicht sind es ja Pillen, Ecstasy, Speed, vielleicht auch alles zusammen?« Josef sah vom einen zum anderen und schüttelte den Kopf. »Ihr habt ja alle keine Ahnung«, sagte er ruhig, schob mich zur Seite und ging.

Natürlich versuchte ich ihn aufzuhalten. Rannte hinterher, die Treppe hinunter, aber von Josef hörte ich nur noch das Aufheulen des Turbos und das Keifen eines Radfahrers, der Josef seinen Mittelfinger hinterherreckte. Er war weg. Und sein Handy war aus.

Ich rannte wieder hoch. Dann musste eben MySpace herhalten, um ihm wenigstens hier eine »Tut mir leid, bitte komm zurück«-Nachricht zu schreiben. Aber bevor ich mich um Josef kümmern konnte, blinkte schon wieder dieser Felix auf. Weg damit, ich wollte meinen Josef wiederhaben!

Plötzlich piepte mein Handy, und meine Mailbox verkündete einen verpassten Anruf. Ich war sicher, dass Josef zur Besinnung gekommen war und alles wieder gut werden würde. Aber ich hörte nicht Josef, sondern eine sehr tiefe Frauenstimme, die mit fränkischem Akzent sagte: »Uta hier. Möchte schon mal sehen, wie die Neue aussieht, die den Werther zum Weinen gebracht hat. Ruf bitte zurück.«

Die Programmchefin von M-EINS. Auch das noch.

Ich schnappte mir meinen Schlüssel, rannte an meinen wie begossene Pudel in der Küche sitzenden Vermietern vorbei, durchs Treppenhaus und wieder auf die Straße. Was ich jetzt brauchte, war erst einmal ein klarer Kopf und Nervennahrung.

»So, hier koffeinfrei, mit Mandel-Sirup und extra Whipcream.« Ich nahm den gigantischen Frappu-Dings der Woche in Empfang samt einer Triple-Chocolate-Bombe und fläzte mich in einen der Cordsessel mit Blick auf die Straße. Draußen ging mittlerweile die Welt unter, so stark hatte ein plötzliches Gewitter eingesetzt.

»Hallo, Schwester, kannste mir was spendieren?«

Es war kein Punkmädchen, das mich so von der Seite anhaute, sondern eine Oma mit rotem Kopftuch und drei Röcken übereinander, die sich offensichtlich den lokalen Jugendslang angeeignet hatte. Auf der Straße wartete im strömenden Regen ihr Kumpel, ein ebenso in die Jahre gekommener Penner. Ich versuchte die Bettlerin zu ignorieren, was schwer war, denn ich hatte ja offensichtlich nichts anderes zu tun. Ich griff zu meinem Handy – dann doch lieber jemanden anrufen. Aber Doreen ging nicht dran. Hatte sicher Bandprobe. Oder Meeting mit ihrem neuen Chef. Als die Alte mir immer noch ihre Klaue hinhielt, guckte ich böse und flüchtete mich weiter ans Telefon. Ich hatte gerade meinen besten Freund verloren, mir war jetzt nicht nach Geben.

»Guten Tag, die Heidi Hanssen hier. Frau Kohn-Zwilling hat mir auf die Mailbox gesprochen, ich soll mich bei ihr melden. Ist sie jetzt zu sprechen?«

»Nein, die ist im Meeting«, erklärte mir die Sekretärin.

»Dann ruf ich noch mal an.«

»Ja, genau.«

Die Bettlerin war mittlerweile weitergezogen. Immerhin. Ich schlürfte an meinem Mixgetränk und schloss die Augen. Einen Moment später blinkte auf dem Display meines Handys eine Nummer mit vielen Neunern und vielen Nullen. Das war M-EINS.

»Frau Hanssen?«, hörte ich die Sekretärin von vorher.

»Ja?«

»Ich habe mit Frau Kohn-Zwilling gesprochen und Ihnen eine E-Mail geschrieben.«

»Danke! Aber ich bin leider gerade nicht online, was steht denn drin?«

»Warum sollte ich Ihnen das sagen, wozu habe ich Ihnen denn eine E-Mail geschrieben?«

»Aber wenn Sie schon am Apparat sind?«

»Schönen Nachmittag noch.«

»Bitte!«

»Sie haben einen Termin um 15 Uhr.«

Das war in zehn Minuten!

Ich rannte mal wieder los, dass meine Schnürsenkel flogen. Eine Oase der Entspannung war Berlin bisher nicht für mich gewesen.

So euphorisch ich anfangs wegen meiner neuen Ponyhof-Frisur gewesen war: Seit meine ländliche Bräune einer Berliner Blässe gewichen war, sah ich ohne Wimperntusche und Make-up aus wie ein Grottenolm. Irgendwie durchsichtig. Und dieser Pixie-Schnitt sah nur dann gut aus, wenn man ihn einmal im Monat nachschnitt, sonst lagen die bis zur Durchsichtigkeit gebleichten Flusen an wie eine Badekappe – besonders, wenn man gerade noch einen Regenschauer erwischt hatte.

In Ermangelung anderer Stylingmöglichkeiten kniff ich mir im Aufzug in die Backen und schmierte mir vor dem Liftspiegel ein bisschen Labello auf die Fingerspitzen, um damit ein paar Haarsträhnen zu zwirbeln. Kozillas Büro war im obersten Stock der Glaspyramide. War sicher schön, wenn die Sonne schien. Aber als ich den Aufzug im fünften Stock verließ, hatte ich das Gefühl, in aschgraue Watte eingehüllt zu werden.

Genauso aschgrau erschien mir die Miene der sehr jungen Assistentin mit den vielen kleinen Glitzer-Haarspangen, die ich am Telefon eher für eine verbitterte Mittfünfzigerin gehalten hatte. Ich stellte mich vor ihren Schreibtisch, der den Zugang zum Glaspalast verbarrikadierte. »Hallo, ich bin Heidi, ich habe einen Termin. Jetzt gleich.«

Die Aufzugtür hinter mir schloss sich, der Lift surrte nach unten, rappelte vor sich hin und surrte wieder nach oben. Kozillas als Girlie getarnter Türsteher würdigte mich keines Blickes. Das einzig andere lebendige Wesen auf dem Stockwerk war ein vierschrötiger Kerl mit kurzen grauen Haaren, der sich im Glasbüro nebenan über ein unterarmlanges Baguette beugte, die Ellbogen aufgestützt, den Tisch mit der Bildzeitung bedeckt.

Erst als einen Moment später die Aufzugstür wieder aufging und die Casting-Claudia sich mit einem sonnigen »Schalömchen! Ich bin auch mit dabei bei dem Termin! Kennt ihr euch, das ist Gabi, das ist Heidi?« neben mich stellte, hob Gabi den verzierten Kopf und sagte knapp:

»Uta ist noch bei Tisch.«

Im selben Moment klingelte ihr Telefon, Gabi zuckte mit einem gepressten »Uta!« zusammen, während der Kerl im Glaskäfig mit den Armen wedelte und uns zu sich winkte.

Als Claudia und ich das Zimmer betraten und ich die schwere Tür hinter uns so leise wie möglich zuzog, hörte ich noch, wie er sagte: »... Kaffee für alle, aber bloß nicht schon wieder koffeinfreien, und auf dem Sandwich sollen sie nächstes Mal die Chili-Sauce weglassen, nur Mayo und basta!«

Das hier war das zweite Chefbüro neben Kuszinskys, das ich in Berlin kennenlernte. Aber hier war alles ganz anders. An der einzigen Wand, die nicht aus Glas war, hingen keine Tourplakate, sondern eine riesige Fahne vom FC St. Pauli. Passend zu dem Logo, das der Mann auf dem übergroßen T-Shirt trug.

»Heidi! Ich bin Uta!«, sagte er, kam hinter seinem Tisch hervor, Cowboystiefel, 501, und umarmte mich. »Den Werther zum Heulen gebracht, Donnerwetter, setz dich!«

Claudia und ich nahmen Platz. Dieser Lastwagenfahrer war also Uta, und sie hatte mich umarmt, und zwar wirklich herzlich, wer hatte gleich noch mal behauptet, sie wäre ein Tyrann? Ich dehnte meine zusammengestauchten Schulterblätter wieder auseinander und lächelte verlegen.

»Ja, ähm, freut mich«, sagte ich und war froh, als die Tür aufging und Gabi Kaffeetassen und Mineralwasserflaschen neben uns stellte. Uta nahm wieder hinter ihrem Schreibtisch Platz und lächelte in die Runde – dabei machte sie sehr merkwürdige Geräusche, die klangen wie ein tiefes Grollen. Was war mit ihr, war ihr etwa auch so schlecht wie mir? Plötzlich stießen meine Beine gegen etwas Weiches, das konnten nicht Utas Cowboystiefel sein, und ich riss die Augen auf.

Uta begegnete meinem Blick und lachte, ohne dass das Knurren aufhörte: »Das ist nur Onkel Herbert.«

Ich schaute unter den Tisch. Dort lag – auf einer St. Pauli-Decke, was sonst? – ein großer, schwer atmender Fellberg. Ein Wauwau-Saurus. Etwas in Richtung Rottweiler-Doggen-Mischling, jedenfalls war das Vieh sehr hungrig und machte sich gerade über Utas Sandwich her. Zumindest schien es sich im Gegensatz zu seinem Frauchen nicht an der Chilisauce zu stören. Ich schob meine Füße so weit wie möglich unter den Freischwinger und sagte nur: »Wie süß.«

Uta hatte auf ihrem Schreibtisch zwei große Monitore stehen, unter einem stand ein Kasten, groß wie ein gepimpter Videorecorder. Ein Sichtgerät. Eine Programmchefin, die sich Bänder noch selbst ansah? Sie hatte den Kristallporsche, der als Briefbeschwerer auf bunt ausgedruckten Exceltabellen lag, in die Hand genommen und drehte ihn hin und her.

»Heidi, ich freue mich, dich kennenzulernen. Wir haben hier viel zu wenige Leute, die sich auch mal was trauen und aus dem Rahmen fallen, dabei ist doch das eigentlich unser USP.«

Ich nahm mir vor, Claudia nachher zu fragen, was ein USP war. Das Gespräch fing ja gar nicht so schlecht an.

Uta nahm ein großes hellblaues Tape in die Hand und legte es behutsam vor sich hin.

»Toll gemacht«, sagte sie. War da das Werther-Interview drauf? Mein kostbares, erstes Interview?

»Wir haben nur ein großes Problem mit dieser Footage: Wir werden sie nicht ausstrahlen können.«

»Aber warum? Stimmt was nicht mit der Technik, der Ton vielleicht? Die Kollegen haben wirklich ein super Licht gemacht!«

Oder hatte ich was versemmelt? Es lag sicher an mir. Was sonst! Wäre auch zu schön gewesen!

Ich sah zu Claudia: »Oder sehe ich so scheiße aus? Ich hatte ja auch keine Maske!«

Claudia schüttelte den Kopf und wies mit der Kinnspitze zu Uta, die weiterredete: »Du musst dich nicht selbst zerfleischen, von dir sieht man sowieso nicht viel. Aus dem Interview könnte man durchaus schöne Sachen bauen. Für die News, für die Dokus, das sind gute Bilder, sehr nah dran ...«

»Warum wollt ihr das dann nicht senden?«, unterbrach ich sie aufgebracht. »Ich meine – er weint! Ist das nicht das, was die Leute interessiert? Da hat man so einen harten Brocken, und dann fällt der in einem Interview einfach völlig auseinander?«

»Lass mich bitte ausreden!«, erwiderte Uta ungeduldig. »Martha von GER hat mich heute Morgen angerufen und gesagt, der Künstler zieht das Interview zurück. Werther möchte sich so nicht präsentieren!«

»Aber gilt hier nicht die journalistische Freiheit?«

Uta schüttelte ihren Quadratschädel. »Nö. Da kann man nichts machen. Martha kenne ich zwar noch von früher, die kommt wie ich aus Nürnberg, und wir haben mal zusammen Hockey gespielt. Der hab ich es immer richtig gegeben.« Uta kicherte erstaunlich mädchenhaft, dann fasste sie sich sofort wieder. »Aber die Label-Kollegen haben hier leider den Hammer in der Hand. Wir haben einfach noch zu viel vor mit dieser Band. Und MTV ist froh, wenn sie uns was vor der Nase wegschnappen können, die sind zwar mehr für die internationalen Themen, aber wenn's uns schadet, machen die alles. Das kann ich wegen eines Interviews nicht riskieren und auch noch der Konkurrenz in die Hände spielen.«

Der Gedanke an die zickige Martha regte mich noch mehr

auf. Die kam also aus Nürnberg, kein Wunder, dass wir uns nicht vertragen hatten!

»Man muss Gott für alles danken, nur nicht für Ober- und für Unterfranken«, beschwerte ich mich. Das hatte meine Mutter immer gesagt, wenn die Brezen unseres Bäckers, der aus Ansbach nach Unteröd geheiratet hatte, mal wieder zu klein und lummelig gewesen waren.

Auf einmal war es sehr still. Uta starrte mich mit offenem Mund an. Claudia hatte aufgehört zu atmen. Sogar Onkel Herbert zu meinen Füßen hatte auf geräuschlosen Speichelfluss umgeschaltet. Ich duckte mich instinktiv.

Und dann holte Kozilla tief Luft und lachte so laut und so rau, dass sie in jeder Truckerkneipe Gehör gefunden hätte. Und meinte in breitestem Fränkisch: »Allmecht! Wadd nur, bis ich dich mal nachts in Nünnbech affm Pachplatz treffe, da mach ich dich fedch!«

Ich lachte mit, erleichtert, meinen Kopf noch auf den Schultern zu haben. Aber dann hörte Uta auf mit ihrer durchaus ansteckenden Gossenlache, wandte sich an Claudia und sagte in normalem Tonfall: »Genau davon rede ich die ganze Zeit! So was brauchen wir, Moderatoren, die sich nicht nur optisch was trauen. Wurde höchste Zeit, dass du uns mal so jemanden anbringst, liebe Claudia.«

Und dann wandte sie sich zu mir: »Du bist ein Stück, ein richtig freches Stück, und weißt es wahrscheinlich noch nicht mal selbst. Ich würde gerne etwas mit dir ausprobieren. Loreley-Live ist noch bis zum 15. September in der Sommerpause, bis die Schulferiensaison vorbei ist.« Sie schnaubte abfällig. »Ob Fräulein Loreley uns danach noch zur Verfügung steht, ist noch nicht raus. Sie hat Besseres zu tun, als dem Sender zu helfen, der ihr Gesicht überhaupt erst bekannt gemacht hat. Aber nächste Woche startet bei uns eine neue Literatursendung, die Pop-Piraten. Und die müssen wir intern bewerben, was das Zeug hält. Crosspromo ist das A und O für den Erfolg einer neuen Show, und da ist Loreley-Live immer unsere beste Plattform gewesen. Wir könnten morgen Nachmittag eine Aufzeichnung machen und die dann nächsten Montag aus der Konserve senden. Und zwar mit dir als Host. Ich will sowieso mit dir einen Piloten drehen, und hier können wir zwei Fliegen mit einer Klappe schlagen. Jetzt ist nur die Frage: Traust du dir das zu?«

Host einer Show. Ich. Das klang nach großer weiter Welt und sehr verlockend. Vielleicht war es das, was ich mir immer gewünscht hatte, ohne es zu wissen? Ich musste nur zugreifen und meine Chance nutzen... Aber wer sollte mein erster Studiogast sein? War mir eigentlich auch scheißegal. Meinetwegen der Kaiser von China. Ich würde mich jedenfalls nicht noch einmal unter Wert verkaufen. Gott sei Dank hatte Kuszinsky mich davor gewarnt, ein zweites Mal in die gleiche Falle zu tappen.

»Und das ist praktisch Last Minute?«, stellte ich scheinheilig fest.

»Ja.«

»Und ihr würdet ausgerechnet mir diese Chance geben?«

»Genau. Ist ja eine Aufzeichnung und nicht live, wie sonst mit Loreley. Das können wir schneiden.«

»Ihr baut mich als Moderatorin also praktisch auf?«

»Richtig.«

Ha. Langsam hatte ich sie so weit.

»Und Schminke muss ich wieder selber mitbringen?«

Kozilla schüttelte den Kopf, langsam genervt. »So ein Unsinn. Der Dreh ist hier im Studio, da bekommst du natürlich die M-EINS-Visagisten.«

»Und was krieg ich dafür?«

»Unser Anfangshonorar für Moderatoren. Mit dem alle VJs bei M-EINS mal angefangen haben.«

Aber ich ließ nicht locker. Diesmal nicht.

»Und wie viel ist das?«

»Zweihundert Euro. Pro halbem Drehtag. Sprich für vier Stunden.«

»Dann mach ich's nicht. Ich will tausend.«

Ich lehnte mich aufmüpfig zurück. Aber so konnte man mit Kozilla nicht verhandeln.

»Dann eben nicht!« Sie lehnte sich genauso trotzig zurück. »Heidi, ich muss hier wohl etwas klarstellen. Wir sind ein Spartensender und ackern Tag und Nacht für die Werbegelder eines hart umkämpften Marktes, Kopf an Kopf mit MTV, die ein weltweites Netzwerk im Rücken haben. Wenn wir von unserem schmalen Budget dir ein höheres Gehalt zahlen, müssen noch mehr beschissene Klingeltöne über unseren Sender gehen. Willst du das?«

»Äh, nein«, ruderte ich zurück. Das war unfair.

Kozilla beugte sich so nah zu mir, dass ich kleine Spucketropfen auf meinen Unterarmen spüren konnte. »M-EINS muss deine Leidenschaft sein. Wir sind ein Lebensgefühl und keine goldene Kuh. Seit VIVA verkauft worden ist, sind wir die Einzigen, die MTV das Wasser reichen können. Und ich will, dass wir die Besseren sind, und wir werden die Besseren sein. Denn bei uns kommt Musik nicht nur im Namen vor, auf unserem Sender läuft sie auch. Wenn es dir nur ums Geld geht, dann bist du hier falsch. Ich will sehen, dass du dich richtig reinhängst, und dann können wir noch mal reden. Woanders würdest du in deinem Alter übrigens nie diese Chance bekommen.«

Ich wusste nicht mehr, was ich sagen sollte.

Claudia griff ein und drückte mütterlich meine ineinander verkrampften Hände. »Das hat die Heidi nicht so gemeint«, sagte sie zu Uta. »Und sie wird natürlich morgen zur Verfügung stehen. Nicht wahr, Heidi? Das kann nicht sein, dass du dir diese Chance entgehen lässt, Loreley-Live ist ein ganz großes Ding!«

Ich nickte ergeben.

Uta beruhigte sich, stand auf und quetschte mir die Hand. »Gut. Willkommen also bei M-EINS.«

Und während der Köter unterm Tisch mit dem Schwanz auf den Boden klopfte, weil er dachte, es ging gleich los mit Gassi, gab Uta mir noch etwas mit zum Abschied: »Du hast ein tolles Gesicht. Aber sag der Regie, die Kamera soll dich nicht genau an der stärksten Stelle deiner Oberschenkel abschneiden. Entweder weiter oben oder weiter unten. Fernsehen macht eine Kleidergröße dicker, und so tust du weder dir noch uns einen Gefallen.«

»Hast du ein Glück!«, juchzte Claudia, als sie neben mir auf den Aufzug wartete. »Wir gehen gleich mal die Show für morgen durch. Weißt du überhaupt, wer eingeladen ist? Henri von Laber wird dein Studiogast sein! Der ist so sexy!«

Das war zu viel. Das war eindeutig zu viel. Ich starrte Claudia schweigend an, mein Puls machte dafür in meinem Kopf umso mehr Radau. Und als wäre das nicht genug, läutete ausgerechnet jetzt mein Handy – wenn es wenigstens Josef gewesen wäre! Aber stattdessen fragte mich Kuszinskys jovialer Bass: »Na, Kleine, wie sieht es aus, haste dich entschieden?«

Und ich drehte Claudias neugierigem Blick den Rücken zu und sagte wie in Trance: »Ja, okay, ich bin dabei.«

Dann legte ich auf und hatte plötzlich den Job, den alle wollten, und den passenden Manager dazu.

17

»Ich stehe eigentlich gerade nackt vor der Dusche, aber dann fahre ich eben ungewaschen los!«

Das glaubte ich Doreen sofort, mit der ich mich spontan im Café Knaller treffen wollte. Ich meldete mich bei Claudia ab, die mich nach fünf Stunden VJ-Coaching gerne in die Pause schickte, und ging Doreen von der S-Bahn abholen, sie würde ihre zwanzig Minuten brauchen von Kreuzberg bis nach Mitte. Am Hackeschen Markt herrschte langsamer Müßiggang, zwei orange gekleidete Müllmänner hatten die Oberteile ihrer Overalls nach unten gezogen und schlurften Richtung S-Bahn, auch sie sahen in Berlin cooler aus als anderswo. Sie drehten ihre Köpfe kein bisschen, als sie an einem engagiert zupfenden Stringquartett vorbeigingen, und ließen die vier Musiker mit den noch jugendlich schütteren Vollbärten und den prallen Globetrotter-Rucksäcken links liegen. Und zuckten auch nicht mit der Wimper, als sie einen ebenfalls bebarteten blonden Penner passierten, der wild seine Schnapsflasche schwenkte und quer über den Platz versuchte, ein passendes Trinklied anzustimmen.

Ich guckte fasziniert zu und sah dann Doreen, sie war schnell gewesen und stand vor dem Butlers am Hackeschen Markt, die blonden Strähnen in den pechschwarzen Haaren neuerdings camparirot gefärbt. Sie war die Einzige, die wie ich bei dem trüben Wetter eine Sonnenbrille aufhatte, eine zerkratzte Pilotenbrille mit rotem Plastikrahmen.

»Ich kann nicht mehr!«, jammerte ich schon von Weitem los und klappte die Schultern nach vorne, damit Doreen sehen konnte, wie erschöpft ich war. »Ich dachte schon, Jura sei anstrengend! Warum passiert in meinem Leben jahrelang fast nichts – und dann alles auf einmal?«

»Jetzt komm mal runter!«, drückte sie mich, sie roch streng wie immer. »Lieber einen Tag als Tiger leben als ein ganzes Leben lang als Schaf! Du bekommst immerhin eine Probesendung auf M-EINS! Dann kannst du doch sicher auch mal was über Delirosa fallen lassen, oder?«

Ich versprach ihr das hoch und heilig. Die Zuschauer würden sich sicher über so einen Geheimtipp freuen. Außerdem: Doreen war toll. Sie freute sich wirklich für mich. Bei Josef war ich mir da in letzter Zeit nicht mehr so sicher gewesen.

»Und der Olle ist jetzt dein Manager? Ist doch geil, wenn du dich nicht mehr selbst um die Kohle streiten musst! Und was sagt die Loreley dazu, dass du einfach eine ihrer Sendungen moderierst?«, zog Doreen mich Richtung Café Knaller. Ich verrenkte mir den Kopf, um wenigstens kurz in eines der Schaufenster sehen zu können, hier war der Carhartt-Laden, aber passte so praktisches Anziehzeug überhaupt noch zu mir?

»Loreley? Ich glaube, die weiß das gar nicht. Aber ich schätze, das läuft einfach unter Urlaubsvertretung. Die Claudia munkelt sogar, dass Loreley von MTV abgeworben wurde. Und außerdem weiß kein Mensch, ob meine Aufnahmen ausgestrahlt werden. Nach der Werther-Pleite rechne ich mit gar nichts mehr.«

Ich übersprang auf dem Gehweg zu den Gipshöfen eine Pfütze vor einem Baugerüst. Hier wimmelte es vor Baustellen, und in keiner anderen Stadt hatte ich so viele Store-Eröffnungen angekündigt gesehen. Nicht, dass ich schon so viele andere Städte gesehen habe, aber in Berlin hing wirklich an jeder Ecke ein Riesenplakat: »Hier eröffnet in Kürze der neue Edel&Teuer-

Flagshipstore!« Oder: »Wir stellen ein – Deutschlands größter Schön & Überflüssig!« Wer konnte sich das denn alles leisten? Die Berliner Normalbürger? Oder die Touristen? Vielleicht musste auch ich demnächst hier shoppen gehen. Ich konnte schließlich nicht immer in meiner Alltagsuniform bei M-EINS auftauchen. Ich brauchte Moderatoren-Outfits!

»Woher kennst du den Laber eigentlich, den alten Dandy?«, brachte Doreen mich wieder zum Thema.

»Du magst ihn also auch nicht?«, antwortete ich mit einer Gegenfrage.

»Nicht wirklich, aber ich kenne ihn nur vom Sehen, der legt nachts auch manchmal Platten auf. Ziemlicher Fatzke, würde ich mal sagen.«

»So richtig persönlich kenn ich den auch nicht, und auch nicht unter dem Namen Henri von Laber«, entgegnete ich. »Aber wir saßen auf einer Hochzeit mal nebeneinander, da war er unter bürgerlichem Namen, sorry, ich meine natürlich unter adeligem Namen, da soll sich noch einer auskennen!«

Das Knaller lag jetzt vor uns, in den paar Tagen, in denen ich nicht den Weg daran vorbei gewählt hatte, hatte es sich gewaltig verändert.

Eine auf Halbmast hängende Abdeckplane verdeckte das Café, die Fenster waren versperrt, und von innen drang Baulärm nach draußen.

»Was ist denn hier los?«, rief ich überrascht.

Doreen stellte sich gekonnt auf ein neben dem Eingang geparktes Skateboard und spähte durch die versprossten Fensterflügel. »Tote Hose! Da hammse alles rausgerissen!«

Ich stellte mich auf Zehenspitzen neben sie. In der Mitte des Lokals waren Tische und Stühle aufeinandergestapelt und wie die Bar, die Zapfhähne und die riesige Kaffeemaschine mit Folie abgedeckt.

»Da ist einer«, deutete Doreen auf einen in seine Arbeit versunkenen Handwerker mit Staubmaske, seine Haare weiß und rot von Putz und Ziegelstaub. Das hier schien eine Ein-Mann-Renovierung zu sein. In der rechten Hand hielt der Kerl einen riesigen dunkelgrünen Schlagbohrer, der mit hoher Drehzahl ein Loch in die Wand neben der Tür jagte. Auf Schulterhöhe.

127

Und mit der linken Hand hielt er lässig ein Staubsaugerrohr unter den Bohrer. Wie anstrengend das sein musste, sah man nur an den Adern, die auf seinem rechten Oberarm zum Bersten angeschwollen waren.

»Alle Achtung, der kann ruhig mal bei uns vorbeikommen«, sagte ich zu Doreen und wandte mich zum Gehen. »Karlchen und Paul würden sich freuen, wenn ihnen so ein Cola-Light-Model ihre Garderobe wieder aufhängt.«

»Solange der seinen Bohrhammer mitbringt!«, kicherte Doreen, hakte mich unter und ging mit mir stattdessen zu Starbucks, obwohl sie die »Scheiß-Globalisierungs-Plörre«, wie sie den Kaffee dort nannte, nicht ausstehen konnte.

Dass ich den Studiogast nicht von seiner besten Seite kannte, hatte ich Jörg und Claudia nicht verraten, tat ja nichts zur Sache. Stattdessen lernte ich Kamera 1, 2 oder 3 kennen und dass ich mich immer schön konzentrieren musste, welche gerade lief. Und dass ich auf die Anweisungen der Regie achten musste, meinen Knopf im Ohr würde man leider sehen, das wäre eben der Nachteil meiner »Möchtegern-Punk-Frisur« (O-Ton Jörg, der einfach unfähig war zu simpler Nettigkeit). Außerdem bekam ich schicke Karten in die Hand, hinten mit dem Loreley-Live-Logo bedruckt, vorne mit den Fragen und dem Ablauf drauf. Claudia coachte mich zum Thema Haltung: Nicht nur zum Gast drehen, auch mal in die Kamera gucken, sonst fühlt sich der Zuschauer ausgeschlossen. Die Körpersprache immer schön offen, und die Beine nicht in die andere Richtung verschränken als der Gast.

Apropos Beine: Nach meiner Pause mit Doreen hatten wir eine Studioprobe. Alle wieder da, wie beim Casting, auch Tom und der Gnom. Claudias Anwesenheit war schon Routine für mich. Und als ich mich auf dem Sitzwürfel schwungvoll zu Jörg drehte, der heute den Gast spielte, fühlte ich mich richtig wohl und strahlte ihn an.

»Hallo Henri, ich bin die Heidi, wie schön, dass du da bist!«

Das Bellen nahm ich zuerst nicht wahr, wahrscheinlich weil ich es für eine Sinnestäuschung hielt. Erst später sollte ich lernen, es als Anzeichen drohenden Unheils zu werten. Aber dann hörte ich auch das Gebrüll dazu: »Was soll die Scheiße hier! Stopp! CUT!«

Toms Stimme, die daraufhin aus der Anlage schallte, klang etwas weniger forsch als sonst: »Bitte alle ins Studio. Und zwar pronto! Krisenmeeting mit Uta!«

Meine neuen Kollegen ließen alles stehen und liegen und drängten sich mit hängendem Kopf wie die Schafe aneinander, auf Uta wartend, die mit Onkel Herbert an der Seite in Richtung Mischpult stürmte.

»Das kann doch nicht sein, dass ich alles, aber auch alles kontrollieren muss! Was wäre gewesen, wenn ich nicht zufällig vorbeigeschaut hätte? Wärt ihr dann damit auf Sendung gegangen?«

Jörg, Claudia und Tom sahen sich ratlos an.

Uta tobte. »Ihr habt nicht den blassesten Schimmer, wovon ich spreche, oder? Ab in die Regie! Heidi, du bleibst, wo du bist!«

Wenn Kozilla mich im Studio hatte sitzen lassen, um mich zu schonen, war das ein ehrenwerter Versuch. Klappte aber nicht. Denn die Intercom zwischen Regie und meinem Knopf im Ohr war offen. Was bedeutete, dass ich jedes Wort hörte, das dort gesprochen wurde.

»Zeig mir noch mal die Talkszene. Ja, genau. Was hab ich gestern gesagt? Genau, Oberschenkel ab! Seht euch das mal an, wie das Mädel hier auf der Kante sitzt! Da presst es ja alles auseinander! Lasst euch gefälligst was einfallen!«

Türenschlagen, Stille.

Mir surrte der Kopf vor Scham. Und als ich den Knopf aus meinem Ohr gepult hatte und niedergeschlagen die Augen schloss, merkte ich, dass mir leicht schwindlig wurde. Ein nicht unangenehmes Gefühl. So entspannt. Ein bisschen wie damals auf der Spalierbank mit Felix. Bevor mir schlecht wurde. Vielleicht ging auch hier alles den Bach runter, und sie schmissen mich raus, weil ich einfach zu fett war. Auch gut, dann könnte ich endlich mal wieder schlafen, einfach nur schlafen.

»Heidi, alles klar?«

Etwas Hartes stieß an mein Knie, und als ich die Augen öff-

129

nete, sah ich den Gnom und Jörg einen sehr schweren kantigen Schreibtisch mit Rollkästen ins Studio schleppen, Modell Wirtschaftswunder.

»Den haben wir in der Requisite gefunden, kannst du dich da bitte mal dahintersetzen?«

Und so kam es, dass ich meine erste Sendung moderieren sollte hinter einem wuchtigen 50er-Jahre-Schreibtisch, hinter dem zwar mein Oberkörper noch mickriger aussah als der von David Letterman, aber der perfekt meine Problemzonen verdeckte.

18

Die wurden allerdings wieder schonungslos freigelegt von Connie, einer zaundürren Stylistin. Aber diesmal hatte sie extra für mich eingekauft. Nur für mich! Und zwar die gleichen weiten, dunkelblauen Jeans mit einem geknöpften Latz statt Reißverschluss, wie sie selbst eine trug. Allerdings hatte Connie sie wahrscheinlich an, weil sie total hip waren und nicht, weil sie ihre Stampfer verstecken musste. Hohe rote Keilabsätze dazu – gut, dass ich später sitzen durfte –, und dann ging Connie in die Knie und fummelte am Hosensaum herum.

»Deine Knöchel sind schließlich so zart wie deine Handgelenke, die sollten wir nicht verstecken«, erklärte sie und klemmte mir zwei Fahrradklammern an die Hosenbeine, um den Stoff darüber zu raffen wie bei einer Pumphose. Fahrradklammern! Wie auf dem Dorf! Als ich näher hinsah, bemerkte ich, dass Connie sie aus einer weißen Dior-Tüte gefischt hatte und dass das Blech mit bunten Nieten besetzt war. Dabei hatte ich mich für diesen großen Tag modisch total angestrengt und ein pinkes T-Shirt von Doreen zu den passenden Chucks angezogen, die ich noch unter dem Beifahrersitz meines Volvos gefunden hatte.

»So«, sagte sie, richtete sich auf, schob meine auf dem Boden herumliegende geliebte Hose achtlos mit dem Fuß beiseite und mich vor den großen Spiegel, der schräg an die Wand gelehnt war.

Wow.

Ich hätte Connie am liebsten geküsst. Nicht, dass ich das Outfit so toll fand, vor allem nicht diesen Lagenlook in Knallfarben, den sie mir obenrum verpasst hatte. Zugegeben, die Schichten lenkten vom kritischen Übergang zwischen Hosenbund und Taille ab – aber musste ich unbedingt drei unterschiedlich lange T-Shirts übereinander tragen? Und waren die Ohrringe in Form von großen, gelben E-Gitarren nicht ein bisschen übertrieben? Auch sie kamen zwar aus der Dior-Tüte, sahen aber trotzdem aus wie ein Give-away aus der Bravo. Aber trotzdem: So groß und schlank, war das ich? Ich drehte mich vorsichtig zur Seite, in diesen Schuhen kam ich dabei schon ins Straucheln. Hatte ich wirklich so lange Beine?

Die schöne Illusion dauerte keine Minute. Dann kam Claudia herein und sagte zu mir:

»So. Lass dich nicht von diesem Spiegel täuschen, Fernsehen macht zwei Kleidergrößen dicker. Und jetzt gehst du am besten in die zweite Maske und begrüßt deinen Gast, das kommt immer gut. Henri von Laber, Mensch Heidi, du hast wirklich Glück!«

Warum hatte sie das getan? Konnte hier mal einer einfach konstant nett sein zu mir? Woher kam nur das Klischee, dass alle zu Schauspielern und Moderatoren vor ihrem Auftritt immer, absolut immer, unter allen Umständen, nett sein mussten, um deren Nervenkostüm zu pampern? Ich dagegen hatte eine Heidenangst vor meiner ersten Sendung, und keiner tat etwas dagegen!

Ich ließ mir viel Zeit für die fünf Plateau-Schritte bis zur nächsten Tür und hielt mich beim Gehen an der Wand fest. Die halbe Nacht hatte ich auf Jörgs Geheiß Henri von Laber gegoogelt (»Unsere Moderatoren arbeiten alle redaktionell mit, also du auch!«). Und war nicht zu dem Schluss gekommen, dass ich mich groß in ihm getäuscht hatte. Sein Dandy-Aufzug, in dem ich ihn die beiden Male gesehen hatte, war wohl immer so, die Veröffentlichung seines ersten Buches lag schon zehn Jahre zurück, und damals schon war er im Anzug hinter dem Platten-teller gestanden und der Begriff des Popliteraten ihm auf den Leib geschneidert worden. Auch interessant: Im ganzen weiten Web fand sich kein einziges Foto, auf dem er lächelte. Und auch kein Hinweis auf sein Alter.

Ich fasste mir ein Herz und klopfte. Keine Reaktion. Auch gut. Ich wollte weg von diesem Gast, vor dem mir grauste, und auch weg von den Redakteuren, Volontären, Praktikanten, die ich in den letzten vierundzwanzig Stunden kennengelernt hatte und von denen ich mir keinen einzigen Namen hatte merken können.

Offensichtlich arbeiteten bei M-EINS nur eine Handvoll Festangestellte. Wie Jörg und Claudia. An einer Sendung wie Loreley-Live arbeiteten aber sicher fünfzehn Leute, und die waren, das war sogar mir aufgefallen, alle sehr jung und wahr-scheinlich alle sehr unterbezahlt. Und sie hatten mich allesamt mit einem Washatdiewasichnichthabe-Blick bedacht, als ich mit Jörg im Konfi verschwunden war, um den Ablauf der Show durchzugehen. Wenigstens klang das Briefing für die einstün-dige Aufzeichnung halb so wild: Am Anfang ein bisschen Ser-vus und Hallo, dann gleich mal in die Werbung. Dann wieder Hallo und willkommen zurück, Gast vorstellen und bisschen quatschen und so oft wie möglich die neue M-EINS-Sendung erwähnen. Dann Video anmoderieren, Revolverheld, und danach wieder Hallo und noch mal dreizehn Minuten quat-schen über das neue Buch des Gastes. Wieder Video, Die Fan-tastischen Vier. Werbung. Und dann wieder Hallo zurück, blabla, und das insgesamt viermal. Und dann Tschüs. Klang jetzt nicht wie die Neuerfindung des Rades. Ich hatte allerdings eifrig mitgeschrieben, als mir Claudia das kleine ABC des Audience-Flows erklärte.

»Einfangen, du musst die Zuschauer einfangen! Wir sind ein Zapping-Kanal, und die große Kunst ist, dass die Kids nach der Pause immer noch dran sind! Baue Cliffhanger, erzähle denen, was sie Tolles erwartet, schau in die Kamera, sei intensiv, binde sie an dich! Du musst dich für sie interessieren, dann interessie-ren sie sich auch für dich!«

Leuchtete mir alles ein. Aber jetzt musste ich erst einmal

unseren geschätzten Studiogast dazu bringen, sich für meine Wenigkeit zu interessieren. Ich stand immer noch vor derselben hellgrauen Metalltür, Maske zwei, schaffte es mit dem Pilates-Trick, meinen Fluchtreflex in den Griff zu bekommen, und klopfte ein weiteres Mal.

Ich hörte ein gestresstes weibliches »JA!« – was machte der da, der Maske an die Wäsche gehen? Ich trat ein und sah, wie Henri Fé, die Visagistin, daran zu hindern versuchte, ihm seine Sonnenbrille abzunehmen.

»Die Augenringe kommen nicht weg! Sondern die Sonnenbrille bleibt auf!«, rief er dabei.

Er hatte zwei vielbeachtete Romane geschrieben und satirische Kolumnen im Bel'Ami, in der Zeit und bei Spiegel online. Er war gehässig, ein bissiger Beobachter, und nichts war ihm heilig. Und er würde gleich im Fernsehen sein neues Buch »Schöne Scheiße« vorstellen. Und dieser Mann stritt sich mit Fé, ob sie ihm Abdeckstift auf die violetten Schatten unter seinen Augen auftragen durfte oder nicht? Das fing ja schon gut an.

»Ich vertrete hier mehr Jugendkultur, als dieser Sender von sich behaupten kann, deshalb entscheide ich, was cool ist und was nicht. Ist mir scheißegal, was irgendein Regisseur über Sonnenbrillen im Studio sagt!«

Eigentlich hatte ich damit gerechnet, dass er mich ignorieren würde, wie die letzten beiden Male, und erst im Studio, wenn er nicht anders konnte, mit einer Amöbe wie mir Kontakt aufnehmen würde. Aber Henri hielt mitten im Satz inne, nutzte die Überraschung der Visagistin, um sich die goldene Ray Ban wieder auf die Nase zu setzen, und stand auf, um seine Arme in den weißen Hemdsärmeln auszubreiten.

»Heidi, ich bin Henri, wir kennen uns, nicht wahr? Wie schön, dich wiederzusehen. Ich habe schon bei unserer ersten Begegnung gedacht, dass du Großes vorhast.«

So einfach? So schnell schweißte also ein gemeinsames Fernsehprojekt zusammen? Der war ja nicht wiederzuerkennen! Ich ging einen weiteren wackligen Schritt nach vorne und ließ zu, dass Henri mich zur Begrüßung umarmte – und behielt lieber für mich, dass ich dabei gleich einen Puderfleck auf seiner weißen Schulter hinterließ. Henris Seidentuch war von der Rangelei mit Fé ein wenig aus dem Hemdkragen geschlüpft, und sein stark tailliertes Hemd steckte recht locker in einer ebenfalls weißen engen Anzughose, die entweder aus dem Secondhand-Laden oder sehr, sehr teuer gewesen war. Ich legte während der Umarmung meine Hände an Henris Seiten, damit sie nicht verlegen an meinen Seiten herunterhingen, angedeuteter Kuss rechte Backe, angedeuteter Kuss linke Backe, dabei fielen ihm die Haare seines dunkelblonden Pagenkopfes ins Gesicht.

Ich dachte an die Experimente, die ich im letzten Monat mit meinem Kopf angestellt hatte, und dass ich schon lange keine Mützen mehr getragen hatte, obwohl sie doch eigentlich mein Wahrzeichen waren. Und dass ich heute ohne Widerrede meine übliche Wohlfühl-Uniform komplett aufgegeben hatte. Henris weißes Hemd fühlte sich schön glatt und sein Körper warm an. Er zumindest hatte seinen Stil gefunden und den auch konsequent beibehalten. Eigentlich beneidenswert.

»Heidi, verzeih bitte, dass ich auf dieser unsäglichen Hochzeit ein so unaufmerksamer Tischherr war, aber ich hatte die Nacht durchgearbeitet, du weißt ja, ich bin auch DJ und sehr gefragt, aber das ist jetzt nicht so wichtig. Heidi, jetzt erzähl doch mal, du hier? Du weißt, was Frank Zappa über Musik-Journalisten gesagt hat, oder?«

Ich schüttelte nicht besonders brillant den Kopf.

»Nein? Rock-Journalismus bedeutet: Menschen, die nicht schreiben können, interviewen Menschen, die nicht reden können, für Leute, die nicht lesen können!«

Wie ich das hasste, wenn mir nichts einfiel auf etwas, was ich durchaus als Provokation betrachtete. Ich rang mir ein Lachen ab und machte den Versuch einer schlagfertigen Antwort: »Dann ist ja gut, dass du kein Rockstar bist!«

Jetzt lachte Henri und warf dabei den Kopf zurück, bis ich die vielen Goldfüllungen in seinem Oberkiefer zählen konnte. Sein Haaransatz war trotz der jungenhaften Prinzenfrisur schon ziemlich zurückgewichen, wahrscheinlich ließ er sich deswegen die Haare immer so in die Stirn fallen.

»Das macht nichts, dass ich kein Rockstar bin. Du weißt

natürlich, dass Musik und Bücher sich immer ergänzt haben, oder? Depeche Mode, Good Charlotte, Joy Division, Molokko, Uriah Heep, The Velvet Underground – so viele Bandnamen haben direkt oder indirekt mit Büchern zu tun.«

Klugscheißer!, dachte ich und nickte wissend. Eigentlich hätte ich mit solchem Wissen um mich werfen sollen! Ich brachte mehr Sicherheitsabstand zwischen Henri und mich und lehnte mich an den Schminktisch neben Fé, die wie angewurzelt mit ihrem aufgeschraubten Abdeckstift in der Hand dastand und unseren verbalen Schlagabtausch verfolgte wie ein Pingpong-Spiel.

»Ist deine Frau auch mit in Berlin?«, fragte ich Henri, um das zu heikle intellektuelle Terrain zu wechseln.

»Meine Frau?«

Wollte er etwa leugnen, was ich bei der Hochzeit eindeutig gesehen und gelesen hatte?

»Na, die Gräfin von Labrimal und so weiter?«

»Wo soll die denn plötzlich herkommen? Habe ich etwas verpasst? Hat mir die BUNTE wieder etwas angehängt?«

»Ich meine die Frau beim Bankett. So groß wie ich, sie trug etwas Königsblaues, eine Tunika, sehr weit ...«

Daraufhin begann Henri lauthals zu lachen, wieder ganz und gar unadelig.

»Das ist meine große Schwester, Celine! Sie ist Galeristin und mit einem erfolglosen französischen Fotografen zusammen, der es nicht schafft, ihr ein Kind zu machen. Seitdem isst sie ein bisschen zu viel und trägt dieses grauenhafte Wallawalla-Zeugs. Meine Schwester: meine Frau! Hahaha! Du scheinst ja ein richtiges Naturtalent in Sachen Recherche zu sein!«

Ich war mir plötzlich nicht mehr so sicher, ob das Interview, das Jörg und ich gestern Nacht zusammengeschustert hatten, genügend Esprit hatte für so einen Besserwisser. Und mussten wir nicht langsam ins Studio? Würde uns jemand abholen, wenn es so weit war? Wenn ich nur die kleinen Gesetzmäßigkeiten der Studioroutine schon besser kennen würde!

Ich war meinem Studiogast auf Verdeih und Gederb, Pardon, Gedeih und Verderb in dieser fünf Quadratmeter großen Garderobe ohne Tageslicht ausgeliefert. Er machte mich ganz verrückt mit seiner alles vereinnahmenden Art. Und als Claudia ohne Klopfen die Tür aufriss und sagte, »Heidi, tut mir wirklich leid, dass das ausgerechnet in deiner ersten Sendung passiert, aber ich habe gerade das Publikum gesehen ... «, fühlte ich mich langsam, als wäre ich in einen Löwenkäfig gesperrt worden.

»Meine Damen und Herren Medizinstudenten, der Circus-Maximus-Effekt ist eine seltene, aber sehr ernste Erkrankung bei Nachwuchsmoderatorinnen. Die Patientin Heidi Hanssen befindet sich bei uns auf der Geschlossenen in stationärer Behandlung, nicht wahr, Frau Hanssen? Korrigieren Sie mich bitte, wenn ich Ihre Krankengeschichte falsch wiedergebe. Der Circus-Maximus-Effekt stellte sich bei Ihnen erstmals mit voller Wucht ein, als Sie sich vor Ihrer ersten Sendung in dieser Künstlergarderobe mit diesem Schriftsteller aufhielten, richtig? Und dann kam auch noch Ihre Kollegin Claudia herein und setzte Sie in Kenntnis über ein Problem mit der Zuschaueragentur und dem Publikum?«

»Ganz genau, Herr Professor«, nickte ich in meiner Zwangsjacke. »Ich fühlte mich in Gegenwart des Studiogastes plötzlich wie in einem Raubtierkäfig, und dann wurde mir zusätzlich klar, dass sich an dem anstehenden Gemetzel auch noch Zuschauer weiden würden. Genauer gesagt zwei Hauptschulklassen aus Neukölln.« Schockiertes Raunen unter den Studenten. »Und dann fing ich an zu beißen und um mich zu schlagen und habe mich erst hier, bei Ihnen, Herr Professor, beruhigen können. Darf ich bitte bei Ihnen in der Nervenklinik bleiben?«

Der Gnom, Kabel und Kästchen in der Hand, fasste mich an die Schulter und riss mich aus meinem düsteren Tagtraum: »Heidi? Kommst du dann bitte ins Studio?«

Ich, das Lamm auf der Schlachtbank, war fast froh, dass ich es jetzt endlich hinter mich bringen würde. Ich klammerte mich an meine Moderationskarten, zumindest könnten Tom und Jörg – wenn ich nicht schlagfertig genug war – mir aus der

136

Regie brillante Antworten einflüstern. Und nach einer Stunde würden meine menschlichen Überreste vom Studiognom zusammengekehrt und an meine Eltern nach Unteröd geschickt werden. Ich sollte sie dringend anrufen, dass sie das Ende ihrer einzigen Tochter nächste Woche Montag im Jugendfernsehen beobachten könnten, und dass ich sie trotz allem immer sehr lieb gehabt hatte.

Aber Henri blieb friedlich. Claudia hatte ihn gerade so vertraut begrüßt, als würde sie sich am liebsten mit ihm auf ihre Casting-Couch zurückziehen. Er war vor allem komplett unaufgeregt. Beneidenswert. Und er sah, dass ich es nicht war. Denn er legte mir den Arm um die Schultern, und als ich dabei links leicht einknickte, fing er mich am Ellenbogen auf. Verdammte Plateauschuhe.

»Du wirst sehen, das wird eine großartige Show. Deine erste, ich weiß, aber wir werden das Kind schon schaukeln. Wir können uns ja jetzt zusammen verkabeln lassen. Ich gehe nur noch kurz für kleine Popliteraten. Warte bitte auf mich.«

Henri nahm den Auftritt echt locker – vielleicht war ich einfach nur eine hysterische Gans? Ich wartete auf dem Gang und studierte dabei die Regale und die sich darin befindenden Bänder. Unglaublich, was sich hier alles achtlos stapelte: Loreley Live der letzten Monate, MAZ Kylie, Breaking News: Michael Jackson. Ob ich die Ohrringe, die inzwischen mächtig ziepten, einfach zusammen mit den blöden Fahrradklemmen ins Regal legen konnte? Und war nicht jetzt die letzte und beste Gelegenheit, mich ganz aus dem Staub zu machen? Aber in diesen Schuhen würde ich spätestens an der ersten Sicherheitsschleuse zusammenbrechen und von meinen wütenden Verfolgern vor Kozilla gezerrt werden. Ich war gefangen.

Als Henri lautlos und schnell auf seinen weißen Schuhen zurückkam – er sah unverschämt perfekt aus in seinem Anzug –, griff er unsere Konversation auf, als wäre er nicht pinkeln gewesen:

»Apropos, Popliteraten, wer moderiert denn eigentlich die Pop-Piraten?«

»Ah ja, die Pop-Piraten«, erwiderte ich so souverän, als wäre ich hinter den M-EINS-Kulissen seit Jahren zu Hause, und versuchte mit ihm Schritt zu halten. »Soweit ich weiß, soll die Sendung nur aus Beiträgen bestehen, aneinandergeschnitten wie Musik-Clips. Sie kommt also ohne Moderator aus.«

Fand ich ja ganz nett, dass der Herr von Laber mir meinen Gang nach Canossa versüßen wollte, indem er versuchte, mich abzulenken.

»Aha, interessant«, nickte er und begleitete mich weiter in Richtung Studio.

Als wir den schweren schwarzen Vorhang erreichten, der als Schallschutz vor der Studiotür hing, zögerte ich, unsicher balancierend. Ich fühlte mich wie ein Faschingsgast auf einer Trauerfeier – komplett unwohl in meiner Haut. Henri, der gerade den Vorhang zur Seite schieben wollte, um mich vortreten zu lassen, hielt inne.

Fragend sah er mich an.

»Ich merke doch, dass etwas nicht stimmt mit dir. Fühlst du dich nicht wohl?«

»Kein bisschen!«, platzte ich heraus. »Wie soll ich denn gut vor der Kamera aussehen, wenn ich meinen eigenen Anblick nicht ertragen kann?«

Henri blickte mich durch seine Sonnenbrille prüfend von oben bis unten an. »Das, was du da trägst, ist nett. Aber irgendwie too much, nicht wahr?«

»Genau! Ich hätte am liebsten meine eigenen Sachen anbehalten.«

»Und das wäre gewesen?«

»Na ja, Hose, T-Shirt, Chucks.«

»Skater-Chick also, verstehe«, grinste Henri mich an. »Du weißt, dass die Menschen mehr Respekt vor dir haben, wenn du nicht alles tust, was sie dir sagen?«

Ich konnte gar nicht Skateboard fahren, und als Skater-Chick hatte noch nie jemand meinen Stil bezeichnet. Für mich kannte ich höchstens die Ausdrücke »Mode-Mongo« (Josef) und »ungepflegte Außenseiterin« (mein Vater). Ich senkte betreten den Kopf, unsicher, wie ich das nun verstehen sollte, aber Henri lächelte dabei und schob mich am Ellenbogen wieder vom Studioeingang weg.

»Du hast zwei Minuten. Ich stehe hier Wache und sage notfalls, du bist noch mal raus.«

Henri hatte recht, niemand sollte sich so verbiegen müssen. Und zwei Minuten reichten mir, um die Schuhe in die Hand zu nehmen – sofort war ich um zehn Zentimeter kleiner und sehr erleichtert –, um in die Garderobe zu stürzen und vor der fassungslosen Connie das oberste T-Shirt über den Kopf zu ziehen. Das fühlte sich gut an, die nächsten zwei Schichten folgten gleich beide auf einmal, ich riss an dem bunten Jersey, die angeklipsten Ohrringe schnalzten von meinen Ohrläppchen. Gierig und halbnackt ergriff ich das Häuflein meiner eigenen Sachen. Ich vermied Connies Blick und den in den Spiegel, während ich mich wieder anzog, in die ausgetretenen Chucks konnte ich auch ohne Socken, Hauptsache schnell, und schon war ich zurück bei Henri, erhitzt und außer Atem, in der Sekunde, in der Claudia uns den Vorhang zum Studio aufhielt – zum Glück hatte sie dabei nur Augen für Henri. Tipptopp.

Und dann sah ich das Publikum. Sechzig nette junge Leute, die schlagartig aufhörten, Radau zu machen, als sie uns sahen. Aber nur einen Atemzug lang. Dann brach ein Tumult los:

»Wer isn die Alte? Das is ja ne Neue, Alta, verfickte Scheiße. Und wer ist der Wichser neben ihr? Wir wollen Bushido! Ihr Hurensöhne!«

»RUHÄ IM STUDIO! Oder ihr fliegt alle raus! Zackazacka! Dann kommt eben keiner von euch ins Fernsehen!«

So viel Autorität hätte ich dem eins-sechzig großen Studiognom gar nicht zugetraut. Die Kids hielten tatsächlich die Klappe, nur ein gemaultes »Lutsch meinen Schwanz!« hing in der Stille des Raumes. Ich stellte mich mit dem Rücken zum Publikum, um Mikro und Knopf am Ohr positionieren zu lassen. Umdrehen musste ich mich früh genug. Ich spannte meinen Po an, schade, dass man einen Hintern nicht einziehen konnte wie einen Bauch. Mir war klar, was hier gespielt wurde. Gestern hatte Kozilla beschlossen, diese Sendung mit mir aus dem Boden zu stampfen. Und die Zuschaueragentur, die offensichtlich genauso unter ihrer Fuchtel stand wie alles andere bei M-EINS, hatte es nun geschafft, die Studioreihen so schnell zu

139

füllen, indem sie ein paar Kids aus Neukölln erzählten, sie könnten ihren Helden Bushido bei einer Aufzeichnung von Loreley-Live sehen. Dabei war der im Gegensatz zu Henri wahrscheinlich gerade auf Lesereise.

Der Gnom räusperte sich. Er war längst fertig mit Knöpfchen anschalten. Ich drehte mich um. Alle warteten auf mich. Henri saß neben dem Mischpult zurückgelehnt in einem Regiestuhl und grinste mit seiner Sonnenbrille selbstbewusst ins Publikum. Er hatte recht. Kein Grund zur Panik. Der Ablauf saß: Die erste Moderation sollte im Stehen sein, dann Umsetzen in der Pause hinter den Schreibtisch, und dann Auftritt Gast. Jörg nickte mir zu, deutete auf meine Karten, und gerade als ich tief einatmete und mit festem Blick in die erste Kamera schaute, bewegte sich der schwarze Vorhang noch einmal, und ein schwarz-pinker Puschel schob sich hindurch. Doreen war gekommen. Und hinter ihr: Kuszinsky.

19

In der ersten Pause stand der Graf auf, ließ sich vom Gnom das Mikro ausstellen und verschwand einmal mehr aufs Klo. Auch okay, dann musste ich nicht vor den Augen des Publikums lockere Konversation betreiben und konnte mich hinter meinen Karten und Fés Puderpinsel verstecken. Ich wickelte meine Füße um die Stange des ausladenden Drehstuhls und scannte über den Blattrand nochmals die Meute. Eigentlich waren sie ganz lieb. Die Jungs trugen meist schwarze Stachelfrisuren oder bis zur Nase runtergezogene Käppis zur Schau und strotzten geradezu vor Testosteron. Aufgeplustert saßen sie da, die Schultern so breit wie möglich hochgezogen, allesamt in viel zu weiten, kuscheligen Nicki-Ungetümen diverser Sportartikelgiganten.

Nur wenige der Jugendlichen interessierten sich wirklich für mich, zwei trotz der Hitze in weißen Daunenjacken steckende männliche Herrschaften hatten wohl aus Protest gegen die Änderung des Programms iPod-Knöpfe im Ohr, aber das war mir lieber, als wenn sie anfangen würden, ihre Kaugummis auf mich zu spucken. Der Gnom patrouillierte als Einpeitscher vor ihnen auf und ab und leierte eine Litanei herunter, wie ein Gast zu begrüßen sei, alle Arme hoch und »JAAAAAAH!!!!«, aber zuckte mittendrin zusammen und griff sich an den Ohrstöpsel. Offensichtlich bekam er eine Ansage aus der Regie. Er nickte, ließ den Knopf der Intercom wieder los und stellte sich suchend vor die Kids. Und dann sah ich, wie er drei nicht bauchfreie, nicht gertenschlanke Mädels aus den vorderen Reihen entfernte und für die Kamera unsichtbar am hinteren Rand der Zuschauertribüne platzierte. Ich konnte mir denken, von wem diese Anweisung ausgegangen war. Die armen Mädels. Keine leistete Widerstand, aber sie machten allesamt große verletzte Augen und sahen zu Boden, als sie die Stufen hinaufschlichen. Wahrscheinlich würden sie morgen anfangen, sich den Finger in den Hals zu stecken, oder so lange fressen, bis ihr Fell dick genug war, um solche Kränkungen an sich abprallen lassen zu können. Aber dann würden sie wahrscheinlich nicht mal mehr ins Foyer gelassen werden, und Kozilla, die selbst zwanzig Kilo zu viel auf den Rippen hatte, würde den Studioeinlass höchstpersönlich überwachen, mit Onkel Herbert als müffelndem Zerberus an ihrer Seite.

Ich wechselte einen Blick mit Doreen, die mir zuzwinkerte. Noch 10, 9, 8, 7, 6, am Rand der Zuschauer tauchte Henri neben Claudia auf, 5, 4, 3, 2, 1, und:

»Willkommen zurück, ich bin die Heidi heute für Loreley, und ihr werdet durchdrehen, wenn ich euch verrate, wen wir als Gast haben, bitte begrüßt mit mir: Henri von Laber!«

Mageres Klatschen. Aber Henri war das schnuppe. Der schritt aufrecht auf mich zu, seine Augen blitzten, als wäre er gerade von einem Waldlauf zurückgekehrt. Ich stand auf, um ihn zu umarmen.

»Heidi! Du siehst fantastisch aus!«

»Henri! Du auch, du auch«, plänkelte ich zurück, während er mich in den Arm nahm. Hatte ich mir das eingebildet, oder hatte seine Hand dabei kurz meine linke Brust gestreift und er

141

mir »Der Zweck heiligt die Mittel« kaum merklich in mein Ohr geflüstert?

Ich überspielte die Szene mit einem fröhlichen »Aber warum so sonnig heute, passt das denn zu deinem Image? Und vor allem zum Titel deines neuen Buches: ›Schöne Scheiße‹«?

»Ach Heidi, weißt du, heute bin ich mit dir im Fernsehen, es ist ein geiler Tag«, sagte er und wandte sich dann zum Publikum. »Und außerdem, Jungs, ihr wisst ja: Bei Regen und bei Sonnenschein, wer ficken will, muss freundlich sein!«

Alle Achtung, der Herr Graf sprach offensichtlich die Sprache der Jugend. Und er kannte ihre Helden. Denn als ich ihn auf seinen Aufzug und Anzug ansprach, reckte er sich abermals in Richtung der Mallorca-Smokingträger und sprach: »Ich fühle mich in Weiß einfach beschützt und sicher. Denn im Grunde meines Herzens bin ich ein Engel.«

Und auf die ungläubige »Krass, Alter, was quatscht der denn für ne Eso-Scheiße«-Mimik der Neuköllner Knaben entgegnete er dann: »Könnte zwar auch von mir sein, hat aber P. Diddy gesagt! Yo, man!«

Auf die Nennung dieses HipHop-Helden folgte natürlich: Applaus. Ohne dass der Gnom das Zeichen dafür gegeben hätte. Ein fantastischer Coup, dieses Zitat. Dieser Graf hatte wirklich den Nerv getroffen. Denn schließlich waren achtzig Prozent der Trainingsanzüge im Publikum ebenfalls schneeweiß.

Damit war das Eis gebrochen. Nicht nur zwischen ihm und dem Publikum, auch zwischen mir und ihm, und sogar zwischen mir und den Zuschauern herrschte allgemeine Schneeschmelze. Wir sprachen über Henris neues Buch, das kein Roman war, sondern, wie er bereitwillig erzählte: »Momentaufnahmen von Dingen, die nicht zusammenpassen.«

Die Kids hingen an seinen Lippen, der Spießer im weißen Anzug schien für sie plötzlich ein ziemlich cooler Onkel zu sein.

»Ein Beispiel für mein Buch: bei SZ-online erscheint ein Bericht über ein grässliches Verbrechen. Eine Neunzehnjährige ist von ihrem eifersüchtigen Exfreund monatelang gefangengehalten und gerade noch rechtzeitig von der Polizei befreit worden. Zigmal vergewaltigt, misshandelt und auf lebensbedrohliche 35 Kilo abgemagert. Und direkt unter dem Artikel erscheint auf der Homepage eine fröhliche Anzeige: ›Abnehmen leicht gemacht, zehn Kilo in zwei Wochen.‹ Das ist krank.«

Fingerschnipsen. Einer der Daunenjackenträger meldete sich und wartete wohlerzogen, bis ihm der Gnom ein Angelmikro vor das picklige Jungengesicht hielt.

»Versteh ich voll gut! Wo ich wohn, da ist ein krass großes Augenkrankenhaus. Und daneben ist so ein DVD-Laden, voll das Movie-Paradies, aber was sollen die Leute aus dem Augenkrankenhaus mit den ganzen Filmen, die sind alle voll blind und so.«

Wieder Applaus. Nur Doreen, dritte Reihe ganz rechts, sah aus, als würde über ihr bald ein Platzregen niedergehen. Kuszinsky konnte ich nicht entdecken. Der Olle hätte sich ruhig mal ankündigen können, dann hätte ich ganz locker gesagt: »Lasst den Mann ins Studio, der ist mein Manager.«

Der Gnom wischte sich mit den Händen vor dem Gesicht herum, dann tippte er hektisch auf seine Armbanduhr, und gleichzeitig drängte Tom in meinem Ohr: »Und der Clip, bitte. Der Clip! Jetzt!«

Die kurze Pause nutzte Henri, um mal wieder diskret zu verschwinden. Dabei hätten ihn die Rütli-Schüler sicher gerne auf Schultern getragen, denn als ich Revolverheld anmoderieren wollte, war er mir ins Wort gefallen, um vorzuschlagen, dass wir doch lieber etwas von Aggro Berlin spielen sollten, und Tom hatte nur in mein Ohr gesagt: »Passt. Greif das ruhig auf.«

Das war aber nicht das Ende dieser Freestyle-Sendung. Mir war inzwischen schwindlig von so vielen unvorhergesehenen Entwicklungen, aber mit Henri an meiner Seite fühlte ich mich nicht mehr alleingelassen, das Sausen des Adrenalins fühlte sich eher nach zu viel Champagner an als nach Henkersmahlzeit. Henri kam zurück und begrüßte mich abermals mit einer Energie zum Pferdestehlen. Als die Aufnahmen weitergingen, bewunderte er, wohlgemerkt vor laufender Kamera, meine Haare: »Schön sind die, so fein, so seidig, die gleiche Textur wie die von Kurt Cobain.«

Ich überspielte mein teenagerhaftes Erröten mit burschikoser Schlagfertigkeit, Gott sei Dank fiel mir etwas ein, und ich zeigte auf Henris zurückweichenden Haaransatz: »Nun, vielen Dank für das Kompliment. Das Gute an Kurt war natürlich, dass er gestorben ist, bevor er wie du Geheimratsecken bekommen konnte. Wär ja gar nicht gegangen, Geheimratsecken-Grunge, was hätte denn Courtney dazu gesagt?«

Daraufhin ließ der Graf alles Gräfliche und den letzten Rest des gesetzten Literaten fallen. Hingesetzt hatte er sich den ganzen Link (so hießen laut Jörg die Moderationen zwischen Werbung oder Clips) noch nicht, und bei der Anspielung auf seinen zurückweichenden Haaransatz ging ein kompletter Achtspänner mit ihm durch. Er steuerte Kamera zwei an und hielt sein Gesicht so nah vor das Objektiv, dass er sich darin spiegeln konnte.

»Geheimratsecken? Ich? Du hast völlig recht. Eine Frisur für alternde Erdkundelehrer!«

Danach richtete er sich auf, hauchte gegen die Linse und polierte sie mit dem Hemdsärmel – ich überlegte, wie das wohl bei den Leuten zu Hause aussehen musste –, wischte sich dann die laufende Nase mit einem weißen Stofftaschentuch und sagte gespielt ruhig: »Dagegen muss etwas unternommen werden. Ich kann hier doch nicht wettern gegen Dinge, die nicht zusammenpassen und gleichzeitig ein Gentleman mit beginnendem Haarausfall sein. Denn Kredibilität, meine lieben Freunde, ist mehr wert als ein Haarschnitt, und Flucht nach vorne ist die Laufrichtung der Selbstbewussten. Und deshalb müssen alle Haare ab.«

Und dann kam er zurück zu mir und riss mir den Stöpsel aus dem Ohr, um in der Regie einen Rasierer zu verlangen.

Tom, gar nicht mal so schockiert über den stets unkonventionelleren Verlauf der Show, stimmte zu, und ich hatte nur noch die Geistesgegenwart, an Claudias Worte »Du musst die da draußen einfangen! Und du musst sie behalten!« zu denken. Deshalb war ich es, die diesmal Henri unterbrach statt umgekehrt. Er hatte den Langhaarschneider, den Fé ihm aus der Maske geholt hatte, bereits angeschaltet, als ich bestimmt und mit tiefer sexy Stimme sagte: »Noch nicht, Henri.«

Und dann blickte ich in die Eins: »Denn ob sich Henri von Laber hier im Studio tatsächlich die Haare abrasieren lässt, das seht ihr nach einer kleinen Pause.«

Henri überlegte es sich in der Werbepause nicht anders. Ging austreten, das war ja nichts Neues, fragte kurz nach einem kalten Bier, trank das Glas auf Ex aus. Ich sollte schon mal loslegen mit dem Rasieren, damit wir in der Show selbst nicht mehr alles machen mussten. Denn die schwarze Maschine, die in meiner Hand vibrierte, scharfe Klingen blitzschnell übereinanderschiebend, machte einen Höllenlärm. Henri stand neben mir und nickte mir aufmunternd von oben zu, ohne meine hohen Schuhe war ich wirklich sehr viel kleiner als er. Dann setzte er sich auf meinen Drehstuhl, legte die Füße auf den Tisch und sagte nur: »Trau dich, Kleines.«

Und dann ließ Henri mich tatsächlich Hand anlegen. Die Zuschauer johlten und klatschten, und ich führte den Rasierer ein letztes Mal über Henris Hinterkopf, der ohne Haare so war, wie ich mir das erhofft hatte. Schöne Hinterköpfe fand ich bei Männern sexy. Sehr sexy. Hatte ihn die Frau Gräfin als Baby brav auch mal auf die Seite gelegt. Ich mähte vorsichtig um die Bügel der Sonnenbrille herum, die Haut, die in Streifen zum Vorschein kam, war blass, richtig weiß und mit Adern überzogen, die sogar ein wenig vorstanden. Das sah dann doch absolut blaublütig aus. Ich stellte den Scherer aus, es herrschte einen Moment völlige Stille im Studio, und sah auf Henri nieder, meinen ersten Studiogast, vor dem ich so große Angst gehabt hatte. Doch dann hörte ich das Klatschen des Publikums wie ein entferntes Rauschen, und Henri stand auf, strich sich grinsend mit der Hand über die Glatze, legte mir die Hand um die Schulter und winkte ein joviales Goodbye in die Kameras.

»Und tschüs«, sagte Tom in meinem Ohr. Der Tiger war gezähmt, und ich war der Dompteur gewesen.

20

»Mausl, sag mal, das beim Fernsehen, das ist jetzt aber eine Festanstellung?«

Ich hatte diesen nebligen Montagmorgen mit meiner Mutter teilen wollen, der Einzigen, von der ich wusste, dass sie um acht Uhr morgens hellwach auf den Beinen war, in ihrer dunkel vertäfelten Küche mit den gelben Butzenscheiben hin und her wuselnd, um diese Jahreszeit wahrscheinlich gerade Hollerbeeren zu Saft verarbeitend. Allein der Gedanke an die herbe schwarzlila Flüssigkeit, die langsam und zäh aus dem roten Schlauch des meterhohen Entsafters tropfte, führte bei mir zu einem derart vermehrten Speichelfluss, dass ich mit dem Schlucken gar nicht nachkam. So eine Überdosis Vitamin C hätte mir sicher nicht geschadet, ich konnte mich nicht erinnern, wann ich das letzte Mal einen Apfel gegessen hatte, und auch heute war wieder eindeutig Currywurstwetter.

Und jetzt diese Frage. Aber meine Mutter hatte wohl an meiner vergrummelten Grabesstimme gemerkt, dass ich nicht nur beschissen geschlafen, sondern auch sonst seelisch ein wenig angeknackst war, und hatte ein Einsehen. Selten genug. Sie gab sich mit meinem vagen Gemurmel von »probearbeiten und dann weitersehen« zufrieden und mir zum Abschied nur noch ein meteorologisches Schulterklopfen mit: »Kopf hoch. Auf einen trüben Morgen folgt immer ein heiterer Tag!« Und legte auf.

Von wegen. Dass ich in Berlin mit Bauernregeln nicht weiterkam, hatte ich schon gemerkt, als der September sich nicht noch einmal zu einem goldenen Spätsommer aufgebäumt hatte, wie ich das von zu Hause gewohnt war. Stattdessen war mir und den Berlinern am Wochenende ein erster schmutziger Wintereinbruch beschert worden. Ich krümmte beim Gehen die

146

Zehen, als ich über die Karl-Liebknecht-Brücke marschierte – meine Füße schienen heute einfach nicht warm zu werden, obwohl ich seit einer halben Stunde mehr lief als ging. Gerade hatte ich das Gefühl, nicht nur die Gemütlichkeitsglocke meiner bayrischen Heimatstadt, sondern auch einen ganzen Kontinent verlassen zu haben. Sogar die Gesichter der Passanten schienen mir fremd, sie sahen aus wie Cartoons. Die Menschen hier hatten so scharfe Linien im Gesicht, als hätte ein Zeichner sie mit Kohlestift nachgezogen, das konnte nicht nur vom fiesen Berliner Wind kommen, da musste noch etwas anderes dahinterstecken: Sorgen, Alkohol, Schlaflosigkeit, oder war es einfach nur der Menschenschlag hier? Konnte eine Stadt so viel Macht haben, dass sie sich in die Gesichter der Menschen schreiben konnte? Und wie würde wohl ich nach ein paar Jahren Berlin aussehen?

Ein heiterer Tag stand nach diesem rauen Morgen jedenfalls nicht in Aussicht, so weit kannte ich mich schon aus. Richtiger Regen war nicht zu sehen, aber das Pflaster war dunkel vor Nässe, und ich spürte feinsten Nebel auf meinen Backen. Sauerstoff horten. Und auf keinen Fall zu früh zur M-EINS-Nachbesprechung kommen. Nach der Sendung waren alle in verschiedene Richtungen in den Feierabend zerstoben, ich war allein mit hängenden Armen dagestanden, und mein Triumphgefühl war so schnell verschwunden, wie es gekommen war. Ich war mir inzwischen sicher, dass man diesen Kindergeburtstag von Show nicht ausstrahlen konnte. Es war wie bei der Uniworld: Ich hatte mich ein paar Tage lang in meinem neuen Job halten können, dann kam die erste Chance, das Werther-Interview, und dann auch die zweite Chance, die Sendung vom Freitag – beides hatte ich nicht für mich entscheiden können. Das war's.

Ich kam gerade noch rechtzeitig zur Sitzung in den kleinen Konfi, die klammen Finger an einem heißen Pappbecher wärmend. Glückstee. Gab es unten im Bistro, schien mir heute besser zu passen als die tägliche Latte. Die Redaktionsmeute stapelte sich in dem zu kleinen Raum wie eine große H & M-Divided-Fotoproduktion, sich immer zu mehreren auf Stühlen,

Heizkörpern, Lüftungsboxen drängend, als wären sie als Individuen gar nicht denkbar. Ich hatte noch nie so viel von ihnen auf einmal gesehen und blies verlegen in meinen heißen Tee. Jörg kippelte lässig in einem der Stühle, die Beine übereinandergelegt wie in einem Westernfilm. Claudia winkte mir, es war noch ein Platz frei, sie deutete neben sich, eine Flasche VOLVIC stand vor dem leeren Stuhl, war das der Moderatorenplatz? Keiner guckte auf mich, Jörg hatte gerade angefangen, über das Hurricane und eine Beschwerde des Metallica-Managements zu berichten: Ein Redakteur eines österreichischen Radiosenders hatte die von der trockenen Band verhängte Alkohol-Bannmeile missachtet und war mit Bierchen zum Interview erschienen, woraufhin ein tobender James Hetfield alle Interviews gecancelt hatte, auch das für M-EINS, und jetzt stand die Ausstrahlung der für nächste Woche geplanten Metallica-Doku in den Sternen. Kein Wort über meine Aufzeichnung.

Ich stieg vorsichtig über lila und petrol bestrumpfte Mädchenbeine, schob mich an sternenbedruckten Sweatshirtärmeln vorbei, nahm einen dicken gepolsterten Umschlag vom Stuhl und setzte mich. Angekommen.

»Ist für dich«, flüsterte Claudia mit Kaffee-Atem, »mach mal auf!«

»Was ist denn mit der Sendung? War sie okay?«, fragte ich sie ins Ohr.

»Erst einmal die Quoten abwarten! Jetzt mach schon auf! Ist von Henri von Laber!«

Quoten abwarten? Das hieß ja immerhin, dass die Show ausgestrahlt werden würde! Und es hieß wahrscheinlich auch, dass Kuszinsky recht gehabt hatte, nachdem ich ihn nach einem unruhigen Wochenende gestern Abend auf dem Handy angerufen hatte: »Wo glaubst du eigentlich, wo du gelandet bist, im Streichelzoo? Merk dir eines: Keine Resonanz ist so gut wie ein Lob. Und *vor* einer Ausstrahlung wird sowieso keiner den Mut haben, irgendetwas zu sagen, weil sie Angst haben, danebenzuliegen. Die meisten Redaktions-Tröten haben null Ahnung von Qualität, sondern wollen einfach nur mal ein bisschen was vom M-EINS-Glamour löffeln, weil sie nicht wissen, dass dieser ganze Musik-Fernsehbrei ungeheuer schwer verdaulich ist.

Also, merk dir, keine Kritik ist eine gute Kritik. Und das Einzige, was für die Kollegen zählt, ist nicht der Inhalt, sondern die Quote. Wenn die passt, kannst du den größten Mist bauen, und die Kohn-Zwilling wird dir dafür die Hand küssen.«

Ich spürte, wie mir die Nervosität wieder den Hals hochkroch, und warf einen Blick auf Jörg, der gerade einem eifrig schreibenden Jungspund mit Duschvorhangfrisur anschaffte, die Rechte für »Some Kind of Monster«, die Metallica-eigene Banddoku, neu zu klären. Juristen gab es hier also auch, und gar nicht so uncoole dazu. Zu spät für Jura, dachte ich ohne große Freude, ich bin jetzt Möchtegern-VJane, und fummelte unter dem Konferenztisch an dem Luftpolsterumschlag herum. Die drei Messingklammern, die ihn zusammengehalten hatten, legte ich eine nach der anderen auf die Tischplatte. Ich spürte etwas Weiches, Glattes und zog an einer Franse, während Claudia mir vor Neugierde fast auf den Schoß kroch. Und dann erkannte ich das Logo, Himmel, was war das denn?! Sogar ich wusste, dass Fummel wie dieser nicht unter 400 Euro kosteten, und stopfte den grün-schwarzen Schal, der mir bereitwillig entgegengeglitten war, wieder zurück in den Umschlag.

»Ein Louis-Vuitton-Tuch! So was gefällt dir? Und Donnerstag auch noch ins Borchardt? Mit dem Laber?«

Doreen reagierte zwar nicht mit dem beißenden Neid, mit dem Claudia mich von der Seite angeschaut hatte. Aber richtig begeistert, dass ich unsere Donnerstags-Verabredung verschieben wollte, war sie nicht gerade. Denn seit unser Lunch im Café Knaller nicht mehr stattfand und Doreen auf unbestimmte Zeit bei Uniworld beurlaubt war – die Marktlage, hatte das Management gejammert –, hatten wir uns auf einen regelmäßigen »Döner macht schöner«-Abend eingespielt im Kristall-Imbiss am Helmholtzplatz. Das war billig und lustig. Und ich wollte gerade absagen.

»Komm doch einfach mit. Künstler unter sich, ist doch cool«, raunte ich so eindringlich wie möglich. Ich stand in einer der beiden WC-Kabinen in dem abgelegenen Mädelsklo gleich neben der Sicherheitsschleuse des zweiten Stocks und versuchte nun, zwei Fliegen mit einer Klappe zu schlagen. Nämlich meine einzige Freundin in dieser Stadt nicht zu verprellen und gleichzeitig meine Panik zu dämpfen, mit Henri ein offizielles Date zu haben. Am Donnerstag wusste ich dann auch, wie die Show gelaufen war. Und ich konnte entweder einpacken oder auspacken.

Doreen lachte.

»Du bist wohl echt schon lange nicht mehr von einem Typen auf eine warme Mahlzeit eingeladen worden? Sag bloß, machst du dir etwa ins Hemd? Hast wohl Angst, dass er dich sofort aufs Klo schleift und dich in den Hintern pimpern will, wie in einem seiner Bücher, oder wie?«

Doreen hatte nicht unrecht. Die ein oder andere in Henris Büchern erwähnte Sexpraktik war mir durchaus in den Sinn gekommen, seit ich die dem Geschenk beigelegte weiße Karte mit der knappen Einladung (»Wir zwei ins Borchardt? Donnerstag, 20h! Henri«) gelesen hatte. Ob angenehm oder unangenehm, konnte ich nicht sagen, zu diffus war die Hitze, die ich dabei verspürte. Trotzdem schüttelte ich, flammend rot geworden, den Kopf. Doreen konnte natürlich beides nicht sehen, deutete mein Schweigen als Zustimmung und lachte.

»Überredet. Das will ich mir ansehen. Ich komme nach.«

Gut. Doreen hatte ich also eingefangen. Ich strich über den grünen Schal mit dem Tarnmuster (»*Monogramouflage von Takashi Murakami! Limited Edition!*«, hatte Claudia gezischt), den ich mir um den Hals geschlungen hatte wie ein Palästinensertuch und in dem ich mich kein bisschen verkleidet fühlte, so gut passte er zu mir, und verließ die Damentoilette, in der ich mich wie in einer Telefonzelle verschanzt hatte. Aus einem der hohen Fenster war ein Stück Himmel zu sehen. Auf jeden trüben Morgen folgt ein schöner Tag. Hatte meine Mutter doch recht gehabt.

21

»Einmal das Kobesteak, keine Beilagen, bitte ohne Fett gebraten, und einmal das Schnitzel mit Bratkartoffeln. Und Preiselbeeren. Und Eiswürfel in meinen Taittinger, nicht zu knapp, und haben Sie ...«, Henri warf mir einen Blick von der Seite zu, er musste sich dazu ganz schön verdrehen, denn er hatte arrangiert, dass wir beide nebeneinander auf einer Bank saßen und wie ein Loriot-Pärchen nach vorne guckten statt zueinander, »... *Spezi*?«

Der ergraute Borchardt-Kellner war mit seiner Hand auf dem Rücken und der blasierten Mimik ein richtiger Bilderbuch-Ober und zuckte bei Henris Bestellung nicht mit der Wimper.

Natürlich war ich vor Aufregung eine Viertelstunde zu früh erschienen, Henri dafür fast eine Stunde zu spät. Natürlich trug ich das neue Tuch zu diesem Treffen und hatte extra meinen geliebten Gurkensalat nicht bestellt, um es von den Gefahren triefenden Dressings zu bewahren. Nicht natürlich, weil ganz neu: Henri war der Quotenheld meiner ersten Sendung. Ich hatte gestern die Sendung gesehen, aber dabei nicht richtig hingucken können. War schon befremdlich genug, die eigene Stimme auf einer Mailboxansage zu hören – und dann so etwas. Mit diesem hibbeligen Mädel mit dem unverkennbaren Dialekt, das nach der Werbung schon wieder »Servus, ich bin die Heidi« gesagt hatte, irgendetwas zu tun zu haben, war pure Folter. Aber weil ich spürte, dass Claudia mich von der Seite beobachtet hatte, als wir zum Public Viewing gemeinsam im Konfi vor der Glotze saßen, hatte ich die Coole gespielt, froh, dass meine Aufregung über die Verabredung mit Henri alles ein wenig überdeckte. Aber ich wusste gar nicht, dass meine Oberlippe so schmal wurde, wenn ich lachte. Und das da in meinem

Augenwinkel, waren das Lachfalten – oder bereits beginnender Verfall? »In deinem Alter würdest du nirgendwo sonst eine Chance bekommen«, hatte Kozilla mir schließlich zu verstehen gegeben. Und mit meinem Hinterschinken auch nicht, ich hatte es ja kapiert. Aber immerhin hatte sich dank Henri niemand beschwert, dass ich in der Sendung meine eigenen Sachen trug.

Obwohl mein Outfit-Ego dadurch eigentlich ein wenig gewachsen war, hatte ich heute Nachmittag Stunden vor dem Spiegel gestanden, um mich zwischen einem schwarzen T-Shirt, einem weiteren schwarzen T-Shirt, einer schwarzen Tunika und zwei Hosen zu entscheiden, die sich ähnelten wie ein Ei dem anderen. Eine Hand immer am Handy, um noch einen Termin bei Rasputin zu ergattern. Aber das Tuch riss alles raus. Jetzt verstand ich das Fashion-Geheimnis von gut gekleideten Damen wie Sarah Jessica Parker, Heike Makatsch oder Basti Schweinsteiger, die in Interviews hinter vorgehaltener Hand verrieten: »Ich mische Designerteile mit Vintage und H&M.« Genau das machte ich jetzt einfach auch. Allerdings mischte ich *ein* Designerteil mit viel H&M. Und das Tuch, dieser zauberhaft leichte Louis-Vuitton-Schal in der für einen piefigen Gürtelfabrikanten total untypischen Militär-Optik, war noch dazu ein Geschenk gewesen. Ein Geschenk von einem berühmten Mann, einem von Journalisten gefürchteten Schriftsteller, mit dem ich, die Heidi Hanssen, eine Sendung gestemmt hatte und der mir darin bewiesen hatte, dass sein schnöselig-arrogantes Ego, auf das ich anfangs hereingefallen war wie alle, nur Fassade war und dass Henri von Laber ein spontaner und witziger Mensch sein konnte.

Er, der Stil-Papst, der jetzt neben mir, dem personifizierten Skater-Chick, saß, war bis auf seine roten Schuhe ebenfalls in Schwarz: Anzug, Hemd, Krawatte und auch der Rahmen seiner Woody-Allen-Brille – alles edel, matt, schwarz. Henris Outfit hatte wahrscheinlich mehr gekostet, als mein geliebter Volvo auf dem Gebrauchtwagenmarkt erzielen würde. Auch wenn das Brillengestell so authentisch alt aussah, dass es mich nicht gewundert hätte, wenn es an einer Seite mit Heftpflaster geflickt gewesen wäre. Die schwarzen Brillenbügel machten seinen hageren Kopf noch blasser. Und klüger.

Ich musste den Blick senken, ich konnte Henri unmöglich weiter anstarren wie ein Schulmädchen. Die Glatze war unverändert, kein noch so kurzer dunkelblonder Flaum schimmerte im rötlichgelben Licht des Borchardt, Henri musste sie seit Freitag nachrasiert haben.

»Tja«, sagte Henri und legte die Speisekarte zusammengeklappt an das andere Ende des weiß eingedeckten Tisches. »Da sind wir nun.«

»Ja, da sind wir.«

Sehr spritzige Antwort, Mädchen, sehr spritzig, trat ich mir in Gedanken selbst vors Schienbein und wünschte mir schleunigst die Getränke herbei, um mich an etwas festhalten zu können. Hätte ich heute und gestern nur die Zeitung gelesen, ich hätte lässig über die Ups and Downs der Wallstreet parlieren können, eine kleine Frage aus dem Wirtschaftsteil oder meinetwegen aus dem Feuilleton, ob Henri seine Hypo Real Estate rechtzeitig abgestoßen oder ob er den neuen Walser schon gelesen hatte. Von der Partystimmung unserer gemeinsamen Sendung war nicht mehr viel zu spüren. Aber war doch sicher auch normal, dass wir beide erst einmal fremdelten. Saß Henri dieser intim-betretene Moment, als ich den Scherer ausgestellt hatte, nicht genauso in den Knochen wie mir?

»Warum sitzt ihr eigentlich hier direkt auf dem Präsentierteller, ich dachte, das hier isn Date? Hat wohl fürs Separee nicht gereicht?«

Doreen war früh dran – oder Henri so spät gewesen. Jedenfalls stand sie vor uns, noch bevor ich Henri überhaupt richtig auf ihren Besuch hatte vorbereiten können. Aber war vielleicht ganz gut so. Schließlich war Henri hier von Geschäftsführern an Nebentischen mit Handschlag und servilem Nicken begrüßt worden. Da war es sicher ganz gut, dass ich den Eindruck erweckte, dass ich meine vielen Freunde sogar zu einem Date mit ihm bestellen musste, weil ich sie sonst gar nicht unter einen Hut brachte.

Doreen setzte sich zu uns und spähte in den mit einem über-

153

breiten Zwillingskinderwagen verbarrikadierten Gang zum hinteren Bereich des Borchardts. »Ach, Brangelina auch wieder hier?«

Ich nickte und erwähnte nicht, dass Henri genau diesen Platz am Eingang reserviert und gar nicht erst nach hinten gewollt hatte, und machte eine vage Handbewegung: »Kennt ihr euch? Das ist meine Freundin Doreen, übrigens auch Künstlerin, sie ist Sängerin in einer Berliner Band, Delirosa, kennst du bestimmt...«

Schließlich wusste ich inzwischen, dass Henri nicht so arrogant war, wie er sich auf der Hochzeit von Cillie und Wolfgang präsentiert hatte. Henri rührte sich jedoch nicht von der Stelle, und schon gar nicht streckte er seine Hand aus. Seine ungerührte Miene erinnerte mich wieder an diese unselige standesamtliche Hochzeit und die unterkühlte Stimmung beim Essen. Auch im Borchardt kamen jetzt unsere Teller, doch heute war ich Henris Begleitung und Doreen der Fremdkörper. Ich legte mir die Serviette auf den Schoß, froh um die Ablenkung, diese Landkarte von einem Schnitzel würde mich für eine ganze Weile beschäftigen.

»Guckt mal, sieht aus wie Amerika. Nord und Süd«, witzelte ich, um Auflockerung bemüht, und griff mir Messer und Gabel.

Aber Doreen hatte nur Augen für das gebratene Stück Fleisch auf Henris Teller.

»Was'n das für ein Lappen, ist das dieses biergehätschelte japanische Rindviech? Schade ums Bier, dann lieber beides getrennt, is billiger und besser gegen Durst.«

Sie blätterte in der Karte und riss die Augen auf, als sie sah, was das Kobesteak kostete.

»58 Euro für ein Stück Fleisch, da fresse ich mich ja einen Monat von satt!«

Na prima. Irgendwie hatte ich mir das Aufeinandertreffen meiner zwei neuen Freunde anders vorgestellt. Künstler!, dachte ich und zog ein hauchdünnes Stück Schnitzel durch das Preiselbeerschälchen. Mmmm. Gleich würde die knusprig butterige Panade eine Wahnsinnsverbindung eingehen mit den herben Beeren, und außerdem war das zarte Fleisch vom Kalb, wie es sich gehörte, und nicht vom Schwein. Aber richtig genießen konnte ich weder diesen noch den nächsten Bissen. Denn neben mir nahm Henri die Aufforderung zum Kampf an.

»Tja, wenn du sparen musst, sicher. Ich bedaure natürlich zutiefst, dass du diesen scheußlichen Gürtel so eng schnallen musst.«

Doreen, die einen metallicblauen Spandexbody mit einem roten Stretchgürtel in der Taille über schwarzen Leggings und weißen Cowboystiefeln trug und aussah wie der Punk gewordene Traum jedes Jane-Fonda-Aerobic-Fans, schnappte zurück: »Jaja, schon klar, du bist hier das Alphamännchen und warst zuerst hier. Und musst jetzt natürlich dein Revier verteidigen, und wenn es nur ein Scheißtisch im Scheiß-Borchardt ist, wo sie nur freundlich zu dir sind, weil du dir den teuersten Scheiß auf der ganzen Scheißkarte ausgesucht hast!«

Ui. Hier musste dringend geschlichtet werden. Ich sagte schnell mit vollem Mund: »Jetzt beruhig dich doch, Doreen. Das müssen wir nicht selbst zahlen, weder Henri noch ich. M-EINS lädt heute ein, die Quoten waren super, die Sendung lag bei Zwo-Acht, kannst dir ruhig auch etwas bestellen.«

Das stimmte, und deshalb wusste auch die ganze Redaktion, dass ich heute mit dem »sensiblen und reizbaren Wortakrobaten« (Der Spiegel) essen ging. Denn Jörg, Claudia und Kozilla hatten die gleiche Idee gehabt, mich hierher einzuladen. Borchardt-Schnitzel mit dem Chef schien das Standard-Zuckerl für brave VJs zu sein. Und ich hatte jedem von ihnen mit der gleichen Begründung abgesagt: Ich war schon verabredet im Borchardt. Mit Henri von Laber. Und zur Krönung hatte mir Kozilla mehr oder weniger zwischen Tür und Angel gesagt, was noch gar nicht richtig in meinem Kopf angekommen war: Auf Probe arbeiten war vorbei. Ich war drin. So richtig drin. In meiner Tasche steckte ein vierseitiger Vertragsentwurf, in dem ich nicht als Studienabbrecherin, Scheißebauerin, Karriereschlamperin bezeichnet wurde – sondern als Moderatorin. V-J-A-N-E. Umso besser also, dass Henri und Doreen zusammengetroffen waren, um mit mir zu feiern. Die Party kam nur irgendwie nicht richtig in Gang.

155

»Nö, mir ist der Appetit vergangen. Ich nehm ein Becks. Glas brauch ich nicht!«, fing Doreen den sich vorbeiquetschenden Ober ab und wandte sich wieder Henri zu.

»Ziehst du immer so ne Show ab? War ja oberpeinlich letzte Woche im Studio.«

Kurzes Schweigen. Henri setzte sich die Brille ab, massierte mit gequältem Gesichtsausdruck seine Nasenwurzel, wie ein Literat das eben tun musste, der den ganzen Tag hinter Büchern nach Worten gerungen hatte und dem jetzt die wohlverdiente seelische Brotzeit einer gehobenen Konversation verweigert wurde, und stöhnte dann: »Bist du nicht Sängerin? Dann solltest du die Gesetze des Showbiz kennen. Wie hieß deine Band noch mal? Donnerwetter?«

»Ist übrigens ne tolle Brille, Henri«, piepste ich schnell, bevor Doreen Luft holen konnte, und spürte allmählich ein ungemütliches Magendrücken. »Darf ich mal, hast du viel Dioptrien? Und trägst du manchmal auch Kontaktlinsen?«

Das zog überhaupt nicht. Ich ließ die Brille liegen, wo sie war, und strahlte Henri an: »Wir gehen einfach mal zusammen auf ein Konzert von Doreen, gell, die kann nämlich wirklich was! Und musikalisch habt ihr den gleichen Geschmack. Metallica, die Sex Pistols und Electro, oder? Das war doch die Soundmischung, die du im Weekend aufgelegt hast, gell?«

Aber Henri winkte nur müde. »Ach. Musiker. Werden doch alle überschätzt. Da bin ich lieber DJ. Nimm zum Beispiel Robbie Williams. Er war der dicke Tänzer von Take That. Jemand, der *getanzt* hat, um seinen Lebensunterhalt zu verdienen. Schuster, bleib bei deinem Leisten, sag ich immer.«

Er klappte sein Sakko auf, rotes Seidenfutter schimmerte, und griff in die Brusttasche, um einen zweimal gefalteten Umschlag hervorzuholen. Hatte er diese Weisheit schriftlich, oder was?

»Und was den Musikgeschmack anbetrifft: Sogar James Hetfield selbst – oder war das Lars Ulrich? – hat einmal gesagt, dass man sich mit Mädchen, die Metallica mögen, nicht treffen soll, die haben alle einen Hau. Und Electro ist kein *Geschmack*. Electro ist man, oder man ist es nicht.«

Eine kleine Tablette war aus dem Umschlag in Henris Hand gefallen.

»Der Magen«, erklärte er kurz, legte das kleine rosa Ding sehr weit hinten auf die Zunge, verzog das Gesicht und kippte sein Champagnerglas auf ex hinterher. Der Arme. Was musste er auch beim Essen so streitsüchtig sein... Knirschend zermalmte Henri die Eiswürfelreste, ein Geräusch, bei dem mein Zahnschmelz sofort Alarm schlug. Und wandte sich endlich mal wieder mir zu.

»Heidi, magst du denn Metallica?«

»Also, äh, nö«, stammelte ich und vergaß, wie ich damals mit Josef zu Saint Anger die Nachbarn in der Klenzestraße in den Wahnsinn getrieben hatte. »Ich mag... also die Sportfreunde Stiller finde ich ganz gut und Wir sind Helden...«

Innerlich gab ich mir den nächsten Tritt, fehlte noch, dass ich jetzt Xavier Naidoo aufzählte. Ich sollte lieber versuchen, mir einigermaßen treu zu bleiben und vor Doreen nicht völlig das Gesicht zu verlieren.

»Und ich mag David Bowie. Weil er einer der schönsten Menschen überhaupt ist und weil er so lange nicht gewusst hatte, wer und was er ist. Das kenne ich. Und weil er dieses schwarze Model geheiratet hat, deren hinterer Orient ein Kontinent von einem Popo ist.«

Henri lachte. »Schön gesagt. Ich hatte damals in New York wirklich eine wunderbare Zeit mit David. Aber meinst du wirklich Iman, diese geschmacklose Upper-East-Side-Matrone?«

Selbst wenn Henri bei diesem Einwurf nicht unter dem Tisch sein Knie an meines drückte und kaum merklich zwinkerte – jetzt wäre mir auch ohne diese Beleidigung die Spucke weggeblieben. Aber Doreen war schneller:

»Was bist du eigentlich für ein reaktionärer Vollpfosten? Ich muss wirklich nicht um jeden Preis *pc* sein. Aber Iman ist echt mal eine klasse Alte, die hat wenigstens Selbstbewusstsein und war Supermodel. Dass die den Bowie abgegriffen hat, ist voll disco, haben die nicht auch eine kleine Tochter? Will ja nicht wissen, mit wem du schon alles gevögelt hast, drum nimm hier mal nicht den Mund so voll!«

Henri verstärkte den Druck auf mein Knie, legte den rechten

Arm hinter mich auf die Banklehne, lehnte sich zurück, fixierte Doreen und sagte genüsslich: » Frigide Scheiß-Emanze. «

Das genügte. Doreen stand so abrupt auf, dass ihr Stuhl umkippte und der Ober, die Hände voll mit einem Weinkühler und einem eisgefüllten Teller mit einem Dutzend Austern drauf, gerade noch rudernd zum Stehen kam.

» Hör mal, Alter: Wer die Wahrheit sagt, braucht ein schnelles Pferd. Und deshalb geh ich jetzt mal lieber. Schönen Abend noch. Und Heidi: Wenn du der kleine Fickfrosch von diesem Riesenarschloch werden willst, viel Spaß dabei. Ohne mich. « Dann zeigte sie auf meine Nike-Umhängetasche mit dem schwarzen M-EINS-Logo, die ich von Kozilla zusammen mit einem Mitarbeiterausweis in die Hand gedrückt bekommen hatte. » Und, Heidi – wenn du jetzt zu dem Scheißverein von Musikfernsehen gehörst, dann kannst du ja selbst dafür sorgen, dass nicht nur Mainstream-Müll gespielt wird, sondern endlich wieder interessante Musik stattfindet in diesem Land, und das auch mal vor Mitternacht! «

Zack. Und alles, was von Doreen blieb, war ein leichter Schweißgeruch und der Luftzug an der zufallenden Tür, der den Filzvorhang vor dem Ausgang blähte. Ohne nachzudenken, griff ich mir Doreens unangetastetes Bier – sie musste wirklich außer sich gewesen sein – und schüttete es in mein leeres Glas, wo es sofort in sich zusammenfiel und aussah wie Apfelschorle, lack und ohne Schaum. Und so trank ich es dann auch, in zwei großen Schlucken, eigentlich hatte ich heute Abend einen klaren Kopf behalten wollen. Egal. Aber in diesem schizophrenen Durcheinander an unterschiedlichen Statements war mir schon längst schwindlig, da kam es auf ein wenig Alkohol auch nicht mehr an. Wer war denn jetzt der Gute, wer der Böse? Henri? Doreen? Die Musiksender? Die Plattenindustrie?

Zu meinem Initiationsritus hatte nicht nur der M-EINS-Merchandise-Kram gehört, sondern auch eine ernste Ansprache von Kozilla unter vier Augen über die Schlechtigkeit der Branche im Allgemeinen und der Labelriesen im Besonderen: » Als Redakteur bist du immer gearscht. Die bei den Labels, also Emi, Sony und bei Uniworld, die haben den Hammer in der Hand. Und wir als Sender und du als unser Gesicht musst dich immer auf die Hinterbeine stellen und scheißfreundlich sein. Musst auch noch beim hinterletzten Thema auf Showcases gehen und wirst mit Promoscheiß zugemüllt, nur damit sie dir auch mal gnädigerweise die ganz Großen rüberreichen und wir zwei Minuten Interview kriegen mit Robbie oder Madonna! Und wenn du ihre beschissenen Neuentdeckungen nicht spielst, dann servieren sie dich eiskalt ab und meckern, dass das Thema todschick wäre. Und wenn dieser Newcomer nicht rauskommt bei M-EINS, dann geht 50 Cent eben zu ProSieben. Das ist pure Erpressung, ganz gleich, ob wir nächstes Jahr unser Fünfjähriges feiern und auf dem besten Weg sind, der Marktführer im Musikfernsehen zu werden oder nicht.«

Diese Litanei war mir irgendwie bekannt vorgekommen. Mein Vater hätte beide Parteien wahrscheinlich an die Hand genommen, sich mit den Plattenfirmen und Musik-TV an den großen Stammtisch im Oberwirt in Unteröd gesetzt, das Fernsehen rechts, die Labels links, und sie sich mithilfe von ein paar Litern Bier mal richtig aussprechen lassen. »Unternehmens-Mediation« nannte er so was. Aber mein Job war das hier nicht. Ich musste gut aussehen und die Klappe halten.

Henri seufzte entspannt, als hätte er gerade Feierabend gemacht.

»Herrlich, nicht wahr? Wie unglaublich inspirierend diese Diskussionen mit der Basis immer sein können.«

Seine rechte Hand lag immer noch zwei Zentimeter von meiner Schulter entfernt, ich drehte mich zu ihm. Seine grauen Augen wirkten viel dunkler als vorher, matt schimmernd, warm.

»Wenn du mich fragst: Die steht auf dich«, bemerkte er entspannt. Auch die zwei steilen Falten über seiner Nasenwurzel waren verschwunden, nur die Adern, die hinter seinem Ohr den Schädel hochwuchsen, zeugten noch von der Auseinandersetzung gerade eben.

»Weißt du, Heidi, die besten Dialoge schreibt immer noch das Leben, und deine kleine Freundin Doreen hat wirklich Temperament. Ich hab das alles natürlich nicht so gemeint, das weißt du ja, du bist eine gute Seele, und du kennst mich inzwischen, nicht wahr? Ich wollte sie nur aus der Reserve locken, und das war ja nun wirklich nicht schwer. Aber kann es sein, dass dein kleiner Wirbelwind ein wenig eifersüchtig ist?«

Henri schnippte dem Ober nach einem Grappa und bedeutete ihm mit einer lässigen Handbewegung, die Flasche auf dem Tisch stehenzulassen. Dann setzte er sein volles Glas an die Lippen und stürzte den Schnaps hinunter.

»Ich habe eindeutig zu viel gegessen. Entschuldige mich, ich geh kurz nach draußen. Und dann muss ich auch los...«

Ich sah ungläubig auf seinen Teller.

Henri hatte aus dem saftig durchwachsenen Fleisch nur zwei magere Inseln herausgeschnitten und eine blutige Landschaft aus Fett und Flachsen auf dem Teller zurückgelassen. Ich drehte aufstoßend den Kopf weg und kippte einen großzügigen Grappa in Henris leeres Glas. Diesmal für mich. »Grappa ist der Chantré der Möchtegerns«, hatte Josef das scharfe Zeug immer abgekanzelt und war beim Jägermeister geblieben. Aber Josef war in weiter Ferne. Und Doreen schien ihm gerade im Laufschritt hinterherzueilen.

Die Wärme der vierzig Prozent kam sofort in meinem Magen an, war ganz kurz unangenehm und strahlte dann aus auf meine Speiseröhre und mein Herz. Ich schenkte noch einmal nach. Der zweite Grappa tat schon gar nicht mehr weh und ließ mich langsam ein wenig klarer sehen: Der Herr Schriftsteller kam also zu seiner Inspiration, indem er die Menschen bis zur Weißglut provozierte und das dann in seinen Werken verbriet. Wahrscheinlich saß er gerade unten auf einem Klodeckel, ein schickes Moleskine-Notizbuch auf den Knien, um sich mit einem Montblanc-Füller Stichpunkte zur letzten halben Stunde zu machen. Und tat sich wahrscheinlich schwer ohne seine Brille, die neben der zusammengeknüllten Stoffserviette auf Henris Platz lag. Ich nahm sie am Bügel und drehte sie hin und her. Wenn meine Theorie stimmte, hatte er die nicht wenigen erotischen Begegnungen in seinen Büchern auch alle eins zu eins erlebt. Das wäre eine gute Frage an ihn gewesen, als er noch vor ein paar Tagen vor meinem Studioschreibtisch gesessen hatte. Aber jetzt war irgendwie eine persönliche Grenze überschritten, um solche Fragen noch unbefangen stellen zu können. Außerdem hätte Henri dann wahrscheinlich gemerkt, dass ich mir nicht mal sicher war, ob ein Dreier eine ménage à trois war oder eine folie à trois ... Herrgott Josef, warum musstest du mich verlassen?

Und warum war Henri darauf gekommen, dass Doreen etwas von mir wollte? Sie war eben ein Alphaweibchen wie er ein Alphamännchen, da hatte einfach die Chemie nicht gestimmt, ich hatte damit wahrscheinlich so wenig zu tun wie Henri von Laber mit Oskar Maria Graf, dem Lieblingsschriftsteller meines Vaters.

Ich hörte auf, Henris Brille mit meiner Serviette zu polieren, so was tat man höchstens als altes Ehepaar, und setzte sie mir stattdessen einfach auf die Nase. Seltsam. Die Brille hatte eher dünne Gläser, so viel hatte ich schon vorher bemerkt, aber dass es gar keinen Unterschied machte, als ich durch sie hindurchsah, musste eindeutig am Grappa liegen. Ich sah genauso scharf oder unscharf – egal, wen der anderen Gäste ich musterte. Als ich meinte, in der Ferne Kuszinsky zu entdecken, nahm ich rasch die Brille von der Nase, das musste eine Sinnestäuschung gewesen sein, die mir sagen wollte, dass ich dringend einen Termin mit meinem Manager ausmachen sollte. Ich kramte meine Garderobenmarke und meine alte Studenten-Visa-Card aus meiner Tasche. War es wirklich Zeit, zu gehen? Nun, Henri hatte entschieden, er hatte die Regie übernommen, wie schon im Studio. Und das Seltsame daran war: Ich fühlte mich dabei nicht unangenehm. Henri war der Chef, und das war gut so. Er würde mir sagen, wohin und warum.

Henri kam mit einem solchen Schwung wieder ins Restaurant, dass der Filzvorhang fast unseren Tisch streifte, und brachte feuchte Abendluft und den Geruch nach kaltem Rauch mit. Ich hatte als Nikotin-Wiedereinsteigerin einfach noch nicht verinnerlicht, dass es cool war, vor den Restaurants mit hochgezogenen Schultern herumzustehen, um mit dem Inner Circle der Mover & Shaker Informationen auszutauschen. Stattdessen war ich natürlich sitzen geblieben, um Nägel zu beißen und über sexuelle Eventualitäten nachzudenken. Henri hätte mir draußen seine Jacke über die Schultern legen und Brad Pitt mich fragen können: »Und was machst du so?« Und ich hätte

lässig zwischen zwei Zügen hingeworfen: »Ich bin beim Musikfernsehen, Moderatorin.«

Und es hätte gestimmt, jeder hätte es nachlesen können.
Denn in der morgigen Bild, die Henri nun auseinandergefaltet
vor mein Gesicht hielt, stand groß in der Leute-Heute-Spalte:
»Das Küken mit der große Klappe: Laut M-EINS ist Heidi
Hanssen der neue Stern am VJ-Himmel« – und daneben ein
Screenshot von mir aus dem Studio, brav oberhalb der Hüften
abgeschnitten.

»Ich würde sagen, wir bleiben noch ein wenig. Champagner?« Henri hatte jetzt wieder die gleiche Energie wie im
Studio, enervierend und intensiv, es war unmöglich, ihm zu
widersprechen. Ich nahm ihm die Bild ab. Wie unglaublich,
dass ich in der Zeitung war, in der Society-Rubrik einer
Hauptstadt-Gazette, und nicht im Chiemgauer Anzeiger unter
Persönliche Mitteilungen – wie damals zu meinem achtzehn-
ten Geburtstag:

»Mama und Papa Hanssen wünschen ihrem Mausl alles
Liebe zum Geburtstag. Vergiss nicht die Hand, die dich gefüt-
tert hat!«

Und ich nickte, ja natürlich, Champagner, und stellte dann
die eigentlich wichtigste Frage des Abends: »Und du kennst
wirklich David Bowie?«

»Nein, hier liegt kein Irrtum vor, das ist wirklich mein Mantel.«

»Tatsächlich?«, fragte Henri und musterte den ausgefrans-
ten Drillich. »Sehr … originell.«

Ich trottete ihm und meiner Jacke jetzt sehr champagnerdu-
selig die fünf Schritte zum Ausgang hinterher, nachdem Henri
mit dem Garderobier diskutiert hatte. Er machte allerdings
keine Anstalten, mir noch drinnen in den Parka zu helfen, sondern trug ihn weiter auf dem Arm. Aber die Bewegung, mit der
er die Tür öffnete und sich gleichzeitig an mich drückte, um
mich ganz dicht an ihm vorbei nach draußen in die Kühle zu
begleiten, machte diese Unaufmerksamkeit wieder wett. Bei so
einem hätte selbst meine Mutter jeden Hedgefond gezeichnet.
Draußen auf der Straße überholte er mich, drehte mein Gesicht
sanft am Kinn in den Schein einer Straßenlaterne und legte mir

kurz die Hände auf die Schultern. Was würde er jetzt tun, mich umarmen? Doch Henri löste nur sanft das Tuch um meinen Hals.

»Warte, ich zeige dir, wie man das noch tragen kann«, sagte er.

Und während er die Enden als Kopftuch unter meinem Kinn ineinander schlang, war sein Gesicht ganz dicht vor meinem. Seine Lippen waren eine Spur geöffnet und ließen ganz leicht den Atem zwischen ihnen hin und her gleiten. Ich spürte die zarte Luftbewegung an der Stirn und bemerkte Henris Zungenspitze, die zwischen den Vorderzähnen klemmte. Eine wunderbar warme Sensation glimmte zwischen meinen Beckenknochen auf, ich war wuschig, ganz eindeutig. Ob Henri mich küssen würde, jetzt gleich oder vielleicht später? Eigentlich müsste ich nur eine leichte Bewegung machen, ich spürte, wie meine Fersen sich schon vom Boden hoben, dann würde mein Mund direkt auf den seinen treffen, und ich hätte endlich wieder einmal selbst etwas in die Hand genommen und nicht immer alles nur mit mir geschehen lassen...

Die Blitze hielt ich erst für Vorboten eines Gewitters.

»Presse!«, flüsterte Henri mir ins Ohr, als ich gerade die Augen zum Küssen geschlossen hatte, rückte von mir ab und rief laut: »Alles im Kasten? Dann schönen Abend noch.«

Er zog mich am Ellenbogen vorbei an ein paar Gestalten in dunklen Mänteln, die, wahrscheinlich auf der Jagd nach Angie und Brad, so perfekt unauffällig waren, dass ich sie erst jetzt bemerkte. Presse also? Ich zog automatisch den Bauch ein und hakte mich bei Henri unter, so war das eben jetzt, das war etwas anderes als heimliches Petting an der Friedhofsmauer. Jetzt kam eben nicht mehr der Pfarrer um die Ecke, sondern die Paparazzi. Seit die Druckerschwärze der Nachtausgabe getrocknet war, war ich offiziell eine Person des öffentlichen Lebens, und der Mann an meiner Seite verkörperte dieses öffentliche Leben absolut, er kannte sich aus, er hatte darüber geschrieben, durchschaute alles und jeden, er war geschliffen und gewandt, ein geschmeidiger Panther in einem mir noch unbekannten Dschungel, und er würde mir zeigen, wo es langging. Das hier war der Beginn eines Lebens auf der Überhol-

163

spur. Ich saß zwar noch auf dem Beifahrersitz, aber in einem schnellen Cabrio, mein Tuch im Grace-Kelly-Stil um den Kopf geschlungen. Takashi Murakami. Henri hatte gespürt, was mir stand, dieser Mann hatte mehr Einfühlungsvermögen, als Doreen je zur Verfügung stehen würde, man musste ihn nur zu lesen verstehen.

Ich, das Mausl, war glücklich. Und das war erst der Anfang.

Henri bog rechts in die Friedrichstraße ein, er ging rasch, seine roten spitzen Schuhe mit den weißen Gummisohlen waren völlig lautlos. Ich hielt mit ihm Schritt und ließ wie zufällig meinen linken Arm dabei hin und her baumeln, sodass Henris Ellbogen ihn bei jedem Schwingen streifen und er jederzeit meine Hand ergreifen konnte. Tat er aber nicht. Sondern hielt abrupt vor dem Louis-Vuitton-Laden, um mir abseits der Paparazzi endlich in den Parka zu helfen – süß, wie zerstreut er war –, und zeigte ins Schaufenster. Da lag sie, die Tasche, das gleiche Muster wie auf meinem Tuch, hier auf glattes Leder geprägt, 1265 Euro stand in kleinen goldenen Zahlen auf dem Schild.

»Vielleicht brauchst du auch noch so eine Tasche, Kleines? Da passt alles hinein, was eine Moderatorin wie du für ihren nächsten Dreh braucht. Wie geht es denn eigentlich mit dir weiter? Bekommst du jetzt eine eigene Show?«

Während er sprach, drehte sich Henri zu mir, grinste und zeigte mir seine linke Manteltasche, packte die darin steckende Champagnerflasche am goldenen Verschluss, ploppte sie mit einem raschen Handgriff auf, setzte sie mir an die Lippen und lachte lauthals. »Glückwunsch!«

Schleppte Henri so etwas immer pro forma mit? Oder hatte er die Flasche noch im Restaurant besorgt? Völlig überrascht schluckte ich, meine Nebenhöhlen füllten sich mit den sprudelnden Bläschen, es fühlte sich an, als schäumte mir das edle Getränk aus Mund, Nase, Ohren. Die schönen Hände meines Grafen führten die Flasche nun an seine Lippen, er hatte den Kopf gierig in den Nacken geworfen, völlig ignorierend, dass ihm der Champagner dabei auf den Mantel rann.

Und dann sprang Henri Richtung Straßenrand, pfiff laut nach einem Taxi – das hatte ich bisher nur in Filmen gesehen –

und bedeutete mir mit einem ausholenden Schwenken der Champagnerflasche, ihm zu folgen. Sein Gelächter übertönte den puckernden Dieselmotor des Benz, während er mir die elfenbeinfarbene Tür aufhielt. Und als Henri um den Kofferraum des Taxis herumging, um an meiner linken Seite einzusteigen, blitzte es noch einmal – und als unser Wagen in die Charlottenstraße abbog, sah ich die dunklen Gestalten der Reporter wieder an der Ecke stehen.

22

Ich war zu früh. Das Ratzfatz in der Münzstraße war leider noch zu. Und das um Viertel nach zehn. Ich versuchte diskret, ins Innere zu spähen.

»Die machen erst um elf auf«, sagte das Püppchen neben mir, Sonnenbrille im Blondhaar. »Aber gut, dass du so früh dran bist, dann kommst du wenigstens gleich dran.«

Morgens Schlange stehen und eine Stunde warten für ein Waxing? Offenbar musste man sich dafür praktisch einen halben Tag frei nehmen! Ich beschloss, bei M-EINS besser nicht Bescheid zu sagen, wo ich war – Claudia würde es sicher lieben, wenn ich nach einem Date mit Henri von Laber am nächsten Tag erst mittags im Büro erscheinen würde – und setzte mich auf die Steinstufe des Studios.

Die Blondine wedelte mir mit einem Taschenbuch zu. »Ich mach das auch immer so und nehme mir was mit fürs Warten«, erklärte sie mir eine Spur zu hilfsbereit. Sie war sicher eine dieser Sex and the City-Expertinnen, die immer einen Frauenroman in der übervollen Tasche trugen, weil darin auch immer Mädels auf der Suche nach Mr. Right waren, so wie sie selbst. Die ließ sich sicher nur waxen, weil sie ihre Chancen bei dieser Suche erhöhen wollte. Ich dagegen würde nie wieder Ildikó von Kürthy lesen müssen, *ich* war die neue Freundin von Henri von Laber, das war seit dieser Nacht wohl klar. Ich hatte meinen

Traumtypen gefunden und wollte nur eine unwesentliche Korrektur an meiner B-Note vornehmen.

»Die sind hier einfach super. Brutal, aber schnell«, präsentierte sich die Blonde als Waxing-Expertin. Eine Information, auf die ich gut hätte verzichten können. Und wozu hatte sie eigentlich ein Buch dabei, wenn sie mich immer von der Seite anquatschte? Die Stufe schien mir viel zu kalt von unten, ich verspürte sowieso ein leichtes Ziehen in der Blasengegend, vielleicht sollte ich mich auf meine Tasche setzen, bevor da mehr draus wurde.

Aus dem unscheinbaren Hauseingang gegenüber stolperte plötzlich eine Gruppe Menschen, die nicht aussahen, als hätten sie gerade gefrühstückt. Jedenfalls keinen Milchkaffee. Die blassen Gesichter voller Schatten, Bierflaschen in der Hand, balgten sich ein paar Jungs um einen Selleriekopf, den sie aus der Biomülltonne des Asia-Imbiss nebenan gefischt hatten, die Stimmen viel zu laut. Die waren rotzvoll. Berlin eben. Ich konnte die Augen nicht von ihnen wenden, als sie mitten auf der Straße mit ihrem Gekicke eine Riesenshow abzogen und zu guter Letzt den Sellerie vor die Hinterräder eines Lasters legten, der an der Ampel Ecke Weinmeisterstraße wartete. Mit großem Hallo wurde die beige Matsche gefeiert, die jetzt mitten auf der Straße glänzte, Handflächen schlugen begeistert gegeneinander, welch eine Heldentat, und dann bogen sie als lautes Rudel um die Ecke, ihr Gegröle hallte immer noch nach, als sich in der Tür hinter mir der Schlüssel umdrehte.

»Ich bin Jasmin«, sagte die dicke junge Frau im weißen Kittel. Die Depiladora. »Mach dich mal frei unten rum«, befahl sie und drehte an dem Knopf der Kochplatte, die auf dem kleinen Beistelltischchen stand. »Ich hole inzwischen die Sachen.«

Die Waxing-Kabine war höchstens vier Quadratmeter groß, und für meine Hose und Schuhe war nur auf einem kleinen Plastikhocker Platz. Ich musste mich mit den Händen hochstemmen, um auf die hohe Liege zu klettern, unter mir knisterte braunes Packpapier, das Jasmin darauf wie Backpapier in der Vorweihnachtszeit ausgebreitet hatte. Genauso roch es hier auch, nach warmem Bienenwachs und Harz, ein Geruch, der sich verstärkte, als Jasmin mit einem Kochtopf in der Hand hereinkam und ihn auf die heiße Platte stellte.

»Dein erstes Mal?«, fragte Jasmin, als sie sah, wie ich den Kopf hob und mit geweiteten Augen versuchte, auf den kleinen Container mit den Spateln und Schabern zu blicken, den sie in der linken Hand hielt. »Entspann dich einfach. Denk an was Schönes.«

Ich versuchte die Geräusche aus den Kabinen nebenan zu ignorieren. War das gerade ein Schmerzensschrei gewesen? Ich wand mich ein wenig, ganz schön heiß, was Jasmin da auf meine zartesten Körperteile pinselte. Mein Allerheiligstes befand sich zwanzig Zentimeter vor ihrem Gesicht, gar nicht heilig ausgeleuchtet von einer niedrig hängenden Neonröhre. Aber allen Reflexen, meine Knie schamhaft ein wenig enger zusammenzubringen, bereitete Jasmin mit einem sehr bestimmten Druck auf die Innenseite meiner Oberschenkel ein Ende.

Dachte ich eben an was Schönes. Aber an was? Vielleicht an den Sex heute Nacht? Meine Gedanken irrten durch frische Erinnerungen, ich konnte mich nicht entscheiden, woran genau ich mich erfreuen sollte. Sicher nicht über die erste Stunde in Henris Wohnung, die ich herumstromernd mit der Champagnerflasche in der Hand verbracht hatte, während Henri im Bad verschwunden war, um »sich frisch zu machen«. Aber da war sie schon, die Erinnerung, zu spät, um sie wieder zurückzuschicken.

Während ich auf Henri wartete, hatte ich mir die Wohnung angesehen, das Townhouse, wie er es nannte, seine Zweitwohnung (»weil ich ja eigentlich aus Genf bin«), und mich gewundert über das Fehlen jeglichen kreativen Chaos. Ich verglich sie mit dem Nest, das ich mir bei Karlchen und Paul eingerichtet hatte: Meerschweinchenkäfige, Zeitschriftenstapel, Pizzakartons – einen größeren Gegensatz zu der hellen, aufgeräumten Kühle von Henris Wohnung konnte es nicht geben. Mal gut, dass wir nicht zu mir gegangen waren.

Ich hörte ein Spülen, Rauschen, Spülen, Rauschen, leise Musik, Bässe. Was machte Henri eigentlich? Duschte er und hörte dabei seine neuesten Platten? Würde er gleich aus dem

Bad kommen, nach der männlichen Versuchung eines Dior-Homme-Duschgels duftend, die eigene männliche Versuchung nur noch bedeckt von einem seidenen Paisleymorgenrock? Henri von Laber. Henri-Marie-Jean-Baptiste von Labrimal. Er hatte mich einfach mit nach oben genommen, ohne groß etwas von Kaffee oder so vorzuschützen, das war ihm sicher zu sehr Klischee gewesen. Vielleicht würde seine Erfahrung, sein Wissen, seine Coolness, sein Stil auf mich abfärben, ich konnte gut etwas davon brauchen in diesem neuen Lebensabschnitt. Ich war bereit für die erste Lektion. Und ziemlich blau.

Deswegen hatte ich mir ganz einfach die Hose ausgezogen, sie in einem ordentlich gefalteten kleinen Paket unter das Sofa gelegt und mich auf das weiße Leder gesetzt. Voilà, hier war ich. Ich musste mich schließlich nicht genieren für meine Oberschenkel, die waren zwar mächtig, aber fest: viel Sport, wenig Dellen. Doch Henri ließ sich Zeit. Was nicht verkehrt war, denn ich musste noch allerhand Vorbereitungen treffen. Als Erstes nutzte ich die Pause für die passende Romantikbeleuchtung: Die Lichtschalter auf den Wänden der sicher 150 Quadratmeter großen aufgemotzten Industrieetage waren kleine Edelstahlhebelchen, die man nur rauf- oder runterklicken konnte. Voll edel, aber leider nicht dimmbar. Also hatte ich die große weiße Deckenlampenkugel aus- und die überdimensionale Stehlampe neben der Couch angeschaltet.

Und das mit meiner Unterbuchse musste ich noch in Ordnung bringen, Henri war doch kein Almburschi, der noch zu den Miederhosenseiten des Quellekatalogs onanierte. Also hatte ich mir den ausgeleierten, graurosa verfärbten Baumwollschlüpfer über die Knöchel gezerrt und mich meiner Unterhose ganz entledigt. Sollte Henri meinetwegen denken, ich hätte gar nicht erst eine angehabt, auch gut. Ich bin vielleicht auf den ersten Blick die Unschuld vom Land, dachte ich, aber meine Gedanken sind verrucht wie die Nächte von Lola Montez und so saftig wie die Wiesen im Chiemgau. Wie er wohl küsste, der Graf? Ob er dabei seine Hände um meine Wangen legte – das würde mir gefallen – und ob seine Zunge sanft war oder meinetwegen auch gerne ein bisschen grob? Raffiniert von ihm, mit dem ersten Kuss so lange zu warten. Er machte mich damit jedenfalls so an, dass ich nicht mehr willens war, den längst fälligen Körperkontakt auf die lange Bank zu schieben.

Unterwäsche trug ich nun zwar nicht mehr – trotzdem war mein Anblick immer noch nicht ganz stimmig: Meine schwarzen Wollsocken hingen mir als Ziehharmonika um die Knöchel. Weg mit ihnen. Hm, das warf ein neues Problem auf: meine Füße, nackt und schwitzig. In dieser Turnhalle von einem Loft musste es doch ein Gästeklo geben! Ich schlich am Bad vorbei, aus dem immer noch schnalzende Sounds erklangen, öffnete eine unscheinbare Tür neben dem Eingang und blieb wie vor den Kopf geschlagen im Türrahmen stehen. War das König Blaubarts geheime Kammer? Oder der chaotische Hideaway eines renitenten Jugendlichen? Irgendwo unter diesem Chaos aus sehr getragenen Anziehsachen, fleckigen Gläsern, Wodkaflaschen und Papierbergen versteckte sich wahrscheinlich ein Schreibtisch und ein Fussboden. Hier hatte ich ganz sicher nichts verloren. Ich drückte diese Tür schnell zu, dann ging ich eben in die offene Küche, auch gut. Ich pumpte aus dem Edelstahlspender neben dem runden Steinbecken einen Klecks Seife (oder Spülmittel, egal!) auf meine zitternde Handfläche und wusch meine Füße einen nach dem anderen damit. Allerdings traute ich mich nicht, sie danach mit einem der weiß-leinenen Handtücher abzutrocknen, die an dem Griff des spiegelnden Backofens hingen. Meine Fußsohlen hatten deshalb nasse Patscher auf dem schwarzen Granit hinterlassen, mit dem die Küche ausgelegt war – also schnell zurück auf das rettende Sofa. Die lederne Couch war jedoch eiskalt, schnell den letzten Schluck Champagner auf den Schreck. Dann zog ich die ordentlich gefaltete Kaschmirdecke zu mir, weich, sehr weich, und setzte mich darauf. Zum Schluss drapierte ich mir den steingrauen, schmeichelnden Stoff um Schultern und Lenden, meine Beine so grazil wie möglich hoch gelegt. Fertig. Das Erste, was Henri sehen würde, wenn er aus dem Bad kam, wären meine Füße, und das war gut so. Die mochte ich nämlich. Sie hatten fragile Knöchel, waren schmal und schlank, null verformt durch das Tragen orthopädisch unkorrekten Schuhwerks, ich war in meinem Leben schließlich mehr in Skischuhen herumgelaufen als in Pumps.

Und dann öffnete sich die Badtür. Endlich. Hinter Henri gähnte ein weit geöffnetes großes Sprossenfenster, durch das dichter süß duftender Nebel nach draußen zog, er hatte wohl richtig heiß und richtig lange geduscht. Da stand er, von magnetisierender Musik eingerahmt, genau so, wie ich mir das vorgestellt hatte. Der seidene Morgenrock war kupferfarben, nur das Paisleymuster fehlte, die schwarze Kordel offen an den Seiten herunterhängend, und außer Henris Armen und Schultern war vorne nichts mehr bedeckt gewesen. Auch nicht von einem einzigen Körperhaar. Mannomann. Dieser Mann war kein Naturbursche, das war ein hochgezüchteter Adeliger, ein Rennpferd, ein Windspiel, kein Haflinger oder etwas ähnlich Plumpes. Das ist nicht der Körper eines Jungbauern, dachte ich aufgeregt, deshalb werde ich alles andere als Bauernburschen-Sex haben, und zwar jetzt! Denn Henri war nähergekommen, sich in alter Gewohnheit nicht mehr vorhandene Haarsträhnen aus dem Gesicht streichend. Im Vorbeigehen griff er in eine hüfthohe Bodenvase, in der Lilien standen, weiße melancholische Blüten an meterlangen Stängeln, und löste mit einer einzigen eleganten Handbewegung (während der ich zugegebenermaßen mehr auf Henris Mitte schielte als auf die Blume) eine Lilie aus dem Strauß, um sie mir zu reichen.

»Aua!«

Der Schmerz, der mich durchfuhr, hatte etwas von einem Brandzeichen, obwohl Jasmin sofort mit einem kühlen Tuch auf die Stelle drückte, von der sie den erkalteten Wachsstreifen in einem Ruck abgerissen hatte.

»Du hast hier einen Leberfleck, der blutet jetzt ein bisschen, ich geb mal Bepanthen drauf.«

Einen Leberfleck? Da? Hatte ich noch nie bemerkt, diese Frau sah von mir mehr, als mein Frauenarzt je zu Gesicht bekommen hatte. Geschweige denn Henri.

Denn auch wenn der Herr Graf quasi ante portas war, und zwar so was von ante portas, hatte er das Tor dennoch erst einmal nicht durchschritten. Sondern die Lilie mit einem fassungslosen »Was ist das denn? Das geht ja gar nicht!« sinken lassen und dann mit ihr auf meinen Schoß gezeigt. Ich folgte der Richtung des Blütenzweigs und entdeckte, dass mir die Decke von den Hüften gerutscht war bei der freudigen Bewegung, mit der ich die Lilie in Empfang nehmen wollte. Okay, ein bisschen hatte es schon ausgesehen, als säße eine schwarze Katze auf meinem Schoß. Klar waren meine Schamhaare eher zahlreich. Bisher hatte sich da auch noch keiner beschwert. Aber in dem Moment gestern Nacht fiel die knisternde Stimmung in der Luft genauso schnell in sich zusammen wie Henris Erektion. Auf einen Schlag war mir wieder klargeworden, dass ich eben kein elfenhaftes Elektroglitzermädchen war. Und dass um einen Henri von Laber zu becircen, mehr dazugehörte als hochgelegte Fesseln.

»Ich mach jetzt weiter. Hollywood wolltest du, oder? Mit Pofalte?«, fragte Jasmin mich in ihrem breiten Sächsisch (ich dachte eigentlich, alle Depiladores kämen aus Brasilien?). Hollywood? Das klang toll – nach Ruhm, Glamour und champagnertrunkenem Sex zwischen Satinlaken. Und deshalb sagte ich ja, atmete wie eine Gebärende lange und tief aus, um dem Schmerz, der der Hitze des Auftragens folgte, etwas entgegenzusetzen.

Nicht, dass wir dann gar keinen Sex mehr gehabt hatten. Aber der fand ohne großes Vorspiel statt, auf dem großen runden Flokati vor der Couchlandschaft, ohne Licht. Durch die großen Fensterfronten konnte ich die Stadt leuchten sehen und studierte abwechselnd die Togal-Reklame gegenüber und die im Morgengrauen schemenhaft erkennbare Kappendecke über mir. Ich umklammerte Henris Rücken, durch die glatte Seide spürte ich seine Rückenmuskeln arbeiten, ich hatte Sex! Und zwar ganz schön lange! Ein Quickie war das jedenfalls keiner, wenn auch nicht so exotisch, wie ich es mir insgeheim und leise schaudernd erträumt hatte.

Henri hatte einen Punkt über meinem Kopf fixiert, irgendwo zwischen dem langflorigen Teppich und dem Couchtisch, die Adern auf dem Kopf zum Bersten dick. Wieder hatte ich ihn nicht küssen können, wo sollte ich denn jetzt hin mit meinem

Herzen, mit meinem Überschwang? Und weil ich Angst hatte, dass mir etwas Deplatziert-Gefühlsduseliges herausrutschen würde (»Henri, ich glaube, ich liebe dich!« oder »Kannst du mich mit David Bowie bekanntmachen?«), biss ich ihn einfach in die Schulter. Richtig fest. Henri reagierte nicht. »Das ist der Beweis, dass ihn die Leidenschaft völlig fortreißt«, hatte ich gedacht und vergeblich versucht, mein festgenageltes Becken zu bewegen. Und nach einigen Minuten gräflichen Beischlafs ertappte ich mich bei dem Gedanken an die astronomische Spesenrechnung, die ich am nächsten Tag bei Kozillas Vorzimmerwuffi zur Unterschrift vorlegen musste.

»Auf den Bauch!«, kommandierte Jasmin, und zuerst war ich froh, dass ich mein Gesicht vergraben konnte. Aber was sie dann tat, war so demütigend, dass mir fast die Tränen kamen. Sie zog mir doch tatsächlich die Hinterbacken auseinander und kleisterte mir den Po mit Wachs voll. So richtig zwischenrein. Und dann kam ein letztes Ratsch und ihr zufriedener Schlachtruf: »Sö! Ratzfatz!«

Doch dann drehte ich mich wieder um, guckte zwischen meine Beine und staunte. Die Katze war weg. Stattdessen war alles rosig, glatt, frisch und sehr fremd. Aber auch verdammt sexy. Das hatte sich gelohnt. Jetzt musste ich nur so schnell wie möglich zurück zu Henri, damit er diesmal das Licht anlassen konnte. Er hatte eben seine Ansprüche und viel mehr Erfahrung als ich. Ich war jetzt bereit.

23

»Cranberrysaft? Nö, hamm wir nich.«

Der gepiercte Küchenmann im M-EINS-Bistro hatte wohl noch nie etwas von Hausmitteln gegen Blasenentzündung gehört. Claudia dagegen schon.

»Preiselbeersaft? So schlimm gleich? Hat er dir was angehängt?«

»Nönö, bin nur auf einer kalten Treppe gesessen«, murmelte ich, nachdem ich mich von dem Schreck erholt hatte, dass Claudia plötzlich an der Theke direkt neben mir stand und mir wahrscheinlich eine ganze Weile beim Träumen hatte zusehen können. Ich konnte ihr gegenüber ja kaum zugeben, dass ich bei dem ziehenden Schmerz, den das Pinkeln im Foyer-Klo bei mir hervorgerufen hatte, eher versonnen lächeln hatte müssen, anstatt mich vor Schmerzen zu krümmen. Ich gehörte wieder dazu, ich war wieder dabei, ich spielte wieder mit bei den Mädels, die ein Sexlife hatten, auch wenn sie sich dabei eine Blasenentzündung holten.

Und so folgte ich der begeisterten Claudia in die Redaktion, wo sie mich vor ihren Desktop schleppte, um mir auf Bild online die Fotos von gestern Abend zu zeigen, auf denen Henri und ich zu sehen waren. Und auch wenn ich mit dem Kopftuch, das mir Henri band, aussah wie eine Kolchosenbäuerin: Ich blickte mit großen Augen in sein Gesicht, wir wirkten ungeheuer vertraut, und er war so nah über mich gebeugt. Ein schönes Foto. Kaum zu glauben, dass das unser erstes Date gewesen war.

»Das hätte unsere Presseabteilung nicht besser machen können«, lobte Claudia, aber ich hörte ihr kaum zu. Mir wurde gerade klar, dass gestern mehr passiert war als purer Sex: Mich hatte es ziemlich erwischt. Und mein Geliebter war nicht ohne, diesmal spielte mir das Schicksal nämlich nicht den pockennarbigen Bistroburschen von unten in die Hände, sondern einen Prominenten, einen Szenetyp, einen wichtigen, schönen Mann.

Und deshalb ging ich wieder nach unten, um auf Kuszinsky zu warten, den ich zur Vorbesprechung im Foyer treffen wollte. Denn um drei hatten wir gemeinsam einen Termin bei Kozilla: Vertragsverhandlungen.

Auch Kuszinsky hatte die Bild dabei, diese Zeitung, die bei uns zu Hause nie gelesen wurde, meine Eltern hatten geradezu eine Bild-Allergie, und zwar nicht nur wegen der schwarzen Finger, die man beim Lesen bekam. Aber jetzt schien sie langsam zu meinem Leitmedium zu werden.

»Chapeau«, nickte er, »da hast du dir ja gleich nen dicken Fisch abgegriffen. Ganz schön raffiniert.«

»Ja, und online sind auch Fotos von uns«, protzte ich, auch wenn ich mich fragte, wer hier wen abgegriffen hatte.

»Das ist gut. Aber hast du mal deinen VJ-Account auf der M-EINS-Seite gecheckt?« Kuszinsky klappte seinen Laptop auf, fummelte sich in wenigen Klicks in den Hotspot vom Foyer und zeigte mir in M-EINS/home/VEEJAYS einen Blog.

»Wer hält den sauber, musst du das selbst machen?«, fragte Kuszinsky.

»Weiß ich gar nicht? Warum?«, stammelte ich, kalt erwischt.

»Lies selbst!«

Und ich las den Eintrag:

Cobainforever schrieb gestern, 19:28h
wen du blöde moderatoren-votze oder dieser bücher-spast es noch einmal wagt, den Namen von Curt in den Dreck zu ziehen, schmeiß ich meinen fernseher eigenhändig aus dem fenster. M-EINS ist für mich für immer gestorben, und ich hoffe, ihr tut es auch bald.

»Ui«, murmelte ich erschrocken. »Henri hat doch nur was zu meinen Haaren gesagt ...«

»Eben«, sagte Kuszinsky. »Mit erbosten Fans ist nicht zu spaßen, und solche Mails wirst du ständig bekommen. Aber dafür hast du ja mich. Ich werde mich um dein Image kümmern, das ist mein Job. Jetzt gehen wir hoch, es ist gleich drei. Und was in Zukunft gar nicht geht, das sage ich dir gleich, ist Nägelkauen.«

Ich versteckte erschrocken meine Hand hinter dem Rücken und folgte dem kanariengelben Sakko meines Managers in den Aufzug, ab in die Höhle des Löwen.

Aber die Löwin schnurrte. Kuszinsky und Kozilla entpuppten sich mit einem »Hoho, wie geht's« als alte Bekannte und klopften sich mit ausholenden Bewegungen auf die Oberarme wie zwei Weihnachtsmänner. Und ich hatte geglaubt, Manager und Programmchefin würden sich an die Gurgel gehen – stattdessen beobachtete ich staunend, wie sich die beiden jovial umkreisten.

»Du bist jetzt also selbstständig, die einzig wahre Entscheidung«, begann Kozilla sehr charmant das Gespräch.

Kuszinsky nickte engagiert. »Ja, endlich sind mir nicht mehr so die Hände gebunden, und ich kann wieder begabte junge Menschen aufbauen wie unser kleines Talent hier.« Beiläufiges Tätscheln meines Oberschenkels. »Und bei M-EINS? Die Zahlen stimmen, lese ich, du sitzt also fest im Sessel?«

»Nun, als frisch ernannte Senior-Vice-Präsidentin kann ich natürlich optimal führen«, gab Kozilla völlig unbescheiden zurück, »aber die Zahlen sind nicht immer das, was sie scheinen, mein lieber Kollege, du weißt, wie schnell alles vorbei sein kann, und das meine ich jetzt gar nicht persönlich, auch das Musikfernsehen lebt nur von Quartal zu Quartal. Aber ich habe mir auf die Fahnen geschrieben, im nächsten Jahr das Kopf-an-Kopf-Rennen mit MTV endlich für uns zu entscheiden, und ich werde den Aktionären zum Fünfjährigen natürlich die Marktführerschaft präsentieren.«

Ich nahm mir einen Keks und studierte Gabis Hinterkopf durch die Glasscheibe. Ich spielte keine Rolle mehr, obwohl ich das Objekt der Verhandlungen war. Aber es dauerte eben seine Zeit, bis die zwei Alphatiere ihre Reviere abgesteckt hatten.

Zwei zähe Stunden später war das Meeting vorbei.

»Gut. Wenn das für eure Rechtsabteilung auch in Ordnung geht, dann können wir den Vertrag jetzt so greenlighten«, schloss mein Manager das Gespräch ab.

Kuszinsky und Kozilla schüttelten sich die Hände wie nach einem Viehhandel. Die E-Mail, die sie gemeinsam erarbeitet hatten und die gerade an die Prokuristen gegangen war, beinhaltete folgende Eckpunkte:

Ich würde Loreley jetzt erst einmal bei Loreley-Live vertreten. Und wenn Loreley nicht mehr zu M-EINS zurückkehren würde, hätte ich die erste Option, ihre Nachfolgerin in diesem Format zu werden. Wenn Loreley aber zurückkäme, hätte ich eine Option auf eine eigene, von M-EINS entwickelte Show, die meine Stärken betonen würde: freier Talk und Interviews. Und M-EINS würde mir helfen, meine Schwächen auszubügeln: mein Musik-Know-how, mein Englisch und meine Hüften. M-EINS würde mit mir einen Stylecheck »on camera« produzieren und verschiedene Klamottenvarianten »pilotieren«. In einem gemeinsamen Meeting würde dann der vorteilhafteste Look für mich festgelegt werden, denn meine schwarzen Hosen gingen auf Dauer einfach nicht für die Kameras. Sie hatten über meinen USP gesprochen, und diesmal hatte ich sogar den Mut gehabt, zu fragen, was das sei. Manager und Programmchefin hatten sich überschlagen mit gönnerhaften Erklärungsversuchen zum *unique selling proposition*, eine, wie ich fand, sehr geschwollene Umschreibung der »Sie hat was, was ich nicht habe«-Problematik unter Mädels. Und was war er nun, mein USP? Sicher nicht mein Mützenfimmel.

»Zwischen Proll und Prinzessin würde ich changieren«, sagte Kuszinsky, wohingegen Uta mich »gesund und frisch« fand. Aha. Das klang unglaublich harmlos und langweilig und schon gar nicht wie der USP, mit dem ich einen Henri von Laber auf Dauer an mich binden konnte. Aber vielleicht mochte er genau das an mir? Zum Abschied gab mir Gabi auf Kozillas Geheiß eine Adresse. »Close-Up« stand auf der Visitenkarte, ein Fitness-Studio für Models und Fernsehleute, das mir von Uta in so leuchtenden Farben und mit der Option auf 30 Prozent Ermäßigung für M-EINS-Mitarbeiter geschildert wurde, dass ich fast glaubte, sie hätte selbst schon einmal ihren vierschrötigen Körper dorthinbewegt.

Kuszinsky hielt mir mit wehendem Sakko schwungvoll die Tür auf. »Ist doch hervorragend gelaufen bisher! Uta und ich haben noch etwas anderes zu besprechen, geh ruhig schon mal vor.«

Ich dehnte meine zusammengesunkenen Schultern und atmete tief durch, meine Hände hatten rote Flecken, wie immer, wenn ich richtig am Ende war. Und endlich konnte ich mein Handy checken, ob nicht vielleicht eine SMS von Henri …

Es kam keine SMS.

Aber ich würde mich davon nicht verrückt machen lassen, ich war schließlich der Bravo entwachsen. Und ihn selbst anrufen? Traute ich mich nicht. Ich würde Henri sicher stören, wahrscheinlich kniete er gerade auf dem Berliner Hugenotten-Friedhof, um vor dem kargen Grabstein Bertolt Brechts eine seiner Lilien niederzulegen und um Inspiration zu beten. Oder er steckte in diesem geheimnisvollen Zimmer gleich neben dem

Eingang, seiner Künstlerhöhle. Ich sah Henri in seiner Wohnung vor mir, immer noch im Morgenrock, mit leerem Magen (ich hatte heute Morgen einen Blick in den Kühlschrank geworfen: ein ungeöffneter Dijon Senf mit Estragon, eine Flasche Wodka, eine große Dose Dallmayr Prodomo und sonst nichts). Stattdessen stand ein überquellender Aschenbecher und schwarzer, höllisch starker Kaffee neben ihm. Das Post-it »Heidi anrufen«, das er sich bestimmt gleich nach meinem Abschied heute Morgen gemacht hatte, war sicher aus Versehen unter die fliegenden Notizen und die schwarzen Schmierereien gerutscht, die die Glasplatte seines Schreibtisches fast völlig verdeckten. Auch auf den Fenstern waren sie gehangen, Hunderte von Notizen, außerdem Zeichnungen, dicke wütende Striche auf weißem Papier, Totenköpfe, schwarze Raben, Fratzen, ich hatte gestern Nacht nicht beurteilen können, ob da überhaupt noch Tageslicht durch das Glas dringen konnte. Kein Wunder, dass der Mann so blass war.

Ich erkannte Henri sofort, obwohl er mir bei seiner Diskussion mit der Empfangsmieze den Rücken zuwandte und einen grauen Hut trug. Und mein Puls galoppierte los.

»Hallo Henri!«

Er hatte mich immer noch nicht bemerkt, es musste ihm sehr warm sein, sein weißes Hemd war heute weit aufgeknöpft und ein wenig aus der dunkelgrauen Anzugshose gerutscht, dazu dieser Hut und die Brille, er sah fantastisch aus. Mein Henri! Ich berührte ihn am Ellenbogen.

»Was machst du denn hier?«, fragte ich erfreut.

Henri drehte sich überrascht zu mir, in mir ein immer lauteres babummbabummbabumm erzeugend, und sagte auf mich hinab: »Ach, du bist das? Ich muss hier was erledigen.«

Und dann küsste er mich.

Babumm.

Aber nicht auf, sondern neben die Wangen. Seine Küsse zerplatzten rechts und links von meinem Kopf in der Luft, ohne mich zu berühren. Und dann trat er wieder einen Schritt zurück.

»Also dann. Lass uns bald mal wieder was essen gehen.«

177

Das verstand ich nicht. Essen? Wieso nicht wilder, leiden-schaftlicher Sex? Was war mit meiner neuen Intimfrisur, sollte die in meiner Buchse versauern, die wollte doch dringend bewundert werden?

Aber stattdessen fragte ich ein wenig zu schnell zurück: »Essen gehen? Au ja. Heute?«

»Nein. Zu viel zu tun. Ich gehe morgen auf Lesereise, Deutschland und Schweiz. Drei Monate.«

Und dann stand plötzlich Girlie-Gabi neben uns, und ich sah versteinert zu, wie sie Henri zum Aufzug führte und die beiden darin verschwanden, um die Glasröhre bis ganz nach oben zu fahren. Als die Kabine längst zum Stehen gekommen war, schaute ich immer noch auf die dicken Drahtschlaufen, die im Schacht leise hin und her schwankten. Eine Lesereise. Und ich konnte hier nicht weg, weil ich gerade bei M-EINS unterschrie-ben hatte. Scheißvertrag.

24

»Wie, er küsst nicht?«

Rasputin war zwar kein Bildzeitungsleser, aber er las die BUNTE im Lesezirkel und hatte in der heutigen Ausgabe die fünfzeilige Notiz über mich gefunden, die fast den gleichen Wortlaut hatte wie in der Springerpresse. Und schon hatte ich meinen Blitztermin im Ponyhof bekommen und Rasputin mir ein Piccolöchen neben den Spiegel gestellt, bevor ich überhaupt in Friedrichshain einen Parkplatz gefunden hatte. Der BUNTE-Artikel mit Foto hing säuberlich ausgeschnitten an der Kasse, für jeden sichtbar, da war wohl jemand in Sachen Eigen-PR ganz gut auf Zack. Und an diesem Foto hatte Rasputin wohl auch erkannt, dass man an meinem Haaransatz langsam mal ranmusste, sonst wäre meine weißblonde Handbesen-Frisur kein so gutes Aushängeschild mehr für den Ponyhof. Ich guckte auf das Foto und die paar Zeilen unter der Überschrift »Küken mit großer Klappe« und spürte außer Müdigkeit kaum etwas, weder negativ noch positiv. Gut. Ich gewöhnte mich also langsam daran, mich von außen zu betrachten. Ich hatte mich nie gerne fotografieren lassen, mich bei Klassenfotos immer hinter irgendeiner Schulter versteckt oder die Augen geschlossen, und jetzt so was. Eigentlich war Michi von uns Kindern die Rampensau gewesen, bis er seine Migräneanfälle bekommen hatte. Ab dann hatte er sich alle paar Tage zurückgezogen in sein Schneckenhaus, und nur ich hatte mit ihm reden dürfen.

Rasputin wusste jetzt jedenfalls Bescheid über mich und Henri. Und zwar: alles. Aber mit wem hätte ich denn sonst teilen sollen, was mir vor Mitteilungsdrang bald zu den Ohren herauskam? Mit Doreen? Die hätte mich wahrscheinlich durchs Telefon erdolcht, wenn ich ihr verraten hätte, dass ich nicht nur für Henri, sondern auch für eine Depiladora die Beine gespreizt hatte. Wenn sie mich überhaupt angehört hätte. Josef? Kein Kommentar. Karlchen und Paul, meinen Vermietern? Nö. Ich vermied zu persönliche Gespräche mit ihnen, sonst wären wir einfach zwangsläufig beim verschwundenen Josef gelandet, den ich vermisste, dass es wehtat. Keiner hatte seit dem Eklat in der Küche mehr von ihm gehört. Und Karlchen und Paul hatten wohl auch ein schlechtes Gewissen deswegen, weshalb sie meine Nagerfamilie mehr oder weniger adoptiert hatten. Marianne, Michael, Fifty und Elton hatten wir den Nager-Nachwuchs in einer feierlichen Stunde getauft, dazu Wodkanade mit einem Spritzer Martini drin getrunken, was den beiden Barbetreibern so gut gefallen hatte, dass sie die Mischung als »Heidi-Special« im Lolitus ausschenkten. Ob ich mich in Zukunft um die Meerschweinchen würde kümmern können? Eigentlich sollte ich schleunigst dafür sorgen, den Wurf loszuwerden, bevor er sich selbst exponentiell vervielfältigte. Aber die Eltern, Eminem und Hansi Hinterseer, weggeben? Niemals, dafür hatte ich ihnen einfach zu viel zu verdanken. Und dazu waren sie auch einfach zu süß, immer lächelnd, die Spitzen ihrer weißen Vorderzähne vorwitzig aus den rosa Mäulchen guckend, die Körper auf den zarten Beinchen moppelig und kurz wie Dampfnudeln.

Ich musste ganz schön frustriert klingen, wie ich da in Rasputins Barbierstuhl thronte, die Beine übereinandergeschlagen, das Sektglas in der Hand.

»Und er hat sicher fünfzig Hemden in einem begehbaren Schrank. Wie Mickey Rourke in ›9½ Wochen‹, aber ohne den Bizeps.«

»Und wie war der so im Bett, Schätzchen?«, ging Rasputin in medias res. »Ist ja ein ganz schönes Ferkel, der Laber, wenn man seinen Büchern so glauben darf.«

Ich sagte erst einmal: lieber nix. Aber Rasputin sah meinen Blick im Spiegel. Und meinte, ohne eine weitere Antwort abzuwarten: »Nimm's nicht so schwer, Schnecke. Ist doch schön, dass da noch Luft nach oben ist. Stell dir vor, das erste Mal mit einem Mann ist ein unwiederbringliches Erlebnis, nicht zu toppen? Dann geht es doch der Beziehung wie dem Kevin Spacey in ›American Beauty‹, der über sein Leben sagt: Ich hol mir unter der Dusche einen runter. Das wird der Höhepunkt meines Tages werden. Ab da geht es nur noch bergab.«

Wie frustrierend! Kaum besaß ich wieder ein Sexleben, war es schon wieder auf Eis gelegt worden. Ich hatte noch nicht einmal die Gelegenheit gehabt, Henri den Lolitazustand meiner Scham unter die Nase oder auch unter die Zunge zu halten. Wenn Henri erst in drei Monaten wiederkam, dann musste ich in der Zwischenzeit noch einmal zu Ratzfatz, dieser seidige Zustand hielt ja nicht lange ... Was hatte Jasmin gleich wieder gesagt, alle drei Wochen, dann tat es nicht so weh?

Die Ponyhof-Azubine mit den Lackleggings massierte trotz ihrer zentimeterlangen angeklebten Krallen meine geschundene Kopfhaut heute ganz besonders sanft. Ich schloss die Augen, um ihr neugieriges Gesicht mit der weißen Puderschicht und den ausrasierten Augenbrauen nicht mehr direkt vor mir zu haben. Ich wachte erst wieder auf, als Rasputin eine Tasse Kaffee unter meiner Nase hin und her führte. Der hatte wohl zu viel Krönung geguckt. Ich fühlte mich schrecklich. Und alleine. Wie ich es hasste, von einem Nachmittagsnickerchen aufzuwachen. Nie wusste ich dann, wo und wer ich war, war desorientiert, durcheinander – ein ausgesetztes Kätzchen auf einer Autobahnraststätte konnte sich nicht hilfloser fühlen. Ich zog mir die raschelnden Friseurumhänge von den Armen, mit denen mich ein wohlmeinender Ponyhof-Mensch zugedeckt hatte, den Erinnerungen ausgeliefert, die vor meinem inneren

Auge aufploppten wie Fensterchen in der Kalenderfunktion meines Laptops. Berlin. M-EINS. Henri. Gestern Nacht. Henri! Lesereise. Scheiße.

Mein Hinterkopf, der in der Einbuchtung des Waschbeckens eingeklemmt gewesen war, tat weh, als hätte er in einem Schraubstock gesteckt. Ich kippte den schwarzen Kaffee hinunter, ohne Rasputin die Untertasse aus der Hand zu nehmen, und gab ihm die leere Tasse sofort wieder: »So spät ist es? Ich muss los. Jetzt sofort.«

Henris Wohnung mit dem eigenen Auto zu finden, war gar nicht so einfach, schon gar nicht im Dunkeln. Mein erster Versuch, den Spreekanal entlangzufahren, endete plötzlich im Tiergarten. Falsch. Ich u-turnte, bog ab in die Siedlung, immer wieder versperrten Boller und Sackgassen mir den Weg, Polizisten oder Männer in Schwarz standen vor Eingängen herum. Gab wohl verdammt viele wichtige Leute in dieser Ecke. Aber dann öffnete sich das Straßengewirr, und ich erkannte das parkähnliche Ufer wieder, nur von einer kleinen Gasse und frisch gestreuten Fußwegen durchzogen, und fuhr auf den allein stehenden Block zu, direkt in einer Kanalschleife gelegen. Kein Auto davor, trotz der Lichter, die die hellgelbe Backsteinfassade durchbrachen wie Adventskalendertürchen. Wahrscheinlich fuhren die Leute, die hier wohnten, Autos mit Bordcomputern, die sich selbstständig in die Tiefgarage brachten. Ich schaute die Fassade hoch. Hier wohnte er, aus diesem Ausgang war ich erst heute Morgen gekommen, die 11 833 nach einem Enthaarungsstudio in Berlin-Mitte fragend. Da oben war Henri wohl gerade am Packen, vielleicht schrieb er aber auch seine Erinnerungen an letzte Nacht auf? Oder lag in seinem Bett, in dem ich noch gar nicht gelegen hatte? Wenn ich jetzt nicht hineinginge, würde ich das wahrscheinlich nie erfahren. Und wenn er mich stante pede nach Hause schicken würde, auch gut. Aber so konnte ich Henri nicht gehen lassen. Für drei Monate. Das ging gar nicht.

Weil ich nicht wusste, in welchem Stockwerk er wohnte, zeichnete ich im Geiste eine Linie von der Togal-Werbung auf der linken Uferseite zu Henris Haus, dort oben im dritten Stock mussten seine Fenster sein, und ja, es brannte Licht im Loft. Ich versuchte, mir die Angst vor der kommenden Abfuhr zu nehmen, machte mich auf den Weg und blieb sofort wieder an der Schranke zum verwinkelten Hof stehen. Hinter dem Fenster neben der Schranke saß der Doorman, der 24/7 alles überwachte, was ein und aus ging. Natürlich hatte er auch mich bemerkt, und ich sah ihn auch schon von seinem schlichten Tisch mit den zwei Küchenstühlen aufstehen und auf mich zugehen, in brauner Uniform mit orangen Paspeln, wie ein UPS-Fahrer, nur schicker. Es war der gleiche junge Typ wie gestern Abend und heute Morgen, Wahnsinns-Schichten mussten diese Jungs fahren, und er erkannte mich und griff zum Haustelefon, bevor ich etwas sagen konnte. Auch gut. Dann musste ich mir Henris »Waswilldiedennhier« wenigstens nicht von Angesicht zu Angesicht anhören. Ein in diskreter Empathie trainierter Concierge würde sicher Worte finden, die nicht ganz so wehtaten: »Ich bedaure, aber der Herr Graf ist leider noch in einer Besprechung« oder Ähnliches.

Es tröstete mich immerhin, dass der Doorman mich sofort erkannt hatte, so viel wechselnden Damenbesuch schien Henri also gar nicht zu haben. Ich wartete auf die Abfuhr und versuchte aus dem Gesichtsausdruck von James (das stand so wirklich auf seinem Namensschild – wahrscheinlich ein Pseudonym, das ihm seine Hospitality-Firma verpasst hatte) abzulesen, welche Nachricht er mir gleich überbringen würde.

Aber stattdessen hob sich die Schranke völlig geräuschlos, ein freundliches Nicken von James, und ich erhielt Einlass in das Gewirr der Hinterhöfe und Seitenflügel des Wohnblocks. Na also. Henri war eben doch kein Vielficker, auch bei ihm mussten sich die Dinge entwickeln! Als ich Henris Aufgang gefunden hatte, nahm ich immer zwei Stufen auf einmal im glänzend dunkelgrau lackierten Treppenhaus. Ich hatte keine Nerven, jetzt auf einen Aufzug zu warten. Schließlich stoppte ich vor einer Tür im dritten Stock ohne Namensschild. Das musste Henris Klingel sein, der Messingknopf erzeugte ein leises Surren. Ich drückte noch einmal, durch die schwere Eisentür war lange nichts zu hören, gar nichts, und so zuckte ich zusammen, als sie sich dann endlich doch noch öffnete. Irgendwie erwartete ich eine nach Größe aufgereihte Batterie brauner Louis-Vuitton-Koffer (gut, dass ich das Tuch trug, auch wenn es an einem Zipfel schon einen hellen Fleck hatte von Rasputins Blondiercreme). Der Typ, der vor mir stand, das war Henri, so viel war sicher. Aber was nicht zu übersehen war: Diesem Mann ging es definitiv nicht gut.

Henri hielt den Kopf gesenkt, er sah mich nicht an, die im Estrich rechts und links neben der Tür eingelassenen Strahler warfen tiefe Schatten auf seine Wangenknochen. Er sah aus wie ein Gespenst. Ohne mich zu begrüßen, packte er meinen rechten Arm und sagte leise, in einer mir bislang unbekannten brüchigen Stimme »Komm, schnell« und zog mich in die Wohnung. Irgendetwas piepte durchdringend im Hintergrund. Henris Hemd war wohl noch das von heute Morgen bei M-EINS, aber jetzt klebte es ihm am Körper, schweißnass, graufleckig geworden.

»Was ist das für ein Geräusch?«, fragte ich, die Stirn runzelnd.

»Ach das«, sagte Henri schwach, »das frage ich mich auch schon die ganze Zeit.«

Er ging schnell vor mir her in die Küche, um die Vorhänge der Fenster zuzuziehen. Henri schien dieser simple Akt einiges an Kraft abzuverlangen. Das durchdringende Piepsen wurde noch lauter.

»Ist das ein Wecker?«, fragte ich sanft.

»Nein. Ich habe nicht geschlafen.«

»Die Mikrowelle?«

»Benutze ich nie.«

»Waschmaschine?«

Jetzt sah mich Henri das erste Mal an.

»Waschmaschine? Ach ja«, und er bückte sich vor einem Bullauge in der Küchenzeile, neben dem ein kleines rotes Lämpchen blinkte und weiß Gott wie lang schon piepte und piepte.

»Die Waschmaschine, genau.«

Henri hielt sich mit einer Hand an der Granitplatte fest und zog mit der anderen Hand einen Berg weißen, nassen Stoffs aus der Trommel, tropfende Ärmel lösten sich aus dem Knäuel und klatschten auf den Boden. Das waren Hemden, viele Hemden.

»Normalerweise gebe ich die einfach unten beim Doorman ab, aber irgendwie habe ich das letzte Woche vergessen, und dann ging auch kein Express mehr«, murmelte er mehr zu sich als zu mir, »und jetzt sind die natürlich alle klatschnass, wie soll ich das denn jetzt machen? Ich habe doch noch nie so ein Ding selbst gebügelt!«

Mit hängenden Armen wandte sich Henri zu mir, die Augen tief und matt, und sagte mutlos: »Ich bin so froh, dass du gekommen bist, Heidi, hilfst du mir?«

Aber ja doch! Sofort zog ich meinen Parka aus, warf ihn über das Sofa und schob den Klamottenberg, der den Eingang zum Wohnzimmer blockierte, für Henri beiseite. Der hatte mit seiner letzten Kraft nun auch dort die Vorhänge zugezogen und sich in einen Lehnstuhl sinken lassen, war das nicht einer dieser Lounge-Chairs, den Josef immer haben wollte? Ich setzte mich Henri gegenüber auf den dazugehörigen ledergepolsterten Fußschemel und versuchte, seine vors Gesicht geschlagenen Hände zu mir zu ziehen. Sie waren eiskalt.

»Henri. Was kann ich tun? Geht es nur um die Hemden? Oder bist du krank?«

Henri hob den Kopf, entwand mir seine Hände und ließ sie mutlos zwischen seine Knie sinken.

»Krank? Krank ist gar kein Ausdruck«, und schon hing sein Kopf wieder tief.

Ich legte ihm die Hand auf die Stirn, auch sie war kalt und schweißnass. Fieber hatte er jedenfalls nicht.

»Hast du heute schon was gegessen?«

Schulterzucken. Ich sah mich um. Eine Flasche stand leer mitten auf der Bräterzone des auf Hochglanz polierten Induktionskochfelds. Diese Küche hatte lange keine Nahrung mehr gesehen.

»Hast du schon gepackt?«

Wieder Schulterzucken. »Wie denn. Ist ja alles nass«, murmelte er.

»Fehlt dir sonst etwas?«

Wieder Schulterzucken.

»Ist es die Lesereise? Hast du Lampenfieber?«

Leichtes Heben des Literatenkopfes. »Lampenfieber habe

ich schon lange nicht mehr.« Das klang ein wenig tadelnd. Gut so. Jetzt kam wenigstens der zickige Schriftsteller wieder durch.

»Aber wenn du wüsstest, wie das ist, monatelang in schlechten Middle Class-Hotels zu kampieren, betreut von diesen Nullen vom Verlag, die denken, wenn sie mir jeden Abend vor der Lesung eine Flasche billigen Chianti auf das Hotelzimmer bringen lassen, dann macht es mir nichts mehr aus, dass jeder, einfach jeder, sich ins Publikum setzen kann, um mir in irgendwelchen Kolpinghäusern die Worte von den Lippen zu stehlen. Und danach soll ich gefälligst meine Bücher signieren. Und auch noch froh sein darum, dass sich diese fremden Menschen vor meinen Tisch stellen und nicht mehr weggehen. Alle wollen mit dem Künstler reden, und ich muss zu jedem etwas unglaublich Unglaubliches sagen, weil sie das erwarten.«

Henri sagte das so voller Abscheu, dass ich mich wunderte. »Aber dein Buch ist gut, sehr gut«, log ich. Diesem krisengeschüttelten Mann konnte ich auf keinen Fall beichten, dass ich noch keinen Blick in »Schöne Scheiße« geworfen hatte. »Sie werden dich lieben!«

Täuschte ich mich, oder glitzerten da Tränen in Henris Augen? Da hat mal einer richtig Schiss, dachte ich mir, und spürte eine warme Welle mütterlichen Mitgefühls. Henri rollte den Stuhl ein Stück weiter über den blanken Industrieboden, näher zu mir, und flüsterte mir heiser zu: »Manchmal sind sogar alte Leute im Publikum. Oder Kinder!«

Ich verstand nicht. »Ja, und?«

»Kinder! Ich hasse Kinder.«

»Ich dachte, du magst Kinder! Du bist doch mit den Jungs im Studio auch richtig gut ausgekommen?«

»Das war Abschaum, Gesocks, Deutschland ganz unten. Aber man muss mit ihnen spielen können, sonst spielen sie mit dir.«

Armer Henri. Der war richtig geschüttelt von Paranoia. Aber dass er mit Kindern ein Problem hatte, glaubte ich ihm nicht. Denn wie er mit den schwer erziehbaren Teenagern umgegangen war, das konnte nicht einfach nur Show gewesen sein. Der war einfach am Vorabend seiner Lesereise mit den Nerven fertig.

»Du schaffst das. Du bist ein Profi, und das ist nicht deine erste Lesetour, und auch nicht dein erstes Buch, nicht wahr?«, coachte ich ihn und drückte seine Hand.

»Ich weiß nicht, ob ich das diesmal schaffe. Ich bin so alleine«, flüsterte Henri wieder und drückte meine Hand ganz leicht zurück. Mehr musste er nicht tun. Ich schüttelte den Kopf sehr bestimmt, natürlich war er nicht alleine. Ich konnte ihm helfen, und es musste schleunigst gehandelt werden. Also stand ich auf, krempelte die Ärmel hoch und wählte die Nummer des Doorman. Nachdem der mir versichert hatte, mich mit Mineralwasser und einem Bügeleisen auszurüsten, und mir den Weg zu den Hauswirtschaftsräumen im Keller beschrieben hatte, verließ ich die Wohnung und zog mangels Wäschekorb eine nasse Spur bis ins Untergeschoss hinter mir her. Dort fütterte ich den Trockner mit Zwei-Euro-Stücken, stellte ihn auf »bügeltrocken«, ging zurück in den dritten Stock und klingelte bei Henris Nachbarn. Ein Mann in dunkelblauem Anzug öffnete mir, hinter ihm tauchte mit großen Augen eine blonde Frau auf und rief etwas in einer fremden Sprache, es klang wie Schwedisch. Sicher eine Diplomatenfamilie. Auf meine Frage hin ließen mich die beiden am Eingang herumstehen, bis mir ein Mädchen in Schürze drei Eier und ein Stück Butter in die Hand drückte, flankiert von zwei blonden Zwillingsbuben, die mich neugierig musterten.

»Vielen Dank, wenn Sie mal Milch brauchen oder so, Herr von Laber wird sich sicher gerne revanchieren«, bedankte ich mich wider besseres Wissen, aber wer wusste denn, wie Henris Kühlschrank in Zukunft aussehen würde, jetzt, wo ich in sein Leben getreten war? Der schwedische Herr schloss die Tür sehr schnell wieder hinter mir und machte nicht den Eindruck, auf mein Angebot eingehen zu wollen. Nachbarschaftshilfe war hier wohl nicht so üblich.

Henri dämmerte unverändert vor einem alten Tatort, vor den ich ihn geparkt hatte in der Hoffnung, dass ein grummelnder Wachtveitl von 2008 eine beruhigende Sonntag-Abend-Atmosphäre heraufbeschwören würde. Und dann kam James, der Edel-Hausmeister, einen Beeper am Gürtel wie ein Arzt in der Charité, und klappte mir zwischen Küche und Sofa ein Bügelbrett auf. Ich sah auf die Uhr und ließ die beiden Männer alleine, um wieder in den Hauswirtschaftsraum zu gehen, allmählich kannte ich mich in den Gängen hier aus wie bei meinen Eltern auf dem Dachboden. Als ich zurückkam, das Kinn auf den Hemdenberg gelegt, stand Henri mit dem Doorman draußen im Gang. Die beiden verstummten, als ich mich an ihnen vorbeischob. Henri kehrte in die Wohnung zurück mit einem der weißen Fensterumschläge, die ich schon einmal bei ihm gesehen hatte. Und er sah ein bisschen besser aus.

»Post? Gute Nachrichten?«, fragte ich neugierig und spuckte auf das Bügeleisen, um die Temperatur zu prüfen.

»Oh ja, gute Nachrichten«, meinte Henri und legte den Umschlag auf den Marmoresstisch.

Vom ersten Hemd waren bereits Kragen und Manschetten so glatt wie ein Babypopo, blitzschnell ging das. Schade, dass meine Mutter mich nicht sehen konnte – oder vielleicht auch ganz gut so. Ich fuhr ein letztes Mal von innen über das Hugo-Boss-Label und schwang das Hemd, leicht wie eine Feder, über einen der vier roten, aus einem Stück Hartplastik gebogenen Stühle, die aussahen wie besoffene Kommas und zusammen mit dem runden Steintisch wohl eine Essgruppe bilden sollten. Dabei riss ich versehentlich den Umschlag mit, den Henri darauf abgelegt hatte. Und starrte verdutzt auf die weißen Kapseln, die nun wie Bonbons über die Tischplatte und meine Füße kullerten. Ich guckte erschrocken zu Henri, und der plötzliche Zorn in seinen Augen traf mich wie ein Schlag. Was bist du nur für ein Schussel, hinterlässt einfach Schneisen des Chaos, wo du auch gehst und stehst, dachte ich mir, bevor Henri es sagen konnte, stammelte eine Entschuldigung und kniete mich hin, um die kleinen runden Dinger aus dem Flokati zu fischen.

Meine Ungeschicklichkeit tat mir wirklich leid, und Henri merkte das zum Glück. Er kniete sich mit knacksenden Knien neben mich und half mir, die in dem weißen Teppich praktisch unsichtbaren Kapseln wieder in den Umschlag zu stecken. Es waren sicher fünfzig Stück. Wortlos saßen wir so nebeneinander auf dem Boden, und als alle wieder aufgesammelt waren, nahm ich meinen Mut zusammen und fragte: »Wieder der Magen?«

Henri sah mich kurz von der Seite an, atmete tief durch und meinte: »Heidi, ich muss dir etwas sagen.«

»Ja?«, erwiderte ich zaghaft und folgte ihm auf das Sofa, wo er mich neben sich zog und den Arm um mich legte. Ich schmiegte mich glücklich in diese Berührung, kurz hatte ich gedacht, dass die wunderbare Nähe, die ich gespürt hatte, seitdem ich die Wohnung betreten und den verstörten Henri vorgefunden hatte, diese neue Selbstverständlichkeit zwischen uns, einfach wieder verlorengegangen war.

»Diese Medikamente hier, die besorge ich mir auf dem Schwarzmarkt, weil man sie in Deutschland nicht bekommt.«

Szenarien überschlugen sich in meinem Kopf. Henri, noch abgemagerter als jetzt, tanzte Walzer mit mir und seiner Infusion, nach der dritten Drehung an mir Halt suchend, und ich hielt ihn, fest und stabil auf meinen starken Beinen stehend. Dann Henri im Krankenbett, mir mit schwacher Stimme und leuchtenden Augen diktierend, was sein letztes großes Werk werden sollte.

»Und weshalb brauchst du sie?« Was quälte ihn? Aids? Ein Gehirntumor? Leukämie?

»Ich habe PP«, unterbrach Henri meine aufkeimende Panik.

»PP?«

»Philematophobie. Ich leide unter Philematophobie.«

Der knappe Krankenschwesternkittel fiel in Gedanken von mir ab. Mit einer Phobie hatte ich nicht gerechnet.

»Wie schrecklich. Und – was ist das genau?«

Henri seufzte. »Ich habe Angst vor Küssen. Und eigentlich auch vor Berührung generell. Das bekomme ich nur in den Griff, wenn ich diese Tabletten nehme. Und die gibt es in keiner deutschen Apotheke, das regelt normalerweise der Doorman für mich, der hat da einen Kontakt in die USA, dort ist die Medizin viel weiter. Aber seit ein paar Monaten ist der alte Concierge nicht mehr da, sondern dieser neue Milchbubi. Wozu zahle ich im Monat eigentlich 750 Euro Nebenkosten, wenn der da unten keine Ahnung von nichts hat? Heute hat er es gerade noch mal hinbekommen. Ich dachte die ganze Zeit, ich müsste morgen los, ohne …« Henri sah mich an und machte eine abrupte Pause. Er strich mir mit einer zittrigen Hand über die Wange. »Es tut mir leid, Heidi.« Wieder dieses traurige Glitzern in den rot geäderten Augen. »Ich weiß nicht, ob ich der Richtige für dich bin. Ich bin ein Wrack.«

»Henri, du musst dich doch nicht entschuldigen. Das macht doch nichts«, strahlte ich ihn an, glücklicher denn je. Das war es also, Henri hatte mich nicht *nicht* küssen wollen, er konnte einfach nicht. Er war krank! »Mach dir keine Gedanken. Ruh dich aus. Ich mache dir etwas zu essen. Tabletten solltest du schließlich nicht auf nüchternen Magen nehmen.«

Eine Stunde später klickten im Tatort die Handschellen, es roch nach Spiegeleiern und frisch gebügelter Wäsche, und genau zweiundzwanzig weiße Hemden hingen in Kleidersäcken über den Stuhllehnen. Und Henri? Der war auf dem Sofa eingeschlafen, den Mund leicht geöffnet mit ein bisschen Sabber im Mundwinkel, die Gesichtszüge entspannt wie ein Kind. Ich setzte mich ganz dicht zu ihm, wischte ihm mit der Kaschmirdecke die Spucke aus dem Mundwinkel, nahm ihm den leeren Teller vom Schoß und stellte ihn auf den Boden. Ich betrachtete Henri lange, meine Vorderzähne nagten an meinem Daumennagel. Durch die Vorhänge blinkten die Lichter von gegenüber. Wie erschöpft er aussah. Mein armer Schatz, dachte ich, wie schwer musst du es haben, wo doch jeder denkt, dass ein Promi mit einer so großen Klappe unverwundbar ist. Dabei willst du doch einfach nur geliebt werden, wie jeder von uns, und kannst es niemandem sagen, weil es nicht zu deinem Image passt.

Und dann beugte ich mich vor und küsste den Schlafenden auf die Stirn, und als ich sah, dass Henris Gesicht nicht ein bisschen zuckte, wurde ich mutig. Ich legte meine Lippen auf seine, leicht wie ein Schmetterling, obwohl mein Herz dabei wie verrückt klopfte, und ließ sie eine Weile dort liegen, spürte die feine Wärme der pergamentzarten Haut und merkte, dass ich mehr als verliebt war in diesen Mann. Ich wollte ihm helfen. Ich liebte ihn. Aufrichtig.

Wir werden das schaffen. Wir werden das hinbekommen zusammen, du wirst auf deine Reise gehen, und ich werde auf dich warten, dachte ich. Und dann kletterte ich vorsichtig hinter ihm auf das Sofa, drückte mich zwischen Henri und die Lehne und legte meinen rechten Arm um seinen Oberkörper. Ich spürte Henris Rippen durch den Stoff wie Stäbe eines Xylophons, und dann schlief ich ein, meine Nase an Henris Hinterkopf, dann und wann heimlich kleine Küsse auf seinen Nacken drückend.

25

Wenn ich die nächsten drei Monate Berlin-Mitte verließ, dann mit einem Kamerateam. Wenn ich nicht drehte, dann bekam ich von Jörg und Claudia eingebläut, dass Musikfernsehen mein neues Universum war. Ich kapierte, dass man nicht sein ganzes Leben lang die Independent Charts verfolgt haben musste, um gute Interviews zu machen. Ich lernte, dass persönliche Fragen mehr wert waren als die Fachidiotien, die die anderen Musikjournalisten so abfragten. Es war interessant, herauszubekommen, dass Thomas D einmal Friseur gewesen war, dass der große nasse Fleck im Schritt von Fergie beim Berliner Black Eyed Peas-Konzert nicht Schweiß war, sondern die Folge einer plötzlichen Blasenschwäche nach dem Konsum von zwei Flaschen Rotwein. Ich erfuhr, dass Alicia Keys bei Brie das Kotzen bekam und eine reichlich zugedröhnte Nelly Furtado unserem Beleuchter mehr als schöne Augen machte. Ich, die ich beim Sport nie geschwitzt hatte, testete mich durch sämtliche Powerdeos, weil ich vor Interviews und Sendungen immer von einem Adrenalinschock in den nächsten fiel. Ich bekam einen »Englisch für Dummies«-Kurs, und ich verlor nicht nur ein wenig meinen bayrischen Akzent, sondern auch fünf Kilos. Also eigentlich drei, aber ich fand, dass es aussah wie fünf, und wenn ich gefragt wurde, sagte ich: acht. Ich beschwerte mich nicht mehr im Café über rote Ränder an meinem Glas, weil ich mich daran gewöhnte, dass es mein eigener Lippenstift war, der abgefärbt hatte, und Kuszinsky schaffte es, mir das »gell«-Sagen abzutrainieren, auch wenn ich aufgeregt war.

Ich guckte mir von Jörg und der Vanity Fair ab, dass es viel cooler war, zu sagen: »Die Spears hat letzte Woche mal wieder den Vogel abgeschossen«, anstatt wie die Nicht-Insider die Stars bei den Vornamen zu nennen. Ich hatte sogar ein Interview mit ihr, der Spears, der Grund, weshalb ich den überfälligen Besuch bei meinen Eltern schon wieder verschieben musste. Ich bekam 30 Sekunden Zeit und die Erlaubnis, eine einzige Frage zu stellen. Ich fragte einfach nur: »Wie geht's?«

Und Britney, also die Spears natürlich, brach in Tränen aus. Und M-EINS strahlte diesmal aus.

Die Berliner bekämpften die graue Suppe in den Straßen mit einer weihnachtlichen Dekoflut, die ich eher in amerikanischen Vorgärten erwartet hatte – fensterhohe Blinksterne, Schlitten, Rentiere, Weihnachtsmänner und Lichterketten waren das einzig Bunte, das ich ab Ende November auf dem Nachhauseweg zu sehen bekam. Ich hatte kurz vor Weihnachten ein Interview mit Mariah Carey, die Promo machte für ein Best-of-Album, und sagte deshalb auch den Weihnachtsbesuch in Unteröd ab. Ich musste vier Meter von der Superdiva entfernt am anderen Ende des Zimmers Platz nehmen und meine Fragen schreien, weil die Carey mich vor dem Interview in dem zugigen Gang, in dem sie uns vier Stunden hatte warten lassen, husten gehört hatte. Aber ich eroberte ihr Herz, weil ich ein klimperndes Bettelarmband trug, mit kleinen Wappen aus Kufstein, Lenggries, Frauenchiemsee, Sylt und Rügen daran, die ich als Kind von allen möglichen Almen und Ausflugsorten zusammengesammelt hatte. Und das ich extra angelegt hatte, weil ich wusste, dass sie auch ein solches Charm Bracelet besaß, das sie sogar einmal besungen hatte. Die Carey, gegen die die Bavaria ein magersüchtiges Modell war, entdeckte es, klopfte mit der Hand auf die seidenbespannte Chaiselongue, auf die sie sich und ihre Oberweite drapiert hatte, ruckte ein Stück und probierte mein Armband aus wie bei einer guten Freundin. Und M-EINS strahlte aus.

»Wenn du schon Nägel kaust, dann wenigstens heimlich und nur an einem«, hatte Kuszinsky mich angeranzt. Und ich hielt mich daran, aber rauchte dafür ein paar Kippen mehr. Und es war auch Kuszinsky, der sich eine Praktikantin besorgte, die sich um meine digitale Imagepflege kümmerte. Ich bekam neben meinem MySpace- auch einen Facebook- und Lokalisten-Account, um auf allen Checker-Foren aufzutauchen, und sie kümmerte sich darum, dass in meinem Profil immer die richtigen Bands und die richtigen Filme standen. Bücher waren nicht so wichtig.

Ich verbrachte Weihnachten wie alle in der Redaktion, Familie fand bei M-EINS nicht statt. Ich lernte endlich, Brötchen statt Semmeln zu sagen und nicht gleich zwei Bier auf einmal zu bestellen, nur weil mir diese 0,3-Flaschen einfach zu klein vorkamen. Kuszinsky verpasste mir ein neues Handy, ein klappbares Hightechteil, das ich zwar nicht bedienen konnte, aber das aussah wie ein Spaceshuttle für Rockstar-Girlies, silbern mit schwarz-pinken Ranken. Nun ja.

Ich ging nicht mehr zu H&M, auch vormittags nicht mehr, weil die kleinen Schulschwänzerinnen, die alle viel jünger und viel dünner waren als ich, anfingen, mich zu erkennen. Die ersten beiden Male war das sehr schmeichelhaft gewesen. Aber als ich im ersten Stock des Friedrichstraßen-H&M für alle sichtbar in einem senffarbenen Plisseehängerchen in Größe 36 feststeckte, weil ich mir die Schlange vor der Umkleide hatte sparen wollen, wurden mir die »die ist wohl größenwahnsinnig geworden«-Kommentare zu anstrengend.

Farben fingen an, dank Connie vom Styling, in meinem Leben Einzug zu halten. Sie mischte das ewige Schwarz mit Lila und Knallgrün, und ich ertappte mich dabei, wie ich in der Greifswalder Apotheke scheußliche Hustenbonbons mit Cassis kaufte, nur des purpurnen Einwickelpapiers wegen, das zu meinem neuen Pulli passte. Ich schenkte mir eine Gucci-Fellmütze für 380 Euro zu Weihnachten, nachdem ich erfahren hatte, dass ich bei der Neujahrspremiere von »Monkey Business«, der Robbie-Kino-Biografie, moderieren würde. Kuszinsky war stolz wie Harry, das für mich eingetütet zu haben, diese Kinopremiere war ein wichtiges Event für M-EINS, in den ereignisarmen Monaten bis zum Frühjahr, bis das Rockkäppchen vor der Tür stehen würde, das mit dem fünften M-EINS-Geburtstag zusammenfiel.

Und die ganze Zeit über hörte ich nichts von Henri. »Don't call me, I call you«, hatte er zum Abschied gesagt, »eine Lesereise ist wie ein Wagenrennen: alles fordernd, und ohne Scheuklappen gehen dir die Pferde durch. Und deshalb kann ich keine Außeneinflüsse brauchen.«

Ich redete mir ein, nicht auf ihn zu warten, zwang mich, die Termine der Lesereise nicht öfter als zweimal pro Tag im Internet nachzulesen, und blieb lieber jeden Tag noch eine Stunde länger in der Redaktion. Ich war in Berlin, ich hatte einen Traumjob, ich hatte zu tun. Und als Pfand hatte ich schließlich mein Tuch und ein kurz nach Henris Abreise erschienenes Gala-Foto unter der sagenhaften Rubrik »frisch verliebt«, auf dem mir Henri auf offener Straße Champagner in den Mund goss. Und vor allem hatte ich die Erinnerung an unseren letzten gemeinsamen Abend. Henri war eben nicht der Mann, der Liebesschwüre per SMS schickte und sein Mädchen mit Mixtapes belagerte. Der lebte in seiner eigenen Welt, das war ein Kreativer, und der würde einfach wieder vom Himmel fallen ohne Vorwarnung – schließlich war die Laber-Lesereise seit dem zwanzigsten Dezember vorbei.

Und dann kam die E-Mail.

Eigentlich war Silvester. Und wie so oft saß Jörgs Doku- und Eventredaktion im sonst dunklen M-EINS-Gebäude, in dem ich inzwischen mehr Freizeit verbrachte als früher in den Bergen.

»Da bist wenigstens weg von der Straße«, hatte meine Mutter meine Überstunden und das erste Weihnachten kommentiert, das ich nicht zu Hause gewesen war.

War ja auch praktisch, um nicht immer an Henri denken zu müssen. Aber mit dieser E-Mail hatte er wieder mit mir Kontakt aufgenommen:

*komme morgen abend zur premiere. was wirst du tragen? kuss,
henri*

Und ich musste die Lippen aufeinanderbeißen, um nicht laut loszukreischen. Kuss! Er hatte *Kuss* geschrieben!

Mir war alles klar. Seine Garderobe im Vorfeld auf meine

abzustimmen, das war eben Henris Art, mir zu sagen, dass er mich liebte und sich unglaublich freute, mich wiederzusehen. Das machte man doch so, als Promi-Paar, oder? Hatte sich nicht Brad die Haare schwarz gefärbt, um besser zu Angelina zu passen? Und waren die Beckhams nicht immer perfekt aufeinander abgestimmt? Warum also nicht Henri und Heidi?

Ich stemmte mich gegen die Sicherheitstür zu den Studios und den Stylingräumen, hoffentlich war Connie schon da, um mit mir meine Garderobe für den Roten Teppich durchzusprechen. Dass Henri Robbie Williams verachtete und trotzdem auf die Neujahrspremiere seines Films kam, war ein weiterer Liebesbeweis, natürlich! Und mein Herz schlug noch schneller.

Noch vierundzwanzig Stunden bis zur Premiere, während ich mit Jörg auf der M-EINS-Dachterrasse ein Silvesterbier trank, um das Feuerwerk über der Stadt zu sehen.

Noch zwanzig Stunden bis zur Premiere, während der Resi nach Mitternacht, in der wir Moderations-Positionen und Fragen an Robbie Williams, Colin Farrell, der ihn spielte, und Eva Padberg, seine Filmpartnerin, durchsprachen und auch an die vielen A-, B- und C-Promi-Damen, die morgen auf der Gästeliste standen.

Noch neunzehn Stunden bis zur Premiere. Ich wusste, warum das Publikum morgen zu neunundneunzig Prozent aus Frauen bestehen würde. Sie würden wegen Robbie kommen. Aber mir war der singende Inselaffe Latte. Ich hatte Henri.

Noch achtzehneinhalb Stunden bis zur Premiere, während ich im Rodeo Club mit Jörg und einer Handvoll heimatloser Redakteure was trinken war. Wenn wir an Silvester schon arbeiten mussten, ließ sogar Jörg etwas springen. Er machte nicht den Eindruck, dass zu Hause jemand auf ihn wartete, ob ein Er oder eine Sie war schwer zu sagen. Ich hatte den stillen Verdacht, dass fast fünf Jahre bei M-EINS und die Redaktionsleitung, die er seit Dezember innehatte, aus Jörg einen geschlechtslosen Workaholic gemacht hatten. Außerdem pflegte er Angewohnheiten, die ein Partner einem austrieb. Der einem sagte, dass es eklig war, sich mit einem Stift unter der Mütze zu kratzen und dann daran zu riechen. Oder der einen darauf aufmerksam machte, dass die riesigen schwarzen Krater an der

Nasenwurzel ein solcher Eyecatcher waren, dass da mal dringend eine Kosmetikerin ranmusste, um sie auszudrücken.

Die Silvesterschlange vor dem Club stand die Auguststraße entlang bis zur nächsten Straßenecke. Aber wir gingen an den frierenden, aufgekratzten Leuten vorbei, und Jörg wechselte ein paar Worte mit dem Glatzkopf an der Tür.

»Immer rinn«, sagte der und winkte uns durch. Endlich mal wieder in eine neue Bar. Ich hatte in den letzten Wochen keine weiteren Entdeckungsreisen in Berlin mehr gemacht. Ich kannte den Weg in die Redaktion und zurück, aber ohne Doreen war ich kaum mehr irgendwo gewesen, ich hatte stattdessen die Stullen im M-EINS-Bistro rauf und runter probiert, bis ich sie nicht mehr sehen konnte. Das war gut gewesen für meine Figur, aber schlecht für mein Heimatgefühl. Irgendwie war ich in dieser Stadt immer noch nicht angekommen.

Am nächsten Tag war es richtig kalt. Die Nacht und mit ihr ein kriechend eisiger Nebel lagen um sieben Uhr abends über dem Potsdamer Platz, und das Team und ich bezogen frierend und verkatert unseren Spot hinter dem Viehzaun am Eingang des Multiplex-Kinos, der die Reporter zurückhalten sollte. Noch eine halbe Stunde. Die Scheinwerfer wärmten notdürftig meine nackten Arme, die in dem grellen Licht weiß leuchteten gegen den schwarzen Stoff meines schulterfreien Chanelkleids mit Silbernieten und -ketten, mächtig auf Figur geschnitten, dazu meine neue schwarze Fellmütze.

»Kannste auflassen, sieht ja ganz lustig aus zu dem Abendkleid, das trauen sich die ProSieben-Weiber sicher nicht«, hatte Jörg mir zugenickt, der trotz Neujahrsevent aussah und roch wie immer. Meine Füße allerdings steckten in roten Moonboots, die der Ton-Assi zu meiner Rettung im Berlin-Equipment-Van gefunden hatte, sie gehörten Kameramann Richies Sohn. In dem Gedränge hinter der Absperrung würde sowieso keiner auf meine Füße gucken.

Noch eine Minute, noch mal Puder, und dann ging es los.

Die ersten Limousinen fuhren vor, und die Fotografen fingen an zu schreien: Ja, ja, zu mir, Verona, zu mir, schön, ja, für mich auch, Jeannette, ja, dreh dich noch mal, ja, ja, das ist gut… Überall waren Blitzlichter, ich bekam ein wenig Angst. Gut, dass Kollegin Mimi, zuständig für M-EINS-VIP-Relations, für Jörg und mich auf dem Teppich unterwegs war, um die Promis von den Fotografen wegzuleiten und zu unserem Spot zu bringen. Und ich reckte das Mikro mit dem M-EINS-Würfel über die Absperrung, erst Klaus Wowereit, dann Désirée Nick entgegen, am Anfang nimmt man, was man kriegen kann. In der anderen Hand: mein neues Handy, mit dem aufgeklappten großen Display. Kuszinsky, der sich sonst nie in redaktionelle Angelegenheiten einmischte, sondern immer nur grundsätzlich übers Honorar motzte (er bekam schließlich von allem 20 Prozent), hatte diesmal einen echten Coup gelandet. Der Olle hatte es geschafft, bei der Constantin Film einen Ausschnitt zu clearen, und den auf mein Telefon laden zu lassen, und so konnte ich den eintreffenden Damen die Szene zeigen, in der der nackte Robbie seiner Modelfreundin im Bett kniend ein Ständchen brachte. »You were there for summer dreaming«, da sah man ihn noch von hinten, »and you gave me what I need«, und die Kamera fuhr langsam herum, auf den Brustpelz und auf Robbie alias Colin Farrells bestes Stück. Das Gesicht sah man auch, klar. Und jetzt war natürlich die rhetorische Frage – wo würden die Damen zuerst hingucken? Der Knaller, dass wir diese Nacktszene im Vorfeld zeigen durften, und so steckten sogar der Berliner Bürgermeister und ich die Köpfe zusammen, Kamera ganz nah dran. Das war nicht oberstes Niveau, aber lustig.

»Ist der echt?!«, zeigte auch Jessica Schwarz sich ziemlich beeindruckt, und ich kicherte zurück, den kleinen Bildschirm in Richtung Kamera drehend: »Was denn? Der Brustpelz oder …«

Plötzlich packte mich eine feste Männerhand an der linken Schulter und zog mich aus dieser Interviewsituation heraus. Henri war da.

Auch er trug Pelzmütze, hatte sich tatsächlich meinem Outfit angepasst, doch er zog sie mit einer achtlosen Bewegung vom Kopf und warf sie auf den Roten Teppich vor seinen Füßen, erst seine, dann meine, packte dann meinen Nacken, mein Körper dehnte sich ihm entgegen, bis mir das kalte Eisen der

Absperrung in den Bauch schnitt. Und dann war sein Mund auf meinem, drängend, beißend, eine Zunge, die meine Lippen auseinanderschob, ich musste überrascht nach Luft schnappen. Wahnsinn, wie heiß dieser lange, lange Kuss war, und aus meiner Begeisterung wurde ein nicht ganz leises Stöhnen.

Aber die Scheinwerfer blendeten taghell durch meine geschlossenen Lider, ich hörte das Johlen der Leute, musste ich jetzt wirklich wieder zurück in die Welt, und öffnete die Augen. Henri legte den Arm um meine Schultern, leichte Haarstoppeln auf Wangen und Kopf, wie gut er aussah, er lachte neben mir in die Kamera.

»Schön, dich zu sehen, Kleines«, sagte er und musste mich unter der Achsel packen, weil mir die Knie wegsackten. Dort, auf dem Roten Teppich, stand Robbie in der Menge und applaudierte. Henri hatte ihm mit diesem filmreifen Kuss die Show gestohlen. Einfach so.

26

Um zwanzig Uhr war der Spuk vorbei, der Teppich leer, die drei Kinotüren zu, auch Henri hinter einer verschwunden, und ich konnte mich im Foyer in einen Diwan setzen und Atem holen. Jörg war hoch zufrieden. ProSieben und Leute Heute hatte noch vor Filmstart gefragt, ob sie »den Kuss« haben konnten, und Jörg hatte ihnen die Footage für 3000 Euro die Minute versprochen. Ich war nicht gefragt worden und war ohnehin viel zu betäubt für ein Veto, die ganze Welt würde jetzt also auch außerhalb der Berliner Boulevard-Blätter sehen können, wie Henri mich küsste und dass wir ein Liebespaar waren, meine Mutter, der Kneitinger-Erwin, alle. Irgendwie hätte ich die Erinnerung an Henris ersten richtigen Kuss lieber in ein Tagebuch gelegt wie ein getrocknetes Rosenblatt, aber nun gehörte sie der Öffentlichkeit, und ich konnte nur hoffen, dass sich dieser Kuss nach der Premiere hinter verschlossenen Türen wiederholen würde. Würde er sicher, wenn diese doofe Veranstaltung hier endlich vorbei war. Henri war im Saal verschwunden, ohne zu sagen, wo und wann er auf mich warten würde, ich musste schließlich noch die Voxpops, die Stimmen der Leute nach dem Film, einfangen und hatte dann Feierabend.

»Ich musste Stunden warten, bis ich was zu trinken bekommen habe, und jetzt sagst du, es dürfen keine Gläser in den Saal? Soll das heißen, ich kann den Caipi nicht mitnehmen? Soll ich den jetzt exen oder was?«

Das Gezeter vor Kino Eins unterbrach meine Gedanken, und ich drehte mich neugierig zur Seite. Ein noch gelassener Kinoangestellter versuchte, ein rothaariges Ding davon abzuhalten, mit einem Cocktailglas den Vorführsaal zu betreten. Auf den ersten Blick nichts Besonderes. Aber was für ein Feger sie war: Unter ihrem kurzen Fuchsmäntelchen (Fuchs! Ein Pelz! Echt!) guckte der Saum eines pinkfarbenen Kleidchens heraus, das sich wahnsinnig fashionably mit der Signalfarbe ihrer hochgetürmten Haare stach, und ihre limonenfarbenen Stiefeletten hatten genau die Farbe ihres Drinks.

Es war Loreley.

Scheiße.

Und sie hatte definitiv einen im Tee.

Ich schrumpfte sofort optisch und figürlich zum Aschenputtel. Die hochgesteckten dicken, roten Haarkordeln ließen Loreleys weißen Hals noch graziler aussehen, und trotz Pelz konnte man sehen, wie dünn die Arme darunter sein mussten. Aber diese Zartheit täuschte, das Mädel war auf jeden Fall ziemlich in Fahrt, und wenn sie sich jetzt gleich umdrehen würde, um ihr Glas wegzustellen, würde sie mich sehen, und mir war klar, auf wen ihr Zorn sich dann richten würde …

»Das gibt's ja nicht, wen haben wir denn da?«

Schon passiert. Ich duckte mich, als Loreley auf mich zuwirbelte, den fast vollen Caipirinha vor sich ausgestreckt, keine Frage, in einer Sekunde würden zerquetschte Limonenhälften und ein See aus braunem Zucker an mir kleben. Und dann würde sie mich an den kurzen Haaren packen und ich zu meiner Verteidigung in ihren Marge-Simpson-Turm greifen müssen, und wir würden uns dann am Boden wälzen, kreischend, bis die Kinotüren aufgingen und die Menge sich um uns scharen würde, neugierige Kameras auf unseren Catfight gerichtet …

Plumps. Loreley hatte die neben mir auf dem Diwan liegende Mikrofonangel einfach weggefegt und sich neben mich fallen lassen.

»Willste nen Schluck?« Und dann zeigte sie auf meine Füße. »Geile Schuhe. Moonboots und Galakleid. Das ist mal ein Statement, finde ich richtig cool von dir.«

Ich hatte alles erwartet, nur kein Kompliment, und rang nach Worten.

»Ähm … der Kamera-Assi ist gerade unterwegs, um meine anderen Schuhe aus dem Auto zu holen, die Moonboots hatte ich nur an, weil es draußen so kalt ist.« Das klang alles nicht besonders selbstbewusst. Ich gab auf, ließ mir gehorsam den Strohhalm in den Mund schieben und sog daran.

»Ich muss mal pullern, kommste mit?«, fragte mich Loreley.

Und schon hatte mich die Frau, der ich doch eigentlich den Job weggenommen hatte, an der Hand gepackt und zog mich hinter sich her, die Treppe hinunter zu den Damentoiletten.

»Und, wie läuft's so im Steinbruch?«

Loreley verschwand gar nicht erst in einer der Kabinen, sondern wühlte ungeduldig in ihrem pinken Handtäschchen und kippte dann kurzerhand den kompletten Inhalt in ein Waschbecken: Tampons, ein Handy, ein Timer, Schminkzeug und eine kleine rote Pumpflasche. »Glitschi Extra Hot« stand darauf, ein Gleitgel mit Wärmeeffekt, wozu man das wohl brauchte? Für reibungslosen Sex im Winter?

»Ganz gut«, sagte ich vorsichtig, ohne mich ganz aus der Deckung zu wagen, und versuchte die kleine Pumpflasche zu ignorieren.

Ich sah weiter Loreley beim Kruschen zu. Aber die schlug sich mit der flachen Hand auf die Stirn, es war ihr etwas eingefallen, und sie bückte sich und fummelte ein flaches Metalletui aus dem Schaft ihres Stiefelchens. Was hatte sie da drin, Visitenkarten? Im Schuh?

»Und bei dir?«, fragte ich sie. »Drehst du noch für deinen Vater?«

Loreley öffnete das Etui, legte es neben das Waschbecken und schaufelte mit ihrem langen kleinen Fingernagel weißes Zeugs auf den geöffneten Deckel des Döschens, vorsichtig, um das Pulver nicht zu verstreuen, und legte das Cellophan ihrer Zigarettenschachtel darüber, um die größeren Krümel darunter zu zerreiben.

»Drehen? Mit meinem Vater?«, schnaubte sie verächtlich. Die haarigen Ärmel ihres Mäntelchens waren ihr bei ihrer konzentrierten Aufgabe im Weg, Loreley machte kurzen Prozess, indem sie das gute Stück ungeduldig auf den Boden pfefferte, und jetzt nur noch in ihrem pinken Kleidchen mit den Spaghettiträgern vor mir stand. Ihre Arme waren wirklich unfassbar dünn. »Der Dreh war für Papa doch nur ein Vorwand, um mich von Berlin wegzulocken und mich in die Betty Ford zu bringen.«

Sie richtete sich auf, um einen Fünfzig-Euroschein zu einem Halm zu rollen, und folgte meinem Blick – ich hatte mir nicht besonders diskret die Tätowierungen an ihren Armen aus der Nähe angesehen.

»Du bist so schön dünn«, versuchte ich mir meine Verlegenheit nicht anmerken zu lassen.

»Dabei habe ich nie Diät gemacht!«, lachte Loreley, ihre großen Locken wippten mit, als sie den Pulverberg mit einer kleinen Klinge, die sie ebenfalls aus ihrer Dose gefischt hatte, in zwei Häufchen hackte. Tacktacktacktack.

»Der Begriff Diät ist viel zu harmlos! Rosskuren wäre ein besseres Wort dafür«, lachte sie.

»Und die Tätowierungen? Hat das nicht total wehgetan?«, fragte ich besorgt.

»Und ob. Scheiß-Tattoos. Das ist das nächste Problem. Weißt du, was das kostet, die am Set jeden Tag zu überschminken? Eigentlich habe ich damals meinem Alten versprechen müssen, dass ich mir nur Tempis machen lasse.«

»Tempis?«

»Na, Temporaries. Farben, die nach zwei Jahren wieder verblassen. Aber das ist jetzt acht Jahre her, damals bin ich von einer Tattoo-Convention auf die nächste gefahren, Hauptsache, der Alte hat sich darüber aufgeregt. Aber das Einzige, was verblasst, ist das Schwarz. Und der Rest sieht allmählich aus wie eine Hautkrankheit.«

Ich sah näher hin. Das stimmte. So hatte der Drachen, der Loreleys rechten Arm hinunterwuchs und bis auf ihren Handrücken Feuer spuckte, eine reichlich blasse Nase, die Konturen waren ins Grünliche verblasst. Die Flammen aus seinem Maul und das Feuerbett, auf dem er saß, leuchteten allerdings unvermindert. Rot und Gelb auf sommersprossiger Haut – das wirkte von Weitem tatsächlich ein bisschen wie Ausschlag.

»Stell dir mal lieber nicht vor, wie das in zehn Jahren aussehen wird. Die letzte Rolle, die ich gespielt habe, war der Wasserstoff in einem Kinderlehrfilm, und da hatte ich ein Ganzkörperkostüm an. Das Einzige, was ich mit den Tattoos noch machen kann, ist bei M-EINS zu moderieren. Oder eben bei MTV.«

Loreleys Ehrlichkeit brachte mich vollends aus der Fassung. Eigentlich hatte ich ein hochnäsiges »Ich bin jetzt Schauspielerin« erwartet, doch stattdessen bekam ich eindeutig mehr persönliche Informationen, als mir lieb waren.

Loreley hatte ihren Schein fertiggerollt und hielt ihn mir generös hin, auf die zwei weißen Pulverstraßen in dem Dosendeckel deutend: »Willst du?«

»Nein, danke, ich nehme aus Prinzip keine Drogen«, lehnte ich ab, das fehlte mir noch, als wäre mein Leben nicht schon aufregend genug. »Ich dachte, du kommst gerade aus der Betty-Ford-Klinik? Die gibt es doch nur in den Staaten?«

»Nein«, sagte Loreley und beugte sich vor, schnief, schnief. Dann richtete sie sich auf, blickte prüfend in den Spiegel und wischte sich mit dem Zeigefinger vorsichtig zerlaufende Schminke aus den tränenden Augenwinkeln. »Ich war in Genf. Die Schweizer haben super Rehas.«

Und warum haben sie dich nicht behalten, fragte ich mich, während ich ihr zusah, wie sie ihre Utensilien zusammenpackte. Aber Loreley war bester Dinge.

»Kommst du nachher mit zur Aftershow-Party ins Watergate? Henri legt da auf, den kennst du ja auch.«

Ja, Henri kenne ich auch, dachte ich, denn er ist außerdem mein Freund, auch wenn er mir gar nicht erzählt hat, dass er heute im Watergate auflegt, und unser Kuss wird übrigens morgen bei Leute Heute laufen.

»Klar kenne ich den«, sagte ich so locker wie möglich. »Ganz gut sogar. Aber ich muss jetzt echt mal los, ich habe den ganzen Mikrokram im Foyer liegen lassen, Richie reißt mir den Kopf ab, wenn vom Equipment etwas fehlt. Wir sehen uns später.«

Ich sah zu, dass ich Strecke machte und merkte erst draußen, dass ich eigentlich dringend hätte verrichten müssen, was Heidi Normalverbraucher auf Toiletten eben so verrichtete. Dann eben später pinkeln, denn im Foyer stand schon Jörg, strenger Blick, die Hände in die Hüften gestemmt, und wartete auf mich, um unsere Position vor dem Kino zu beziehen. Der Film würde jede Minute aus sein. Und als ich mich entschuldigte, nickte er und nahm meine Hand. Ich guckte ihn erstaunt an, warum so vertraut, ich verbrachte zwar mehr Zeit mit ihm als mit irgendeinem anderen Mann, aber Jörg mit seinen Schmuddel-T-Shirts und Mitessern war nun echt nicht mein Fall. Doch der grinste nur und klipste mir ein rotes VIP-Bändchen ans Handgelenk. »Watergate« stand darauf.

»Hab ich dir das schon erzählt, dass wir da nachher noch weiterdrehen?«

Als wir draußen in der Kälte standen, um uns in die Shuttlebusse zur Party zu drängen, trug ich immer noch die Moonboots und hatte meinen Parka über den Galafummel gezogen. So fühlte ich mich zwar wie ein Elefant, aber immerhin wie einer mit warmen Füßen. Ich renkte mir den Hals aus, um Henri zu finden, aber um die schnatternde Menge zu überblicken, hätten mir auch Loreleys Zehn-Zentimeter-Stilettos nicht gereicht. Wie gern hätte ich meine Hand von hinten in die seine geschoben und meinen Kopf an seine Schulter gelehnt, aber er war sicher schon vorweggefahren, klar, er musste gleich arbeiten, und ich sah ihn mit Herzklopfen wieder vor mir, das erste Mal in diesem Club, damals, ich mit Pussi im Schlepptau, da war ich noch Heidi vom Land gewesen, und er der böse Schnösel, der Loreley einen Wodka ausgegeben hatte. Aber die wollte wohl nichts von ihm, sonst wäre sie doch jetzt nicht so entspannt, oder?

Als sie einstieg, fragte Loreley nicht einmal, ob der Platz neben mir noch frei war, sondern stakste den Gang entlang, rechts und links an den Sitzen Halt suchend, am erstaunten M-EINS-Team vorbei, bedeutete mir mit einem Händeschlenkern, ans Fenster zu rutschen, und ließ sich neben und gegen mich fallen.

»Hi. Heute schon genug armen Leuten das Mikro unter die Nase gehalten?«

Ich bewunderte kurz ihre Unverfrorenheit. Und war froh, dass sie keinen Zickenkrieg heraufbeschworen hatte.

»Bist du denn jetzt nicht bei MTV?«, fragte ich sie, als würde ich die Konkurrenz nie gucken, nervös das rechte Bein um das linke wickelnd. Ich war immer noch nicht pinkeln gewesen, und stillsitzen war langsam nicht mehr drin.

»Noch nicht. Aber bald. Ich wollte nicht sofort in die nächste Tretmühle. Mein Therapeut sagt, ich soll mal ein bisschen loslassen.«

»Und das fehlt dir alles gar nicht: deine eigene Show, die Interviews, die Show, das Team, die ganze Aufregung?«

»Nein, überhaupt nicht, immer die Scheiß-Quote, die blöden Zuschauer-Mails und dass du dir von diesen Labeltussis sagen lassen musst, ob du ihrem Künstler die Hand geben darfst oder nicht«, sagte Loreley ein bisschen zu laut. Jörgs Käppi drehte sich im Sitz vor uns ein wenig zur Seite, wahrscheinlich versuchte er mitzubekommen, was wir zwei zu besprechen hatten.

»Weißt du, ich weine nie etwas nach. Besser oberflächlich als oben flach. Und wenn ich erstmal bei MTV bin ... «

»Heidi, kommst du, bitte!«

Jörg hatte sichtbar schlechte Laune, und dass Loreley mich an der Schlange am Eingang vorbei sofort zur nächsten Bar schleifen wollte, machte das nicht besser.

»Ihr könnt eure tolle neue Freundschaft gerne begießen, aber erst, wenn wir hier mindestens noch fünf knackige O-Töne eingefangen haben, und zwar von Leuten, die man kennt und die den Film *gut* gefunden haben. Und damit beginnen wir sofort hier vor dem Club, da haben wir noch keine laute Musik im

Hintergrund, und die Leute sind noch nicht so dicht, dass sie nicht mehr reden können!«

»Wir sind nicht befreundet, ich sehe Loreley heute zum ersten Mal«, versuchte ich mich zu verteidigen. Was wusste ich denn, warum Loreley mich als ihre neue beste Freundin auserkoren hatte? Irgendwie tat sie mir leid, mit ihren missratenen Tätowierungen und ihrem Döschen im Schuh, aber heute war nicht der Abend für Charity. Sollte Jörg sie und ihre allzu klebrige Ehrlichkeit nur verscheuchen, Loreley würde mir ohnehin nur im Weg sein, wenn ich später an Henris Seite am DJ-Pult stehen würde, der Ehrenplatz, der mir definitiv zustand. Ich warf meinen Parka über die Equipment-Tasche und spürte vor Vorfreude die Kälte nicht. Mann, musste ich aufs Klo, aber ich streckte trotzdem Heike Makatsch das Mikro vor den Schmollmund: »Hallo, Heike, hat dir der Film gefallen? War der heutige Abend den Babysitter wert?«

Schon eine halbe Stunde später war alles im Kasten, wir hatten, was wir wollten. Bis auf den kleinen Zwischenfall, bei dem sich das Mikro in den Silberketten, die an meinem Ausschnitt hingen, verheddert hatte, war es großartig gelaufen. Colin Farrell hatte vor unserer Kamera mit einem sehr jungen Groupie in einer der Nischen der Oberbaumbrücke geknutscht, wir hatten fünf O-Töne von Wowereit und ansonsten sehr brauchbares Material. Jörg war zufrieden, steckte das türkise Band in seine Schultertasche und rief dann offiziell den Feierabend aus. Ich ließ mir das nicht zweimal sagen und stampfte in meinen klobigen Schuhen los, rücksichtslos rechts und links Leute zur Seite schubsend, und riss erleichtert die Tür zur Damentoilette auf. Ich bekam sie gar nicht ganz auf. Da drin ging es zu wie in einem Bienenstock, ich hatte vielleicht Wartelistenplatz 28, und zu allem Überfluss überragte zwei Köpfe vor mir Loreleys rote Hochfrisur die allesamt sehr nervösen Damen. Immer dasselbe bei Veranstaltungen. Ich wusste nicht, was die Mädels so lange brauchten, gerade in diesen Fähnchen, in denen alle herumliefen. Rock hoch, Schlüpfer runter, Pipi machen, Schlüpfer hoch, Rock runter, fertig. Das dauerte doch nicht mehr als eine Minute, oder?

Es war Zeit für Plan B. Durfte mich nur nicht erwischen lassen, man würde sich sicher fragen, was ein M-EINS-Gesicht auf der Männertoilette verloren hatte, aber dort war es wie erwartet: saudreckig, aber leer.

Schnell Luft anhalten, an den Pissoirs vorbei, hinein in die mittlere Kabine, Tür zu und über der vollgepissten Brille balancieren. Puh.

Der Druck meiner übervollen Blase hatte ein solches Plätschern erzeugt, dass ich die Tür überhört haben musste. Und so zuckte ich ganz schön zusammen, als ich verstohlen meine Kabine verlassen wollte, und davor eine tiefe, knarzige Stimme hörte: »Ey, Superman. Leute Heute, Respekt!«

Diese, nun ja, eher versoffene Männerstimme kannte ich. Das war der Olle. Mein Manager. Ich hörte das Ratschen eines Reißverschlusses und ein Räuspern, da war noch jemand – Kuszinsky hätte ich es auch zugetraut, sich selbst »Superman« zu nennen. Aber der andere ließ erst einmal laufen, erleichtertes Seufzen, und sagte dann: »Tja, gutes Timing ist einfach alles. Aber wem sag ich das. Das ist dir als meinem Manager natürlich klar.«

Das war Henri.

Ich atmete so leise wie möglich und achtete darauf, dass die Spitzen meiner roten Moonboots nicht unter der Klotür zu sehen waren. Er und Kuszinsky kannten sich. Und offensichtlich ziemlich gut. Na und? Es gab viel, was ich von Henri nicht wusste, aber er von mir auch nicht! Wir hatten eben einfach noch nicht darüber gesprochen, wer unser Manager war, und der war eben bei uns beiden Kuszinsky, eigentlich ein lustiger Zufall.

Henri fragte gerade: »Und, wie sind die Zahlen?«

Leises Strullern, dann Kuszinsky: »Die Zahlen? Ehrlich gesagt, die Zahlen sind bescheiden. Wir müssen woanders angreifen. Du verlierst gerade deine Zielgruppe. Zur Lesereise muss ich dir nichts erzählen, und der Job heute ist vielleicht fürs Image gut, bringt aber noch nicht mal was für die Portokasse. Wir brauchen mehr als ein paar Besoffene im Watergate. Wir brauchen die Presse. Und wir brauchen die Kleine. Morgen

205

ZDF ist schon mal nicht schlecht, aber noch zweimal Boulevard überregional, das muss im Januar mindestens noch drin sein. Und nimm sie heute Abend mit nach Hause und sei nett zu ihr, die soll das Buch morgen unbedingt noch mal in die Kamera halten. Ihre Quoten sind bisher so gut, dass du sie langsam zu Kozilla schicken kannst, um ein gutes Wort für dich einzulegen: Da muss einfach was weitergehen mit den Pop-Piraten. Wenn der Sender keine Moderationen zahlen will für diese Literaturshow, dann sollen sie gefälligst einen Sponsor draufsetzen! Hauptsache, deine Fresse ist einmal in der Woche auf M-EINS! Mein Deal mit Motorola läuft noch zwei Jahre, und nachdem unser Dummerchen heute das Logo so schön doof in die Kamera gehalten hat, kann ich sicher mal mit denen reden.«

Draußen Schnaufen, Stoffraschen, die beiden schüttelten wohl gerade ab, das Reißverschlussgeräusch, und dann wieder Kuszinsky.

»Also, noch mal: Mit heute Abend bin ich sehr zufrieden, mein Freund. Aber vergiss nicht, wir sind erst am Anfang, und der Bestsellertitel ist in weiter Ferne. Nächstes Jahr musst du dringend wieder einen Roman nachschießen, keine Episodensammlung. Und bis dahin sollten wir unser Pferdchen noch für uns laufen lassen.«

Als die beiden die Toilette verlassen hatten, spürte ich etwas Feuchtes an den Oberschenkeln, igitt, ich hatte mich vor Schreck auf die Klobrille sinken lassen, aber was war schon ein Cocktailkleid voller Männerpisse gegen das, was ich gerade gehört hatte?

Inzwischen war es mir reichlich egal, ob mich beim Rausgehen jemand sehen würde, ich rumpelte an verdutzt von der Pissrinne aufblickenden Clubjungs vorbei. Ich musste Richie und den Ton-Assi finden, hoffentlich war das Kamerateam noch da, denn es war Zeit für meine Killerheels aus dem M-EINS-Fundus, die Richie in der Kameratasche spazierentrug.

»Was soll ich denn jetzt *damit*?«, schrie Richie gegen das Wummern der Musik an, als ich kurzerhand die Moonboots seines Sohnes vor ihm auf die Bar knallte, aber ich hatte jetzt keine Zeit dafür und schrie nur: »Mir scheißegal, ich brauche meine Stöckelschuhe!«, wie laut, merkte ich erst, als meine Stimme für einen kurzen Moment der Stille im dampfenden Raum hing.

Und dann verkündete eine monotone Frauenstimme aus den Lautsprechern: »Work this pussy. Work this pussy.« Sie wiederholte sich immer und immer wieder, ohne die Stimmlage zu verändern, und dann setzte darüber der Beat ein: Henris DJ-Schicht hatte begonnen.

Ich fand Loreley da, wo ich sie vermutet hatte: in der Damentoilette. Sie hatte sich an einem Mädel festgesaugt und redete auf das arme Ding ein, als gäbe es kein Morgen. »Kannst ruhig mal fühlen, die Dinger sind besser als echte!«, streckte sie ihr gerade ihren Ausschnitt entgegen.

Ich ging einfach dazwischen, zog an ihrer Handtasche und fragte: »Darf ich?«

Ich suchte kurz, fand, was ich brauchte, fuhr mit der Fingerkuppe in die Lidschattendöschen und in den Rougetopf, weg mit der Mütze, Loreleys Haarspray in die Haare, so wild wie möglich, ich musste besser aussehen als alle Frauen hier. Und dann: Auf in den Kampf, Frau Hanssen! Ich musste zu Henri.

»Work this Pussy, work this pussy«, dieser Song war immer noch nicht zu Ende, wie oft würde die Alte sich noch wiederholen? Zweihundert, dreihundert Mal? In einem wenig grazilen Ausfallschritt schaffte ich die große Stufe zur DJ-Kanzel, schob das Kleid wieder zurück auf die Schenkel, drängte mich zwischen den umstehenden Damen durch und fasste Henri besitzergreifend um die Hüften. Der fuhr zusammen, sein zwischen Schulter und Ohr eingeklemmter Kopfhörer krachte auf den Bretterboden. Und während ich Kuszinsky unten fixierte, der in einem zu engen silbernen Polyester-Shirt an der Bar stand, unter dem sich eklige kleine Brustwarzen und ein Schmerbauch überdeutlich abzeichneten, und zu uns herübersah, zog ich Henris Gesicht zu mir, drückte ihm einen Kuss auf den Mund und schrie: »Wohin gehen wir später? Zu dir oder zu mir?«

»Heidi! So direkt heute?«

Henri sah kurz in die Menge, und ich bemerkte aus den Augenwinkeln, wie Kuszinsky ihm leise zunickte.

Und dann nahm Henri meine Hand und schrie gegen die Musik an: »Das ist mir egal! Wenn wir nur die Nacht miteinander verbringen!«

Henris Blick tauchte dabei tief in meine Augen. Das klang eigentlich echt. Das klang sogar so echt, dass ich merkte, wie seine Fans, zwischen die ich mich gedrängt hatte, empört von uns abwichen. Sie mussten spüren, dass sie nur Zaungäste und Henris Gefühle keine Show waren. Die konnte er doch nicht einfach so spielen? Die verliebte Heidi in meinem Kopf flehte mich an, nun cool zu bleiben. Und dann schmiegte ich meine Wange an die seine und sagte ihm ins Ohr: »Wir haben mehr Zeit als nur diese eine Nacht! Denn das Beste weißt du noch gar nicht: Ich habe morgen keine Sendung. Die ganze Woche nicht, wir haben Produktionspause bis zum elften Januar! Wie gut, dass wir einen gemeinsamen Manager haben, der kann uns doch diese Zeit sicher freihalten, oder?«

Das reichte, um Henris Fluchtinstinkt auszulösen. Er ließ seine Plattenspieler und mich einfach stehen, um mit einem Satz auf die Tanzfläche zu springen. Ich blickte ihm verstört hinterher und schluckte beim vergeblichen Versuch, den bleiernen Geschmack loszuwerden, den ich plötzlich im Mund hatte. Aber er wurde noch bitterer, so bitter, dass es wehtat, denn Henri war in vier schnellen Schritten bei Kuszinsky, auf ihn einschreiend und in meine Richtung deutend. Ich bemerkte, wie dem das Gesicht herunterfiel, er über Henris Schulter zu mir sah und schnell den Blick senkte, als er meinem begegnete. Kuszinsky wusste, dass ich ihr Spiel durchschaut hatte. Und er sah wohl gerade ein, dass sein Pferdchen nach dieser Aktion nichts mehr in die Kamera halten würde. Schon gar nicht Henris Buch. Dumm gelaufen.

Die Platte mit den Vocals war zu Ende, und so schepperte jetzt nur noch der Rhythmus durch den Club, plängplängpläng. Lediglich eine Handvoll Feierleute ließ sich davon nicht stören und hampelte weiter, der weniger besoffene Rest drückte sich ein wenig ratlos mit hängenden Armen an den Rand der Tanzfläche. Als Henri dies bewusst wurde, stürzte er zurück zu seinem Arbeitsplatz. Aber noch bevor er wieder auf seiner Kanzel stand, war ich schon bei Richie, meine Sachen holen, und draußen. Vorbei an einer erstaunten Doreen, die gerade ins Watergate wollte, als ich mit wehenden Ohrenklappen und meinem Parka unter dem Arm hinausrannte und mich in genau das Taxi warf, aus dem sie gerade gestiegen war. Auf ihren süffisanten »Siehste«-Text konnte ich jetzt gut verzichten, knallte stattdessen die Beifahrertür zu. Ich wandte mich dem Taxifahrer zu: »Ich muss zuerst kurz im Lolitus vorbei in der Invalidenstraße, und dann in die Danziger, welche Höhe, weiß ich nicht mehr genau. Irgendwo da steht mein Auto. Und ich hab's eilig.«

Wenn ich sofort losfuhr, würde ich bei Tagesanbruch in Unteröd sein.

27

Meine Mutter goss mir aus einer Glasflasche Milch in meinen Frühstückskaffee. Kleine gelbe Rahmklümpchen schwappten mit dem kühlen weißen Strahl in meine übergroße Tasse.

»Hast dich geärgert?«, fragte sie.

»Ja«, sagte ich einsilbig und zupfte ein paar Fussel von der alten dunkelroten Trainingshose, die ich in meinem Schrank gefunden hatte und die ein Brandloch am Hintern hatte, weil ich mich auf irgendeiner Skihütte damit mal an einen heißen Kanonenofen gelehnt hatte.

»Hab' ich mir gleich gedacht«, erwiderte meine Mutter und stand auf, um mir Filzpantoffeln zu holen und den Saibling vom Mittagessen noch einmal aufzuwärmen.

Ich schaute durch die Sprossenfenster auf die Rosenbüsche, deren vertrocknete Blätter im aufkommenden Wind zu zittern begonnen hatten. In der Küche hörte ich das Rauschen des Umluftherds, aber brachte es nicht fertig, meiner Mutter zu sagen, dass ich keinen Bissen herunterbekommen würde. Der Fisch stand fünf Minuten später in einer orange glasierten Reine vor mir, in spritzender Butter schwimmend.

Mir wurde schlecht.

Als meine Mutter mir die Weinflasche hinhielt, sagte ich »Ja gerne«, obwohl es draußen noch hell war und ich doch eigentlich vor Sonnenuntergang nicht mehr trinken wollte. Doch der honigfarbene Wein in der Ein-Liter-Flasche hieß »Wia'ra wachst« und war bestimmt ein ganz ehrlicher Tropfen. Also her damit.

Das Pritzeln der heißen Butter hatte aufgehört, nur der Umluftherd summte immer lauter, und als ich den Kopf Richtung Küche drehte, hatte das Licht begonnen, merkwürdig zu flimmern.

»Hat die Küchenlampe einen Wackler?«, fragte ich meine Mutter, irritiert wegen des Stroboskop-Effekts, den ich überall eher vermutet hätte als in der Küche meiner Eltern.

»Nein, das ist der neue Windgenerator. Dein Vater hat gegen den Nachbarn verloren«, sagte meine Mutter und goss die zwei Zentimeter Weißwein in meinem Glas mit Mineralwasser auf.

»Vom Arbeitszimmer deines Vaters aus siehst du ihn am besten, kannst ruhig rein, dein Vater ist seit morgens in der Werkstatt. Dort kommt er in der letzten Zeit sowieso nicht vor acht Uhr abends raus.«

Das Telefon meiner Eltern war neu und hatte einen erstaunlich modernen Vierklang. Ich fuhr zusammen, als es auf dem Schreibtisch meines Vaters losdüdelte, aber meine Mutter hatte vom Wohnzimmer aus schon abgehoben. Ich sah mich um. Der Schreibtisch war leer. Keine Blätter, keine Bücher, keine Akten, und ich trat auf den Balkon, um dem großen weißen Turm auf dem Nachbargrundstück mit den Augen nach oben zu folgen. Im Freien war das Rauschen ganz gewaltig, der Wind musste stärker geworden sein, und ich musste den Kopf weit in den Nacken legen, um bis auf die Rotorenblätter gucken zu können, die sich jetzt richtig schnell drehten und in der Nachmittagsonne glitzerten.

»Heidi!«, rief meine Mutter, und ich erschrak wieder. War das Gespräch für mich? Wer wusste, dass ich hier war? Hatte Henri die Nummer meiner Eltern herausgefunden, nachdem ich übers Handy nicht erreichbar war? Arschloch, dachte ich, ich will nicht mit dir reden, ich spiel dein Scheiß-Spiel nicht mehr mit, aber meine Mutter hatte bereits aufgelegt und rief mir zu, am Fuße der Treppe stehend: »Das war die alte Gerlinde von den Ramsauers unten, an deinem Auto brennt das Licht.«

Nachdem ich das linke Standlicht ausgeschaltet hatte, ließ ich das Auto unabgesperrt vor der Einfahrt stehen. Dann bemerkte ich die kleine Rauchfahne über der Werkstatt meines Vaters. Drinnen herrschte blankes Chaos. Schleifpapier, Stichsägenblätter, ein offener Topf mit harzduftendem Firnis und einem verklebten Pinsel obendrauf.

»Schön, dass du da bist«, begrüßte mich mein Vater. »Hock dich her.« Dabei deutete er auf einen alten Küchenstuhl mit nur einer Armlehne und warf den Winkelschleifer an.

»Was machst du denn?«, versuchte ich das Geräusch zu übertönen. Ich war schon lange nicht mehr hier drin gewesen. Hatte hier schon immer so eine gemütliche Meister-Eder-Atmosphäre geherrscht? Und war das nicht das Schwarz-Weiß-Ungetüm von Fernseher, das eigentlich vor zwanzig Jahren auf den Speicher gewandert war?

»Ich baue ein Regal. Für die Videokassetten«, sagte mein Vater in das verklingende Jaulen der ausgeschalteten Maschine hinein und blies den Staub von einem schmalen Brett.

»Aber es hat doch kein Mensch mehr VHS, ist das nicht langsam ein völlig überholtes Medium?«, meinte ich und schämte mich sofort, weil das wahnsinnig besserwisserisch geklungen haben musste.

Und dann sah ich die Videokassetten auf dem Fernseher liegen. Jede staubsicher in einer Hülle und ordentlich beschriftet. Ich griff mir die ersten drei und las: »Erste Sendung«, »Heidi 24. 10. Loreley-Live«, »Heidi 27. 12. Interview Mariah Carey«.

Ich ließ die Bänder sinken und starrte meinen Vater an.

»Du nimmst meine Sendungen auf?«

»Natürlich«, sagte mein Vater beiläufig. »Ich finde das gut, was du da machst. Und lass dich von deiner Mutter nicht verunsichern, die meint das nicht so. Weißt du, die macht sich einfach Sorgen, du bist unser einziges Kind…«

Mein Vater machte eine Pause und schluckte. Ich auch.

»…und da hätte sie einfach am liebsten, dass du mit mir zusammen am Schreibtisch sitzt und meine Mandate übernimmst und sie uns jeden Mittag gemeinsam zum Essen rufen kann.«

Mein Vater drehte den Schlüssel in dem kleinen Holzschränkchen neben der Werkstatttür, Bohrer und Schraubenzieher waren darin der Größe nach fein in passende Löcher gesteckt, und holte einen Flachmann heraus.

»Magst auch einen Obstler?«, fragte er, und ich nickte, mehr aus Höflichkeit, zog mein altes Sweatshirt aus und setzte mich im T-Shirt neben den kleinen gusseisernen Ofen, der vor sich hinbollerte.

»Tja, stimmt schon«, sinnierte mein Vater mit dem Rücken zu mir und goss den Schnaps in zwei kleine König-Ludwig-Stamperl mit Goldrand, »du als meine Nachfolgerin – das wäre unser Traum gewesen. Aber wenn du das nicht machen willst, dann willst du das halt nicht machen, das müssen wir akzeptieren. Ich wünschte, ich hätte damals den Mut gehabt, mich genauso zu entscheiden. Prost.«

Dieses Vater-Tochter-Gespräch nahm eine unerwartete Entwicklung. Wollte er mir wirklich sagen, er beneidete mich darum, dass ich mein Studium geschmissen hatte?

»Aber ich meine, die Hanssens waren doch immer Juristen, das war doch immer auch dein Leben, oder?«, fragte ich ungläubig.

»Das dachte ich auch, aber weißt du«, er prüfte die frisch abgeschliffene Kante des Regalbretts mit dem Daumen, »ich habe schon immer gern mit Holz gearbeitet. Aber Handwerker werden, eine Schreinerlehre machen, das kam bei uns zu Hause einfach nicht in die Tüte. Wir waren eine Anwalts- und Notarsfamilie, basta. Natürlich hätte ich hier mit deiner Mutter auch eine Schreinerwerkstatt aufmachen können anstatt einer Kanzlei. Aber das hätte geheißen, noch einmal von vorne anzufangen, und das mit zwei Kindern und deiner Mutter im Nacken…« Er verstummte einen Moment. »Also hab ich das gemacht, von dem ich dachte, dass es mein Beruf ist. Und jetzt sieh dir an, was ich davon habe.«

Er trank seinen Schnaps aus und zeigte durch das verstaubte

hintere Fenster nach draußen, wo die Rotorenblätter des Windgenerators den Himmel durchschnitten.

»Jahrzehntelang bist du der Anwalt hier in der Gegend, und alle kommen sie zu dir, wenn der Tierarzt ein Kalb hat verrecken lassen und wenn die Schwiegereltern die Aussteuer nicht auszahlen und wenn ihnen der Nachbar den Mähdrescher verkratzt hat. Aber weil du gern hier lebst und weil du denkst, dass du hier zu Hause bist, hörst du dir jeden Streit an wegen falsch gesetzter Zäune und weil sie irgendeinen missratenen Bengel von der Berufsschule geschmissen haben, und du schreibst ihnen ihre Briefe und legst Akten an wegen unglaublicher Nichtigkeiten, mit denen die Menschen sich das Leben schwermachen. Und wofür? Dafür, dass sie dir so ein Ding vor die Nase stellen, und du nichts dagegen machen kannst.«

Er goss sich nach.

»Da hat einer die Chance, Subventionen einzustreichen, und teilt die unter der Hand mit dem Arschloch von Bürgermeister, und dann stellen sie deiner Mutter und mir dieses Scheißteil vor die Nase.« Mein Vater hob seine Stimme und drohte mit dem Schnapsglas zum Fenster hin. »Und weißt du, was sie nach 25 Jahren zu mir sagen im Gemeinderat? Weißt du das? Sie haben gesagt: Halt's Maul, Hanssen, werd erst einmal einer von uns.« Mein Vater rang nach Fassung, und als er meinen Blick sah, rubbelte er sich mit den Händen übers Gesicht, als wolle er sich eine Ladung kaltes Wasser darüberschaufeln, schüttelte sich und straffte seine Schultern.

»Aber jetzt reden wir mal von etwas Interessanterem. Dieser junge Mann da«, er zog mit sicherem Griff eine der Videokassetten aus dem Stapel, »ist das dein neuer Freund? Lernen wir den mal kennen? Heidi?« Er fasste mich besorgt am Oberarm. »Heidi? Was ist denn?«

»Nichts«, zog ich die Nase hoch und wischte mir über die Backen, »ich hab nur Staub in die Augen bekommen.«

Gut, dass ich gerade meine Mutter durch den Garten zur Werkstatt laufen sah, sie winkte und rief mir zu. Ich dachte daran, dass ich ihr noch nicht gesagt hatte, dass ich aufhören wollte, für M-EINS zu arbeiten, und dass Henri mich kreuzweise konnte. Am liebsten würde ich auch gar nichts erzählen, mich nur in eine Decke gewickelt zu ihr auf die Terrasse setzen und ihren ostfriesischen Nachmittagstee mit ihr teilen.

Meine Mutter brachte einen Schwall kalte frische Luft mit herein und schnappte nach Luft: »Heidi! Die Gerlinde ist wieder dran. Da ist jemand, der fragt nach dir. Ein Mann. Im *Porsche*.«

Ich kannte nur einen Mann im Porsche! Josef! Mein Herz machte einen Sprung.

»Ich komme sofort!«

Und als ich an meiner Mutter vorbei vor die Tür stürzte, auf dem Weg zu den Häusern unten am Hügel, sah ich den Wagen auch schon nach oben fahren. Ein Sportwagen. Das war kein Cayenne, auch gar kein Porsche, das war ein Jaguar. Und darin saß auch nicht Josef. Ich blieb wie angewurzelt in unserem Gartentor stehen und sah zu, wie der Fahrer ausstieg und in einer dicken braunen Strickjacke mit Lederflicken an den Ärmeln, das Gesicht versteckt hinter zwei riesigen Blumensträußen, auf mich zukam.

»Hallo, Heidi.« Er gab mir einen der Blumensträuße. Den mit den vielen Rosen. »Ich habe ihn gefeuert. Kuszinsky ist raus. Bitte verzeih mir.«

Und bevor ich noch etwas sagen konnte, trat Henri ein paar Schritte weiter und streckte meiner Mutter den zweiten Strauß mit den bunten Blättern und den Vogelbeeren entgegen.

»Entschuldigen Sie die Störung. Ich bin Graf Henri-Marie-Jean-Baptiste von Labrimal. Ich bin ein Freund Ihrer Tochter ... das heißt ...«, er warf einen Blick zurück zu mir, die ich in meinem Garfieldsweatshirt und der versengten Trainingshose in der Einfahrt stand, »... wenn sie mich lässt.«

Henri hatte heute seinen Anzug eingetauscht gegen ein rustikaleres Großbauern-Outfit und passte perfekt zum Country-Look meiner Mutter. Er bot ihr seinen Arm und führte sie zurück in ihr eigenes Haus. Mich ließen sie mir nichts dir nichts einfach stehen.

»Na, das ging aber fix«, hörte ich meinen Vater sagen und drehte mich um. Er stand in der Werkstatttür, einen Korkblock mit Schmirgelpapier in der Hand, und hatte alles ganz genau beobachtet.

Ich folgte Henri schnell ins Haus und fand ihn vor der Küche, vor der ihn meine Mutter mit den Worten »ich guck gleich mal nach zwei Vasen für die wunderschönen Blumen« hatte stehen lassen. Sie hatte ihn noch nicht einmal gebeten, seine Schuhe auszuziehen, das musste sonst jeder, wirklich jeder, auch der Pfarrer und der Bürgermeister.

Ich fasste ihn stocksauer am Ärmel.

»Das hast du dir so gedacht! Kriegst irgendwie raus, wo ich bin, tauchst hier auf, als wäre nichts passiert, und hängst dich an meine Mutter, bevor ich dir überhaupt sagen kann, dass du hier nichts verloren hast!« Dann dämpfte ich meine Stimme zu einem bösen Zischen: »Ich will meine Ruhe! Such dir ein anderes Pferdchen für deine Kampagne, mir doch scheißegal, wenn dein blödes Buch sich nicht verkauft!«

»Sie haben ein Buch geschrieben? Hochinteressant!« Meine Mutter drückte sich an uns vorbei, zwei Tonkrüge für die Blumen in den Händen, und lächelte Henri an. Dann blickte sie zu mir. »Heidi, geh doch bitte mal in den Keller und hol die große Glasschüssel mit dem Kartoffelsalat, ich kann Ihnen leider nur etwas sehr Bodenständiges anbieten, wir machen einfach eine kleine Brotzeit, gell, Sie haben doch Hunger, Herr, Herr ...?«

»Henri. Nennen Sie mich bitte Henri, Frau Hannsen. Und ja: Ich habe sehr großen Hunger«, hörte ich ihn sagen und dann das Zischen von heißem Fett, weil meine Mutter irgendetwas in die Pfanne geworfen hatte. Sie war in ihrem Element.

»So, junger Mann«, stellte mein Vater mit reichlich geröteten Wangen sein Weißbierglas zurück auf den Tisch und leckte sich den Schaum von der Oberlippe. »Das kommt ja alles sehr überraschend. Erst erscheint meine Tochter bei Nacht und Nebel und dann wenige Stunden später Sie. Darf ich Sie denn fragen, was Sie vorhaben?«

Ich hatte mein Essen nicht angerührt. Noch nie, nie, nie war ein Freund von mir hier mit meinen Eltern am Tisch gesessen, geschweige denn hatte er sich von meiner Mutter Fleischpflanzerl und Kartoffelsalat auftun lassen – und das gleich zweimal. Henri! Und *Fleischpflanzerl*! Immerhin war ich ihm einige Opfer wert. Die Vorstellung, ihn in Berlin mit einer Bulette und einem Hefeweizen zu erwischen, amüsierte mich kurz ein wenig. Aber nur kurz. Denn Henris Antwort verschlug mir die Sprache.

»Ihre Frage ist absolut berechtigt, und ich möchte mich nochmals für den Überfall entschuldigen, Herr Hanssen. Aber: Ich wollte Ihnen Ihre Tochter entführen, sie hat ja Ferien bis zum elften Januar, wie ich gestern erfahren habe, und sie für ein paar Tage mit nach Genf nehmen.«

»Nach Genf?« Meine Mutter hatte plötzlich so einen Kleinmädchenkieks in der Stimme. »Da war ich auch mal, mit achtzehn. Mit meiner besten Freundin, die hat sich da fürs Hotelfach beworben.« Sie strahlte Henri an. »Da ist es wirklich sehr schön! Der Lac Léman! Die Platanen! Das Winzerfest!«

Mein Vater war weniger begeistert:

»Irmgard, du in Genf? Das wusste ich ja gar nicht?«

Meine Mutter kicherte leise. »Ja, stell dir vor, Heinz, es gibt Sachen, die weißt sogar du noch nicht von mir.«

Henri legte seine Hand quer über den Tisch auf meine. Vor den Augen meiner Eltern!

»Siehst du, sogar deine Eltern haben noch Geheimnisse voreinander! Vielleicht machen sie gerade deshalb einen so glücklichen Eindruck? Und wir, wir stehen doch gerade noch am Anfang, und da kann doch so ein kleines Missverständnis nicht gleich das Aus bedeuten, nicht wahr?«

Täuschte ich mich, oder hatte meine Mutter da gerade Henri ermutigend zugenickt? Der zog nun seine Hand zurück und fummelte etwas aus der lederbesetzten Tasche seiner Jacke. Er wartete die Schläge der Standuhr ab, die gerade drei Uhr nachmittags schlug, und wandte sich dann wieder an meinen Vater.

»Ich würde gerne so schnell wie möglich aufbrechen, wenn Sie uns das gestatten. Und damit es Ihnen leichter fällt, mir Ihre bezaubernde Tochter anzuvertrauen, habe ich noch ein kleines Geschenk für Sie, Herr Hanssen.«

Er schob eine kleine schwarze Schachtel über den Tisch. Was war das, ein Klunker? Den solltest du eher mir schenken, dachte ich und ärgerte mich gleichzeitig über den Gedanken, ich wollte von Henri nichts geschenkt haben, und außerdem, meinen Vater zu bestechen, wo war ich denn hier, im Bauerntheater?

Mein Vater klappte das schwarze Samtfutter des Kästchens auf und hielt eine kleine braune Horndose in der Hand, die Wände in Kapitälchen fein ziseliert, und blickte Henri fragend an.

» Das ist eine Schnupftabakdose«, erklärte der milde. » Aber nicht irgendeine. Sie konsumieren doch Schnupftabak, Herr Hanssen?«

Mein Vater drehte das kleine Ding hin und her, ich sah ihm an, dass dem verkappten Schreiner in ihm die Schnitzereien gefielen und dass er gerade überlegte, wie er diese Dose zum dramaturgisch günstigen Zeitpunkt dem Gemeinderat präsentieren konnte.

» Schnupftabak, nun ja, durchaus dann und wann, aber woraus ist das? Horn? Schildpatt?«

» Diese Dose, Herr Hanssen, ist hergestellt aus einem der Hufe von Morengo, Napoleons Lieblingspferd. Mein Vater, der leider sehr früh verstorben ist, hat sie mir vermacht, und ich dachte, vielleicht freuen Sie sich darüber.«

Mein Vater freute sich in der Tat.

» Nun, Heidi, wenn der Herr Graf mit dir nach Genf fahren will, bitteschön ...«, meinte er wohlwollend.

Jetzt musste ich mich aber mal einschalten. » Meint ihr nicht, dass ich das mit fast dreißig selbst entscheiden sollte? Und außerdem habe ich nichts anzuziehen, außer einer Fellmütze und meinem Parka«, begehrte ich auf und dachte an das vollgesaute Kleidchen und die Stöckelschuhe von gestern Nacht.

» Das lass meine Sorge sein, und deine Mutter hat sicher ein paar Schuhe von dir aufgehoben«, meinte Henri lächelnd, und meine Mutter strahlte weiter ganz entrückt und schob meinem Verehrer noch einmal die Schüssel mit dem Kartoffelsalat zu. Und der nahm sie. Ein drittes Mal. Ich gab auf. Wahrscheinlich würden wir im Auto besser diskutieren können, als hier im von Rotorenblättern überschatteten Haus meiner Eltern.

Und notfalls konnte ich unterwegs immer noch aussteigen und mit dem Zug zurückfahren. Nach Berlin oder hierher oder wohin auch immer.

Ich nahm endlich meine Gabel in die linke Hand. Eigentlich hatte ich einen Mordshunger.

Wir sagten im Auto lange nichts. Ich werde nicht das Wort ergreifen, bevor er sich nicht richtig entschuldigt hat, verbiss ich mich in mein Schweigen und sah aus dem Fenster, als hätte ich das Autobahndreieck Brunnthal noch nie gesehen. Und als Henri den Blinker setzte und abbremste, um auf einen Rasthof zu rollen, linste ich auf das Armaturenbrett. Der Tank war eigentlich voll. Okay. Henri wollte also endlich reden.

Noch bevor der Jaguar unter einem roten Schild mit der Aufschrift »Tigerwäsche« richtig zum Stehen gekommen war, löste Henri seinen Gurt, griff in den schmalen Spalt hinter meinem Sitz und zerrte eine ziemlich große Tasche an ihren Lederhenkeln nach vorne. Das ging nicht leicht, sie war ganz schön voll. Und sie hatte genau das Muster meines Schals.

»Für dich«, erklärte Henri und stellte sie mir auf den Schoß. »Heidi, ich verstehe deinen Zorn, und ich versichere dir, dass ich dich nie ausnutzen wollte. Beziehungen, Freundschaften und sogar Liebesgeschichten als PR-Material zu missbrauchen, das ist nicht meine Art, sondern Kuszinskys, der kennt das nicht anders. Aber ich bin nicht so. Mir geht es um dich.«

Ich blickte ihm zum ersten Mal, seit wir Unteröd verlassen hatten, direkt ins Gesicht. Wenn er mir nur nicht so gut gefallen würde. Und er hatte »Liebesgeschichten« gesagt. Ein schönes Wort. Jetzt nur nicht einlullen lassen, dachte ich und versuchte, so zornig wie möglich zu klingen.

»Und woher weiß ich, dass ich dir glauben kann? Und dass dieses Schnupftabakdosentheater nicht wieder Kuszinskys Idee war? Wer bist du überhaupt? Henri, der Graf? Henri, der Schriftsteller? Henri, das Arschloch? Oder der Henri, der nur zu seiner Freundin steht, wenn es ihm gerade in den Kram passt – von und zu Laber? Der mich nur küsst, wenn auch ja jeder zusieht?«

»Heidi, ich weiß, bisher konntest du mich durchaus manchmal falsch verstehen. Aber ich schwöre dir, Kuszinsky ist einfach über das Ziel hinausgeschossen. Es ist gut, dass du ihn durchschaut hast – und auch ich habe gestern sofort die Konsequenzen daraus gezogen. Mir die Adresse deiner Eltern zu besorgen, war das Letzte, was er für mich getan hat. Ich verstehe dich. Was du jetzt von mir brauchst, ist Commitment. Und ich gebe dir Commitment. «

Henri deutete mit dem Kinn auf die Louis- Vuitton-Tasche. »Mach auf. «

Ich griff nach dem goldenen Logo, das am Reißverschluss befestigt war, und zog daran.

Klamotten.

Ich zog den obersten, dunklen Stoff aus der Tasche und faltete ihn auseinander. Weich, sehr weich. Eine Hose, ähnlich einer Jogginghose.

»Kaschmir, für unsere Genfer Abende vor dem Kamin«, sagte Henri. »Mach weiter. «

Als Nächstes packte ich einen zur Hose passenden Kapuzenpulli aus dem gleichen Stoff aus. In einem Schuhbeutel fand ich Stiefel. Eher damenhaft. Eine stark taillierte Winterjacke aus glattem Filz und seidenweichem Fellfutter. Und ganz unten ein Kleidungsstück aus gröberem Stoff. Eine meiner Hosen – zum Glück, jetzt konnte ich mich endlich von meiner Brandloch-Trainingshose trennen. Und die neue, nach unserer ersten gemeinsamen Nacht angeschaffte Generation an spitzenverzierten Schlüpfern. Die hatten in meiner Schublade ganz oben gelegen.

»Damit du dich nicht komplett an neue Sachen gewöhnen musst, du sollst dich für mich ja nicht verbiegen müssen«, grinste Henri.

Das gibt es nicht, der war bei Karlchen und Paul, dachte ich, hoffentlich hat er nicht die ganze Lade durchgeguckt.

»Du warst bei mir zu Hause? «, fragte ich irritiert.

»Ja«, erwiderte Henri, »ich musste ja herausfinden, wohin du gefahren bist. «

Ich versuchte vergeblich, mir das Zusammentreffen der drei Männer in den frühen Morgenstunden vorzustellen, und ließ mich dann von etwas Unerwartetem ablenken. Ganz unten in der Tasche lag ein kleiner Schlüsselbund, an dem ein großes goldenes H befestigt war.

»Und diese Schlüssel?«

»Die sind für meine Wohnung, denn du wirst aus der Kastanienallee ausziehen. Du wohnst ab sofort bei mir.«

Ich starrte Henri an und strich mit der linken Hand mechanisch über das kühle Metall des Schlüsselanhängers. H wie Henri. Oder wie Heidi.

»Was schaust du denn entsetzt? Du wolltest Commitment? Bitteschön!«

»Aber – ich habe gern in der Kastanienallee gewohnt! Das war mein erstes Zimmer in Berlin!«

»Eben. Es war nur ein Zimmer. Du bist aber jetzt jemand, falls du das noch nicht gemerkt haben solltest, und du solltest dich in eine angemessene Umgebung zurückziehen können. Wundert mich, dass Kuszinsky das nicht längst in die Wege geleitet hat. Wir hätten ihm nie vertrauen dürfen. Und außerdem – freust du dich denn nicht, dass ich dich gerne um mich hätte?«

Da sollte noch einer mitkommen! Meine Gedanken waren zäh wie Teer, und ich versuchte zu erahnen, wie es mir gerade eigentlich ging.

»Ich, nun, ich freue mich, natürlich, aber was ist mit Karlchen und Paul?«

»Ich habe selbstverständlich mit ihnen gesprochen. Sehr nette Zeitgenossen. Die machten durchaus den Eindruck, als würden sie ohne dich klarkommen. Mit denen ist alles geregelt.«

»Und meine Meerschweinchen?«

»Nun, das ist in der Tat ein Problem.«

Henri räusperte sich und spielte kurz am Schaltknüppel, der die Form eines Golfschlägers hatte. Ich betrachtete seine Finger mit dem Siegelring, es musste das winterliche Abendlicht sein, das sie plötzlich aussehen ließ wie eine alte Männerhand, verlebt und fahl. Dann startete er den Wagen und ließ ihn geräuschlos rückwärtsrollen, schweigend, sich auf die Unterlippe beißend. Erst als wir wieder auf der Autobahn waren, sprach er weiter.

»Heidi, ich liebe Tiere. Als Kind hatte ich zwar keine Meer-

220

schweinchen, meine Eltern waren Nagetieren gegenüber nicht besonders aufgeschlossen. Aber ich hatte einen Jagdhund, Giacomo hieß er, einen irischen Setter, und ich habe Giacomo geliebt.«

Ein Setter? Henri? Ich sah sofort einen blonden Jungen mit Prinz-Eisenherz-Frisur in einem entzückenden Tweedsakko auf einer endlos großen, dunkelgrünen Wiese mit einem kupferfarbenen Hund herumtollen, im Hintergrund Pferdeweiden und ein herrschaftliches Anwesen aus dunkelrotem Backstein... Was war das nur für ein Effekt? Henri schien außerhalb Berlins ein völlig anderer Mensch zu sein. Entspannt, hilfsbereit, großzügig, und jetzt fing er auch noch an, mir Geschichten aus seiner Kindheit zu erzählen. Ach, Henri, dachte ich, es gibt so vieles, was wir noch nicht voneinander wissen, und alles will ich erfahren, alles, und du wirst sehen, wie lustig Meerschweinchen sein können! Henri erzählte weiter: »Aber ich musste mich schon sehr früh von Giacomo trennen, ich bekam leider eine Tierhaarallergie, Asthma, Schnupfen, Pusteln – gegen Hunde, Katzen, Pferde, einfach alles. Und leider auch gegen Meerschweinchen.«

»Aber Eminem und Herr Hansi Hinterseer, die gehören mit zur Familie, die habe ich von meinem ehemals besten Freund übernommen, die kann ich nicht einfach ins Tierheim...« Jetzt war ich langsam wirklich ein wenig mit den Nerven fertig. »Hast du mal ein Taschentuch?«

Henri reichte mir ein zu einem kleinen Rechteck gebügeltes Stofftaschentuch aus seiner hinteren Hosentasche, ohne die Augen von der linken Spur zu nehmen, auf der wir gleichmäßig dahinschossen.

»Aber Heidi, wer spricht denn von Tierheim, ich habe alles geregelt. Die können in der Redaktion unterkommen. Dieser Redaktions-Nerd...«

»Jörg?«

»Genau, dieser Jörg wird sie in die Redaktion mitnehmen, der lebt ja praktisch sowieso im Büro. Das ist doch eine fantastische Idee, ich habe heute schon mit ihm telefoniert und dir ein Meeting mit ihm arrangiert. Gleich nach unserer Rückkehr in Berlin geht ihr abends essen, und du kannst ihm alles über die

Haltung erklären, und bis dahin kümmern sich deine beiden schwulen Freunde weiter um sie, die scheinen sowieso gerne Zeit zu Hause zu verbringen.«

Ich schnäuzte so dezent wie möglich in das blütenweiße Taschentuch und wischte mir die Augen, gut, dass ich mich heute nicht geschminkt hatte. Ich wusste nicht genau, wie Henri das mit Karlchens und Pauls Häuslichkeit gemeint hatte, aber das war mir jetzt auch egal, Henri hatte wirklich an alles gedacht. Die Vorstellung, wie viel er heute für mich erledigt haben musste, um alles so hinzubekommen, schmeichelte mir ein bisschen. Und um ehrlich zu sein, richtig viel gekümmert hatte ich mich in der letzten Zeit um die kleinen Rosettenschweine sowieso nicht. In der Redaktion würde ich wahrscheinlich mehr von ihnen haben als in der WG, und wenn Jörg sich das zutraute …

Draußen in der Dämmerung sah ich die ersten Allgäuer Kühe trotz der kalten Jahreszeit auf der Weide stehen. Irgendwie war sowieso alles geregelt, und ich beschloss, für heute einfach mal zu sehen, wie sich diese Situation jetzt anfühlte. Ich war plötzlich kraftlos, total erledigt, und aufregen konnte ich mich morgen immer noch.

Ich suchte den Hebel der Rückenlehne, fand stattdessen einen Knopf, das ging hier alles elektrisch, und lehnte den Kopf zurück. Am klaren Winterhimmel gewannen die ersten Sterne an Kraft und blinkten durch das getönte Glas des Schiebedachs. Ich würde also mit Henri zusammenziehen. Ob er in seiner Wohnung jemals Milch zum Kaffee hatte? Wahrscheinlich musste ich da überhaupt erst einmal einkaufen gehen, Nudeln, Butter, Nutella, Toast, allmählich knurrte mein Magen wieder, ein Zeichen, dass es mir so schlecht nicht gehen konnte. Und ich war müde, sehr müde. Gerade als ich anfing einzuschlafen, schnellte mein Kopf nach vorne, aber der Gurt hielt meinen Körper trotz Henris Vollbremsung fest an die Lehne gepresst.

»Du Dumm-Fotze, kannst du nicht Auto fahren?«, schrie er dem kleinen Toyota Starlet zu, der zu lange auf der linken Spur herumgetrödelt hatte.

»›Fotze‹ sagt man nicht!«, rügte ich mit meinem letzten Rest an Widerstand. Henri drückte wieder aufs Gas, legte gleichzeitig seine Hand auf meinen Oberschenkel und streichelte mich sanft.

»Damit hast du vollkommen recht, entschuldige bitte.«

Und dann sah er zu mir hinüber, obwohl wir inzwischen sicher hundertachtzig fuhren.

»Heidi, du bist anders als alle anderen Frauen. Du bist ein kleiner Freak, aber ein sehr süßer Freak. Ein kleiner süßer Hippie. Ich liebe dich.«

Und als wir um Mitternacht in Genf ankamen, führte mich Henri zu einer Tür, die am Fuße eines großen stuckverbrämten Wohnhauses lag. Schon als wir den Flur der Wohnung betraten, die ganz anders war als die in Berlin und sogar Ölbilder mit Goldrahmen an den rosenholzfarbenen Wänden hatte, öffnete ich meine neue Tasche, die Henri mir gepackt hatte, und wühlte nach der Kaschmirhose. Ich wollte mich am liebsten sofort von dem ollen Ding mit Brandloch trennen. Doch bevor ich dazu kam, mich umzuziehen, hatte Henri mir schon den Parka abgestreift, sein Atem an meinem Ohr, und »Komm mit« geflüstert. Dann brachte er mich in ein Zimmer ganz in sanftem Pistaziengrün, von dessen Kastenfenster aus man Wasser sehen konnte. Und dann hob er mich hoch, ich dachte nur sehr kurz darüber nach, wie schwer ich für ihn sein musste, und legte mich auf das große Bett, das in der Mitte des Raumes stand, und zog mich so sanft und so schnell aus, dass ich ganz vergaß, meinen Bauch einzuziehen. Ich spürte seine Hand mit dem Siegelring auf meiner Brust und freute mich, endlich, endlich wieder mit ihm allein zu sein. Vorher musste ich aber noch was klären.

»Ich habe dir verziehen, aber meinst du das jetzt wirklich ernst?«, flüsterte ich und streckte mich ihm entgegen.

»Bleib liegen, ich hole uns Champagner«, flüsterte Henri zurück, »wir gehören zusammen, und das werde ich dir heute Nacht beweisen.«

Henri stand auf, ging zu einem Plattenspieler, klappte Plattenhüllen um, zog eine heraus, und die ersten Takte von David Bowies »Wild as the Wind« erklangen, nur kurz übertönt von einem Flaschenploppen. Und dann stand Henri wieder vor dem

Bett, sah auf mich herunter und sagte: »Du hast wirklich einen herausragend schönen Körper.«

Also, ich will jetzt nicht zu sehr ins Detail gehen, aber nach diesem Spruch verlor ich so weit die Kontrolle über mich, dass der Kneitinger-Erwin mich sicher als Sexmonster bezeichnet hätte.

28

»Heidi, du siehst ja total verändert aus! So … erwachsen!«

Karlchen und Paul saßen am WG-Tisch, als ich die Tür zu ihrer Küche öffnete, und lächelten mich an – aber irgendwie verhalten.

»Ach, das ist nur diese Tasche, die ist halt nicht von H&M«, winkte ich ab und stellte meine neue tägliche Begleiterin auf den Stuhl neben mich.

Das mit dem »erwachsen« ging mir natürlich runter wie Öl, und ich wusste, dass das nicht nur am Designerkram liegen konnte. Da war noch etwas anderes an mir, ich merkte das, weil die Männer auf der Straße begonnen hatten, sich nach mir umzudrehen, und das war mir in meinem Leben noch nie passiert. Das musste der Sex mit Henri sein, hatte ich gedacht und war erhobenen Hauptes von der Danziger losspaziert, wo Henri mich abgesetzt hatte, weil ich unbedingt mit meinen alten Vermietern hatte reden wollen. Und kaum ist man nicht mehr zu haben, verrenkt ihr euch die Köpfe, ihr Dumpfbacken. Zu spät. Nach dieser einen Woche in Genf glühte ich vor Verliebtheit, und Karlchen und Paul waren die Ersten aus meinem alten Leben, die das auf Anhieb bemerken durften.

»Wir haben eigentlich nicht damit gerechnet, dass du überhaupt noch einmal vorbeikommst nach dieser Szene mit deinem neuen Macker!«

»Ja, da hat sich viel getan in der letzten Zeit«, sagte ich, »der ›Macker‹ hat übrigens einen Namen, Henri von Laber, und was meint ihr mit ›Szene‹?«

»Dass das der Laber ist, das wissen wir, der hat ja auch keine Gelegenheit ausgelassen, uns das zu demonstrieren«, maulte Karlchen. »Der hat hier an die Tür gepoltert, als gäbe es kein Morgen, und nur weil wir gerade ein wenig beschäftigt waren, hat er das wohl gleich so verstanden, dass das hier kein Milieu für seine neue Alte ist.«

Ich wusste nicht, was er meinte. »Was habt ihr denn gemacht?«

»Na ja, wir dachten, du bist sowieso zu deinen Eltern, und da endlich mal wieder das Gästezimmer frei war, haben wir alles schön mit Teichfolie ausgelegt und gedacht, wir machen mal wieder ne ordentliche Gummi-Party. Und gerade als der Laber kam, hatte ich den Paul so richtig schön mit den Füßen an der Decke aufgehängt. Als der deine Sachen holen wollte, hat er schon komisch reagiert, der Laber, dabei hatte ich den Reißverschluss an der Gummimaske extra aufgemacht, obwohl ich dachte, die anderen aus dem Kitkat-Club ständen vor der Tür.«

»Oh nein«, stöhnte ich. Ich hatte die ganze Zeit in Karlchen und Pauls Fetischkammer gewohnt und das nicht gewusst? Ich nahm schockiert eine Flasche aus dem fast geplünderten Sixpack Becks, das auf dem Tisch stand. Ich wollte zwar weniger trinken, aber nicht jetzt, wo es gerade interessant wurde …

»Ja, der Laber fing gleich an mich zuzutexten von wegen, du müsstest hier raus und so. Wenn man seine Kolumne so liest im Bel'Ami, da ist der ja ganz gechillt, da könnte man meinen, er wäre lockerer, aber hier … Und der Paul, der hing ja die ganze Zeit verkehrt rum mit nem Tischtennisball im Mund, der wusste gar nicht, was los war, bis ich ihn runtergeholt hatte. Dann hat der Laber die zwei Käfige gesehen, wär ja asozial, solche Ratten, ob die auch dir gehörten …«

»Henri müsst ihr wirklich entschuldigen. Der ist eigentlich ein ganz ein Lieber, aber wahrscheinlich war er da noch in seinem Berlin-Modus, hier benimmt er sich manchmal ein bisschen komisch. Und außerdem ist er krank, der hat Angst vor Küssen und vor Berührung, eine echte Phobie. Und deshalb hat eure Folterkammer ihm wohl den Schock fürs Leben versetzt. Vielleicht hat er auch gedacht, er kommt als Nächster dran?«, lächelte ich entschuldigend.

»Angst vor Berührung? Hab ich ja noch nie gehört«, mischte sich jetzt Paul ein. »Und warum hast du dann so ein frisch gefichtes Glänzen in deinen Augen, hm?«

Ich kicherte. »Nun, Henri hat das ganz gut im Griff, mit den richtigen Tabletten geht das schon.«

»Ui, geil, und was nimmt er da für Zeugs? Das will ich auch mal ausprobieren!«, hakte Paul nach.

»Weiß ich nicht genau«, wiegelte ich ab, ich war froh, dass Henris Medikation in Genf kein großes Thema gewesen war, dann und wann hatte ich mal gesehen, dass er sich etwas in den Mund geschoben hatte, und ich konnte mich ja auch nicht beklagen. Viel geknutscht hatten wir zwar nicht, aber das war nicht Henris Ding, der kam eben einfach gern zur Sache.

Das Thema Henri hatten wir nun abgehakt. Während ich mein Bier austrank, spielte ich zum WG-Abschied mit Karlchen und Paul noch eine leicht abgewandelte Variante von »Stadt, Land, Fluss«: »Club, Droge, Stellung«, »Stopp!«, sagte Karlchen.

»W!«

Das war einfach – ich klemmte die Zungenspitze zwischen die Vorderzähne und schrieb bei Club »Weekend« auf mein Blatt Papier, schließlich kannte ich mich inzwischen aus in der Szene, ha! Und dann Droge mit W... ah ja! Weed! Dieser Kifferfelix, der mir die Hochzeit versaut hatte, wäre stolz auf mich gewesen, obwohl ich mit dem wirklich noch ein Hühnchen zu rupfen hatte. Wer weiß, ob Henri und ich uns nicht da schon nähergekommen wären, wenn Felix mich nicht unter Drogen gesetzt hätte. Ich überlegte weiter, Stellung mit W – gar nicht so einfach, Wurm, Wanderratte, Wanze, so ging das nicht, mir fielen nur Tiernamen ein.

Und dann klingelte mein Handy.

»Henri, hallo, weißt du eine Stellung mit W?«, ging ich dran, froh einen Telefonjoker zu haben.

»Bitte was?«

»Na, wir spielen hier ›Club, Droge, Stellung‹, das ist saulustig, wär doch auch mal ein Thema für eine deiner Kolumnen!«

»Ganz sicher«, erwiderte Henri trocken. »Lass dich nicht stören. Ich wollte nur wissen, wann Madame endlich zu kommen gedenkt, damit ich dir die Regeln hier in der Wohnung erklären kann!«

Ich gluckste. Regeln erklären! Ich stand schnell auf, um im Gang weiterzutelefonieren, Karlchen und Paul hatten einfach zu fasziniert zugehört, und flüsterte ins Telefon: »Regeln finde ich toll! Mir würden da auch einige einfallen, vor dem Sex ist nach dem Sex zum Beispiel ... Henri? Bist du noch dran?«

Er hatte aufgelegt. Ich ging kopfschüttelnd in die Küche zurück, plötzlich ernst. »Ich glaube, ich geh mal lieber, scheinbar geht's Henri nicht so gut, ich wollte eigentlich auch gar nicht so lange bleiben.«

Noch ein letzter Blick in mein Zimmer. Groß waren sie geworden, die Meerschweinchen, puschlige kleine Dinger mit einem verschmitzten Grinsen um die kleinen Schnauzen, jeder Züchter hätte uns beneidet, und während ich unter der ausgebreiteten schwarzen Plastikfolie nach meinen Sachen suchte, schaffte es die ganze Meerschweinmannschaft, um mich herumzuwuseln und gleichzeitig mit allen Pfoten vom Boden zu springen, begeisterte kleine Schreie ausstoßend.

»Ciao, meine Süßen«, steckte ich meine Nase liebkosend in bunte Fellwirbel, während ich Männchen und Weibchen wieder in ihre Anstandskäfige zurücksortierte. »Ich komm dann mit dem Jörg, euch abholen, dann habt ihr bald ein neues Zuhause bei einem Musiksender, da würde sich manche Punkratte die Pfoten nach ablecken.«

Von Sternenhimmel konnte in Berlin nicht die Rede sein, der Nebel drückte mir den schwefeligen Rauch der letzten verbliebenen Kohleöfen in die Nase. Ich fand den Volvo unter dem schummrig-gelben Kegel einer Straßenlaterne, deren Licht fast komplett von dem wabernden Smog verschluckt würde, und versuchte zwanzig Minuten später, mit meinem neuen Schlüssel Henris Lofttür zu öffnen. Doch als hätte er dahinter gestanden, ging die Tür bereits schon von innen auf, im Hintergrund lief wieder dieser elektronische Kram, Musik, die klang wie Knäckebrot. Henri hatte ein Glas Wodka in der Hand und sagte: »Komm rein. Wir beginnen im Bad.«

Aha, es war ihm also ernst mit der Hausordnung, aber bitte,

war ja auch seine Wohnung, er hatte noch nicht einmal davon gesprochen, ob und wie viel Miete er haben wollte. Ich folgte ihm ins Bad, strich über den kantigen Waschtisch und sagte: »Wirklich schön. Ist das von Philippe Starck?«

»*Starck*? Dem Lidl unter den Designern? So weit kommt's noch!«

Henri verstand wohl auch von Sanitärkeramik mehr als ich, und so hielt ich die Klappe und hörte zu, als er mir die ersten von vielen Regeln erklärte.

»Mir ist bisher nicht aufgefallen, dass du viel Parfum benutzt – aber solltest du das trotzdem einmal tun, dann nur im Bad und nur bei offenem Fenster. Ich will auf keinen Fall, dass sich hier in der Wohnung die Gerüche mischen, davon wird mir schlecht. Und solltest du einen Hang zu Zimmerpflanzen und ähnlichem Kitsch haben – ich teile ihn nicht. Außerdem sind die Farben hier so aufeinander abgestimmt, dass hier nichts in Pink oder Blau herumliegen darf – keine Jacke, keine Tasche, kein Stück Papier. Verstanden?«

29

Im M-EINS-Foyer stand noch der Christbaum, mit glitzernden Sender-Logos und baumelnden CD-Scheiben geschmückt, als ich am Abend des elften Januar in der Redaktion aufschlug, als hätte ich nie eine Krise gehabt. Ich bat sofort in der Rechtsabteilung um meine Verträge – mein Vater hatte versprochen, sie sich anzusehen. Ich machte mir gar nicht erst die Mühe, Kuszinsky darüber zu informieren, war zwar bisher sein Ressort gewesen, aber Henri meinte, er hätte Kuszinskys Rausschmiss für mich mit erledigt, und zwar so, dass der auch keine Regress-Ansprüche an mich stellen würde. Ich war froh, dass ich von meiner rosa Wolke herunter keine irdisch-heftigen Worte mit dem Ollen wechseln musste, und schrieb die Adresse meiner Eltern auf den großen DIN-A4-Umschlag. Papa Klum und Papa Spears trugen schließlich auch ihren Teil zum Erfolg ihrer Töchter bei, da konnte der alte Heinz Hanssen sich auch gerne mit einem VJ-Vertrag von seinem Windrad-Desaster ablenken.

Und als ich von der Poststelle hinüberging zur Redaktion, um Jörg wegen der Meerschweinchen abzuholen, spürte ich die Aura des Erfolgs um mich: Meine Schritte waren leicht und unbeschwert, meine neue Tasche schwang neben mir, die Enden meines Louis-Vuitton-Tuchs und die Ohrenklappen meiner Mütze wippten im Takt. Ich fühlte mich großartig. Und so blieb ich irritiert stehen, als ich über mir ein weinerliches Rufen hörte. Ich schaute nach oben. Über dem Stahlgeländer der Galerie, die zur Personalabteilung und dann weiter zu den schwindeligen Höhen von Kozillas Büros führte, lehnte der Kopf einer verjüngten, aber verheulten Peggy Bundy.

»Warte auf mich, Heidi, bitte!«

Loreley war wirklich nicht gut drauf. Ich wartete, bis sie das Treppenhaus hinuntergeklappert kam, und nahm sie mit meinem Mitarbeiterausweis mit auf die Redaktionsetage.

»Wie hast du denn die Locken aus deinen Haaren rausbekommen«, fragte ich sie verblüfft, als ich sie aus der Nähe sah. Die roten Kringel waren jetzt glatten Strähnen gewichen, die ihr über ihren erstaunlich dezenten schwarzen Mantel und Rollkragenpulli fielen. Ich beneidete sie wirklich um ihre Haare, aber ich riss mich zusammen.

Loreley ignorierte meine Frage sowieso und begann sofort, zur Sache zu kommen: »Heidi! Dich schickt der Himmel! Ich bin total außer mir! Weißt du, wie lange ich für praktisch nichts für diesen Scheißladen gearbeitet habe? Und jetzt komme ich und möchte einmal irgendwas, und kaum ist mein Vater nicht dabei und wedelt mit den Fernsehrechten für einen seiner Filme, schon genießt es diese blöde Kuh, dass sie mich so richtig schön auflaufen lassen kann. Die steht doch drauf, wenn sie ihre Macht ausspielen darf! Die ist doch pervers!«

Kozilla also, dachte ich, ist ja nicht schwer zu erraten, aber Loreley war noch nicht fertig.

»Nur weil man einmal eine Auszeit genommen hat, verkündet sie jetzt, sie hätte keine Verwendung mehr für mich! Als wäre ich ein Stück Vieh!«

Klar. Loreley-Live moderierte ja jetzt ich, und wenn man Uta glauben konnte, dann würde die Sendung nach meiner Feuertaufe auf dem Rockkäppchen in *Heidi-Live* umgetauft werden. Aber mein schlechtes Gewissen wurde schnell abgelöst durch einen schrecklichen Gedanken: Loreley wollte doch nicht etwa ihren alten Job wiederhaben? War sie nicht durch mit M-EINS und machte nur noch the real shit?

»Aber was ist denn mit MTV?«, fragte ich vorsichtig und reichte ihr ein Taschentuch. Es war Henris Stofftaschentuch, ich hatte kein anderes gefunden in meiner Parkatasche, aber Loreley guckte gar nicht erst, sondern schnäuzte sich erst einmal den Frust aus der Nase.

»Ha, MTV! Scheiß doch auf MTV!«, holte sie zwischen zwei Prustern Luft.

»Hast du die Süddeutsche nicht gelesen letzte Woche? Die Medienseite war voll davon: ›Der Niedergang des Musikfernsehens‹ und so weiter und so weiter?«

Nein, hatte ich in der Tat nicht, da war ich in Genf gewesen, eine Woche weg vom Fenster, aber das musste ich Lo nicht auf die kleine Koksnase binden, obwohl, vielleicht tat ich ihr unrecht: Wer wusste, wann die das letzte Mal gefeiert hatte, sie sah durchaus so aus, als könnte sie eine kleine Aufmunterung vertragen. Trotzdem gab ich lieber die Ungebildete, die ganz nebenbei auch nichts zu befürchten hatte.

»Nö, weiß nich, seitdem ich hier so krass eingebunden bin, komme ich nicht mehr zum Zeitungslesen, was war denn?«

»Bei MTV ist der Ofen aus. Finito. Keine Eigenproduktionen mehr, nur noch Ami-Scheiße. Keine News, kein TRL, kein Masters, nix. Kein Budget mehr für irgendwas. Nur noch amerikanische Produktionen, in denen besoffene Teenager für Geld Schweinemösen essen und in Eimer kotzen. Und mir persönlich hat MTV das einen Tag vor Arbeitsbeginn gesagt, nämlich gestern. Ficken! Und jetzt sagt mir hier die fette Chef-Schachtel auch noch, dass sie nicht weiß, wo sie mich platzieren soll, aber ich könne ihr gerne Vorschläge machen! Sodass ich jetzt das Gefühl habe, es liegt an mir, wenn mir nichts einfällt, aber was weiß denn ich, was gerade geplant ist?!«

Alles klar. Die will tatsächlich ihren alten Job wiederhaben, und offensichtlich ist Kozilla nicht darauf eingegangen, dachte ich mit einer Mischung aus Mitleid und Erleichterung. Kozilla war sowieso der Kamm geschwollen, weil sie dann zum M-EINS-Geburtstag auch noch feiern konnte, dass die MTV-Konkurrenz keine mehr war. Aber nun dämpfte Loreley ihre Stimme und flüsterte mir zu.

»Ich weiß, was du jetzt denkst, Heidi, aber das mache ich nicht, ich bin kein Kollegenschwein. Ich sehe vielleicht aus wie ein Biest, aber nicht jede Rothaarige muss gleich eine Hexe sein. Ich lass dir deinen Job, ich habe gar nicht gesagt, dass ich ihn wiederhaben will. Ich brauche ja sowieso noch Zeit für die Schauspielschule nebenbei, und ich werde dir keine Steine in den Weg legen.«

Überrascht schaute ich in das verheulte Divengesicht so dicht vor mir. Jetzt, wo Puder und Make-up endgültig in Henris Taschentuch gelandet waren, sah Loreley aus wie ein ganz normales blasses Mädchen. Ein sehr unglückliches Mädchen, die hellen Augen traurig und verschwollen, die zarte Figur zerbrechlich in ihren schwarzen Klamotten. Wie viele hübsche Sommersprossen sie eigentlich hatte, war mir bisher gar nicht aufgefallen.

»Arme Lo«, sagte ich und nahm sie in den Arm, »ich weiß, wie sich das anfühlt, wenn Träume zerplatzen. Wir gehen jetzt runter und trinken erst einmal einen Kaffee.«

Ich kam eine Stunde zu spät in die Redaktion. Jörgs Schreibtisch war mehr mit Pizzakartons und Burgerschachteln zugebaut als je zuvor, er verbat jeder Putzfrau, sich seinem Arbeitsplatz zu nähern, und es sah nicht so aus, als hätte der Herr Redaktionsleiter überhaupt auch nur einen Tag zu Hause verbracht. »Rockkäppchen – Draft 1 für Uta« stand auf den Excel-Sheets und Tabellenkalkulationen, die bunt ausgedruckt die oberste Schicht auf dem Schreibtisch und den umstehenden Schubladencontainern bildeten, dazwischen ein paar aufgeklappte PlayStation 2- und Xbox-Hüllen. Jörg selbst war nicht zu sehen, ich wusste aber, wo ich ihn finden konnte, und hörte das Geballer schon, bevor ich die Tür zum Konfi geöffnet hatte. Auf dem Flachbildschirm erblickte ich eine monströse Knarre und für Bruchteile von Sekunden chancenlose Gegner, die in Rauchwolken explodierten. Jörg zockte.

»Der Tisch im AKÜ ist für sieben Uhr reserviert. Sollen wir gleich los?«, fragte ich. Jörg drehte widerwillig den Kopf und hatte erst einmal Mühe, mich wahrzunehmen.

»Gestatten, Heidi. Ich bin hier, weil ich mit Ihnen über die zukünftigen Redaktionstiere sprechen will. Sie wissen schon, die Adoption von Em und Hansi?«

Aus Jörgs Augen verglimmte langsam die Mordlust, und er murmelte: »Heidi, klar, weiß ja, dass du kommst, der Laber hat mich da voll drangekriegt mit deinen Meerschweinchen, weiß schon, weiß schon, aber mach ich ja gerne, bin eh die meiste Zeit hier, da kann ich abends gut ein bisschen Gesellschaft gebrauchen.«

»Weißt du, wo wir hinmüssen?«, fragte ich ihn. »Ich weiß nur, dass das Restaurant AKÜ heißt, komischer Name eigentlich.«

»Ja, das ist das alte Café Knaller, AKÜ ist die Abkürzung für Alpenküche, aber ich weiß sowieso nicht, ob das etwas für mich ist, Al-pen-kü-che, ich bitte dich, das ist bestimmt irgendein Heidi-Scheiß!« Jörg sah kurz auf mich und schob nach: »Sorry, aber du weißt schon, was ich meine, Folklore ist nun mal nichts für mich. Wenn ich auch nur eine Bedienung im Dirndl sehe, krieg ich keinen Bissen runter. Wollen wir nicht lieber was bestellen? So ne Pizza Diabolo ist doch auch was Feines!« Jörg griff zum Telefon.

»Nix da«, packte ich meinen Chef am muffelnden Sweatshirt und wand ihm den Joystick aus der Hand. »Du musst hier mal raus und ein paar Meter an die frische Luft. Das ist inspirierend, und so, wie es an deinem Schreibtisch aussieht, müssen wir sowieso noch mehr besprechen als nur die Meerschweine!«

Jörg verließ den Konfi, wanderte zu seinem Arbeitsplatz und sammelte lustlos Unterlagen zusammen, die er in eine M-EINS-Mappe stopfte. »Meinetwegen. Wir machen dann gleich mal das Kick-Off-Meeting für das Rockkäppchen!«

Im Gegensatz zu Jörg war ich immer noch irrsinnig gut gelaunt und summte fröhlich vor mich hin. Eigentlich war es mir total wurst, wie das Essen in diesem AKÜ war. Aber ich wollte raus, fröhliche, schicke Menschen um mich haben, meine Mütze abnehmen und mir durch die Haare fahren und vielleicht von ein, zwei Menschen am Nebentisch erkannt werden, natürlich ohne dass sich die etwas anmerken ließen, in Berlin waren nur die unter 16-jährigen Prolls so drauf, dass sie einen anquatschten, der Rest guckte nur kurz und dann nicht mehr, aber ich war inzwischen so geschult, dass ich auch das bemerkte. Und ich fand es geil.

»Hab ich gesagt, dass ich Gemüse haben will?«, nörgelte Jörg, als eine junge, sexy Bedienung zwei weiße Teller mit einer kleinen rotweißen Angelegenheit vor uns hinstellte.

»Ein Gruß aus der Küche«, flötete das hübsche Ding. »Rote Bete mit Ricotta und Mohn!«, und verschwand wieder.

»Und wenn ich Mohn haben will, dann kauf ich mir ein Gramm Braunes am Kotti!«, kläffte Jörg ihr hinterher.

Ich hob meinen Blick von der Speisekarte und guckte kurz auf die Fototapete mir gegenüber, die das einzig Kitschige in dem karg renovierten Laden war: ein wandfüllendes Alpenpanorama, von einer hauchdünnen Schicht darüberlaufenden Wassers so verzerrt, dass es schon wieder cool wirkte. Also mir gefiel es hier.

»Schau mal, das könnte doch was für dich sein«, versuchte ich Jörg den Gams-Burger schmackhaft zu machen, vernichtete mein Amuse-Gueule mit einem einzigen Gabelhapps und beschloss, mindestens zwei Gänge zu essen, zuerst die Kastaniensuppe, ich liebte die süße Stärke gerösteter Maronen, und danach natürlich das Schnitzel, und dann würde ich noch einmal die Karte verlangen und auf die Nachspeisen gucken.

Doch vorher schielte ich noch auf die von Jörg verschmähte Vorspeise. »Also, wenn du dein Amüs-Dings nicht willst....«

Jörg lenkte ein. »Nö, lass mal, kost' ja nix« – und leer war sein Teller. »Und jetzt lass uns gleich mal in medias res gehen, wenn wir schon beim Grünfutter sind. Was fressen deine Tiere denn? Pizza ist wohl eher nichts für die, oder?«

Das war mein Stichwort, und ich begann zu schwärmen. Von immer gut gelaunten Meerschweinchen im Allgemeinen und meinen hochbegabten Tieren im Besonderen. Zwei Gänge lang gab ich Jörg, dem sein Gams-Burger in der Tat ziemlich gut schmeckte, einen Crashkurs in Nagernahrung und Nagerpflege. Und dann fiel mir noch etwas ein, was ich bei Karlchen und Paul beobachtet hatte.

»... und dann machen sie zurzeit etwas ganz Tolles, so etwas hast du noch nicht gesehen, die benehmen sich wie auf einem Festival in der ersten Reihe. Laufen auf dich zu, quietschen, und dann springen sie mit allen Beinchen gleichzeitig in die Luft, Headbangen auf Meerschweinchen-isch, sozusagen.«

»Popcorning«, sagte plötzlich eine Männerstimme zu mir. Ein Kellner. Er nahm gerade meinen leergegessenen Schnitzelteller vom Tisch und stellte etwas Duftend-Süßes vor mich hin, obwohl ich noch keine Nachspeise bestellt hatte! Marillenstrudel!

»Popcorning. So heißt das, wenn Meerschweinchen auf diese Weise hüpfen. Und das Dessert geht aufs Haus. Ich bring gleich noch mal eine zweite Portion für den Herrn.«

»Kennst du den?« Jörg war sichtlich angetan von der Aussicht auf ein Gratisdessert, aber ich sah ziemlich verdattert dem Kerl in der dunkelgrauen Schürze hinterher. Kurz vor der Küche blieb er noch einmal stehen, drehte noch einmal den Kopf, und unsere Augen trafen sich. Ich erkannte die dunkle Sturmfrisur, die Haare länger als im Sommer, und die kleine Lücke zwischen den Schneidezähnen, die beim Lächeln sichtbar wurde.

»Felix!«

Felix lächelte, er konnte mich nicht gehört haben im Stimmengewirr des Lokals, aber er hatte seine Augen auf meinen Lippen gehabt, er machte mir ein entschuldigendes Zeichen mit der Hand und verschwand in der Küche.

»Freund von dir?«

»Freund kann man so direkt nicht sagen.« Ärgerlich bemerkte ich, dass meine Hand leicht zitterte. »Eher ein alter Bekannter, mit dem ich noch ein Hühnchen zu rupfen habe. Kenn ich von zu Hause.«

»Na, dann ist ja gut, dass er dir hier über den Weg läuft, unerledigte Geschichten soll man zu Ende bringen.«

Damit war für Jörg die Sache erst einmal gegessen.

»Aber jetzt mal Schluss mit privatem Scheiß – hast du deinen Kalender dabei? Ich würde jetzt gerne die Eckdaten für das Rockkäppchen mit dir durchgehen. Denn das Festival wird dieses Jahr größer werden als alles, was M-EINS je produziert hat. Wir werden drei Tage am Stück live senden, denn gerade jetzt, wo MTV seine Eigenproduktionen gekappt hat, wird die Fernsehnation auf uns gucken – und wir werden allen beweisen, dass wir es draufhaben, dass wir nicht nur MTV überholen, sondern auch gegen die ganz Großen anstinken können, ProSieben, Sat1…«

Jörg war endlich wieder in seinem Element. Froh, von der unerwarteten Begegnung gerade eben und der drohenden Aussprache abgelenkt zu werden, kruschte ich in meiner Tasche nach meinem Timer und nahm mir einen von Jörgs Ausdrucken, um mir auf der Rückseite Notizen machen zu können. Aber dann kam Felix zurück mit dem zweiten Strudel: »Erst einmal alles Gute zu deinem neuen Job, ich finde, du machst das wirklich großartig. Entschuldige, ich habe mich deinem Freund noch gar nicht vorgestellt! Servus. Ich bin der Felix!«

Jörg verzog unter Felix' Griff das Gesicht, als hätte er plötzlich Zahnschmerzen. Felix erbarmte sich, ließ seine Hand wieder los und sah wieder zu mir.

»Seid ihr zusammen?«

»Nein!«, sagte ich etwas zu schnell und etwas zu laut. Was ging das Felix an? Schließlich hatte ich in der Tat einen Freund, zwar nicht den teiggesichtigen Jörg mit den großen Poren und der fossilen Truckerkappe, sondern den bestaussehenden Schriftsteller und DJ, den diese Stadt je hervorbringen würde.

»Wir sind nur Kollegen, mein Freund ist heute nicht dabei«, sagte ich so unfreundlich und so beiläufig wie möglich. Warum hatte Felix eigentlich Zeit, so lange an unserem Tisch zu stehen? Musste der nicht anschaffen? Der Laden war bumsvoll!

Stattdessen hatte er auch noch die Unverschämtheit zu sagen: »Schade.«

»Was ist schade?«

»Nun«, sagte Felix schnell, »den Glücklichen hätte ich natürlich gerne kennengelernt. Aber ich seh' schon, ihr seid mitten in einer wichtigen Besprechung. Ich bin in einer halben

Stunde oben im Büro, um die Bestellung für morgen zu machen. Wenn du magst, komm doch einfach mal kurz hoch, ich habe etwas für dich!«

Das war die Höhe! Den Trick kannte ich! Ich warf Jörg einen nervösen Blick zu, der unser Gespräch durchaus interessiert verfolgte, und schüttelte so empört wie möglich den Kopf.

»Ich gehe mit dir nirgendwohin! Du willst mir nur wieder irgendwas andrehen!«

Felix scherte sich einen Dreck, ob uns Jörg zuhörte oder nicht, und sagte: »Ich weiß, was du meinst, und ich muss mich da auch noch unbedingt bei dir entschuldigen. Aber eines musst du mir jetzt einfach mal glauben: Wenn ich noch einmal kiffe, dann hacke ich mir sofort ein Bein ab. Diese Stadt wartet doch nur drauf, dass du irgendwann Blödsinn machst, und dann saugt sie dich aus wie ein Vampir. Diese Zeiten sind also definitiv vorbei, sonst würde ich das hier…«, Rundumblick Lokal, »… gar nicht stemmen können.«

»Wieso nicht?«, ging ich darauf ein und ärgerte mich sofort darüber. »Hast du so viele Schichten?«

»Nein, nicht direkt«, antwortete Felix fast ein wenig verlegen. »Der Laden gehört mir.« Und bevor Jörg oder ich noch etwas sagen konnten, erwiderte er schnell: »Jetzt störe ich euch nicht mehr, macht in Ruhe euer Meeting. Ich lass euch noch einen Kaffee kommen, dann denkt sich's besser. Ich bin dann zur Abrechnung oben im Büro, gleich hier vor den Garderoben hoch. Vielleicht bis später.«

Und weg war er, am eingedeckten Nebentisch noch schnell Servietten und Besteck zurechtrückend. Ich blickte ihm entrückt hinterher.

»Ding Dong! Rockkäppchen!«, löste Jörg unser Schweigen auf. »Bist du so weit, oder soll ich dich noch zehn Minuten träumen lassen? Ich kann auch noch mal kurz in die Redaktion gehen, wenn du meinst!«

»Oh, nein, ich bin gleich bei dir«, winkte ich ab und drehte mich noch mal um. Da stand Felix neben der Kasse, die lange Rollen weißen Papiers bis auf den Boden spuckte, neben ihm die hübsche Bedienung. Die beiden lachten sich eins. Der ließ es wohl eher entspannt angehen mit dem Personal, oder? Und der Kellner da, der sich jetzt dazustellte und sich gerade die Schürze umband zur Nachtschicht, war das nicht der Ire aus dem Café Knaller? Den hatte er wohl einfach mit übernommen ...

»Hallo? Fertig mit Spionieren?«, fragte Jörg spitz. »Komm schon, Hanssen, die halbe Stunde wirst du dich noch konzentrieren können. Schließlich habe ich mich gerade bereiterklärt, deine Viecher zu adoptieren, weil dein toller Promi-Freund sonst immer niesen muss. Und da könnte ihm ja was Teures aus der Nase fliegen ...«

»Wie meinst du das?«, fragte ich zurück.

»Ach, nichts, nichts«, nuschelte Jörg zurück. »So ein Tierhaarschnupfen ist schon was Lästiges ... Also pass auf. Das Festival geht los am Karsamstag, morgens, und endet am Montag nach Ostern um Mitternacht. Und wir werden dort keine Sekunde Zeit haben, uns hinzusetzen, etwas zu essen oder etwas zu trinken. Das wird der komplette Ausnahmezustand.«

Eine halbe Stunde später schwirrte mir der Kopf dermaßen, dass ich nur noch herausbrachte: »Ich muss mal kurz raus!«

Und zwar, um mir kaltes Wasser über die Handgelenke laufen zu lassen. Das Meeting gerade hatte es in sich gehabt, gegen das Rockkäppchen waren die Studioproduktionen bisher schlicht Pillepalle gewesen. Mann, würde das aufregend werden.

Und dann sah ich auf dem Weg zu den Waschräumen die Tür. »Privat« stand drauf. Die führte also zum Büro. Und war nicht abgesperrt.

»Sieht sympathisch aus, dieser Jörg«, meinte Felix wohlwollend, nachdem ich an die grau lackierte Kassettentür im ersten Stock geklopft hatte, »und irgendwie so – kompetent! Setz dich doch! Erschöpft?«

Ich sah mich kurz um, hier sah es völlig anders aus als einen Stock tiefer, statt Fototapete das Graffiti einer Nixe an der Wand, die mit zwei Koi-Karpfen um die Wette schwamm, ochsenblutfarben lackierte Dielenböden mit alten Perserteppichen darüber, ein abgerockter Billardtisch, ein Skateboard und ein

Mountainbike gleich hinter der Tür und ein zerknautschtes Cordsofa. Saugemütlich.

»Nett hier. Schönes Bild. Die Nixe, meine ich«, sagte ich und ließ mich in den samtigen Stoff fallen, der wohl mal hellbraun gewesen sein musste, und nahm dankbar die Orangina, die Felix mir ungefragt hinstreckte.

»Findest du? Ist von mir.«

»Wie ist das denn gemacht? Gesprüht?«

»Ja. War früher mal so eine Art Hobby von mir.«

Felix lag es wohl nicht so, mit seinen Talenten und Errungenschaften anzugeben. Stattdessen guckte er in seinen Laptop.

»Sag mal, Heidi: Was findest du als Frau leckerer – Zucchinirösti oder einen Krustenschweinebraten?«

Was für eine Frage!

»Schweinebraten«, rief ich sofort, »aber ich bin da vielleicht auch nicht so repräsentativ. Ich glaube, meine Kollegin Loreley würde eher die Zucchini nehmen, aber ohne Rösti …«

»Loreley? Ist das nicht die, die über eine Gastrolle bei GZSZ nie hinausgekommen ist und es als Schauspielerin einfach nicht schafft?«

»Ja, aber so verkehrt ist die gar nicht«, nahm ich meine Kollegin in Schutz. Loreley, die ich heute als so bescheiden und kollegial erlebt hatte, würde schließlich das Gleiche für mich tun. »Jörg und ich haben gerade überlegt, sie als Backup für das Rockkäppchen vorzuschlagen, weil wir einen weiteren Moderator durchaus brauchen können.«

Mir war ziemlich schwindlig geworden, als Jörg mit mir den workload auf dem Osterfestival besprochen hatte. Anmods, Abmods, Zwischenmods, Interviews on tape, Interviews live, Berichte vom Campingplatz, Backstage-Berichte von hinter der Bühne – und wenn alle Stricke rissen, auch mal Schichten schieben im Ü-Wagen und im Schnitt. Ich hatte die skeptische Zurückhaltung vergessen, die mir Kuszinsky eingebläut hatte, wenn ich an meine Wunschgage kommen wollte, und war einfach nur begeistert gewesen. Wow. Wowowowow! Aber als Moderatoren waren eingeplant: mein Kollege Finn, der bisher alles moderiert hatte, was mit Computergames und Heavy Metal zu tun hatte. Und ich. Das war's.

»Drei Tage hintereinander zwanzig Stunden lang moderieren, das schafft kein Mensch! Auch nicht zu zweit!«, hatte ich Jörg angemotzt, jetzt schon Schweiß auf der Stirn. »Warum werbt ihr nicht die MTV-Moderatoren ab, die sind doch jetzt arbeitslos!«

»Diese Blöße würde sich Uta nie geben! Und außerdem sind die viel zu teuer!«, hatte Jörg gemeint.

»Und was ist mit Loreley? Uta hat zu ihr gesagt, wenn ihr etwas einfällt, bei dem M-EINS sie brauchen kann, soll sie zu ihr kommen!«

»Loreley? Loreley!«

Jörg war erst entsetzt, aber dann angetan gewesen. Denn selbst wenn Lo gerade am Ende war und dringend einen Job brauchte, war sie doch ein alter Hase, und er hatte beschlossen, mit Kozilla zu reden. Und ich fühlte mich wie ein Pfadfinder. Jeden Tag eine gute Tat. Aber im Ernst, Lo war eine Zeit lang von der Bildfläche verschwunden, aber nirgendwo anders auf dem Bildschirm zu sehen gewesen, warum sollte sie ohne großes Getue nicht einfach wieder bei M-EINS auftauchen? War doch besser, ich schlug sie als Ko-Moderatorin vor, als wenn sie sich als Konkurrentin den Weg zurückerkämpfen würde, am Ende doch wieder durch ihren Papa, der sie dann in einer tragenden Rolle, womöglich in ihrer alten Show, sehen wollte.

»*Rockkäppchen*? Da ist ja das Line-up jetzt schon fantastisch! Kings of Leon, Franz Ferdinand, Mando Diao, die Sportis, Billy Idol und als Highlight The Superbrothers und Die Alten Bräute. Einfach fett.«

Mann, Felix war echt informiert.

»Ich habe die letzten zehn Jahre Ostern immer auf dem Rockkäppchen verbracht. Dieses Jahr schaffe ich das nicht. Der Laden. Wie dumm. Hätten wir zusammen Eier suchen können.«

Felix war ganz begeistert. Ich weniger. Nach dem Meeting mit Jörg war ich mir sicher, an Ostern keine Zeit zu haben, irgendwo Eier zu suchen. Und bei, pardon, mit diesem Ex-Kiffer schon gleich nicht.

»Also, ich muss dann mal los«, sagte ich abrupt und stand auf.

»Schade! War nett, mit jemandem von zu Hause zu reden, der es geschafft hat hier in Berlin.«

Felix begleitete mich zur Tür und griff nach der Klinke, aber hielt inne. »Momentchen, ich habe ganz vergessen, weshalb du eigentlich hier bist«, griff er sich an die Stirn und ging zu einem hohen hellgrauen Metallspind, der mit so vielen Aufklebern bedeckt war, dass man den Lack kaum mehr sah, und schloss ihn auf.

Und er überreichte mir eine Holzkiste, 50 Zentimeter lang, schmal, mit brauner Aufschrift. Champagner spielte zurzeit eine inflationäre Rolle in meinem Leben, aber jetzt auch von Felix? Aber für eine Magnumflasche war die Kiste viel zu leicht. Drinnen: Holzwolle. Ich grub, bekam etwas Spitzes zu fassen, einen Absatz, silbern. Ich zog daran.

Meine Schuhe! Die Peeptoes, die Josef mir im Princess gekauft hatte.

War das möglich? Felix hatte sich auf der Hochzeit meiner vollgekotzten Schuhe angenommen und sie die ganze Zeit mit sich herumgetragen?

»Jetzt muss ich aber auch mal weitermachen«, räusperte sich Felix verlegen. »Nur eines wollte ich dich noch fragen: Hast du in der nächsten Zeit mittwochs schon was vor?«

Jörg war immer noch unten. Und er war nicht alleine: Henri war bei ihm. Schlecht gelaunt wie immer, wenn ich ihn auch nur eine Minute hatten warten lassen.

»Ich dachte, ich schaue mal nach, wo du bleibst«, murrte Henri. Dann blickte er auf die Holzkiste unter meinem Arm. »Wer schenkt dir denn einen Krug Cuveé von 1984? Davon verstehst du doch gar nichts!«

Ich klappte wortlos den Deckel hoch.

»Schuhe? Spielst du nun etwa Aschenputtel?«

Ich gab Henri einen Kuss auf die Wange. »Die hatte ich nur verliehen. Hallo übrigens.«

»Wusste gar nicht, dass du solche Schuhe besitzt«, bemerkte Henri trocken.

»Schade. Habe ich nämlich bei unserer ersten Begegnung getragen. Aber ist auch nicht so wichtig.« Warum nur hatte ich plötzlich so dermaßen schlechte Laune? Wahrscheinlich setzte mir die Sache mit den Meerschweinchen mehr zu, als ich zugeben wollte.

»Lass uns gehen, Henri. Ist echt lieb, dass du mich abholst, ich bin wirklich sehr müde.«

Irgendwie wollte ich weg. Und zwar bevor Felix nach unten kam und mich mit Henri sah – und der wiederum mitbekam, dass Felix das Aschenputtel als Wiedergutmachung für das K.o. auf der Hochzeit kommenden Mittwochabend eingeladen hatte. Und zwar um neue Gerichte für die Speisekarte an mir zu testen. Und ich hatte eingewilligt. Mit gemischten Gefühlen und ein bisschen schlechtem Gewissen mir selbst gegenüber. So groß war das Hühnchen nämlich nicht gewesen, das ich mit Felix gerupft hatte, eigentlich hatte er nicht einmal ein Federchen gelassen ...

»Warum trägst du eigentlich immer noch diesen alten Fetzen? Passt dir die Jacke nicht, die ich dir für Genf geschenkt habe?«, raunte mir Henri zu, während er mir in meinen alten Bundeswehrparka half.

»Doch, Henri«, beeilte ich mich zu sagen. Meinen neuen Freund Schatz oder Liebster oder gar Schnuffelchen oder Scheißerle zu nennen, wäre mir nie in den Sinn gekommen, jeder Kosename war zu gewöhnlich für einen Künstler wie ihn.

»Die Jacke passt wunderbar, ich wollte sie nur noch ein wenig schonen!«

Die Wahrheit war: Ich hatte einfach keinen Bock gehabt, sie anzuziehen, zu dem Louis-Vuitton-Designerkram sah die neue Jacke erstens viel zu spießig aus, und zweitens mochte ich das Material nicht. Außerdem: Dieser alte Parka hatte mir so viel Glück gebracht. Aber das musste ich Henri jetzt nicht erzählen. Stattdessen verabschiedete ich mich von Jörg und beeilte mich, aus dem AKÜ und hinein in den stechend kalten Berliner Nieselregen zu kommen.

Henri zog die Schultern hoch, sein dünner, sehr eng geschnittener Kurzmantel hielt die Kälte wohl kaum ab, seinen Ausflug in die rustikale Modewelt eines englischen Lords hatte er nach Genf sofort wieder beendet und war zum Dandytum zurückgekehrt. Ich verstand das, das gehörte einfach zu seinem Bild in

241

der Öffentlichkeit. Das warme Taxi brachte uns natürlich nicht nach Hause, sondern ins Adlon. Hatte ich ganz verdrängt. Henri war nicht gekommen, um mich zum Kuscheln abzuholen, sondern um mich mitzunehmen zu der Abschlussparty der Berliner Medienwelten, zu der so mancher Intendant und sogar Uta eingeladen war, und mit der wollte Henri ohnehin noch einmal reden wegen der Pop-Piraten. Man musste sich schließlich sehen lassen, um im Gespräch zu bleiben, und jetzt, wo der Olle nicht mehr unser Manager war, mussten wir laut Henri gucken, wo wir blieben. Als vor dem Adlon ein Fotograf auf uns zuging und ein paar Blitze abfeuerte, hielt ich artig still. Dann rief er uns zu: »Läuten da bald die Hochzeitsglocken?«

»Keine privaten Fragen!«, antwortete ich kühl.

Den Schlüssel zu Henris Wohnung in der Tasche zu haben, war immer noch ein so erhebendes Gefühl, da musste ich über so Bürgerliches wie eine Verlobung nicht auch noch nachdenken. Eins nach dem anderen.

30

»Was soll ich denn mit zwei Paar Gummistiefeln?«

Die Reisetasche, die vor meiner Stylistin Connie und mir stand, hatte Ausmaße, als würde ich ein Jahr als Austauschstudentin nach Alaska gehen und der Tochter von Sarah Palin europäisches Fashion Understatement beibringen.

»Nun«, Connie legte eine rote Regenhaut über die farblich dazupassenden Gummistiefel und einen froschgrünen Ostfriesennerz zum grünen Paar, »die Vorhersage für Ostern ist zwar okay, aber das Wetter kann im Schwarzwald auch ganz schnell kippen. Denk nur dran, wie es dann auf dem Zeltplatz aussieht! Und außerdem – wenn ich mir so ansehe, wie deine Sachen nach einmal Tragen aussehen, gebe ich dir lieber alles doppelt mit!«

Ich war noch nie auf einem Festival gewesen, Rockkäppchen, Rock am Ring, Rock am See, nix da, und stellte mir das

Leben auf so einem Zeltplatz ziemlich romantisch vor. Und stylish. Hatte Kate Moss auf ihren Glastonberry-Fotos nicht immer diese Mikrominis zu den Gummistiefeln getragen?

»Aber wir Fernsehleute wohnen doch im Hotel«, wandte ich ein.

»Das schon. Aber auf meiner Liste steht: Outfit für On-the-ground-Reportage. Und was meinst du, wie schnell du da Schlamm in den Stiefeln hast. Oder...«, Connie senkte ihre Stimme, »... Kotze!«

Sie besah sich meine Survival-Ausrüstung und stieg auf die Stehleiter, um eine zweite Tasche aus dem Regal zu holen.

»Und dann bist du froh über ein zweites Paar. Im Mini willst du ohnehin nicht auf den Zeltplatz, glaub mir, da kannst du gleich eine ›Vergewaltigt mich‹-Fahne schwenken.«

Das passte irgendwie nicht zur Woodstock-Romantik, die ich im Kopf hatte. Hauptsache, Connie hatte mir genügend scharfe Fummel eingepackt für das Interview, auf das ich mich am meisten freute – das mit den Superbrothers. Der große Vorteil: Das Superbrothers-Interview fand Backstage in der schön geheizten M-EINS-Lounge statt – keine Chance also für abtörnende Gummistiefel. Den zweiten Headliner, Die Alten Bräute, würde nach meiner aufwühlenden Erfahrung mit dem Jungen Werther diesmal Loreley übernehmen.

Hoffentlich würde ich diese zwei Taschen nicht selbst schleppen müssen – morgen früh musste ich nur irgendwie zum Pick-up-Platz am Schöneberger Rathaus kommen, von dem aus ich mit einem der Crew-Busse losfahren würde. Morgen schon? Kaum zu glauben, dass die Zeit bis Ostern so schnell vergangen war. Das Wetter hatte sich jedenfalls nicht groß verändert, man musste sich wohl daran gewöhnen, dass in Berlin der Winter einfach länger als bis März dauerte. Eine Zeit, in der kein Schnee fiel, der vielleicht noch ein wenig Licht reflektiert hätte, und in der die Sonne gar nicht die Kraft hatte, sich durch die grauen Schleier zu fressen, die über der Stadt zu hängen schienen. Ich hatte meinen persönlichen Mangel an Licht bekämpft mit heimlich angezündeten Kerzen (Kitsch!) und einer riesigen Daunendecke, unter der ich oft genug alleine lag, wenn ich aufwachte. Henri verschwand auch nachts regelmäßig in seinem

»Labor«, wie ich sein Arbeitszimmer nannte. Ich hatte die unbedingte Order, ihn dort nie zu stören, weil er sonst nicht an seinem Roman schreiben konnte. Die letzten Wochen bei Henri waren gut gewesen – und wenn er da war, auch das Zusammenleben mit ihm. Es hatte geklappt. Sein Schlüssel fühlte sich nicht mehr fremd an in meiner Hand, und ich genoss jeden Tag bei ihm.

Ich genoss auch Henris Eifersuchtsattacken, als ich begann, die Nachmittagssendung, die bald meinen Namen tragen würde, zusammen mit Finn als Sidekick zu moderieren. Finn, der Japaner mit dem trockenen Humor, wurde aus Henris Sicht total überschätzt, er sprach von ihm als meinem »Sidefick« – und ich genoss das. Ich gewöhnte mich auch an die Unberechenbarkeit seiner Ausbrüche und fand sie sogar sexy, diese zwei Seelen in Henris Brust – der Graf, der einem erst elegant die Restauranttür aufhielt und dann Sekunden später unflätig aus der Rolle des perfekten Schwiegersohns fallen konnte.

Und wir waren oft in Restaurants. In Henris Wohnung gab es nämlich nie etwas Warmes zu essen, er hasste den Geruch von Essen in seiner Wohnung und nahm ihn auch Stunden später wahr, nachdem ich mir einmal eine Pasta gemacht hatte. Dafür schlug ich mir jeden Mittwoch bei Felix im AKÜ den Bauch voll. Dem war es ernst gewesen mit seiner Wiedergutmachung, und er tischte mir mitten in Berlin Dinge auf, die nach Licht und Heimat schmeckten. Seine Köche waren bestens instruiert und fütterten mich mit Gerichten, die nach positiver Kritik meinerseits am nächsten Tag auf der Karte auftauchten. Hirsch mit Spätzlemousse, Buchteln in Vanilleschaum, Palatschinken auf Topfenschnee, Lamm an Brezenknödel. Yummie. Nur Felix selbst war mittwochs um sieben nie in seinem Lokal, sondern im Großmarkt, beim Weinverkosten und so weiter. Ich sah ihn nur einmal, und da entschuldigte er sich, weil er es nicht zum Rockkäppchen schaffen würde dieses Jahr, zu viel zu tun.

Mir schmeckte es trotzdem bei ihm. Ich genoss die einzige Stunde der Woche, in der ich alleine vor mich hin denken konnte – und in der Henri nicht wusste, wo ich war. Denn Henri hatte übernommen, was Kuszinsky früher an Terminen für mich geplant hatte, und so schwebte ich mit Henri von einer Party auf die nächste. Nicht, dass mir diese Events so viel brachten, aber ich ging gerne hin, vor allem aus einem Grund: wegen der späten Taxi-Fahrten nach Hause. Denn Henri war auf diesen kleinen Reisen durch die Stadt anders als sonst, mitteilsamer, leidenschaftlicher. Ich dachte nicht darüber nach, ob es die anonyme Atmosphäre auf der Rückbank war, die nur durch einen Blick des Fahrers in seinen Rückspiegel gestört werden konnte, oder ob das Glück, mit mir an seiner Seite in seine, unsere fantastische Wohnung zu fahren und auf einer flirrenden Party wieder endlos viele Mover & Shaker getroffen zu haben, ihn so redselig machte. Jedenfalls erfuhr ich alles, was ich über Henri wusste, im Taxi: Der strenge Vater, der bei einem Flugzeugunglück in seiner Cessna umgekommen war. Die Schwester, die sich viel um ihn gekümmert, aber jetzt nur mehr ihren neuen Mann und ihren unerfüllten Kinderwunsch im Kopf hatte. Henris Ängste, wenn eines seiner Bücher im Kulturkaufhaus vom exponierten Büchertisch weg ins Regal geräumt worden war. Oder dass seit drei Wochen keine Talkshow-Einladung mehr ins Haus geflattert war. Oder die Unzufriedenheit darüber, dass die Pop-Piraten, die er seit Neuestem in der Tat moderierte, so schlechte Quoten hatten.

»Die Show versendet sich einfach«, sagte Henri im Taxi zu mir, »weil sie vom Sender nicht gepusht wird.«

Wir waren unterwegs von einer Präsentation des Süddeutschen Verlags, der in der PanAm Lounge am Zoo seine neue Buchreihe präsentiert hatte, ohne dass eines von Henris Büchern dabeigewesen wäre.

»Das macht nichts. Die Herren Verleger werden schon sehen, was sie davon haben, wenn ich ihnen bei meinem nächsten Buch einfach die Tür vor der Nase zuschlagen werde. Denn das, meine Liebe, wird ein Jahrhundertroman, ich will raus aus diesen piefigen Sex-and-Drugs-Vorhöllen, das wird Weltliteratur, ganz, ganz großes Lichtspieltheater.« Henri klang siegessicher und erstaunlich gleichmütig, was sein Buch betraf, er regte sich eher darüber auf, dass die Pop-Piraten nicht für den Grimme-Preis vorgeschlagen worden waren. Und dass der Sender nicht genug tat für ihn und seine Literatur-Show.

»Scheißsendeplatz, direkt gegen Dr. House programmiert, ist doch klar, dass keiner von dieser ignoranten Jury je die Pop-Piraten gesehen hat. Und weißt du, wo M-EINS Anzeigen für die Show geschaltet hat? In der NEON!«

Ich konnte nicht genau einschätzen, warum die NEON so schlecht sein sollte für eine solche Anzeige, sie erschien mir eher ganz passend. Doch Henris Finger bebten vor Aufregung, ich hielt sie fest und versuchte, etwas von meiner Ruhe auf ihn abfärben zu lassen.

Kein Wunder, dachte ich einmal mehr, dass er sich nie entspannen kann. Ihm hat der Vater gefehlt, und er musste alles selbst in die Hand nehmen, und dann auch noch der Reinfall mit Kuszinsky... Irgendwie bewunderte ich Henris Rastlosigkeit sogar. Ich hingegen war zufrieden wie ein Stück Milchvieh, suhlte mich in meiner Beziehung und meinem Promijob, dabei sollte ich doch selbst mal drüber nachdenken, wie es denn weiterging mit meiner Karriere... Wie gut, dass ich Henri an meiner Seite hatte.

Nur schade, dass er mich nicht auf das Festival begleiten und damit mein Selbstbewusstsein stärken konnte – haufenweise Termine blockierten seinen Kalender in den nächsten Tagen, wie er mir versichert hatte. Er wollte die Zeit ohnehin zum Schreiben nützen. Und sobald er fertig ist mit seinem Roman, dachte ich, wird es Zeit für die nächste Stufe. Und ich merkte, wie mir die Augen zu schwimmen begannen, schaute schnell aus dem beschlagenen Fenster und drückte Henris Hand noch fester. Dann würde ich Henri vorschlagen, mit ihm zusammen zum Therapeuten zu gehen, um mehr gegen seine Philematophobie zu unternehmen als nur diese ewigen Tabletten. Und dann würde er geheilt werden und sie nicht mehr brauchen. Wir würden den besten Sex der Welt haben, und dann würde vielleicht auch Henri den Deckel draufmachen wollen, auf unsere Beziehung, auf uns, das meistfotografierte Paar dieser Saison. Nicht dass ich ihn drängen wollte, nicht zur Therapie, nicht zur Verlobung, ich war auch so glücklich. Aber bis das alles übertreffende Werk fertig sein würde, konnte es nicht mehr so lange dauern, so viel Zeit, wie Henri in seinem Labor verbrachte. Oft sah ich ihn nicht einmal zum Frühstück, bevor ich in die Redaktion ging und die Küchenfenster weit aufriss, damit der Geruch des frischen Toasts nicht unter dem Türspalt durchkriechen konnte, um Henris Konzentration zu stören. Stattdessen stellte ich jeden Morgen eine frisch gebrühte Espressokanne auf das Tischchen neben der Labortür, und während ich die Haustür leise hinter mir zuzog, um am Doorman vorbei zu meinem Auto zu gehen, dachte ich oft an den großen Schiller und die fauligen Äpfel in seiner Schreibtischschublade, deren Geruch ihn wachhielt. Wie ähnlich kapriziös doch alle großen Schriftsteller waren ...

»Wir müssen noch bei M-EINS vorbei«, fiel mir plötzlich während unserer nächtlichen Taxifahrt ein. Connie hatte meine Outfits für das Rockkäppchen an der Pforte abgegeben, und schon morgen früh ging es auf in den Schwarzwald, also war keine Zeit zu verlieren. Beim Sender angekommen, half mir der Wachmann in der dunkelblauen Security-Uniform, den ich von meinen Nachtschichten kannte, die zwei Reisetaschen ins Taxi zu bringen, ich selbst nahm nur den dicken Ordner, den Jörg mir auf die Reisetaschen gelegt hatte. »Dispo: Rockkäppchen« stand darauf, und darin waren viel zu viele Blätter mit Ansprechpartnern, Telefonnummern, Run-downs, Künstlerbiografien – aber leider keine einzige Interviewfrage. Ich blätterte hektisch den Ordner noch mal von vorne durch, da sollte ich mir wohl definitiv noch Gedanken machen ... Nur: Wann? Wie hatte ich das vertrödeln können? Nur keine Panik, versuchte ich des schlechten Gewissens Herr zu werden, das mich so hinterrücks überfallen hatte, und setzte mich neben Henri ins Taxi. Er hatte währenddessen durch eine der Stadtzeitungen geblättert.

»Und, ist was los hier am Osterwochenende?«, fragte ich beiläufig.

Doch Henri schwieg, sah mich vorwurfsvoll an und hielt mir dann eine aufgeschlagene Seite unter die Nase – auf einem kleinen Foto war ich abgebildet.

»Ist ja hochinteressant: AKÜ, *die Alpenküche des Süddeutschen Felix Schweiger: neu und schon mehr als ein Geheimtipp in Mitte. M-EINS-Moderatorin Heidi Hanssen sitzt dort gerne bei Veltliner und Schweinebraten.* Ich wusste gar nicht, dass du da so oft bist. Darf ich fragen, mit wem?«, funkelte Henri mich sauer an.

»Allein«, antwortete ich wahrheitsgemäß und merkte, dass ich trotzdem unglaubwürdig klang. »Du hast mich doch selbst auf das AKÜ gebracht, du weißt doch, als du mir für das Meeting mit Jörg einen Tisch reserviert hast.«

»Aber allein? Du setzt dich in diesem Wirtshaus abends alleine an einen Tisch und hast dabei noch eine Mütze auf, in der du aussiehst wie ein Gartenzwerg?« Henris Tonfall war so scharf, dass der Taxifahrer kurz in seinen Rückspiegel schaute, um zu kontrollieren, ob auf der Rückbank alles in Ordnung war. »Weißt du, was das für einen Eindruck macht? Seitdem Kuszinsky nicht mehr für uns arbeitet, habe ich die Verantwortung für unsere PR übernommen, ich dachte, da waren wir uns einig. Und du gehst einfach hinter meinem Rücken alleine abends zum Essen, *alleine!* Weißt du, wie das aussieht? Das ist doch das kleine Einmaleins der Außenwirkung, das muss man automatisch drin haben! Nimm wenigstens diesen Redaktionstrottel mit oder ruf diese bescheuerte Freundin von dir an, die von dieser überschätzten Band. Aber dass man als angesagte Moderatorin nicht alleine zum Essen geht, das sagt einem doch der gesunde Menschenverstand ...«

Jetzt nur nicht streiten, hämmerte es in meinem Kopf. Morgen geht es los zum Rockkäppchen, nur nicht im Streit losfahren.... »Weißt du, das war mir gar nicht bewusst«, versuchte ich Henri zu beschwichtigen. »Ich bin sehr froh, dass du mich darauf aufmerksam machst, genau deshalb brauche ich dich und deine Erfahrung.« Ich schmiegte mich an Henris Schulter und piepste: »Entschuldige bitte.«

Henri schwieg, wandte sich von mir ab und sah kurz auf sein Handy, ob er nicht eine SMS übersehen hatte. Ein gutes Zeichen. Er hatte sich beruhigt.

»Aber diese Heimlichtuerei hört auf, einverstanden? Aber wenn wir schon bei der Außenwirkung sind: Da sind doch hoffentlich vernünftige Outfits in diesen Reisetaschen? Du willst doch nicht in deinem alten Bundeswehrparka auf das Festival fahren?«

»Ich liebe diesen Parka«, murmelte ich.

»Ja, das sieht man, weil er nämlich auf jedem Pressefoto von dir auftaucht, seitdem du das erste Mal einen roten Teppich betreten hast. Ich finde, Parkas werden heillos überschätzt, und dieser hier ganz besonders. Du fährst doch auf ein Medienereignis und nicht nach Gorleben!«

»Dieser Parka ist mehr als ein Mantel für mich«, protestierte ich nun aufgeregt. »Er ist ein Talisman. Er hat meinem Bruder Michi gehört«, begann ich und erzählte Henri endlich mein persönlichstes Geheimnis. Ich redete lange, redete weiter, selbst als das Taxi schon am Spreekanal vor dem Eingang zum Doorman stand. Und Henri blieb sitzen neben mir und hörte sich alles an, ließ mich in sein Taschentuch weinen und wurde nicht einmal sauer, als meine Nase eine Rotzspur auf seinem Mantelärmel hinterließ. Dann nahm er mich in den Arm und tröstete mich: »Ich bin so froh, dass du mir das endlich erzählt hast, aber nun ist's gut, Kleines. Ist ja gut.«

31

Am nächsten Morgen um halb neun war die Hölle los vor dem Rathaus Schöneberg: Gemüselaster, DHL-Sprinter, Fiestas, Polos, Kurierkombis und dann und wann ein dicker Benz polterten im Berufsverkehr an mir vorbei – doch von meinen M-EINS-Kollegen keine Spur. Ich fühlte mich ein wenig wie früher vor den Skirennen. Da hatte ich auch immer mit meinem Gepäck auf irgendeinem Marktplatz gesessen und auf den Mannschaftsbus gewartet, der mich abholen sollte, und immer war der Bus ein bisschen zu spät gekommen und ich heute wie damals viel zu früh dran und völlig sicher, Ort und Zeit total durcheinandergebracht zu haben.

Wenn sie in zehn Minuten nicht da sind, rufe ich den Fahrer an, dachte ich und wollte gerade schon seine Nummer in der Dispo suchen, als ich einen Zeitungsautomaten mit der heutigen Headline »*Gaspreis-Schock – so werden wir abgezockt*«

entdeckte. Mit der Bild würde ich mir immerhin die Wartezeit verkürzen können. Ich suchte nach Kleingeld, warf es in den Schlitz und nahm mir eine Ausgabe heraus, druckfrisch.

Und schon hupte neben mir der silberne Berlin-Equipment-Bus. Richies Ton-Assi Louis saß am Steuer. Ich freute mich, ihn zu sehen, setzte mich vorne neben ihn, damit mir nicht schlecht wurde, und wir redeten los, über das Werther-Interview von damals, die Unberechenbarkeit alternder Punkdiven und über das anstehende Superbrothers-Interview natürlich – wir waren beide aufgekratzt wegen des Festivals.

Erst als wir am Tempelhofer Flughafen vorbei auf die Autobahn zufuhren, hatte ich Zeit, die Zeitung aufzuschlagen. Ob wohl Fotos von der Buchpräsentation gestern Abend drin waren? Zwar war diese Geschichte vom Süddeutschen Verlag kein großes Ereignis gewesen, aber Henri und ich waren schließlich immer ein feines Motiv. Das hat gar nichts mit Eitelkeit zu tun, dachte ich, das ist einfach so, der Popliterat und die Musikmoderatorin, ein Traumpaar, logisch. Und ich spürte ein bisschen die Spannung steigen, als ich nach den Societyspalten suchte. Schön war das, mein neues Leben. Gestern Nacht hatte ich endlich einmal jemandem von Michi erzählt, es war ein bisschen gewesen, als hätte ich ihn wieder lebendig gemacht. Henri hatte sich nach unserem Gespräch noch eine Stunde in seinem Arbeitszimmer verschanzt, und heute früh hatten wir Sex gehabt, einen Quickie, wie immer ohne viel Geschmuse. Der leise Geruch nach Sex und Henri, der kaum merklich aus dem Ausschnitt meines Pullovers in meine Nase stieg, erinnerte mich daran, wie sehr sich alles verändert hatte im letzten halben Jahr und dass ich inzwischen eine ganz andere Heidi war, nämlich die, die sich den Laber geangelt hatte, und zwar zu Recht, und ihn auch behalten würde …

Und dann entdeckte ich die Überschrift.

»Darum hat sie immer so traurige Augen«, stand über einem Bild von mir, das mich mit gesenktem Blick und tief in die Stirn gezogener Mütze zeigte. Das hatte den Reportern wohl als Beweis gereicht. Und darunter: »Das neue M-EINS-Gesicht: Marihuana hat meinen kleinen Bruder umgebracht.«

»Wat denn, wat denn, die Bild? Les ick nich.«

Ich war nicht zum Pinkeln in dem dunkelbraun gefliesten Klo im Rasthaus, zu dem ich den erstaunten Louis so plötzlich dirigiert hatte. Sondern um mit Doreen zu sprechen. Sie anzurufen, war ein bisschen wie nach Hause kommen. Keine Ahnung, was die Jungs im Bus vermuteten, als ich mit der Bildzeitung unter dem Arm Richtung Männlein- und Weiblein-Symbol schoss, weil ich mir die Tränen kaum mehr verkneifen konnte.

»Bruder, wieso Bruder?«, fragte Doreen irritiert.

»Michi, mein Bruder, verstehst du«, schniefte ich, »der ist gestorben, als er achtzehn war. Aber das hatte nichts damit zu tun, dass er bekifft war, verstehst du? Er war nur Beifahrer in diesem Scheißbundeswehrlaster! Und Henri erzählt denen einfach brühwarm meine Geschichte, und dann auch nur die halbe Wahrheit!«

»Bekifft im Bundeswehrlaster? Dein Bruder?«

Erst redete ich jahrelang nicht darüber und dann gleich zweimal innerhalb von vierundzwanzig Stunden. Aber daran musste ich mich jetzt sowieso gewöhnen. Ich konnte nur hoffen, dass meine armen Eltern dieses unselige Drecksblatt von heute nicht in die Finger bekamen. Ich putzte mir die Nase in ein Stück kratzig graues Toilettenpapier.

»Hier steht«, tippte ich mit dem Finger auf den Artikel, als könnte Doreen das sehen, »nichts davon drin, dass er nur gekifft hat, weil er so starke Migräne hatte und vom Dope einfach das Kopfweh leichter wurde. Und sich genau wegen der Migräne darauf verlassen hatte, dass sie ihn ausmustern beim Bund. Sonst hätte er natürlich verweigert! Michi war nämlich der sanfteste Mensch der Welt, der wollte eigentlich Kindergärtner werden!«

»Und wie kam er dann in diesen Laster?«

»Nun, sie haben ihn trotz Migräne für tauglich befunden, damit konnte wirklich keiner rechnen, und erst einmal ins Bundeswehrkrankenhaus gesteckt zur Schmerztherapie. Und eine Woche später sitzt er in diesem Lkw – er und der Fahrer hatten wohl vorher noch einen geraucht, ist noch nicht mal gesagt, dass das überhaupt Michis Zeug war –, und dann knallt der gegen einen Baum, genau an der Beifahrerseite, dem Fahrer ist überhaupt nichts passiert, und Michi, unser Michi ... «

Mir versagte die Stimme. Aber Doreen wusste Bescheid.

»Arme Maus. Und armer Michi«, sagte sie sanft. »Und wo bist du jetzt? Musst du nicht auf das Festival?«

»Ja, ich muss schon heute Nachmittag ab sechs vor der Kamera stehen, alles live, schöne Scheiße«, schluchzte ich.

Doreens Stimme hingegen klang stark und fest. »Pass auf. Was dir gerade passiert ist, ist natürlich ganz schrecklich. Hast du Henri schon erreicht?«

»Nein. Dieser Verräter ... «

»Dann reg dich jetzt nicht über ihn auf, bevor du nicht die Wahrheit weißt. Denk daran, dass du auf dem Festival verdammt harte Tage vor dir hast und einfach funktionieren musst! Vielleicht sind auch die Typen von der Bild die Schweine – und nicht dein Alter? Vielleicht hatten die ja noch eine andere Quelle? Wo habt ihr denn darüber geredet?«

»Auf der Rückbank eines ... Logo! Der Taxifahrer!«

»Siehste. In dubio pro reo, das müsstest du doch wissen. Dein Vater ist doch Anwalt, der kann sicher eine Gegendarstellung erwirken. Aber ehrlich gesagt: Noch mehr Wind würde ich da jetzt gar nicht machen. Was heute in der Bild steht, ist schlicht und einfach der Beweis und der Preis dafür, dass du jemand bist, bei dem es schon interessant ist, wenn er zur Eröffnung einer Telefonzelle geht. Vor allem, wenn so eine Natural Beauty wie du auch noch mit so einem Bad Ass wie dem Laber zusammen ist.«

Ich hatte aufgehört zu weinen. Was Doreen sagte, war lieb und pragmatisch. Und hoffentlich wahr. Vielleicht war nicht Henri der Böse, sondern der Taxifahrer. Dann wusste jetzt eben die ganze Welt, warum mein Parka für mich so wichtig war.

Ich schloss die Klotür auf und stellte mich vor den Spiegel. Durch das gekippte Souterrainfenster trötete ein Dauerhupen. Sicher Louis.

»Doreen, ich muss los.«

»Gut. Jetzt klingst du schon besser. Gute Fahrt, wir sehen uns dann übermorgen.«

»Wie bitte?«

»Wir sehen uns übermorgen. Delirosa spielt auch auf dem Rockkäppchen, am Ostermontag. Aber auf der Nachwuchsbühne. Das hast du wahrscheinlich gar nicht recherchiert, ihr übertragt ja nur die Hauptbühne. Unsere Talent-Stage ist natürlich tief unter M-EINS-Niveau. Aber nix für ungut. Wisch dir mit der Bild am besten den Hintern ab, mach dich nicht verrückt und bis übermorgen.«

Als viele Autostunden später Louis auf die Zubringerstraße des alten Militärflughafens abbog, war ich schon in der Lage, »Mein hungriges Herz durchfährt ein bittersüßer Schmerz« von Mia lauthals mitzusingen, ohne eine Miene zu verziehen. Schön war es hier. Ich war seit Genf nicht mehr in einer Gegend gewesen, in der die Bäume höher waren als die Häuser, und die Berge höher waren als die Bäume. Plastikumspannte Heuballen lagen wie riesige Pillen in der Landschaft herum, und das schon an Ostern. Ganz schön emsig, die Leute hier im Schwarzwald.

»Sag mir, wie weit, wie weit, wie weit willst du gehn?«

»Krass, die stehen hier schon Schlange, es sind sicher noch fünf Kilometer«, unterbrach mich Louis und fuhr links an einer endlosen Reihe Banner-behangener Pkws und Camper vorbei, die sich schier endlos stauten bis zu einer unscheinbaren Schranke und einem Wärterhäuschen. Drei Ordner ließen sich alle Zeit der Welt, die Autos einzeln auf eine gigantische Wiese einzuweisen. Hier begann also der Campground. Aber wir, die Leute vom Musikfernsehen, durften mit einem bunten M-EINS-Wisch die Sperre ungehindert passieren und fuhren an einem alten, jetzt von Imbissbuden und T-Shirt-Ständen umstellten Hangar vorbei, zwei weitere Kilometer bis zu einer Koniferenbewachsenen Hotelauffahrt. Direkt unter dem nicht besonders sauberen Best-Western-Schild tigerte ein Typ hin und her, dekoriert mit umgehängten Kopfhörern, die Taschen voller Walkie-Talkies und mit einer Schultertasche, die sich vor Ordnern nicht mehr schließen ließ. Das war natürlich Jörg. Und er war auf hundertachtzig:

»Raus mit dir aus dem Bus, Heidi, in die Maske – ach was, puder dir einfach schnell selbst die Nase, hier ist dein Zimmerschüssel, dritter Stock, zackazacka, wir haben jetzt keine Zeit mehr für Firlefanz, gerade haben Travis einen Pre-Opening-Gig angesagt, und wir gehen jetzt eine Stunde früher auf Sendung, Ansage von Kozilla, Travis waren bisher überhaupt nicht confirmt, sondern noch tba, noch nicht mal tbd, aber da fällt dir sicher spontan etwas ein, in fünf Minuten wieder unten. Alles klar?«

Ich hatte nicht einmal mehr Zeit nachzudenken, was zum Teufel nun tba und tbd schon wieder bedeutete, sondern raste los und traf vor dem aufreibend langsam schunkelnden Aufzug Mizzi, die jüngste und netteste unserer geschundenen Volontäre und Runner für die Dauer des Festivals, die mir sofort ein Schlüsselband mit einem dicken Bündel an Plastikausweisen umhängte, mit dem ich aussah wie eine Preiskuh. VIP, All Areas (First Stage & Second Stage), Telefonnummern, M-EINS-Catering... Schnell noch die Mütze des Tages ausgewählt, heute schwarz und übergroß, das Madonna-Modell, in der fühlte ich mich besonders sicher, und dann trapptrapptrapp die Treppe wieder runter, ohne auf den Aufzug zu warten, die Plastikkarte mit der Zimmernummer an die Rezeption geknallt, mit Jörg und Mizzi in den wartenden VW-Bus gesprungen und auf den Flugplatz gerast.

»Also, du machst erst einmal die große allgemeine Anmod, ja? ›Hallo zum Festival, unser kleiner Familiensender wird heute fünf, und so weiter, wir ziehen auf, die Band steht neben dir, kurzer Talk, und dann gibst du ab an Finn, der steht unten in der Menge und redet ein bisschen über Stimmung und Ticketpreise und das Wetter, was weiß ich, in der Zeit müssen die Schotten runter und rüber, und dann wieder du, Anmod Travis – und wir geben ab an die Center-Stage, die Hauptbühne also, das Konzert geht los, und das Festival ist eröffnet. Steht alles so im Rundown, bis auf, äh, Travis natürlich und die Komoderation mit Finn.«

»Und Loreley? Macht die nicht auch Bandinterviews?«

»Die kommt erst zum Showdown, wenn The Superbrothers und Die Alten Bräute spielen. Bis dahin schafft ihr das locker zu zweit. Wir haben jetzt übrigens noch fünf Minuten.«

Na, da war ich ja beruhigt.

Und als das rote Licht fünf Minuten später erbarmungslos brannte und brannte, gingen meine Mundwinkel nach oben, ich redete und redete und sah dabei im Scheinwerferlicht die feinen Tröpfchen meiner feuchten Aussprache. Und Fran Healey, der wahnsinnig nette Sänger von Travis, lachte mit mir, er konnte ein bisschen Deutsch, seine Freundin war Deutsche, erzählte er. Und der Travis-Frontman ließ sich gar nicht stoppen, sodass wir nicht dazu kamen, an Finn abzugeben. Gut, dass er so viel redete, das rote Licht ging immer noch nicht aus, sollten wir nicht längst zu Finn geben? Dann wurde die Band plötzlich von mir weggezogen, ich stand mutterseelenallein vor der Kamera und wertete das als Signal, mich endlich zu verabschieden. Aber als ich ansetzen wollte zu »mein Kollege Finn wartet schon in der Arena auf uns mit tollen Bildern« schüttelte Jörg den Kopf und machte hinter der Kamera verzweifelte Bewegungen, als würde er Sahne mit der Hand schlagen, weiterweiter! Ein Schweißtropfen, der sich unter meiner Mütze gelöst hatte, rann mir über die Stirn. Ich redete wie ein Wasserfall, über eine Ostereiersuche, die M-EINS auf dem Zeltplatz veranstalten würde, völliger Blödsinn. Mein Kopf rollte den Teppich mit den Worten darauf immer weiter aus, ich wusste selbst nicht, welche Sätze darauf zum Vorschein kommen würden, immer noch weiter, und dann endlich klappte die Live-Schalte. Ich sah Jörgs ausgestreckte Finger, 5, 4, 3, 2, 1, fertig, das rote Licht war aus, abgegeben an die Bühne, geschafft. Meine Backen brannten wie Feuer.

Jörg stürzte auf mich zu, ich duckte mich, der wollte mich sicher für die Notlüge mit den Ostereiern ausschimpfen. Doch stattdessen fasste er mich unter die Arme, hob mich hoch, wirbelte mich einmal herum und schrie wie von Sinnen: »Mensch, Hanssen, du bist der Knaller! Du bist ein Festivalhase erster Kajüte, das Kind hast du mehr als geschaukelt! Eine Tipptopp-Zehn-Minuten-Mod aus dem Effeff! Live! Das war fett, fett, fett!«

Und dann gingen wir zusammen auf den VIP-Balkon der Tribüne, während auf der Stage die Band zu spielen begann, hakten uns unter und grölten zusammen Travis' »Why does it always rain on me« mit. Ich schaute auf die homogen wogende

Zuschauermasse unter mir und wischte mir eine Glücksträne von der Backe, die Musik machte mich ganz schwummrig. Und ich verstand nicht, warum ich nicht mein ganzes Leben vor der Kamera und auf Festivals verbracht hatte.

32

Auf Jörgs Lob konnte ich mich nicht lange ausruhen. Ich bekam einen Knopf ins Ohr, Mizzi an die Seite und die unbedingte Order, ohne offizielle Abmeldung nicht einmal pinkeln zu gehen. Ging ich eh nicht. Weil ich nichts trinken ging. Genauso wenig wie essen. Keine Zeit. Dafür fraß ich Samstag und Sonntag um Mitternacht die Minibar im Hotelzimmer leer und fiel danach mit pochenden Füßen und Erdnüssen zwischen den Zähnen ins Bett, nachdem ich jedes Mal vergeblich versucht hatte, Henri zu erreichen, um mit ihm zu diskutieren, wie wir diesen indiskreten Taxifahrer drankriegen konnten.

Am Montag Nachmittag spielte Billy Idol, das vorletzte Konzert vor dem großen Finale. Herrn Idol übertrugen wir nicht, »zu alt« hatte Kozilla befunden, schade eigentlich, und so hatte ich den Sanitätern zugenickt und mich zu ihnen gestellt, um mir hinter der Absperrung »White Wedding« anzuhören, und den Sänger bewundert, der mit perfekt trainiertem, nacktem Oberkörper über die Center-Stage raste, von gigantischen Bildschirmen rechts und links davon auf Tyrannosaurus-Größe hochgebeamt. Und 85000 Zuschauer hatten ihn mit mir gesehen. Sogar ein Handyfilmchen hatte ich gemacht. Das hatte ich bei den nach Luft ringenden Zuschauern der ersten Reihen gesehen, über deren Köpfe immer wieder Leute surften, bis sie selig grinsend mit schlenkernden Armen und Beinen bei den bulligen Securitys landeten, die den Graben vor den Bühnen abschirmten.

Mein Handyvideo schickte ich an Henri. Ich vermisste ihn. Ich wünschte mir sehr, sehr, sehr, er würde in diesem Augenblick neben mir stehen, zwar sicher sagen, »Billy Idol halte ich für heillos überschätzt«, aber auch er würde sich niemals der Magie und Dynamik verschließen können, die von diesem Festival ausging, als wäre es ein Lebewesen. Ich wusste schließlich, dass Henri nicht so ein harter Brocken war, wie er immer tat. Die Energie der Musik und der Menschenmassen waberte den Talkessel hoch, in dem der Flugplatz lag, und wurde von der Natur ringsum eher verstärkt als verschluckt. Aber ich hatte nur Zeit für diesen einen Song.

Im Ü-Wagen, wo alle technischen Fäden zusammenliefen, hatte Jörg bereits eine Vorbesprechung anberaumt und uns als Zuckerl verkauft, dass die Casting-Claudia kommen sollte, um Finn und mir als VJ-Coach eine Zwischenkritik zu geben. Denn heute Nacht durften wir uns keine Schnitzer leisten, Kozilla erwartete nie dagewesene Einschaltquoten und wollte außerdem das komplette Material nach Südamerika verticken.

Auf dem Weg zum Ü-Wagen lief ich vorbei an den Nightlinern, den Tourbussen der Bands, die einen schmalen Korridor zur Zeltstadt des heiligen Backstage-Bereiches freigelassen hatten, wo gleich die Proben für die Interviews mit den Alten Bräuten und den Superbrothers stattfinden würden. In dem mächtigen weißen Zelt hatten die Bands auch ihre Lounges, manche eingerichtet wie ein Hotelzimmer im Ritz. Durch die transparenten Plastikfenster konnte man eine davon sehen: Textilpalmen, ein kleiner Springbrunnen, in jeder Ecke neonbeleuchtete Kühlschränke mit Energyzeugs und Bier, mittendrin zwei Kicker. Ein Komfort, von dem die armen Schweine auf dem Zeltplatz nur träumen konnten.

Ich blieb kurz stehen. Nur an einem Kicker wurde gerade gespielt, war das nicht der Greenday-Sänger, der dort vornübergebeugt und rasend schnell in die Drehspieße griff, oder hatte sonst noch jemand so viel Schuhcreme unter den Augen? Sein Mitspieler wandte mir den Rücken zu, seine Lederjacke war mit so vielen Nieten verziert, dass sie jedem Hells-Angels-Chef zur Ehre gereicht hätte. Wenn sie nicht rosa gewesen wäre. Und jetzt riss ihr Besitzer im Torjubel die Arme hoch, und ich sah ihn im Profil. Es gab nur einen, der so einen Fummel tragen konnte. Mein Freund Josef.

Mein erster Impuls war: Rein und Josef um den Hals fallen.

Mein zweiter Impuls war: Flucht.

Mein dritter Impuls war: Rein und Josef um den Hals fallen.

Mein vierter Impuls ...

»Jörg an Hanssen? Jörg an Hanssen?«

Den Knopf im Ohr hatte ich ganz vergessen. Und Jörg brüllte mir nicht nur in den Gehörgang, er kam auch gerade auf mich zu.

»Mensch, Hanssen, da steckst du ja, Finn und ich sitzen wie die Blöden im Ü-Wagen, du bist voll zu spät, was ist das denn für ein Teamgeist, das kannste dir aber sofort abgewöhnen, so ein Larifari-Zeitmanagement, wir sind ja hier nicht beim WDR!«

Ich nahm den Stecker aus dem linken Ohr, das machte mich ganz kirre, Jörg rechts normal und links einen Hauch zeitverzögert zu hören, und kam mit, froh, dass mir die Josef-Entscheidung abgenommen worden war. Ich hatte keine Ahnung, dass das nicht die letzte unverhoffte Begegnung für heute sein sollte.

Der Doppeldeckerbus mit den Satellitenschüsseln auf dem Dach, der in der Nähe des Zelts stand, hatte so steile Stufen, dass ich mich richtig hochziehen musste, und sah innen aus wie das geschmacklose Wohnmobil eines Stasichefs. Monitore in allen Größen, Kabel, Tastaturen, Drehstühle, auf denen konzentrierte Männer saßen und schweigend auf Bildschirme starrten.

Jörg deutete auf die verschiedenen Apparate: »Hier sieht man das Material, das über den Satelliten live rausgeht, ist natürlich momentan schwarz, wir senden ja gerade nicht. Und hier, Heidi«, er zeigte auf einen weiteren Monitor, der eine rote Couch mit einer mickrigen Palme rechts und einem Ficus Benjamini links zeigte, »das ist das Bild der Backstage-Kamera Eins. Hier machen wir in einer halben Stunde die Stellproben für das Superbrothers-Interview.«

Ich schnupperte hungrig. Zwei große Teller mit Lammkeule, grünen Bohnen und Kartoffelbrei warteten in der kleinen Essecke des Wohnmobils auf Finn und mich. Sogar Sklaventreiber

Jörg war langsam auf den Gedanken gekommen, das was zu futtern zur Abwechslung nicht schlecht wäre.

»Ist ja schließlich Ostern«, sagte Jörg gönnerhaft, »esst ruhig mal in Ruhe. « Er selbst platzierte sich uns gegenüber, um uns während des Essens keine Sekunde aus den Augen zu lassen.

»Mahlzeit«, sagte ich und setzte mich auf die plastikfurnierte Eckbank. Finn hatte seinen iPod im Ohr wie immer, und um Jörgs Blicke nicht zu sehr auf mir zu spüren, guckte ich an ihm vorbei auf den Bildschirm der Backstage-Kamera über seinem Kopf. Doch Jörg schaffte es nicht, uns diese zehn Minuten Ruhe vor dem Sturm zu gönnen.

»Bis Claudia zum Feedbackgespräch kommt, fang ich einfach schon mal an mit dem, was du noch besser machen kannst, Hanssen. Du bist manchmal ein bisschen zu brav. Die Amis und die Engländer und bestimmt auch die Argentinier stehen total drauf, dass bei uns nicht gebeept wird. Kannst du, also äh, saftiger werden? Mal Schwanz sagen oder Fuck oder oberfotzengeil ... «

»Na ja«, meinte ich kauend und wischte unauffällig einen Saucenspritzer von Jörgs Folder, »wenn ich mich ärgere, dann sag ich höchstens Kruzifix, oder Herrgottnochmal. Die Worte, die du meinst, die sagt man nicht, finde ich. «

»Bei uns im Musikfernsehen schon. Weißt du was, Heidi, du bist echt ein Freak«, sagte Jörg, strich sich dabei über den beginnenden Schmerbauch und schaute plötzlich nach oben.

Denn es tat sich etwas auf dem Bildschirm der Backstage-Kamera eins über ihm. Jemand trat von rechts ins Bild der Kamera vor das Sofa, sicher ein Beleuchter oder doch eine Dekorateurin, jedenfalls eine Frau, denn ich konnte an ihren sichtbar werdenden Umrissen eine sehr schmale Taille erkennen, wenn auch nicht Gesicht und Füße.

Und dann trat jemand von links zu ihr ins Bild. Zwei Hände legten sich auf ihre Hüften, Männerhände mit einem goldenen Ring, eine davon verschwand unter dem Pullover der Frau. Ich warf einen schnellen Blick auf Finn, der kaute mit offenem Mund und verfolgte ebenfalls, was da gerade passierte. War ja eigentlich sonnenklar: Da waren zwei gerade dabei, sich mehr als nur ein bisschen näherzukommen, und der Typ hatte gerade damit begonnen, der Frau am Busen rumzufummeln und sie Richtung Sofa zu bugsieren.

Die Aussicht, unfreiwilliger Zeuge eines Pettings zu werden, fand ich lustig, das nahm mir ein wenig die Anspannung vor dem großen Finale, genauso wie den Jungs, und je mehr das Pärchen sich von der Kamera weg Richtung Sofa bewegte, umso mehr sahen wir von den beiden. Die Interview-Location war so gut ausgeleuchtet, dass die Haare der Frau orangerot aufleuchteten wie ein Kaminfeuer, als sie in den Scheinwerferkegel gelangten, kurz wieder verdeckt von dem Pullover, den ihr der Mann ungeduldig über den Kopf riss. Jörg grinste und schob einen Lautstärkeregler nach oben, gerade rechtzeitig, um den Mann stöhnen zu hören: »Du hast wirklich einen herausragend schönen Körper!«

Diese Spannerei war mir plötzlich ziemlich unangenehm. Ich schüttelte leicht den Kopf, unglaublich, was für Tricks einem die eigene Wahrnehmung manchmal spielen konnte, und sah lieber auf meinen Teller. Aber dann spürte ich Jörgs prüfenden Blick auf mir, nachdem er hektisch den Tonregler nach unten gedreht hatte. Er hatte auch gesehen, was ich gesehen hatte. Und dachte das Gleiche.

Ich hatte nicht erwartet, dass mein Teller so weit fliegen würde, doch als ich aufsprang und ihn von mir stieß, segelte mein Oster-Essen über den glatten Tisch, und ein Matsch aus Fleisch, Püree und Bohnen landete direkt vor Jörg auf dem genoppten PVC-Boden des Ü-Wagens.

»Hanssen! Mach jetzt keinen Scheiß!«, versuchte er mich aufzuhalten, während ich die Tür des Ü-Wagens aufriss, ich hatte allerdings vergessen, wie hoch die Stufen waren, und knallte kopfüber auf den Asphalt, ohne mich abzustützen. Egal, aufstehen, die Mütze wieder auf den Kopf, die brennenden Tränen aus den Augen wischen, um den Weg zu den Backstage-Lounges zu finden. Ein volltrunkener Typ, der es irgendwie vom Zeltplatz hierher geschafft hatte, stellte sich mir in den Weg und deutete mit einem schwankenden Finger auf mich.

»Ey, du da«, grölte er, »du bist doch die Schlampe aus dem

Fernsehen, oder? Sachma, wo sind denn die ganzen Ostereier, die du uns versprochen hast, hä? Kannste mir gleich mal ne Entschädigung für geben, Puppe!«, packte mich am Handgelenk und zog mich an sich.

»Sperma den Mund auf« stand in dicken Lettern auf seinem nach Bier und Kotze stinkenden T-Shirt, aber mir war nicht nach Lesestunde. Mein Knie traf seine Eier völlig unvorbereitet, und der Kerl klappte zusammen wie ein Taschenmesser.

Ich nestelte schon den passenden Ausweis aus meiner Plastikkartenkollektion und hielt sie dem Ordner am VIP-Eingang hin. Wo genau war hier diese Interview-Location? Ich lief auf den Springbrunnen zu und riss aufs Geratewohl eine Tür auf, ein langhaariger Typ mit Mittelscheitel und Ziegenbart fuhr von einem Sofa hoch, die Hand in der Hose – falsch, ich wollte hier niemanden beim Wichsen stören. Nächste Tür, ein großes verlassenes Zimmer wie eine Suite, wieder falsch.

An der nächsten Tür war es endlich, das M-EINS-Schild, die beiden hatten sich nicht einmal die Mühe gemacht, abzuschließen. Und da lagen sie, Loreley und mein Freund, ineinander verschlungen, Henris nackter Hintern obenauf. Es gab nichts mehr zu diskutieren. Ich ging dazwischen, zog meine Fingernägel so fest wie möglich über seine Arschbacken, riss Loreley an ihren roten Haaren und brüllte etwas in Mundart, was ich nicht mehr genau weiß, nichts Nettes jedenfalls. Henri und Lo starrten mich so entgeistert an wie ich das beachtliche Haarbüschel in meiner Hand. Was machte ich hier eigentlich? Schon war ich wieder draußen, und so schrie ich, so laut ich konnte: »Josef! Wo bist du?«

Die hinterste Tür neben dem Springbrunnen ging auf, die mit dem Schild »Alte Bräute – Backstage«, und mein bester Freund steckte den Kopf heraus.

»Heidi, bist du das? Werther-Schatz, ich glaube, wir haben hier einen Notfall.«

Es war mir völlig egal, dass sich Josef und Der Junge Werther zusammen in einer Lounge befanden. Auch dass Doreen ihre netzbestrumpften Beine auf einem der Couchtische liegen hatte, irritierte mich in dem Moment überhaupt nicht. Es war mir

261

auch egal, dass ich zwei der Bandmitglieder im Hintergrund gerade dabei störte, sich mit einer schicken Line Koks auf ihr gleich beginnendes Konzert vorzubereiten. Ich klammerte mich erst einmal an Josef fest, riss mir den Stöpsel mit Jörgs Stimme aus dem Ohr und weinte, weinte und weinte. Und als ich hochblickte, sah ich nur mitleidige Gesichter um mich herum. Der Werther streichelte mir zart über die Wange, und sein Bandkollege Brake hielt mir ein Silberröhrchen hin und fragte: »Willst du?«

»Nein«, antwortete Josef für mich, »die Heidi macht so was nicht.«

»Oh doch. Seit heute schon«, sagte ich, nahm Brake das Röhrchen aus der Hand und folgte ihm zu dem Glastisch in der Ecke.

33

Ich war ein Baby, ein kleines, kleines Baby, und die Welt um mich herum bestand aus sanften Schleiern in Rot und Lila. Wie schön warm es hier war. Ich zog die Knie noch weiter ans Kinn, zusammengerollt wie ein Embryo, aber musste plötzlich wimmern vor Schmerz und fuhr mir mit der Hand an den Kopf. Und wimmerte wieder, ein neuer, stechender Schmerz durchfuhr meinen Handrücken, was war das?

»Vorsicht, die Infusion löst sich, reiß dir die Nadel nicht raus«, sagte eine sanfte Stimme zu mir, und als das Gesicht sich näher zu mir beugte, erkannte ich Josef.

»Ist gut. Wir sind alle bei dir. Es ist vorbei. Alles wird gut.«

»Was ist vorbei?«

Ich versuchte mich aufzurichten, aber fiel sofort wieder in die Kissen eines gedrechselten Himmelbettes zurück, das ich nie zuvor gesehen hatte.

»Du bist bei uns, in der Uckermark, und Werthers Leibarzt kümmert sich um dich. Du hattest einen Hörsturz. Und einen Zusammenbruch. Im wahrsten Sinne des Wortes.«

Wie ein Dia schoss mir ein verwackelter Erinnerungsfetzen ins Gehirn. Josef und Der Junge Werther, wie sie sich küssten, bevor der Sänger mit seiner Band auf die Center-Stage verschwand.

»Oooh«, stöhnte ich. Hatte gar nicht gewusst, dass Erinnern so wehtat. Körperlich. Und auch sonst, denn auf das nächste Dia in meinem Kopf hätte ich gerne verzichtet. Und es kamen mehr davon. Henri. Loreley. Ich. Das Interview. Ein Tisch. Aufregung. Mein Kopf. Kozilla. Tobend.

»Wie bin ich hierhergekommen?«

»Wir haben dich einfach mitgenommen. Die haben so ein Riesengezeter gemacht, nur weil du während des Superbrothers-Interviews ins Dekor gekippt bist, dass wir gedacht haben, du bist bei Hans-Jürgen und mir besser aufgehoben. Dabei konnte doch jeder sehen, wie schlecht es dir ging! Und du hast dann auch die ganze Fahrt hierher fast im Koma gelegen. Okay, du hast während des Interviews angefangen zu heulen und den Tom von den Superbrothers einen ›verfickten Drecks-Schwanz‹ genannt, als der deine Frage nach mehr Koks nicht so toll fand vor laufender Kamera. Aber das hat im Fernsehen sowieso fast keiner verstanden, weil du schon ziemlich gelallt hast zu dem Zeitpunkt. Ich meine, die sollen sich doch mal diese ganzen Fernsehpreise und Award-Shows genau anschauen, das ist doch alles weichgespülter Scheiß, bei dem jeder Furz gescriptet ist! Die können doch als Musiksender froh sein, wenn mal ein bisschen echter Rock'n'Roll ins Spiel kommt!«

Ich hatte es vermasselt. Fett. Alles vermasselt.

»Wenn du nicht so um dich geschlagen hättest, wäre es vielleicht auch gar nicht so schlimm gekommen, aber du bist dann mit diesem Tisch voller Catering zusammengekracht und hast dann zu schreien angefangen: ›Ich hör nichts mehr, ich kann nichts mehr hören, raus aus meinem Kopf, ihr Arschlöcher, raus aus meinem Kopf, ich hasse euch!‹ Kannste dir gerne mal angucken, hat M-EINS natürlich schön live gesendet. Hat ein bisschen gedauert, bis die Regie ein Notband am Start hatte, und das war dann eine bezaubernde Homestory von Eminem, Hansi Hinterseer und ihren Kindern, hast du das nicht selbst gedreht? Jedenfalls waren alle völlig außer sich, diese Chefin von dir, die ist ja mal ein richtiger Drachen. Dabei war alles, was du hattest, ein richtig schöner Hörsturz. Und Koks, Kindchen, das ist einfach nicht deine Droge.«

»Oh«, murmelte ich schwach.

Josef stand von meinem Bettrand auf, um mir aus einer silbernen Kanne etwas Heißes einzuschenken.

»Trink. Das ist Schlaf- und Nerventee. Laut Mario warst du komplett dehydriert, hast du auf dem Rockkäppchen überhaupt irgendwann mal was getrunken? Egal. Warte einfach mal den Tropf ab, diese Kochsalzlösung füllt das alles wieder auf. Ruh dich aus. Heute Abend bekommst du nämlich noch Besuch.«

Und Josef zog die duftig weißen Vorhänge, die das Bett umgaben, vorsichtig zu und stocherte an der Wand gegenüber in einem Kamin, bis aus den Funken wieder Flammen schlugen.

Nach vierzehn Stunden Schlaf am Stück war das Pfeifen in meinem linken Ohr ein kaum mehr wahrnehmbares Nebengeräusch geworden. Werthers – beziehungsweise Hans-Jürgens – Leibarzt Mario Gonzalez, der in seinem knappen weißen T-Shirt eher aussah wie ein braungebrannter Poolboy (der Werther hatte ihn aus der Clean-Colon-Clinic in LA abgeworben), war zuversichtlich, dass ich wahrscheinlich sogar ohne weiteres Kortison über die Runden kommen würde, Ruhe wäre jetzt das Wichtigste.

Und dann hatten sich Josef und Doreen zum Abendessen mit zu mir auf das Bett gesetzt und mir wunderbare Hühnerbrühe eingeflösst. Meine beiden wiedergewonnenen Freunde. Und ich hatte weiter versucht, die Puzzlestücke in meinem immer noch betonschweren Kopf zusammenzufügen.

Die Geschichte zwischen Josef und Werther hatte ich jetzt kapiert. Der heimliche Geliebte eines als stockhetero geltenden Punkrockers zu sein, der sich wegen seiner Plattenverkäufe nicht outen durfte, war sicher nicht einfach. Nachdem sie sich auf so denkwürdige Art bei dem Fan-Konzert kennengelernt hatten, war Josef in Berlin gebucht worden zu einer

Fotoproduktion mit den Alten Bräuten – da hatte es wohl gefunkt und der Werther den Josef unter dem Siegel der Verschwiegenheit als Chef-Stylisten angestellt. Er musste ihn immer und überallhin begleiten und verdiente dabei saumäßig gut. Aber wissen durfte das keiner. Weder, dass der deutsche Punk-Rock-Gott immer eine männliche Puderschlampe dabeihatte, und schon gar nicht, dass er mit ihr ein inniges Verhältnis hatte.

Aber wie kam Doreen ins Spiel, die sich auf meinem Bett gerade eine Kippe drehte?

»Erinnerst du dich an das Delirosa-Konzert im Roses?«, fragte mich Josef. »Ich habe an dem Abend gleich den Alten Bräuten von diesen hoffnungsvollen Nachwuchsmusikern erzählt – und so kamen sie mit Delirosa zusammen und haben die ein bisschen unter ihre Fittiche genommen.«

»Aber – dann habt ihr euch ja die ganze Zeit gesehen? Während ich meine Energie und Zeit an den blöden Grafen verschenkt habe?«

Doreen leckte geschickt einmal über das Blättchen, verschloss die Zigarette mit einer minimalen Drehung ihres Handgelenks und legte sie sich in den Tabakbeutel für später. Im Krankenzimmer wurde nicht geraucht.

»Ja, wir haben uns oft getroffen, auch ohne dich. Und glaub mir, es war nicht immer lustig. Denn wir haben natürlich mitbekommen, was mit dir so abgeht, konnten aber nichts machen. Ich habe einmal versucht, dich zu warnen, im Borchardt, aber das wollte ich kein zweites Mal tun, bevor du nicht selbst so weit warst, und …« Doreen sah mich unsicher an.

»Aber Henri und ich wurden doch als Traumpaar gehandelt! Warum wusstet ihr mehr über ihn als ich?«

Doreen zögerte. »Ich weiß nicht, ob du schon so weit bist, dir das alles anzuhören …«

Ich richtete mich ein Stück weiter auf, hielt mich an meinem Multivitaminsaft fest und sagte: »Schieß los.«

»Sicher?«

»Sicher.«

Doreen suchte unter der Bettdecke nach meinem Fuß und streichelte ihn leicht, während sie erzählte.

»Also, du kennst doch Ratte, unseren Drummer. Und wie alle Drummer feiert Ratte unglaublich gerne. Und wenn er Lust hat, das mit ein paar Beschleunigern zu tun, dann besorgt er sich die bei Mischa. Und Mischa hat eine Festanstellung. Als Doorman.«

Ich richtete mich so abrupt auf, dass zwei meiner Kissen auf den alten Steinboden rutschten. »Der Doorman? James? Du meinst – der dealt? So richtig?«

»Und wie. Einfach James alias Mischa anpiepen, der kommt dann vorbei. Homeservice. Und weil James selber kein Kostverächter ist, verquatscht er sich manchmal, kennt man ja, dass diese Amphetamine redselig machen. Und deshalb weiß Ratte mehr über deinen Exfreund als wahrscheinlich Henri selbst.«

»Aber Henri hat doch nur diese Tabletten genommen, diese Prozac-Kopie aus den Staaten, gegen seine Phobien …«

Doreen schnaubte. »Der Typ hat so wenig Phobien, wie du viele Haare auf dem Kopf. Der ist nichts weiter als ein drogensüchtiger Berufsjugendlicher, der den Absprung ins Erwachsenenleben immer noch nicht geschafft hat! Der wollte dich nur haben, weil er dachte, wenn er mit einem Bambi wie dir fotografiert wird, lenkt das davon ab, dass er langsam zu sehr in die Jahre kommt, um noch als Popliterat ernst genommen zu werden. Unglaublich: So was lebt, und Goethe musste sterben!«

»Aber … ich meine … er hat mich zwar betrogen – aber er kann doch nicht alles gespielt haben! Was ist mit den Geschenken? Und dass wir zusammengewohnt haben?«

»Mensch, Heidi, das war doch alles nur Show! Der Laber steht nicht auf dich! Nimm zum Beispiel die Bild-Geschichte mit deinem Bruder: Natürlich war er das, der das an die Zeitung weitergetratscht hat! Natürlich hat er Kuszinsky in Wirklichkeit gar nicht abgesägt. Und natürlich war Henri schon die ganze Zeit mit Loreley zusammen! Du hast von diesem ganzen Doppelleben nur keinen Schimmer gehabt!«

»Stopp jetzt, Doreen!«, ging Josef dazwischen, »schau dir mal die Heidi an, die wird ganz grün um die Nase, mag ja ganz heilsam sein, das alles zu erfahren, aber bitte auf Raten. Wir machen jetzt mal hübsch eine Pause. Und ich hol dir jetzt was, Heidi, Hans-Jürgen ist vorher nämlich aus Mailand wiedergekommen und hat dir ein Geschenk mitgebracht. Und wehe, ihr redet weiter über den Laber, solange ich nicht mit im Zimmer bin!«

Ein strenger Blick zu Doreen, und weg war er. Doreen und ich schwiegen kurz.

Dann fragte sie halbherzig: »Und, wie findest du, was aus dem Café Knaller geworden ist?«

»Das AKÜ? Ganz nett. Macht sogar ein Freund von mir, der Felix.«

»Ach was.«

Wir schwiegen wieder. Ich hielt es nicht mehr aus, stemmte mich auf den Ellenbogen hoch und flüsterte: »Jetzt versteh ich. Ich Idiot! Das Rockkäppchen war nur die Spitze des Eisbergs! Loreley hat mir noch selbst erzählt, dass sie in Genf in der Betty Ford war, und Henri war gar nicht die ganze Zeit auf Lesereise, logisch! Und ich habe dieser Schlange auch noch einen Job verschafft und sie überhaupt erst auf das Festival gebracht! Aber wie hat Henri in Berlin zweigleisig fahren können, das hätte ich doch merken müssen? Wir haben zusammengewohnt, und er hat die Nächte durchgearbeitet!«

»Durchgearbeitet?«, wisperte Doreen zurück. »Ha! Durchgearbeitet hat er sicher, aber eher auf diesem rothaarigen Zwei-Gehirnzellen-Wunder als auf seinem Schriftsteller-Sessel!« Doreens Ton wurde immer verschwörerischer. »Weiß ich alles von Mischa. Hast du schon mal geguckt, wo die Feuerleiter langführt an Henris Haus? Ist übrigens auch nicht seine Wohnung, sondern die von seiner Schwester. Die in Genf gehört ihm auch nicht. Also, schon mal von außen nach der Feuerleiter geguckt?«

»Die Feuerleiter? Keine Ahnung. Nein! Du meinst...?«

»Genau. Nacht für Nacht ab durch die Mitte. Zum heimlich Feiern und Ficken. Und du Herzchen hast gedacht, der Herr Bestsellerautor schreibt sich die Finger wund.«

»Aber – der Jahrhundertroman?«

»Ach, hör doch auf, hast du davon auch nur eine Seite gesehen? Das letzte Buch war ein Sammelsurium an Nebensächlichkeiten und hat sich null verkauft, und davor kamen die gesammelten Kolumnen raus. Merkst du was? Der kriegt keinen Roman mehr zusammen, bei dem ist der Ofen aus! Der muss den Clubs bald Geld zahlen, damit er da noch auflegen darf! Der ist'n Pop-Opa, kein Pop-Literat! Der hat dich komplett verarscht, nur um sein Foto irgendwo reinzukriegen! Mit der Loreley gab es doch nur Ärger, weil ihr Vater jedes Pressefoto absegnen wollte – der wusste schon, warum!«

»Halt!« Es war Josef, der uns unterbrach, und er war ziemlich ungehalten. »Was habe ich gesagt? Keine Infos ohne mich, Doreen. Das ist nicht fair! Ich wollte dabei sein, wenn die Wahrheit ans Licht kommt! Hast du Heidi schon erzählt, dass Loreleys Vater ihr den Umgang mit dem Laber verboten hat, weil er seine Tochter mit dem an der Seite nie clean gekriegt hätte? Apropos: Heidi bekommt jetzt ihr persönliches Valium!«

»Valium?«, fragte ich schwach. »Ich weiß nicht, ob ich noch irgendetwas zu tun haben will mit irgendwelchen Substanzen ...«

»Das ist mir schon klar, Herzchen. Aber ich habe schließlich lange genug mit dir zusammengewohnt, um zu wissen, was dich am besten entspannt. Bitteschön.«

Und er stellte mir eine glänzend weiße Papiertüte auf das Bett.

»Knitting Factory Milano« stand darauf.

Gut, dass ich keine Kanüle mehr in der Hand stecken hatte, als ich mit der Hand in die Tüte griff, die hätte sich sofort verhakt, denn darin war: Wolle.

Josef nahm mir die Tüte ab und schüttelte den Inhalt auf meine Bettdecke. Ein Regenbogen an Wollknäueln kullerte um mich herum.

»Reines Kaschmir. Aus Italien.«

»Wow. Danke«, sagte ich ein wenig ratlos und befühlte die weiche Wolle, »aber was kann ich daraus machen? Da hat ja kein Knäuel die gleiche Farbe! Ich bin doch nicht Janis Joplin!«

»Hans-Jürgen wusste nicht, was dir am besten gefällt, da hat er einfach von jeder Farbe eine genommen. Ich hatte ihm nur gesagt: ›Besorg dem Mädel was zu stricken‹, und dafür hat sich unser Punkrocker ganz gut gemacht.«

268

Das hatte er in der Tat. Petrol, Lila, Pink, Aubergine, Apfelgrün, Sonnengelb, ich zählte fünfzehn verschiedene farbenfrohe Töne. Stricknadeln waren auch dabei. Und plötzlich wusste ich auch, was aus den kleinen Knäuel werden würde.

»Also«, fragte ich Doreen nach einer kleinen Pause und legte mir einen lila Faden zwischen die linken Finger, »das heißt, als ich dich vor dem Festival angerufen habe wegen der Story in der Bild – da wusstest du schon über Henris Doppelleben Bescheid? Aber da hast du mir ja noch zugeredet, ihm zu vertrauen!«

»Ja, und glaub mir, das ist mir schwer genug gefallen. Aber du warst auf dem Weg zur längsten Schicht deines Lebens, und wenn mir jemand vor einem Auftritt so etwas erzählt, dann vermassele ich den garantiert. Ich wollte dich einfach schonen.« Doreen zog mir mütterlich die verrutschte Decke wieder über die Füße. »Hätte ich mir allerdings sparen sollen. Sorry.«

»Wenn wir schon beim Entschuldigen sind …« Josef hatte plötzlich einen ziemlichen Kloß in der Stimme. »Ich muss dir sagen, wie leid es mir tut, dass ich dir das mit Hans-Jürgen nicht erzählen konnte, aber ich hatte es ihm einfach geschworen, verstehst du, beim Wohle von Eminem und Hansi Hinterseer …«

Mein Gott, die Meerschweinchen! Ich zählte zur Beruhigung die Maschen nach, die ich angeschlagen hatte. »4, 6, 8. Wisst ihr, was mich am meisten ärgert? Dass ich das alles mitgemacht habe! Die Meerschweinchen weggegeben! Und dieses Waxing! 18, 22, 28! Pussi- und Seelenwaxing hab ich gemacht, ich war Wachs! Weiches Scheißwachs! Alles hab ich treudoof mit mir machen lassen, die ganzen bescheuerten Regeln in dieser ätzenden Wohnung befolgt, nicht gebadet, wenn ich meine Tage hatte, nie gekocht. Nie geschmust! 32, Shit, jetzt bin ich rausgekommen! Und das alles wegen diesem aufgeblasenen Arschloch! Der hat mich nie gemocht, darum wollte mich der nicht küssen!«

»Wie bitte? Du durftest mit deiner Emma nicht zu ihm in die Wanne? Trotz Tampon?«, fragte Doreen nach.

»Wir haben doch nicht zusammen gebadet. Pustekuchen!

Nein, mit Periode baden ging generell nicht. Henri wollte das nicht einmal, wenn er gar nicht zu Hause war oder angeblich die ganze Nacht im Arbeitszimmer.«

Ich verstummte und schluckte schwer an Wut und Kränkung. Unglaublich, wie ich mich hatte demütigen lassen.

»Wann hast du denn das letzte Mal das getan, was du wolltest? Jetzt mal abgesehen von deinem Grande Finale auf dem Festival?«, fragte mich Josef sanft.

Ich dachte nach. Alle hatten über mich bestimmt: Kuszinsky, Kozilla, Henri. Aber auf Josefs Frage wusste ich keine Antwort. Wie schrecklich.

»Ist doch jetzt auch egal«, mischte sich Doreen ein. »Wichtiger ist: Was willst du jetzt tun?«

Diesmal musste ich nicht lange überlegen. Ich stach noch einmal in die Anfangsmaschen, ließ dann die Stricknadeln los, strich über das rote Haarbüschel, das als Trophäe auf dem Nachttisch neben mir lag, und sagte: »Rache!«

Und Josef nahm mir Loreleys Strähne aus der Hand. »Rache ist gut. Und ich hab auch schon eine Idee.«

34

»Eifersucht entsteht mit der Liebe zugleich, aber sie vergeht nicht immer mit ihr«, hatte der Werther La Rochefoucauld zitiert, als er sich mit einer herzlichen Umarmung von mir verabschiedet hatte. »Viel Erfolg bei deinem Feldzug. Aber pass auf, dass du den Blick nach vorne nicht vergisst. Das ist wie beim Skifahren: Watch the road. Sonst fällst du auf die Schnauze.«

Und dann schenkte er mir noch ein Band-T-Shirt. In Schwarz.

Ich hatte ihn richtig lieb gewonnen, das Punkrock-Rumpelstilzchen mit dem weichen Kern, das hier in seinem Liebesnest in Filzpantoffeln herumlief, einen Tiroler Jungbauernkalender im Studio hängen hatte und in Josefs Nähe immer so ein seliges Grinsen im Gesicht hatte. Und endlich verstand ich auch, wie Josef an diesen Wahnsinnsschlitten mit dem Uckermark-Kennzeichen kam, und hatte auch kein Problem mehr, mich in seinem SUV Richtung Berlin fahren zu lassen. Josef zog seinen winkenden Arm erst aus dem Fenster, als der Hof und Freienwalde längst aus dem Rückspiegel verschwunden waren. Er war wohl richtig gern hier, in dieser welligen Landschaft, den stillen Dörfern, auf dem Gutshof mit seiner Vogelscheuche und den salz- und pfefferfarbenen Hühnern.

Josef öffnete die Dachluke wieder und zog sich die Enden seines neuen Schals enger um den Hals. Louis-Vuitton-Camouflage. Stand ihm hervorragend. Genauso wie die dazu passende Tasche. War aber nicht unser einziges Gepäck. Sollte ja auch eine längere Reise werden.

»Nimmst du das Angebot von M-EINS nun an?«, fragte er mich. Ich hatte auf die Frage gewartet und zuckte unbehaglich mit den Schultern.

»Ich weiß nicht. Ich glaube schon. Was soll ich sonst tun?«

Vorgestern war ich unter meiner Glasglocke aufgetaucht und hatte den letzten Harry-Potter-Band zur Seite gelegt. Einen Monat lang: kein Handy, kein Internet – und unter Marcos strenger Aufsicht – kein M-EINS-Programm. Das war jetzt vorbei. Mein Traum, nach dem Rockkäppchen eine eigene Live-Sendung zu bekommen, war geplatzt wie eine Seifenblase. Loreley hatte meinen Platz eingenommen, so wie ich sie vertreten hatte, und die E-Mail, die mir Jörg in Kozillas Namen geschrieben hatte, war eindeutig gewesen. Sie begann mit einem netten »Wir freuen uns, dir folgendes Angebot zur weiteren Zusammenarbeit machen zu können« und endete mit einem »Gute Besserung«. Aber dazwischen versteckte sich die Botschaft, mich weiter als Moderator zu beschäftigen, jedoch nur, wenn ich in Zukunft alles vom Prompter ablesen würde. Nach dem »Zwischenfall«, wie Jörg und Kozilla den Rockkäppchen-Gau bezeichneten, waren freie Moderationen mit mir für den Sender zu riskant. Gut, eine Beförderung war das nicht gerade, aber was sollte ich sonst machen?

Draußen begannen die Wohnsilos von Marzahn an uns vorbeizuziehen, und ich starrte immer noch in Gedanken aus dem Fenster. Dann würde ich eben im Nachtprogramm die Hitparade promptern.

Aber erst nach dem 1. Mai. Davor hatte ich noch etwas zu erledigen.

»Und warum genau willst du dich persönlich bei diesem Gastro-Kerl entschuldigen? Der hat doch sowieso im Fernsehen gesehen, in welchem Zustand du deine Karriere als Live-Moderatorin beendet hast, oder?«, meckerte Josef, als ich versuchte, ihn von der Karl-Marx-Allee Richtung Gipshöfe zu lotsen.

»Ist das hier wirklich die breiteste Straße Mitteleuropas?«, lenkte ich erst einmal ab.

»Mir scheißegal. Ich hab dich was gefragt.«

»Mann, Josef, fahr mich doch einfach kurz dahin«, entgegnete ich genervt. »Und wenn du's genau wissen willst: Ich hatte vor, nach dem Rockkäppchen im AKÜ meinen kometenhaften Aufstieg zu feiern und für ein Riesen-Redaktionsessen reserviert. Nur ist bekanntlich niemand aufgetaucht. Felix ist inzwischen so was wie ein Kumpel von mir – er verdient eine Entschuldigung, und ich habe schließlich aus meinen Fehlern gelernt.«

»Okay, ich lass dich raus. Für zehn Minuten. So lange brauche ich, um bei Wella den Extensionskleber zu besorgen. Aber dann: Abfahrt!«

Vor dem AKÜ war der irische Kellner damit beschäftigt, einen alten Pick-up mit Edelstahlwannen und Gemüsesteigen zu beladen, und grüßte mich wie eine alte Freundin. Immerhin.

»Felix?«, fragte ich kurz, und der Rothaarige deutete mit dem Kinn in Richtung Lokal, die Plane des Trucks zwischen die Zähne geklemmt, um sie hochzuhalten.

Felix stand mit dem Rücken zu mir an der Servierstation und half der kleinen Österreicherin, Besteck zu polieren, während rings um sie das Mittagsgeschäft tobte.

Das war mir alles ziemlich peinlich.

»Die Buchteln für Tisch zwölf!«, schrie plötzlich jemand neben mir. Ich zuckte zusammen, und auch Felix drehte sich um und erkannte mich. Er sah besorgt aus.

»Da bist du ja. Ich hab mir Sorgen gemacht um dich, ich weiß ja, wie leicht es dich aus den Schuhen holt. Ich hätte mitfahren sollen, um auf dich aufzupassen. War denn dein Freund nicht dabei?«

»Der wird nie wieder auf mich aufpassen, und das ist auch gut so.«

Felix nickte langsam, ohne zu lächeln, und schüttelte eine Handvoll gespülter Esslöffel über dem Becken, um das Wasser abtropfen zu lassen.

Ich entspannte mich ein bisschen und sah ihm eine Weile schweigend zu.

»Warum polierst du nur die Löffel, die Gabeln sind doch viel schwerer?«, zog ich ihn auf.

»Frech werden auch noch«, Felix grinste, »so sind die Leute, die für 30 Personen reservieren und dann nicht kommen, weil sie angeblich krank sind!«

»Tut mir echt leid, dass ich die Reservierung habe platzen lassen! Das nächste Mal hol ich mir eben einen anständigen Killervirus und steck dich an!«

»Gerne«, erwiderte er, schaute mir in die Augen und hielt einen langen Moment still, bevor er sich den nächsten Löffel aus dem Eimer fischte.

Der Schrankenwärter der privaten Mautstraße trug eine Festtagsuniform mit Gamsbart und einem Sträußchen Alpenrosen am Revers. Er winkte uns durch und ignorierte, dass ich ihn eigentlich noch nach dem Weg hatte fragen wollen. Die Karte auf der Einladung war mit Tusche nur grob gezeichnet, und das Navi kannte die Adresse nicht. Führte diese Straße überhaupt irgendwohin? Erst sah man vier Kilometer lang nur Bäume, dann aber fuhren wir nach der fünften Kehre einen weiten Bogen nach rechts, noch eine kleine Steigung – und dann öffnete sich vor uns ein so majestätisches Hochplateau, dass Josef seine neue CD der Pussycat Dolls (»zu Hause darf ich das ja nicht mehr hören!«) automatisch leiser stellte.

»Wow«, staunte er und hielt an der Auffahrt inne, um das Schloss, seine imposanten Zinnen und trutzigen Giebel aus dicken grauen Steinen, aufgelockert von fröhlich rot-weiß-gestreiften Fensterläden, in Ruhe ansehen zu können. »Wo sind wir hier, in Schottland?«

»Nein, immer noch in der Nähe von Garmisch«, sagte ich. »Und jetzt geht's los.«

Eigentlich wäre es an mir gewesen, Cillie Komplimente zu machen anstatt umgekehrt. Schließlich war morgen ihre Hochzeit und ihre Brautsoiree in zwei Stunden. Ihr Sohnemann zog auf einem dick getufteten Teppich aus zentimeterdicken Wollfäden seine Füßchen vor das pausbäckige Babygesicht und gluckste dabei aufgeregt vor sich hin.

»Bist du das wirklich, Heidi? Du siehst toll aus. Irgendwie – aufrechter. Stolzer.«

»Die Frau Moderatorin hat auch einiges erlebt im letzten halben Jahr«, zwinkerte Josef Cillie zu, »die kann so schnell nichts mehr schrecken, und deine hochadelige Bagage, die kann der Heidi sowieso nichts mehr vormachen.«

Cillie nahm ihm diesen Seitenhieb nicht krumm. Im Gegenteil.

»Ich weiß, was du meinst«, seufzte sie. »Warum, glaubst du, heirate ich den Wolfgang und nicht irgendeinen dieser blutleeren Fatzkes, die nie einen Fehler eingestehen würden, weil sie glauben, im von und zu steckt irgendein Ablass-Zauber?«

»Wie wahr«, kicherte ich ein wenig dämlich. Ich musste mich langsam mal zusammenreißen. Das konnte nicht angehen, dass Cillie als Braut weniger aufgeregt wirkte als ich.

»Und du, Cillie-Dear«, lenkte Josef ab, bevor Cillie ihre Meinung über mein erstarktes Selbstbewusstsein wieder änderte, »siehst so fantastisch aus, dass ich nicht weiß, was ich an dir für heute Abend noch verschönern kann. Aber mit diesem Hauch von Aufwand würde ich gerne jetzt beginnen, dann können wir vielleicht die Hochsteckfrisur für morgen noch einmal proben, was meinst du?«

Ich hing arbeitslos neben den beiden herum, zu unkonzentriert, um mich am Gespräch zu beteiligen, und inspizierte stattdessen den sagenhaften Blick aus dem Fenster. Von dem alten Kaminzimmer aus konnte man durch die doppelten Sprossenfenster auf den Neubau des Schlosses sehen, ein Quader aus Holz und Glas, versteckt in einer Senke: der Gartenflügel und das Spa. Ich war auch nicht ganz bei der Sache, als Cillie uns erklärte, dass ihre kinderlose und mit dem englischen Königshaus verwandte Großgroßcousine Mary Portman tatsächlich aus Schottland stammte und ausgerechnet hier Anfang des 20. Jahrhunderts im Schatten der Zugspitze ihren Traum vom eigenen Country House verwirklicht hatte. Innen herrschte ein Sammelsurium aus übergroßen Designermöbeln und märchenhaften Stehlampen, die übergroßen Lampenschirme in Dottergelb und Purpur auf hohen Twiggy-Füßen stehend und von einer englischen Innenarchitektin entworfen für den Investor, der das Schloss vor drei Jahren zu einem schicken Resort umgebaut hatte. Und es für die nächsten Tage der Hochzeitsgesellschaft zur Verfügung stellte.

»Ich guck mich mal ein bisschen um«, erklärte ich.

Weder Cillie noch Josef reagierten, zu sehr in die Brautdekoration vertieft. Ich gab dem kleinen Prinzen sein Geschenk, das ich in eine aus einem Schuhkarton gebastelte kleine Lokomotive (ich hatte wirklich viel Zeit gehabt die letzten Wochen) gesteckt hatte, in die kleinen Händchen und machte mich auf den Weg, den im schottischen Plaid gemusterten Teppich hinunter zur Lounge und mitten in den gerade stattfindenden Empfang hinein. Gut. Je mehr Trubel, desto besser.

»Pardon, in welchem Flügel wird denn Graf von Labrimal zu Mondstetten schlafen?«

»Ich bedauere sehr, aber ich darf keine Details über die Zimmer der Gäste verraten«, sagte das Mädel im bordeauxroten Samtanzug, das hinter der Rezeption stand, das Gesicht hübsch rötlich illuminiert von den Flammen eines offenen Kamins, der als Glassäule mitten im Raum stand und trotz der draußen summenden Frühlingsstimmung vor sich hin flackerte.

»Nun, das verstehe ich vollkommen, wenn es sich um anonyme Hotelgäste handelt, aber nun besteht das komplette Hotel nur aus Hochzeitsgästen, und wir sind schließlich alle miteinander befreundet oder verwandt, nicht wahr? Da können Sie gar nichts falsch machen, Kindchen.«

War das wirklich ich, die dem »Kindchen« da weltmännisch einen Schein unter ihre Schreibtischunterlage geschoben und ihr mit einem *PanAm*-Lächeln zugenickt hatte?

»Die Herrschaften haben schon heute Mittag die 356 im neuen Gartenflügel bezogen.«

»Die Herrschaften?«

»Der Herr Graf und seine Begleitung.«

Welche Begleitung musste ich nicht fragen, denn die Frauenstimme, die über alle anderen Gäste hinwegkreischte »Halt! Die letzten zwei Gläser Schampus sind für mich! Und wo sind in diesem alten Schuppen eigentlich die Klos?«, die kannte ich.

Er war also gekommen. Und er hatte, wie Josef und ich gehofft hatten, Loreley mitgeschleppt. Henri selbst war gerade damit beschäftigt, sich hinter einem futuristischen Kamin vor mir zu verstecken, während ich das Foyer nach ihm absuchte. Ich scheuchte ihn auf diese Weise einmal um die Glassäule, sah ihn aber die ganze Zeit seltsam verzerrt in der Krümmung, und tat dann so, als hätte ich ihn nicht bemerkt.

Gut. Ich hatte die Zimmernummer, und Henri hatte mich gesehen. Dieser Teil unseres Plans ging schon mal auf. Und ich musste jetzt erst einmal zackig an die frische Luft, sonst konnte ich mich vor Aufregung gleich wieder an den Tropf legen. Was hatte Marco Gonzalez, der kalifornische Superdoktor, mir verordnet? Natur als Therapie! Und davon gab es hier genug. Also: zum Haupteingang raus, das Panorama bewundern und Richtung Nebengebäude zur von Pfingstrosen eingerahmten Rückseite des Schlosses spazieren. Der Weg hinter dem gedrungenen Verwalterhaus führte mich direkt in den Wald. Ich versuchte, ruhig zu bleiben: Nicht rennen! Schau nach rechts und links! Ich bemühte mich, auf das helle Grün der Lärchen zu achten, nach wenigen Schritten auf dem feuchten Waldweg begegneten mir wilde Akeleien und Rittersporn, und meine Schritte wurden von selbst langsamer.

Das Vogelzwitschern, das mir Marco zur Seelenmassage als Klingelton installiert hatte, fiel mir in dieser Umgebung erst einmal gar nicht auf. Ich kramte erst spät dem sanften Zirpen hinterher, die Nummer auf dem Display hatte ich zwar schon vor fünf Monaten gelöscht, aber ich erkannte sie wieder.

Ich hob ab, widerwillig, aber neugierig. »Kuszinsky. Was willst du?«

»Hallo, meine liebe Heidi!« Der Olle hatte seinen ganzen

klebrigen Charme in diese Begrüßung gelegt. »Ich weiß, dass unsere Geschäftsbeziehung nach einem bedauerlichen Missverständnis nicht ganz optimal auf Eis gelegt worden ist. Aber ich kann immer noch eine Menge für dich tun. Und jetzt ist der Moment gekommen, aktiv zu werden!«

»Was meinst du damit?«

Am liebsten hätte ich mein Handy samt dem Ollen am anderen Ende der Leitung in der weichen, dunkelbraunen Walderde verscharrt. Aber ich war immer noch zu neugierig.

»Nun, dein, öhm … Burn-out, ich meine … dein sagenhafter Abgang auf dem Festival, öhm … kann deiner Karriere sogar nutzen statt schaden.«

»Und wie soll das gehen? Indem ich vom Prompter ablese?«

»Du erinnerst dich an dein Werther-Interview? Das nicht ausgestrahlte? Nun, öhm, ich habe mir erlaubt, es dem ZDF zuzuspielen. Und die wollen dich kennenlernen.«

Kuszinsky atmete tief aus, sicher den Rauch einer Zigarette – erst jetzt fiel mir auf, dass ich seit dem Rockkäppchen nicht mehr geraucht hatte –, und dann schluckte er, sicher Vodka-Tonic. Getrunken hatte ich eigentlich außer ein paar Gläser Rotwein mit Josef und Hans-Jürgen auch nichts mehr.

»Überleg doch mal, Heidi: Wir beide, nächste Woche, ein Termin beim ZDF! Und vor allem: Das ist noch nicht alles.«

»Was denn noch?«

»Stefan Raab. Der will dich haben in seiner Show. Denn dein Tourette-Anfall und der anschließende Meerschweinchen-Einspieler waren bei ihm ganz großes Thema. Und jetzt kommt mein Plan: Du unterschreibst beim ZDF und gehst direkt danach zu Stefan Raab, um bekanntzugeben, dass du als freche Göre dem ZDF jetzt zu mehr Hipness verhelfen wirst. Ist das nicht genial? Heidi, Mensch, wir waren doch eigentlich ein Superteam. Ich kann dich immer noch ganz groß rausbringen, Kleines, vergiss das nicht.«

Klick.

Ich musste mich setzen, ein alter Baumstumpf war die erstbeste Gelegenheit dazu. ZDF. ProSieben. Wollte ich das?

Mein Handy zwitscherte wieder, der nächste unerwartete Anruf. Henri. Der hatte sich doch gerade noch vor mir versteckt? Ich hob ab, war jedoch zu benommen, um ihm auf seine Frage etwas anderes als ein schwaches »Ja, okay« entgegnen zu können, dann legte ich schnell auf. Denn jetzt hielt mich nichts mehr im Wald, Natur hin oder her, zurück musste ich sogar rennen, ich musste so schnell wie möglich zu Josef. Doch der legte noch nicht einmal die Puderquaste zur Seite, die er gerade im Waschbecken shampoonierte, sondern sagte nur: »Wieso, ist doch saugeil, wenn Henri dich heute Abend sehen will! Dem hat Kuszinsky sicher empfohlen, er soll sich ranhalten, jetzt, wo du Chancen beim Öffentlich-Rechtlichen hast. Dann haben wir den schon mal in der Tasche! Loreley wird toben, dass Henri sie wieder unter Verschluss halten muss! Jetzt müssen wir sie nur noch irgendwie aus dem Zimmer bekommen ... «

Die gusseiserne Säule im Gartenpavillon war kalt und ließ mich zusammenzucken, als ich mich mit dem nackten Rücken dagegenlehnte. Immerhin: Das festliche, schwarze Oberteil, das hinten einen potiefen Wasserfallausschnitt besaß, hatte ich mir selbst ausgesucht. Online-Shopping in der Uckermark. Der Abend aber war warm, das Metall wärmte sich schnell auf, und ich fühlte mich definitiv sicherer, wenn ich etwas Festes im Rücken spürte. Und von hier aus konnte ich Josef auf der Südterrasse des Schlosses sehen, der vor dem Gang zwischen Haupthaus und Gartenflügel Wache schob. Er wartete darauf, dass Loreley auf den Wellness-Korb mit Piccolo und Bademantel reagierte, den er ihr vom Personal aufs Zimmer hatte schicken lassen.

Ich drehte das Champagnerglas in der Hand, das Henri mir gereicht hatte. Es war mein erstes, ich hatte es noch nicht angerührt, während die Eiswürfel in seinem Glas schon lange nichts mehr zu kühlen hatten. Um uns herum feierte die heitere Hochzeitsgesellschaft eine unbeschwerte Brautsoiree. Es herrschte eine ziemlich aufgeladene Atmosphäre – jeder schien sich schon am Vorabend der Hochzeit unglaublich ins Zeug gelegt zu haben, mittendrin ein stolz aufgeplusterter Wolfgang und eine flirrend schöne Cillie. Alle waren so viel entspannter als bei der standesamtlichen Trauung letzten Sommer. Ich hatte zur Feier des Tages meinen Talisman gewechselt und den

Bundeswehrparka gegen die silbernen Aschenputtelschuhe getauscht, die Felix mir so unerschrocken gesäubert und quer durch Deutschland hinterhertransportiert hatte. Sie machten mich groß genug, um Henri auf Augenhöhe böse anfunkeln zu können. Denn ich hatte nicht gedacht, dass er so vehement lügen würde.

»Heidi, das ist alles ein Missverständnis. Lass uns reden. Bitte.«

Bitte? Der Herr Graf konnte »bitte« sagen?

»Gut, dann lass uns reden. Also: Was ist mit dir und Loreley?«

»Wir sind nur gute Freunde.«

Henri strahlte mich an. Kein Mensch wäre darauf gekommen, dass wir gerade bei der Endabrechnung waren, denn Henri konnte in der Öffentlichkeit einfach nicht damit aufhören, seine Pärchen-Show abzuziehen. Er lächelte, zupfte mir dann und wann etwas vom seidenen Top, grüßte nach rechts und links, ließ sein Glas an meines klirren.

»Ach so. Das war also eine einmalige Sache auf dem Rockkäppchen? Ihr saht aber recht eingespielt aus ... «

»Okay, okay, Lo und ich waren früher mal zusammen, aber das ist Jahre her, Schatz!«

Schatz? Ge-»schatzt« worden war ich von ihm noch nie! Und griff er da tatsächlich nach meiner Hand? Was dachte sich der Mistkerl eigentlich? Ich schielte nach Josef. Der hatte nur auf meinen Blick gewartet, zeigte mit beiden Daumen nach oben und verschwand im Treppenhaus. Oh Gott. Loreley war also tatsächlich ins Spa verschwunden, und es ging los. Jetzt musste ich nur Henri daran hindern, zu früh auf sein Zimmer zu gehen. Aber der war sowieso noch nicht fertig.

»Heidischatz, das kann doch jedem einmal passieren, wir sind doch beide Künstler, versteh doch! Ich hatte einfach zu viel getrunken!«

»Oder am Ende zu viele Tabletten genommen?«, schnappte ich.

Henri stürzte sich dankbar auf meine Vorlage.

»Genau!«, nickte er begeistert, »zu viele Tabletten! Ich hatte mich einfach nicht mehr unter Kontrolle, ich fühlte mich so alleine, verstehst du, fahre fünfhundert Kilometer, um dich zu überraschen, finde dich aber nicht, weil du auf diesem riesigen Festival nur am Arbeiten bist...«

Er verlor einen kurzen Moment den Faden, als ihm der Kellner seinen neuen Drink reichte.

»Ja, wo war ich...«, stammelte er. »Monogame Beziehungen werden im Allgemeinen sowieso überschätzt, findest du nicht...«

Er blickte sich nervös um, kleine Schweißperlen traten auf seine Stirn. »Wo war ich stehen geblieben? Ach ja!«, fing er sich wieder. »Ich habe übrigens gehört, du hast ein Angebot vom ZDF?«

»Stimmt«, sagte ich leichthin, »bad news travels fast, schrecklich, nicht wahr? Wer hätte das gedacht, die abgebrochene Jurastudentin auf dem Weg zu den Öffentlich-Rechtlichen. Ich beim ZDF, das fehlte noch.«

»Ich finde das gar nicht so übel, ich möchte mich in Zukunft auch gerne seriöser präsentieren, weißt du...«

Henri verlor nun endgültig die Konzentration. »Ich glaube, ich muss noch mal kurz aufs Zimmer, ich habe meine Medikamente vergessen!«

Medikamente? Du Scheißlügner, erzähl das doch deiner Oma, du willst dir doch nur eine von deinen Partypillen reinknallen, aber auf gar keinen Fall darfst du jetzt auf dein Zimmer gehen, dachte ich. Josef musste sich echt beeilen! Und deshalb schlang ich meine Arme um Henris Hals und schaute ihm tief in die leicht glasigen Augen: »Ja, Seriosität ist mir auch sehr wichtig. Und Treue!«

»Treue? Unbedingt!«, versuchte Henri, sich loszumachen. Ich lockerte meinen Griff nur minimal.

»Verzeih, ich weiß, das wird dir zu eng – aber ich werde dir helfen, deine Phobien in den Griff zu bekommen! Ich habe einen fantastischen Arzt aus Kalifornien kennengelernt und werde dich durch die Therapie begleiten, ich bin stark genug für uns beide!«

Und als ich sah, dass Henris Blick langsam in echter Panik aufflackerte, gab ich noch einmal alles.

»Henri«, sagte ich, »ich liebe dich noch immer. Aber du hast mich verletzt, und ich brauche etwas Zeit. Lass uns unabhängig voneinander dieses Fest genießen und uns einfach wieder in Berlin treffen, einverstanden?«

Über Henris rechter Schulter sah ich, dass Josef den Pavillon betreten hatte und sich gut gelaunt gleich zwei Gläser vom Tablett nahm. Sofort ließ ich Henri los.

»Wenn du möchtest, können wir ja im Borchardt unsere Versöhnung und meinen neuen Job beim ZDF feiern, hm? Das ist doch eine tolle Sache, auch für die Berliner Presse, und hier gehen wir einfach getrennte Wege, um ein wenig Gras über die Sache wachsen zu lassen.«

Henri war sichtbar erleichtert über die körperliche Distanz, lockerte seine Smoking-Fliege und sah mich mit einem ganz neuen Blick an.

»Die Presse? Tolle Idee, Heidi, sehr weitsichtig und sehr erwachsen.«

»Ja«, erwiderte ich und wandte mich zum Gehen, »wir Mädels vom Land werden im Allgemeinen leicht unterschätzt.«

35

Ich sollte öfter Hüte statt Mützen tragen, nicht nur auf High-Society-Hochzeiten in der Kirche, wo der gute Ton das verlangte. Jedenfalls, solange ich eine Zweitkarriere als Geheimagentin anstrebte. Denn als am nächsten Tag Cillie flankiert von Ohs und Ahs in einer weißen Wolke zum Altar schwebte, nutzte ich die Gelegenheit, um unauffällig unter der Krempe in der dunklen Barockkapelle herumzuspähen: Ich konnte keinen Henri entdecken.

»Er ist nicht da!«, flüsterte ich Josef zu.

»Freu dich nicht zu früh«, wisperte der und ließ mich in der ersten Reihe zurück, um in seiner Funktion als Trauzeuge neben Wolfgang Platz zu nehmen, die Schöße seines Fracks akkurat über den roten Samtschemel lupfend, bevor er sich setzte.

Er hatte recht. Denn genau in dem Moment knarrte die

Kirchentür überlaut. Henri war da. Und er sah völlig unversehrt aus.

Heißt das, die haben heute Nacht nicht…, grübelte ich, oder hatte Henri doch die Wahrheit gesagt, und es lief gar nichts mehr mit Loreley?

Die Hochzeit war ganz großes Gefühlskino. Ich stand ergriffen Spalier, als erst die Blumenmädchen und dann die Brautleute an mir vorbeizogen. Doch Cillie blieb direkt vor mir stehen – sie wollte mir etwas sagen. »Sag mal, hast du nachher Zeit für mich? In einer Stunde, in dem Zimmer von gestern?«

Ich nickte mechanisch, griff in die Schale, die eine kleine Brautjungfer vor mich hin hielt, und ließ ein paar Rosenblätter auf die Brautschleppe regnen. Meine Rührung war schlagartig verdampft. Hatte Cillie etwa gemerkt, was wir vorhatten? Hatte Josef nicht die Klappe halten können? Aber selbst wenn, was sollte Cillie dagegen haben? Fand sie am Ende, dass unser Plan Körperverletzung war?

Ich machte mir fünfzig lange Minuten radikal Sorgen, bis ich es nicht mehr aushielt und zum Treffpunkt ging. Zehn Minuten zu früh – denn Cillie stand im Unterkleid da, als ich mit Schwung die Tür aufriss.

»Was guckst du mich so erschreckt an?«, fragte sie. Offenbar standen mir meine Bedenken ins Gesicht geschrieben. »Du denkst sicher, ich will dich wegen der Geschichte mit Henri sprechen?«

»Du weißt Bescheid?«, rief ich bestürzt.

»Nun, seine Schwester hat mir alles erzählt«, schälte sich Cillie aus der Brautwäsche. »Unverschämt, dass er mit dieser Schlampe hier auftaucht, immerhin war sie nicht mit in der Kirche. Soll ich sie vom Schloss werfen lassen?«

Vom Schloss werfen lassen? Das klang toll. Aber war nicht in meinem Sinne. Immerhin schien Cillie ansonsten keine Ahnung zu haben.

»Nein«, antwortete ich, »ich glaube, Henri wird sie sowieso unter Verschluss halten, damit ich sie nicht sehe. Aber weshalb wolltest du mich eigentlich sprechen?«

»Ach ja«, sagte Cillie, »das ist jetzt auch viel wichtiger.« Sie reckte sich, inzwischen barfuß, holte die bunte Papplokomotive vom Kaminsims und hielt mir den Inhalt hin.

»Das hier, wer hat das gemacht?«

Ich strich mit der Hand über das kunterbunte Set aus Mützchen und geringeltem Strampler, das ich aus der Mailänder Wolle gestrickt hatte.

»Das ist handgemacht. Von…« Ich hielt kurz inne und sah mir den kleinen Overall noch einmal an. Er war wirklich sehr süß geworden. »… einem kleinen Berliner Label. Gibt es noch nicht lange.«

»Und wie heißt das?«

»Äh…«, ich ließ den Blick durch den Raum und die phantasievolle Einrichtung schweifen, »… das heißt: Wunderland!«

»Tatsächlich? Moment, diese Outfitwechsel machen mich wahnsinnig!«, ächzte Cillie und stellte sich mit dem Rücken zu mir, damit ich ihr den Reißverschluss eines weißen Cocktailkleides schließen konnte.

»Ein Berliner Label sagst du? *Wunderland?* Nie gehört, kennst du die denn persönlich? Wie viel Stück können die denn liefern?«

Ich fluchte leise, weil mir der winzige Nippel des Reißverschlusses aus den plötzlich schwitzigen Fingern gleiten wollte, und fragte, die Zunge zwischen den Zähnen: »Wieso liefern?«

»Na, für unsere Läden natürlich. Ich habe Wolfgang dazu gebracht, fünf der Sportläden, die direkt in Innenstädten liegen, in Babyboutiquen umzumodeln. Wer baut denn mitten in der Klimakatastrophe noch seine Zukunft ausschließlich auf Skischuhe?«

Das Kleid war zu. Cillie drehte sich um und strahlte mich an, voller Tatendrang.

»Nun, jedenfalls eröffne ich im August das erste ›Biobaby‹ in München. Und von diesen Babymützen hier will ich unbedingt zweihundert Stück für den Anfang. Und fünfzig von den Stramplern. Exklusiv. Und einen Nachweis für das Garn, wegen des Biozertifikats, sonst müssten wir eventuell auf eine andere Spinnerei umstellen. Und ich möchte die komplette Kollektion von diesen Wunderland-Leuten sehen, das wird ja sicher nicht das einzige Modell sein.«

»Zweihundert Stück? Kein Problem«, meinte ich so cool wie möglich, »ich rede mit denen. Nächste Woche kann ich dir Bescheid geben.«

Das hatte verdammt unerschrocken geklungen.

»Ach ja, Heidi«, hielt mich Cillie kurz zurück, als ich die Türklinke schon in der Hand hatte, »nach dem ganzen Trouble mit Henri habe ich dir natürlich einen neuen Tischherrn organisiert.«

»Und der bist ausgerechnet du?«

»Ja«, lachte Felix, »jetzt, wo meine Firma die Hochzeit catert, dachte ich, ich kann mich auch mal zurücklehnen, meine Leute können das schon allein. Und als Cillie mich so nett gefragt hat…«

Felix hatte doch eigentlich gerade noch in Berlin Besteck poliert. Aber jetzt stand er vor mir, hatte sich aus der Hochzeitsgesellschaft gelöst, zu der ich nach dem Gespräch mit Cillie hatte stoßen wollen, die Haare zerzaust, als hätte er sie sich gerade nach dem Schwimmen trockengerubbelt, aber immerhin in einem grauen Cutaway. War okay. War sogar sehr okay. Aber dass Cillie ihn gleich als meinen Tischherrn engagiert hatte, fand ich dann doch ein wenig distanzlos von ihr. Kaum lernt man mühsam, wieder seine eigenen Entscheidungen zu treffen, schon wird einem wieder alles aus der Hand genommen.

»Sie hat dich gefragt, ob du neben mir sitzen willst?«

»Nein«, sagte Felix, nestelte an den Maiglöckchen, die im Knopfloch seines Revers steckten, und bot mir dann seinen rechten Arm, um mich vom Empfang im Pavillon zum Bankett ins Schloss zurückzubringen.

»Sie hat mich sowieso eingeladen, weil Cillie und ich inzwischen Freunde sind. Das mit dem Tischherrn, das war meine Idee. Und Cillie meinte, der Posten wäre seit Kurzem vakant.«

Es folgte Schweigen, der Weg zum Schloss war lang. Kies knirschte unter unseren Füßen, eine große dunkle Wolke hatte sich vor die Sonne geschoben. Sehr schnell fielen uns die ersten tischtennisballgroßen Hagelkörner vor die Füße. Plänk. Plong.

»Da kommt ein Riesenunwetter«, rief Felix, als wir den

Parkplatz mit den Nobelkarossen passierten. Schnellspanner.
Ein silberner BMW neben uns verlor mit einem einzigen
Hagelschlag die Plastikverkleidung seines Außenspiegels. Felix
legte sofort seinen Frack über unsere Köpfe und nahm mir die
silbernen Schuhe aus der Hand, damit ich schneller barfuß
unters Dach des Verwalterhauses laufen konnte. Und dann
wurde der Hagel noch stärker. Donner. Rosaschwarzer Himmel. Weiße Eiskugeln auf der Auffahrt. Und dann war ganz
plötzlich alles so schnell vorbei, wie es gekommen war. Die
Leute, die neben uns Schutz gesucht hatten, lachten wie nach
einer Adrenalinspritze, Frauen zogen rosa Pashminas von den
ruinierten Frisuren, Hüte welkten vor sich hin, und ein feuch-
ter warmer Dampf lag in der Luft. Die Stimmung war ein bisschen, als hätten wir alle gerade Sex gehabt. Und ich mochte
es, dass Felix seinen Arm fest um meine Schultern gelegt hatte
und seinen Frack an mich presste, damit ich nicht fror. Der
Stoff kratzte an meinem nackten Oberarm, und ich konnte
mich nicht erinnern, wann ich das letzte Mal so fest gehalten
worden war.

»Und, hast du Heimweh nach Berlin?«

Wegen mir hätte Felix in unser Schweigen hinein gar nichts
fragen müssen. Und so murmelte ich nur leise: »Im Moment
habe ich gar kein Irgendwas-Weh.«

Stimmte auch. Ich hätte ewig so stehen können unter diesem
Dachvorsprung, das raumgewinnende Blau des Himmels und
das sich verziehende Anthrazit des Unwetters getrennt von
einem Regenbogen.

Den Krankenwagen vor dem Hintereingang des Schlosses
sah ich erst, als sich immer mehr Menschen von der schützen-
den Hauswand lösten und sich die Hälse verrenkten, was sich
ein paar Meter von uns entfernt Dramatisches abspielte.
Unglaublich. Ich hatte doch tatsächlich für einen Moment
meine eigentliche Mission vergessen.

»Komisch«, reckte Felix den Kopf, nachdem die Sanitäter
die mit einem großen Leintuch bedeckte Bahre hatten einrasten
lassen, »da lagen zwei Leute auf der Bahre. Aufeinander. Ich
habe eindeutig vier Füße gesehen.«

285

Josef fand uns auf der Wiese an dem Heustadel am Waldrand. Felix hatte mich besorgt auf seinen Frack gesetzt, als er meine blasse Gesichtsfarbe bemerkt hatte. Und auch Josef war erleichtert, mich gefunden zu haben.

»Heidi, was ist los, du bist ja ganz grün im Gesicht, hast du Angst vor der eigenen Courage?!«, flüsterte er mir zu.

»Ja«, piepste ich und sah kurz zu Felix. Was, wenn der jetzt mit einem Plopp wieder aus meinem Leben verschwinden würde, nur weil ich Henri zeigen hatte müssen, wie es sich anfühlte, im Gefängnis eines fremden Willens zu stecken?

»Mein Karma ist nach dieser Aktion komplett im Arsch!«, winselte ich.

»Quatsch, sag bloß, der Laber tut dir auf einmal leid«, flüsterte Josef, während er unverhohlen Felix von oben bis unten beglotzte, und steckte mir wie unter der Schulbank diskret Zettel und Stift zu. »Lies.«

Ich faltete heimlich das Papier auseinander und las Josefs Handschrift: *Habe Kreiskrankenhaus Garmisch anonym angerufen. Ärzte wissen jetzt vom Kleber im Gleitmittel. Kriegen das wieder auseinander.*

»Okay?«, blickte Josef mich fragend an, während Felix weiter in die Landschaft schaute.

»Ja«, flüsterte ich, hatte aber noch eine Frage, schrieb, Josef las, nickte wieder, schrieb eine Antwort und gab mir den Block zurück.

Habe Sanitäter bestochen, hat Handyfotos gemacht. Die Bildzeitung hat sie gekauft.

»Geschafft!«, flüsterte ich und genoss den Gedanken an die morgige Schlagzeile:

»Bums-Schock: Promi-Graf kommt nicht mehr raus aus Produzententochter!«

Felix hatte inzwischen auch die Lackschuhe ausgezogen und die Hosenbeine hochgekrempelt. Josef und ich gaben unsere Heimlichkeiten auf, drehten uns lächelnd zu ihm und guckten alle eine Weile versonnen vor uns hin. Und dann und wann einander an, während ich mit Stift und Papier herumspielte und Josef weiter nach Felix' Oberarmen in den hochgekrempelten weißen Hemdsärmeln schielte.

»Schade, dass du nicht schwul bist und ich in festen Händen«, meinte Josef schließlich zu ihm.

Felix lachte und steckte sich einen Grashalm in den Mundwinkel.

»Ich bin offen für alles, aber ich finde Frauen einfach viel zu schön.«

»Ts, dass ihr Heteros alle so titten- und pussifixiert sein müsst«, spielte Josef die beleidigte Schwuchtel.

Aber Felix blieb ganz ruhig. »Das ist es nicht allein. Zum Beispiel die Schlüsselbeine von Frauen, wie sie da so liegen zwischen Busen und Schulter... Wenn die Frau dann auch noch kurze Haare hat und man ihren sagenhaft hübschen Hals sieht, dann ist das einfach nur schön. So wie bei dir.«

Felix guckte mich an. Ich sah an mir herunter und bemerkte, dass die Träger meines grünen Kleides weit über meine Schultern gerutscht waren. Dann wurde ich sehr rot und malte schnell weiter in das Notizbuch.

»Was zeichnest du denn da?«, fragte Josef, er hatte gerade den kleinen Totenkopf mit den zwei gekreuzten Stricknadeln entdeckt. »Ich dachte, du findest Totenköpfe doof?«

Ich schob mir mit dem Bleistift die dünnen Träger wieder nach oben. Sie rutschten sofort wieder nach unten. Auch gut.

»Ja, früher schon. Aber das hier ist was anderes. Das ist vielleicht mein neues Logo. Ich gehe nämlich nicht mehr zurück zum Fernsehen.«

»Hab ich da was verpasst? Oh, warte kurz...«, Josefs Handy klingelte, er stand auf und ging ran.

Und während ich in schöner Schreibschrift »Wunderland« unter die kleine Skizze schrieb, hörte ich Josef ins Telefon rufen: »Bin schon unterwegs! Ich eile! Ich fliege! Ich liebe dich!«

Erstaunt beobachteten Felix und ich Josef, der plötzlich von einem Bein auf das andere sprang, als hätte ihm jemand einen Sixpack Red Bull auf ex ins System geschüttet. Dann rief er: »Er kommt doch! Hans-Jürgen kommt! In einer Stunde hol ich ihn am Münchner Flughafen ab! Er feiert mit uns und will dann noch ein paar Tage bleiben. Hier. Vor allen Leuten! Das erste Mal! Ich muss los!«

Josefs Frackschöße flogen, er wischte sich im Laufen die Augen. Muss Liebe schön sein, dachte ich und hatte einen Kloß im Hals, während ich meinem besten Freund hinterhersah. *Echte* Liebe.

Und als ich spürte, wie Felix seine Hand auf die meine legte, schloss ich in Gedanken die Akte Laber, zu, aus, Äpfel, Amen. Watch the road, dachte ich, schau nach vorne, und finde raus, was *du* willst.

Und dann drehte ich mich zu Felix, um ihn zu fragen: »Hast du morgen noch einen Platz im Auto?«

Ich konnte nicht fertigsprechen. Ich wurde nämlich geküsst. Auf den Mund.

Als sich unsere Lippen für einen Moment trennten, murmelte Felix in unseren Kuss hinein: »Endlich. Nichts gegen deinen Freund, aber ich bin sehr froh, dass ich mit dir alleine bin!« Und dann kamen wir beide sehr lange nicht mehr dazu, etwas zu sagen, und das war ganz in meinem Sinn.